신현덕 제2소설집

사람 속 들여다보기

2015

신세림출판사

신현덕 제2소설집

사람 속 들여다보기

2014년에 출판한 나의 첫 번째 소설집인 『제3의 인생』은 주로 나의 이야기를 중심으로 쓴 것에 다른 사람들의 이야기를 몇 편 첨부해서 펴낸 자전적인 소설의 성격이 농후한 작품집이었다. 그런데 이번에 출판하게 되는 나의 두 번째 소설집인 『사람 속 들여다보기』는 최근에 우리나라에서 일어났던 여러 사건 중에 이야기꺼리가 될 수 있는 것을 추려서 소설로 재구성해 본 작품들이다. 나의 이야기를 쓰는 것보다는 남의 이야기를 쓰는 것이 훨씬 더 어렵다는 것을 두 번째 작품집을 준비하면서 충분히 체험할 수 있었다. 왜냐하면, 나의 이야기는 내가 너무나 잘 알고 있는 이야기들이지만, 남들이 벌이고 있는 이야기는 내 자신이 그들이 아닌 이상 이야기의 재구성을 하는 데에도 여러 가지 어려움이 있기 때문이다.

누구나 한 권의 소설책을 쓸 수 있다는 말이 있는데, 그것은 나의 이야기를 쓰는 것이기 때문에 누구나 가능할 수 있다는 것이다. 그러나 진정한 소설가가 되기 위해서는 자신의 이야기만 쓰는데 그치지 않고 남의 이야기도 나의 이야기처럼 꾸며낼 수 있는 능력을 구비해야 한다는 것은 이론의 여지가 없다고 하겠다. 이러한 의미에서 볼 때, 나의 두 번째 소설집의 출판은 과연 내가 앞으로 단순한 자전소설가에 그치지 않고 제대로 된 소설가의 길을 걸을 수 있느냐 여부에 관한 관건이 된다고 할 수 있을 것이다.

　나는 나의 두 번째 소설집을 펴내면서 독자들의 냉철한 비판 받기를 진심으로 바라고 있다. 나의 첫 번째 소설집에 대해서도 그러한 독자들의 냉철한 비판을 기대했지만 한국 사람들이 원래 점잖아서 그런 것인지 내 작품집에 대한 솔직한 평가를 받아본 일이 아직 없다. 앞으로, 독자들이 그러한 냉철한 비평을 해줄 것을 기대하면서 나의 두 번째 소설집을 첫 번째 소설집에 이어 감히 펴내는 바이다.

2015년 1월 27일
안산 우거(寓居)에서

차례

사람 속 들여다보기

거짓말

문창극 국무총리 지명자의 자진사퇴 기자회견을 보면서 우리나라 정치권에 대한 불신을 또 한 번 확인하게 되었다. 멀쩡한 사람을 병신 만드는데 우리나라 정치권보다 이골이 나 있는 집단이 또 있을까. 후보자도 기자로 자신의 삶을 마감했다면 이러한 망신살도 겪지 않았을 터인데 참 안타까운 일이다.

사람이 살다보면 뜻하지 않았던 어려움에 봉착하게 되는 경우가 있다. 김 작가의 경우도 자신이 썼던 글 때문에 본의 아니게 시련을 당한 경우라 할 수 있다. 원래 다작을 하는 작가라 그가 쓰는 글이 언제나 일관성을 유지한다는 것이 어려울 때가 많았다. 그의 대부분의 작품은 실명을 쓰지는 않았지만 누가 보든지 주인공이 누구라는 것을 분명히 알아낼 수는 있을 정도였다. 문제는 작가의 이러한 표현방법 때문에 생긴 것이다.

전직 대통령을 모델로 하여 정치소설을 썼던 것이 전직 대통령을 추종하는 정치세력들이 작가를 검찰에 고소하여 재판까지 받게 되었다. 작가는 자신의 작품이 정치권을 비판한 것이기는 했지만, 순전히 허구에 입각한 가공적인 인물들을 등장시켜서 이야기를 전개시킨 것인데 정치인들이 이것을 현실정치와 연결시켜서 자신을 핍박하려고 혈안이 되어 있다고 말했다. 작가와 정치권과의 공방은 전례가 없는 일이었다.

작가의 작품 속에 "대한민국의 대통령이면서 대한민국의 정통성을 부인하고 있는 사람이 어떻게 대통령직에 그대로 남아있는지 의문이 된다."는 표현이 문제가 되었다. 정치권에서는 대통령의 명예를 훼손했다고 주장했지만, 작가는 대통령의 발언이나 행동 등을 보고 그렇게 판단한 것이며, 그가 작품 내에서 기술하고 있는 대통령은 어디까지나 작가가 창조해 낸 가상의 인물이지 정치권에서 거론하고 있는 실제의 인물이 아니라고 반박했다.

작가는 작품 속에서 어떠한 인물도 창조할 수 있으며, 그러한 인물이 현실사회의 특정 인물과 비슷하다고 하여 작가의 창작활동을 문제 삼을 수는 없는 것이다. 정치인들은 자신의 정치적 목적을 위해서는 이합집산을 밥 먹듯 하는 것 같다. 해방 후의 우리나라의 정치현실을 보면 수많은 정당이 새로 생겼다 없어지는 악순환을 지금까지 되풀이 하고 있다. 도저히 합칠 수 없어 보이는 정당들이 일시적으로 합당하는 것을 자주 볼 수 있었는데 얼마 가지를 못하고 갈라서고야 말곤 했다.

'대통령이 대한민국의 정통성을 인정하지 않는다'는 말이 작가의 말대로 사실이라면 이것은 보통 사건이 아닐 것이다. 그것이 사실이라면 어떻게 그런 사람이 대한민국의 대통령이 될 수 있다는 말인가. 대선에서 다수표를 얻었기 때문에 그러한 사람이 대통령으로 당선되었을 것이지만, 그를 대통령으로 당선시킨 사람들이 만일 대한민국의 정통성을 부인하는 사람들이었다면 어떻게 할 것인가?

대통령은 취임식에서 "나는 헌법을 준수하고 국가를 보위하며 조국의 평화적 통일과 국민의 자유와 복리의 증진 및 민족문화 창달에 노력하며 대통령의 직책을 성실히 수행한다"라는 선서문을 낭독하게 되어 있다. 대통령은 우리나라의 최고헌법기관이다. 헌법에 의하여 주어진 권한을 국가와 민족을 위하여 성실히 수행하는 기관이다. 대통령이 만일 재임 중에 이러한 대통령의 의무를 위반하는 경우에는 탄핵소추의 대상이 된다. 대통령이 자기에게 주어진 이러한 의무를 망각하고 자의적으로 행동할 때에는 탄핵소추의 대상이 된다.

이러한 관점에서 볼 때 만일 대통령이 언행에 있어서 대한민국의 정통성 자체를 부인한다면 이것은 보통 일이 아니다. 문제가 된 대통령은 대통령이 되기 전에 좌파에 가까운 인물이었다. 전직인 변호사 활동을 하면서도 좌파의 인사들과 친밀한 관계를 맺어 왔다. 해방직후의 좌우대립은 남과 북에 별개의 정부가 수립되고 6·25 전쟁으로 인하여 더욱 심화되었다. 6·25 전쟁을 모르는 상당수의 국민이 대한민국의 존재를 우습게보고 북한을 찬양고무하는 세력이 정치세력화를 지향하고 있는 것이 현재의 실정이다.

아직은 그 세력이 미약하지만 그러한 세력이 사회각층에 만연되고 있는 것이 문제이다. 옛날에는 학과목에 '공민'이나 '민주시민론'과 같은 과목이 있어서 지식을 주입하는 다른 학과목들보다 우선하여 우리의 자녀들에게 교육하여 올바른 시민의식을 갖도록 도와주고 있었다. 그런데 상당수의 좌편향 교사들이 교단을 자리 잡고 있는 학교에서는 학생들에게 대한민국의 정통성을 부인하는 역사관을 노골적으로 심어주고 있기 때문에 아직도 정신적으로 성숙하지 못한 학생들이 그들에게 쉽게 물들고 있다는 것은 우리나라의 장래를 위하여 심히 우려되는 일이라 아니할 수 없을 것이다.

대통령을 비롯하여 국민의 상당수가 대한민국의 정통성을 부정한다면 참으로 심각한 문제가 아닐 수 없다. 이러한 경향이 일시적인 것이 아니라 어렸을 때부터 잘못된 교육에 의하여 머릿속에 뿌리를 내리고 있는 것이라면 참으로 걱정이 되는 일이라 아니할 수 없다. 사상이란 별것 아닌 것처럼 보이지만 좌파의 사상, 특히 친북좌파의 사상에 물들게 되면 쉽게 그것을 머릿속에서 지워버리기가 용이한 일이 아니다.

"다행히 우리 아이들은 좌익사상에 물들지 않고 대학을 졸업하고 자기영역을 찾아서 잘 성장하고 있으니 얼마나 다행한 일이오. 작은딸은 S대학교 미술대의 총학생회장까지 지내서 내가 좀 염려했지만 다행히 그런 사상에 물들지 않았으니 얼마나 다행한 일이오."

"그녀는 10여 년 전에 미국에 유학 가서 대학원도 나오고 좋은 직장에도 다니면서 결혼도 하고 아들딸 낳고 잘 살고 있으며, 최근에는 큰 집까지 샀다니 축하해 줄 일이 아니겠어요."

"만일 학생회장일 때 특별한 정치적 신념도 없이 남들도 다 한다는 생각에서 반정부시위라도 주도했다면 신세를 망쳤을지도 모르는 일이 아니었겠소. 내가 아는 대학 후배 중에는 군사정권 때 공연히 앞장서서 반정부 데모를 주도하다가 징역살이도 했고 학적 자체가 박탈되어서 출소 후에 남들처럼 복학하여 졸업도 하지 못하는 처량한 신세가 되어버린 예도 있으니 하는 말이오."

그런데 대학후배의 경우처럼 반정부 데모를 하다가 신세를 망친 사람도 있었지만 운이 좋은 사람들의 경우에는 데모를 하다가 체포되어 재판을 받고 감옥생활을 하다가 풀려난 후에 미국에 유학을 가서 석·박사 학위를 받아와서 정부의 고위직에 중용되고, 장관도 되고, 국회의원도 되어 우리나라의 정치계에 큰 영향을 미치는 인물로 성장한 사람들도 많이 배출되었다.

이러한 관행은 우리나라의 초대 대통령이었던 이대통령 때부터 문제가 되었던 것이다. 젊은 시절에 그는 머리가 총명하고 현실에 적응하는 비상한 능력을 가진 사람으로서 미국 선교사의 도움을 받아서 미국에 유학 가서 미국의 명문 중에 하나인 프린스턴 대학교에서 국제정치학 박사학위까지 받았다. 해외의 독립운동 조직에 참여하여 대한민국 상해임시정부의 대통령이 되었으며, 다른 독립운동가와는 달리 상해나 중국 또는 국내에 머물지 않고 미국으로 건너가서 해방이 될 때까지 머물렀다. 대통령이기 때문에 함부로 일을 할 수 없다 하여 놀고먹으면서 교포들이 그를 먹여 살렸다고 한다.

해방이 되자 귀국한 그는 한국에 정치적인 기반이 없었기 때문에 반민족재판에 회부되어 처벌을 받아야 할 다수의 친일파들을 자신의 정치세력 속에 끌어들여서 정치적으로 우월한 위치를 확보해가기 시작하면서, 그러한 관행이 우리나라의 정치풍토에 고착화 되면서 정치적 도의라는 것은 처음부터 땅에 떨어지기 시작했다. 우리나라의 비극적인 정치적 풍토는 이대통령이 자신의 정치세력을 확보하려는 수단으로 사회적으로 비난받아야 할 사람들까지 교묘하게 정치적으로 이용했기 때문에 생겨난 것이라 할 수 있을 것이다. 6 · 25 전쟁 때 자신은 꽁무니가 빠지게 남쪽으로 도주하면서 서울에 어쩔 수 없이 적 치하에 남겨진 서울시민들에게 '최후까지 서울을 사수하라'는 녹음테이프를 틀어놓고 도망갔다가 3개월간 적 치하에서 고통을 겪은 시민들에게 부역을 했다고 책임까지 물었던 행위를 어떻게 설명해야 할 것인가?

아랫사람들이 한 일이니 자신은 모르는 일이라고 변명을 할 것인가. 그러한 자기중심적인 인간이니 나이 들어 실정을 거듭하면서 스스로 물러날 생각은 하지 않고 노망이 들었는지 권력욕에 눈이 멀어서 끝까지 버티다가 학생들의 힘에 의하여 불명예스럽게도 대통령직에서 물러나는 초라한 꼴을 보여주었으니 얼마나 한심한 일인가. 초대 대통령이 이러다 보니 그 후의 대통령들도 그와 막상막하의 모습을 보여준 것이 우리나라 정치의 초라한 모습이 아닐까.

미국의 초대 대통령인 조지 워싱턴이나 터키의 초대 대통령인 아타투르크와 같은 인물은 미국인과 터키인의 절대적인 존경과 사랑을 지금까지 받고 있는데, 그런 경우와는 대조적으로 우리나라는 그러한 국민의 존경과 사랑을 받는 대통령을 건국 초기부터 갖지 못했다는 것이 불행의 시작이었다고 할 수 있을 것이다. 그러다 보니 대통령이 대한민국의 정통성까지 부정하고 있다느니 하는 문제까지 제기되는 것이 아니겠는가.

국무총리 후보자를 비롯한 장관 후보자와 기타의 고위공직자의 임명 전에 인사청문회를 국회에서 갖고 있는데, 이 청문회의 원래 목적은 후보자의 국정수행능력의 유무를 판단하는데 주목적이 있었지만, 최근에는 후보자들의 도덕성문제가 중요한 문제로 제기되어 청문회의 원래 목적이 앞뒤가 뒤바뀐 양상을 보여주면서 여야 간의 정쟁의 장으로 변질되어 가는 경향이 농후하게 나타나고 있는 것 같다.

헌법상 정부요직의 인사권은 대통령에게 있음에도 불구하고 대통령이 행한 인사에 대해서 야당이 감 놔라 배 놔라 하면서 대통령의 인사권을 야당이 좌지우지하려는 태도는 참으로 구정치의 대표적인 표출이라 할 수 있을 것이다. 더욱이 소위 새 정치를 표방하는 일부 인사들의 경우 구 정치인들을 뺨치는 구태의연한 정치적인 행태야 말로 우리나라의 정치 발전의 발목을 잡고 있는 행위가 아니고 무엇이겠는가.

특히, 이번에 문제되었던 국무총리 문 후보자에 대한 야당의 거짓말 유포야 말로 도를 넘은 일이 아니겠는가. 그러한 모함을 억울하게 당한다면 그 누가 공직에 취임하여 국가를 위하여 봉사하려 하겠는가. 사실을 갖고 공격을 해도 억울할 수 있는데, 거짓말로 있지도 않은 일을 갖고 매도당한다면 당하는 당사자는 얼마나 억울하겠는가. 내가 대학교수 시절에 운동권에 있던 한 학생이 내게 와서 나가라면서 하는 말이 "교수님은 우리에게 국제법을 가르치시지 않았습니까?"라는 거짓말로 항의를 하는 말을 듣고, 내가 22년간의 교수직을 갖고 있을 때 나의 전공인 국제법을 가르치지 못하고 환경학이라는 내게 전혀 생소한 분야를 열심히 독학으로 공부해서 학생들을 가르치느라고 무척 힘든 세월을 보낸 것도 모르고 어떻게 그런 새빨간 거짓말을 눈 깜짝 하지 않고 나에게 할 수 있다는 말인가. 나는 그 학생에게 실망했을 뿐만 아니라, 소위 운동권 출신 정치인들 중에 그와 같은 새빨간 거짓말을 천연덕스럽게 하는 정치인들은 없는지 가슴에 손을 놓고 한 번 생각해 볼 용의는 없는지 묻고 싶다.

아마도, 정치인들의 거짓말은 그들이 필요에 따라 밥 먹듯 하는 것 같으며 그런 거짓말에 대하여 양심의 가책을 전혀 받지 않는 것 같다. 아마도, 거짓말을 천연덕스럽게 잘하는 정치인일수록 유능한 정치인이라고 믿고 있는지도 모를 일이다. 그 대표적인 예가 아베 일본 총리가 아닐까 한다. 누가 보아도 아베 총리가 한국의 전쟁 위안부 문제에 대하여 거짓말을 하고 있다는 것을 자기 자신이 더 잘 알고 있을 터인데, 천연덕스럽게 역사적으로 분명한 사실을 갖고 자신의 정치적 목적을 위하여 거짓말로 일관하고 있으니 말이다.

왜, 정치인들은 거짓말의 명수가 되었을까? 거짓말이야말로 유리한 정치적인 호신술이기 때문에 그런 것이 아닐까. 정치인이나 정치 지망생 가운데 학위의 취득여부가 문제된 경우도 있었다. 해방 직후에는 해외에서 귀국한 사람 중에 박사학위나 장군 칭호가 문제되었던 적이 있었다. 미국에서 귀국한 사람 중에 박사 아닌 사람이 없고 중국에서 귀국한 사람 가운데 장군 아닌 사람이 없다는 말이 한 때 유행했던 일이 있었다.

초대 대통령이었던 이 박사가 미국에서 귀국한 모 정치인에게 조 박사라고 불렀는데, 그렇게 불리게 된 조 박사는 소문으로 미국 컬럼비아 대학교에서 정치학 박사학위를 받은 것으로 알려져 있었지만, 사실은 그 대학교에서 학위를 받은 일이 없었다. 이 박사가 그에게 조 박사라고 불렀을 때 손을 내저으며 아니라고 부정을 했다면 더 이상 그를 조 박사라고 부르지는 않았을 것이다. 나중에 컬럼비아 대학교에 다니던 후배들이 그의 이력을 박사학위 수여자 명단에서 찾아보니 그가 컬럼비아대학교 박사가 아니라는 사실이 밝혀졌다. 이대 총장을 지낸 김활란은 컬럼비아대학교의 교육대학원에서 박사학위를 받았다는 것을 확인했다. 초대 대통령이었던 이 박사는 프린스턴대학교의 박사가 맞는다는 사실을 알아냈다.

한 여성 국무총리후보자는 프린스턴 신학교에서 박사학위를 받은 것을 마치 프린스턴 대학교 신학과에서 박사학위를 받은 것처럼 학력을 속였다가 청문회에서 그 사실이 밝혀져서 망신을 당한 일이 있다. 미국 동부지역의 명문대학들인 아이비리거 대학들의 경우 신학과를 갖고 있는 대학은 거의 없으며 별도의 신학교가 근처에 있는 경우가 있는데, 예를 들면 컬럼비아대학교의 경우 이웃한 유니온 신학교가 있는 경우와 같다. 아마도 문제된 프린스턴신학교와 프린스톤대학교의 경우도 그러한 실례가 아니었을까. 아마도, 그녀의 생각으로는 프린스턴 대학교를 나왔다는 것이 프린스턴 신학교를 나왔다는 것보다 좀 더 권위가 있다고 생각했던 것은 아닐까. 여하튼, 그녀는 학력에 관계없이 국무총리 지명에서 낙마했으니 그것은 없던 일로 되었다.

장관 지명자 중에 최근에 제자들의 논문표절 문제로 시비의 대상이 되고 있는데, 나도 교수생활을 20여 년간 했지만 논문을 작성한다는 것이 교수들에게는 상당히 부담이 되고 있다는 것은 부인할 수 없는 일이다. 사실, 고위보직을 갖고 있는 교수들의 경우에는 책을 읽을 시간도 없는데 논문까지 작성한다는 것은 말처럼 용이한 일이 아니라 가능하면 제자들이 작성한 논문에 편승하고 싶어지는 것은 너무나 자연스러운 일이 아니겠는가. 교수생활을 할 때는 제자들이 작성한 논문에 공동저자로서 편승하여 무리 없이 교수의 연구실적을 충족시킬 수 있었지만 뜻하지 않게 장관후보자로 지명 받고 청문회를 치르다 보니 상대방의 약점을 찾아내는데 혈안이 되어 있는 정치권에서 그의 논문을 찾아내서 표절이다 아니다로 여야 간에 공방을 벌이다가 운이 나쁘면 낙마를 하게 되는 불명예를 겪게 되는 것이다.

고위직에 있는 교수라고 하더라도 학자를 지향하는 것이 아니라면 일반교수들처럼 힘들게 논문을 쓰느라고 고생을 할 필요가 어디에 있는가. 이러한 사정을 감안해서 미국에서는 논문작성 없이 필요한 학점이수만으로 박사학위를 부여하는 DA(Doctor of Arts)라는 인문학 박사학위를 부여하여 이러한 학위를 수여받은 사람들에게는 대학의 고위 행정직에 임명하되 다른 일반 교수들과는 달리 논문 제출의 의무를 면제해 주는 제도를 우리나라에서도 도입할 필요가 있을 것이다.

이러한 제도를 우리나라 대학에도 도입한다면 대학행정에 전념하고 있는 고위직 교수들에게 논문 제출의 부담도 덜어주고 그들이 후일에 공직에 지명될 때 뜻하지 않은 논문표절 시비에 말려들어서 낙마하게 되는 일도 없을 것이다. 장관들은 필요하면 전문분야의 학자들의 자문을 언제든지 받을 수 있으며 자신이 그 분야의 전문가일 필요는 없을 것이다.

정치인들의 대표적인 거짓말은 선거 때마다 발표하는 선심성 공약이라 할 수 있다. 최근에는 정치인들의 공약이라는 것이 약속을 지키겠다는 것이라기보다는 약속을 지키지 않겠다는 공수표라는 것이 좀 더 설득력이 있는 것처럼 보인다. 충분한 예산도 확보되지 않은 상태에서 하겠다는 일이 수도 없이 제시되고 있으니 그들의 말은 처음부터 하지 않겠다는 것으로 이해하는 것이 오히려 맞는 일인 것 같다.

정치인들은 선심성 공약을 내세우기를 좋아하는 것 같다. '공짜라면 양잿물도 마신다'는 말이 있듯이 우리나라 사람들처럼 공짜를 좋아하는 사람들도 드물 것이다. 농가보조금은 실제로 농사를 짓는 사람들에게 보조금을 주려는데 목적이 있는데 농사를 실제로 짓지도 않는 사람, 특히 부재지주들의 차지가 되어 있다는 모순을 드러내고 있다는 것이다.

정치인들의 거짓말 중에 대표적인 것은 시도 때도 없이 국민을 들먹이는 일이다. 대선에 출마했던 한 후보자가 국민이 자신에게 대통령후보로 나가라고 하여 출마했다는 말을 했는데 과연 그가 말하는 국민이란 누구인가? 국민이란 말 대신에 지지자라는 말을 썼다면 오히려 그 의미가 좀 더 설득력이 있으며 명확해지지 않았을까. 미국의 링컨대통령은 민주주의의 3대 정의로 국민의, 국민에 의한, 국민을 위한 정부(the government of the people, by the people, for the people)라는 말을 했는데, 우리나라의 정치인들은 링컨대통령이 정의한 3대 원칙 중에 특히 '국민을 위한' 이란 말의 참뜻이 무엇인지 알기나 하고 국민을 위한 정치를 하고 있다고 말하는 것인지 묻고 싶다.

우리나라에는 정부와 보수정당인 여당 새누리당과 야당인 새정치민주연합이 있는데 양정당간의 차이점이 무엇인지는 잘 알려져 있지 않다. 보수정당과 진보정당인 정의당과 통합진보당과의 차이점은 진보정당들이 지향하는 이념이 보수정당과는 차이가 있다는 것을 알 수 있지만, 보수정당 상호간에는 뚜렷한 차이점이 없는 것 같다. 그러다 보니 야당은 여당이 하는 일에 사사건건 반대만 하는 정당으로 전락해버린 듯한 인상을 주고 있다.

우리나라가 해방된 지 70년이 되고 있지만 해방직후의 혼란기에서 70여 년이 되는 현재에 이르기까지 한국 정치는 하나도 발전한 것 같지가 않다. 우리나라에는 상이한 이익집단들이 수없이 존재하고 있다. 정치의 목적은 이러한 상이한 집단 간의 이익충돌을 조정해서 원만한 해결을 가져오는데 있다고 할 것이다. 현재의 우리나라 정치현실과 같이 정부와 여당이 하려는 일에 야당은 계속 반대만 하고 발목만 잡으려 한다면 우리나라의 정치발전은 요원한 것 같다. 사람의 경우 나이 70이 되어서야 겨우 철이 드는 경우도 있다지만, 우리나라의 정치는 나이 70이 되었는데도 구태의연하니 우리 정치는 언제 가서야 철이 들 수 있다는 말인가?

정치란 타협의 기술이라 할 수 있는데 정치적 이념이나 목표에 있어서 별 차이점도 발견할 수 없는 보수정당 간에 화합보다는 대립만 일삼고 있으니 우리나라의 정치현실에는 발전이란 더 이상 없다는 것인가. 새정치민주연합은 새 정치를 주장하는 한 정치인과 의원수가 120석이 넘는 거대야당과의 정치적 야합의 결과였는데, 새 정치를 표방하는 야당이 참신성도 보여주지 못했을 뿐만 아니라 과연 새 정치라는 것이 무엇을 표방하는 것인지 목표설정도 제시하지 못하고 있는 현실에서 볼 때 국민의 지지를 얻기보다는 오히려 지금까지 유지해왔던 국민의 지지까지 상실하게 되는 결과를 가져오고 있을 뿐이다. 야당은 자신들이 정권을 장악했던 10년의 기간 동안에 현재의 여당이 보여주었던 행태를 지적하면서 자신들은 현재의 여당이 야당이었을 때 여당에 대하여 사사건건 반대만 하던 것을 배운 대로 그대로 흉내내고 있는데 불과하다고 말하고 있다. 민간인들의 경우 '나쁜 일은 욕하면서 배운다'는 말이 있듯이 정치인들의 경우에도 못된 것만 먼저 배워서 한 술 더 뜨고 있는 것 같다. 야당이 정권을 잡기 전까지는 정부와 여당에 대한 이러한 행태는 계속될 것이다.

12년에 실시된 대선의 결과는 여당의 대통령 후보가 100여 만 표를 더 얻어서 최초의 여자 대통령이 당선되었지만, 국민의 표 수는 여당과 야당표로 반분되었으며 야당의 후보는 대통령 취임 후 1년이 될 때까지 선거로 당당히 당선된 대통령을 대통령으로 인정하지 않으려는 입장을 노골적으로 보여준 심보는 과연 무엇 인가? 야당후보는 페어플레이를 모르는 비겁하고 소심한 남자 인 것 같다. 그러한 사람이 어떻게 일국의 대통령이 되겠다고 나 서느냔 말인가? 그렇게도 우리나라에는 인재가 없다는 말인가.

수신제가치국평천하(修身齊家治國平天下)라는 말이 있다. 나라를 다스리려면 우선 자신과 집안부터 다스려야 한다는 말이다. 그 런데 정치인이 되려는 사람 중에 두 아들의 병역문제 때문에 대 통령 후보에 두 번이나 나왔지만 결국에는 낙마했던 사례가 있 다. 국군통수권자인 대통령이 되겠다는 사람이 어떠한 이유에서 이건 간에 두 아들을 군대에 보내지 않은 것은 치명적인 결격 사 유가 될 수 있었다. 남자라면 누구라도 병역의무를 필해야 할 입 장에 있는 우리나라와 같은 경우에는 군대에 갔다 오지 않았다 는 것이 본인에게는 물론 그러한 아들을 둔 아버지에게 치명타 가 될 수 있을 것이다.

그런데 아랍국가에 둘러싸여 있는 이스라엘과 같은 국가에서 는 여자도 남자와 같이 병역의무를 갖고 있는데, 우리나라와 같이 남자만 병역의무를 갖고 있는 경우에는 병역을 필하지 않은 보통 남자들은 기를 펴지 못하고 사는 것 같다. 그런데 돈 있고 권력 있는 자제들의 경우에는 5·16 군사혁명 후에 내가 늦은 나이에 어쩔 수 없이 1년간이나 군대생활을 마쳤을 때도 그랬지만, 그때로부터 59년이 지난 지금까지도 자식을 군대에 보내기 싫어하는 아버지의 마음은 조금도 변하지 않은 것 같다.

특히, 병영 내에서 총기사고로 사병들이 희생되는 사건이 자주 일어나는 현재에는 군에 자식을 보내기 싫어하는 아버지의 숫자가 줄어들기보다는 좀 더 늘어나는 추세에 있는 것 같다. 따라서 돈이 있거나 권력이 있는 아버지를 가진 자식들이 군 생활을 면제받으려고 별 수단을 다 발휘하고 있는 것 같다. 훌륭한 아버지를 갖지 못한 자제들만이 군대에 가는 것이라는 생각이 보편화되기 시작한다면 문제가 있는 사회가 아닐까. 장관후보 청문회에 나온 아버지나 아들이 경쟁이나 하듯이 병역미필로 말썽을 부리고 있는 것을 정상적인 현상이라고 말하기는 어려운 일일 것이다.

더욱이 법을 만드는 국회의원들의 경우 본인들은 물론 자제들의 경우에 병역의무를 필한 경우와 필하지 않은 경우를 비교해 볼 때 아마도 필하지 않은 경우가 더 많다고 한다면 과연 그들을 입법자로서 존경해 주어야 할 것인가, 아니면 범법자로서 비난의 대상이 되어야 할 것인가. 국회는 헌법기관으로서 입법을 통하여 새로운 법률을 통과시키고 새로운 정부기관을 창설하거나 폐지하고 있는데, 문제는 국회가 의도한 입법취지와 실제의 운

영 사이에 괴리가 발생하고 있는 것이 문제점으로 제기되고 있다

그 대표적인 사례가 공직후보자에 대한 청문회제도를 들 수 있을 것이다. 이 제도의 입법취지는 청문회를 통하여 공직후보자의 직무집행능력을 검증하려는데 그 목적이 있었지만, 특히 야당에서 후보자의 도덕적인 측면을 부각시켜서 후보자에 대한 객관적인 평가를 내리는 대신에 청문회를 통하여 정부와 여당을 공격하는 구실로 청문회를 이용하고 있어서 청문회 무용론까지 정치권에서 나오고 있는 것이 현재의 실정이다. 최근에 야당의 공세로 3명의 국무총리 후보자가 법이 요구하는 국회청문회에 가보지도 못하고 자진사퇴한 사례는 이 제도가 과연 꼭 필요한 제도인가 하는데 의문이 있다.

우리나라의 국론의 분열은 대선결과가 보여 주었듯이 세대간, 지방간 의식구조의 차이 때문에 생긴 결과라고 간단히 치부해 버릴 수 있는 문제도 아닌 것 같다. 어른들이 어른 구실을 못하다 보니 자라나는 세대들이 어른들에게서 무엇을 배울 수 있다는 말인가. 어른에 대한 존경심은 우리들의 자녀들이 부모를 비롯한 윗사람들에게 친구처럼 반말지거리나 하는 버릇부터 고쳐야 하지 않을까. 아침 연속극에서 예외 없이 불륜관계를 방영하는가 하면 젊은이들이 어른들에게 반말지거리를 공개적으로 하고 있는 공영방송을 통하여 과연 젊은이들이 무엇을 배울 수 있다는 말인가. 그러한 내용이 포함되는 것은 방송작가가 의도적으로 삽입한 것인가?, 아니면 방송국에서 그러한 비교육적인 내

용을 묵인한 결과인가?

또한, 우리나라의 사회풍조는 언제부터인가 적과 아군의 구분이 뚜렷해진 것 같다. 자기와 의견이나 생각이 다르면 무조건 적대시하는 풍조가 생겨나기 시작하여 사회를 분열시키고 국가를 위기에 처하게 만든 원인이 되고 있는 것 같다. 더욱이 최근에 SNS와 같은 매체의 급속한 발전은 자기와 같은 생각을 가진 사람들의 의견을 결집시킬 수 있는 막강한 영향력을 갖고 있다는 것이 알려지면서 SNS를 자신의 목적달성을 위하여 이용하려는 사람들의 숫자가 급속히 늘어나고 있다. 정치인들이 이러한 매체를 이용하게 되리라는 것은 너무나 당연한 일이 아니겠는가.

SNS는 비록 거짓 정보라 하더라도 사실인 것처럼 사람들이 믿게 만드는데 주저하지 않으며 일단 거짓정보를 사실이라고 믿게 된다면 그 영향력이 막강하기 때문에 그 후에 사실이 아니라는 것이 밝혀지더라도 사태를 역전시킬 수는 없게 된다는 것이다. 국무총리 지명자였던 문후보자의 경우 교회에서 행한 간증 동영상을 입수한 공영방송인 KBS가 필요한 부분만 발췌하여 방영한 것이 문제가 되긴 했지만, SNS의 허위사실 유포가 문후보자 낙마의 결정적인 역할을 한 것 같다.

공영방송매체도 거짓말을 하는 데는 정치인을 뺨치고 있는 것 같다. 이명박 대통령을 궁지에 몰아넣었던 '미국쇠고기의 광우병파동'은 허위사실을 마치 사실인 것처럼 포장하여 방송했기 때문에 결과적으로 대규모의 촛불시위를 유발시켜 전국을 극도의 정치적 혼란 속으로 빠뜨리게 했다. 그 방송이 허위사실이었다는 것이 발견된 후에도 한동안 후유증으로 우리 사회에 남아 있던 것을 기억할 것이다. 그런데 대중매체의 위력도 막강하기 때문에 비록 허위보도라 하더라도 일단 방영이 되고 나면 일반 국민들은 그것을 사실로 믿게 되며 그것을 바로 잡는다는 것은 무척 어려운 일이며, 때로는 전혀 불가능한 일이 될 수도 있을 것이다.

사람들은 왜 거짓말을 하는 것일까. 자신이 처한 궁지를 일시적으로 모면하기 위하여 사람들은 거짓말을 하는 것 같다. 거짓말로 위기를 일시적으로 모면하는 대신에 처음부터 사실대로 자초지종을 밝혔더라면 거짓말을 감추기 위한 거짓말을 계속할 필요도 없었을 터인데, 그렇게 하지를 못했기 때문에 자기도 모르는 사이에 거짓말쟁이가 되어버린 것이다. 이솝 우화에 나오는 '양치기 소년'의 이야기도 그 소년이 늑대가 나왔다고 처음 외쳤을 때는 사람들이 나왔지만, 두 번, 세 번 거듭될수록 사람들의 반응이 시들해지다가 정작 늑대가 나타났을 때는 아무도 나타나지 않았다는 이야기이다.

거짓말을 하는 사람을 사회가 받아들이려 하지 않는다는 것을 암시하는 이야기인데, 우리나라에서는 언제부터인가 진실이 거짓에 밀려나서 도처에 가짜들이 설쳐대는 사회가 되어버린 것 같다. 먹거리를 갖고 장난치는 악덕업자들의 이야기는 하나도 새로울 것이 없다. 남을 짓밟고 올라서려는 출세지상주의자들을 어디서나 쉽게 찾아볼 수 있을 것이다. 우리나라는 명품을 짝퉁으로 모방해내는 기술이 발달되어 있는 것 같다. 남의 것을 모방하는 데는 일본도 둘째가라면 서운해 할 나라라 할 수 있을 것이다. 번역문학이 일본에서 번성하고 있는 것도 일본의 모방문화에 연유하는 것이라 할 수 있을 것이다. 한 때는 독일의 카메라가 세계시장을 석권하고 있었는데, 일본에 와서 독일 카메라의 전시회를 개최했다. 독일어를 전혀 모르는 노련한 카메라 기술자들이 전시된 카메라를 이리저리 살펴보고 간 1주일 후에 독일제 카메라와 동일한 일본제품이 쏟아져 나왔다는 일화도 있다.

전문가들은 제품을 보기만 해도 모방해낼 수 있기 때문에 외국의 산업시찰단이 오더라도 공장 내의 중요한 기밀장소는 절대로 개방하지 않는다는 것이 불문율처럼 되어 있는 것이 업계의 관행이다. 산업스파이가 아니더라도 전문가들은 한번 보는 것만으로도 기업비밀을 빼내갈 수 있다는 것이다.

전쟁 중에도 적의 후방에 제5열이라는 정보원들을 배치하여 거짓정보를 흘려서 적을 혼란에 빠뜨리는 작전은 오래전부터 사용해 온 수법이다. 그러한 방법이 총칼만 갖고 싸우던 단순사회의 경우에는 효력이 있었을지 모르지만, 현대와 같은 정보화 시대에 있어서는 소위 사이버전쟁 수단이 도입되어 적의 정보망에 치명적인 타격을 가하여 재기불능의 상태로 만드는 것이 유행처럼 번지고 있다.

현대전은 사이버전이라 할 수 있을 만큼 정보를 장악하는 국가가 결국에는 전쟁의 승리자가 된다는 것이다. 각 분야의 학문의 발전도 눈부신 것이어서 예전에는 필요한 정보가 부족한 것이 문제였는데, 이제는 넘쳐나는 수많은 정보를 어떻게 수집하여 그것을 활용할 수 있는 유용한 정보로 만들어내느냐가 관건이 되고 있다고 한다.

기계의 발달은 인간을 장시간에 걸친 노예노동에서 해방시켜 주었지만 그 부작용도 만만치 않다고 할 수 있다. 계산기를 사용하는 우리의 청소년들의 경우, 이전에는 암산으로도 할 수 있었던 간단한 계산을 할 수 없는 지경에 이르고 있다는 것이다. 인터넷의 발달은 정보의 무한한 이용을 가능하게 해주어서 무슨 글이든지 쓸 수 있는 자료를 뽑아내서, 이전처럼 직접 글을 쓰는 대신에 필요한 자료를 편집하는 수준에서 글을 쓰는데 머물게 되어 자신이 직접 생각해 내서 쓴 글은 차츰 존재가치를 상실해 가고 있다는 우려를 낳게 하고 있다.

인간의 기계에 대한 의존도는 인간이 기계를 지배하는 대신에 기계에 의하여 지배를 받게 되는 주객이 전도된 새 시대를 열게 될지도 모르는 일이 아니겠는가. 기계가 인간이 해왔던 일들을 대체하게 되는 시대가 온다면 인간은 남아나는 그 많은 시간을 어떻게 보내면서 소일할 것인가? 인간은 자신이 고생해서 공부도 하고 글도 남의 것을 모방하지 않고 직접 자기 생각대로 써내야 살아가는 보람을 느낄 수 있는 것이지, 무엇이든지 기계에게 명령만 하게 되면 밥도 지어주고, 공부도 대신해 준다면 더 이상 바랄 것이 없겠지만 이런 식으로 자신이 해야 할 일을 대신해 주는 기계에게 모든 것을 맡겨두고 자신은 아무 일도 하지 않은 채 허송세월을 보낸다면 무슨 재미로 세상을 살아간다는 말인가.

인간은 나이를 제 아무리 먹더라도 꿈을 갖고 살아가야지 모든 것을 다 갖고 있으며 모든 것이 자기 뜻대로 다 이루어지는 세상에서 살아간다면 무슨 재미로 살 것인가. 지금은 이러한 일이 꿈같은 일이지만, 머지않아 그러한 사회가 우리에게 닥칠 수 있을 것으로 예상되고 있다. 왜냐하면, 과학기술의 발달로 지금까지 불가능하다고 생각했던 일들이 모두 가능한 일로 바뀌게 될 시기도 얼마 남지 않은 것 같다.

누구나 부유하고 행복하고 건강하게 살 수 있는 꿈같은 세상이 거짓말같이 우리에게 닥치게 된다면, 모든 것을 갖고 있는 사람들은 구태여 사람들과 틀리고 서로 미워하면서 살 이유를 더 이상 발견할 수 없게 될 것이다. 그렇게 되면 자신을 방어하기 위한 불필요한 거짓말 같은 것은 할 이유가 없어지게 될 것이다. 그러나 우리의 현실은 이러한 이상향이 아니다.

우리 인간은 태어나서 죽을 때까지 고해에 살면서 계속되는 도전에 직면하여 그것을 하나씩 극복해 가는데 계속 살아가야 할 의미를 발견하게 될 것이며, 이러한 인생여정에 있어서 문제를 하나씩 해결해 가는 데서 오는 성취도가 우리를 성장하게 만들고 있다. 우리에게 이러한 도전이 없다면 살아갈 의미를 더 이상 발견할 수 없을 것이다.

우리는 무엇을 성공이라고 할 수 있을 것인가? 성공한 사람들의 대부분은 자신을 믿는 마음이 확고한 것 같다. 남들은 불가능하다고 말하는 에베레스트 산맥의 8000미터 이상의 준봉을 14개나 정복한 엄대장과 같은 사람은 자기가 해낸 일에 대한 성취감을 만끽했을 것이다. 남들은 하나의 준봉에 도전하는 것도 불가능한 일인데 14개의 준봉을 정복할 수 있었다는 것은 본인의 노력도 컸겠지만 운도 억세게 좋아서 가능한 일이 아니었을까.

우리는 자기 분야에 있어서 성공한 사람들을 많이 볼 수 있다. 여러 분야에 있어서 최고에 이른 사람들의 공통점은 돈이나 명예와 같은 세속적인 일에는 관심을 갖지 않고 자신이 목표로 하는 연구와 활동에 일생을 바쳐온 사람들이라는 것이다. 성공한 사람들은 자신의 목표달성을 위하여 일생을 바치는 사람들이라 할 수 있으므로 남의 일에 쓸데없이 감 놔라 배 놔라 할 시간적인 여유도 없는 사람들이다. 그러다보니 약삭빠르게 출세를 잘 하는 사람들처럼 윗사람에게 아부하고 필요한 경우에는 거짓말을 해서라도 출세만 하면 된다고 믿고 있는 사람들과는 질적으로 다르다고 할 수 있을 것이다.

성공한 사람들은 거짓말을 할 줄 모르는 사람들이라고 해도 무방할 것이다. 거짓말 할 필요가 없는데 거짓말을 할 사람이 어디에 있겠는가. 정직한 사람은 거짓말을 할 필요가 없는 것이다. 뒤가 구린 사람들이 거짓말을 밥 먹듯 하고 있다고 볼 수 있다.

이 세상을 살아오면서 거짓말을 단 한 번도 하지 않은 사람은 아마도 존재하지 않을 것이다. 사람은 신이 아니기 때문에 크고 작은 실수를 하거나 잘못을 저지를 수 있는 것이다. 그런 경우에 자신의 실수나 잘못을 솔직하게 밝혀서 용서를 구하면 깨끗이 해결될 문제를 갖고 숨기거나 거짓말을 하여 순간을 일시적으로 모면한다 하더라도 다른 경우가 닥치게 되면 이전에 그랬던 것처럼 숨기거나 거짓말을 하게 되어 그러한 거짓말은 그 사람의 일생을 통하여 악순환을 되풀이 하게 될 것이다. 이러한 사람들의 숫자가 많아질수록 우리 사회는 혼란과 거짓이 난무하게 되어 서로 믿지 못하게 되는 불신사회를 자초하게 될 것이다.

정치인들이 거짓말을 되풀이 하다 보면 국민은 그들을 믿지 않게 될 것이다. 장사꾼들이 그들이 불법으로 만든 제품으로 사람을 속이게 되면 사람들은 그들과 더 이상의 거래를 회피하게 되어 결과적으로 손해를 보게 될 것이다. 교사가 학생들에게 거짓말을 가르치면 처음에는 학생들이 그들의 가르침을 받아들이는 것처럼 보이지만, 그들이 가르치는 내용이 거짓이라는 사실이 드러나게 되면 그는 더 이상 학생을 가르칠 수 없게 되어 마침내 학교를 떠날 수밖에 별 도리가 없게 될 것이다.

우리는 우리 사회의 바람직한 발전모델을 위하여 거짓이 발디딜 자리가 없는 사회를 건설해야 할 것이다. 여러 가지 종류의 거짓들과 과감하게 싸울 수 있는 용감한 사람들이 사회의 중심에 확고하게 자리 잡고 앉아서 거짓말쟁이들을 우리 사회에서 추방하기 위하여 앞장을 서야 할 것이다. 정치인들이 거짓말을 하면 그들을 선거 때 투표로 낙선시켜야 할 것이다. 상인들이 불량식품을 만들어서 시중에 유통시킬 때는 시민들이 합심하여 그 제품의 불매운동을 벌여서 시장에 발을 붙이지 못하도록 사회에서 영원히 추방하여 격리시켜야 할 것이다. 교사가 학생들에게 거짓된 역사관이나 지식을 주입하는 경우에는 학생들이 그들의 교과목을 듣지 못하도록 조치하고 교직에서 자진퇴교 하도록 법적인 조치를 강구해야 할 것이다.

우리들의 자라나는 자녀들을 그러한 거짓 교사들에게 맡겨두지 않는 것은 학부모의 권리이며 의무이기도 한 것이다. 좌편향된 교사들은 자기들이 구현하고자 하는 친북좌파의 사회가 대한민국에서도 실현가능하다고 착각을 하고 있을지 모르지만 그러한 사회는 우리에게 결코 실현되지 않을 것이다. 우리 사회에 불만을 갖고 개조해 보려는 생각 때문에 세계에서 유래를 찾아 볼 수 없는 3대 독재의 북한사회가 무엇이 좋다고 기를 쓰는지 도저히 이해할 수가 없다. 그렇게 북한이 좋다면 그곳에 가서 자신의 이상을 펼쳐볼 의향은 없는지 그들에게 묻고 싶다.

우리는 70년에 가까운 세월동안 분단된 국가에서 살고 있다. 나는 젊은 일부 교사나 정치인들이 자신들의 이상향으로 선호하고 있는 북한에서는 살 수가 없다. 대한민국에는 자유가 있다. 미국에 오래 산 사람들의 경우에도 만일 미국대통령에 대하여 불만을 말하면 소위 미국인이라는 자들이 하는 말이 그렇게 미국이 싫으면 너희 나라로 돌아가면 되지 않느냐는 대꾸를 한다. 그런 경우, 나도 미국 시민권자라고 밝혀도 그러한 나의 말에 대한 대꾸는 그래도 너희 나라로 돌아가라는 것이다. 이에 비하면 우리나라에서는 대통령에 대한 불평을 해도 그 미국인처럼 말하는 사람이 없으니 대한민국이 얼마나 자유스러운 국가인가. 우리는 대한민국에서 살 수 있게 된 것을 행복하게 생각해야 하지 않을까 싶다.

공원 사용료

이진후는 성공한 건설업자이다. 3번의 도전 끝에 A시의 시장에 당선된 그는 정치에도 관심이 있었다. 그러나 그는 정치인이라기보다는 어디까지나 장사꾼이었다. 그가 시장이 되자마자 착수한 최초의 사업은 공원입구에 있는 정부청사 입주예정지에 30층에서 45층에 이르는 거대한 아파트 단지 건설을 허가해 준 것이다. 그것도 공원입구에 있는 주변 아파트 주민들의 적극적인 반대에도 불구하고 건축업자가 아파트의 건축을 강행할 수 있게 해주었던 것이다. 그의 행동은 시장이라기보다는 건설회사의 대표 같았다. 이러한 사람이 어떻게 시장까지 되었는지 의심이 날 지경이다.

11개동의 고층 아파트가 건축되는 1500세대가 넘는 대규모 아파트단지가 들어섬으로써 주변 아파트단지에는 비상이 걸렸다. 우선 단지 내에 초등학교나 중학교시설이 없기 때문에 주변의 기존학교에 미치는 영향은 막대한 것이다. 그뿐만 아니라 아파트의 자동차 출구가 인접한 다른 대규모 단지의 출구와 겹치기 때문에 출퇴근시간에 그 혼란은 예상을 넘는 것이라 할 수 있을 것이다. 어떻게 이러한 대규모 아파트 건축허가가 시장취임 직후에 급속히 추진될 수 있었다는 말인가? 들리는 말에는 그 아파트가 완공되면 100억 원의 이익금이 시에 들어온다고 하는 말이 있었다. 그런데 실은 그 이익금을 도에서 가져가게 되어 시에는 아무런 이익도 돌아올 수 없게 된다는 말도 있다. 그렇다면, 무엇 때문에 그러한 무모한 아파트 건축을 허가해 준 것일까? 장사꾼인 시장이 아무런 이익도 없는 건축허가를 내주지는 않았을 것 아닌가?

A시는 주변에 대규모공단이 있기 때문에 공단에서 들어오는 세금만으로도 시정에 아무런 지장도 없을 것 같은데 주민의 원성을 들어가면서 그러한 무모한 건축허가를 내어준 이유는 과연 무엇일까? 아무런 이익도 없다니 하는 말이다. 이 시장은 어릴 때부터 가난한 집안의 장남으로서 경제적인 능력이 없는 부모님을 대신하여 집안일과 동생들을 챙겨주는 일에 책임을 져야 했기 때문에 돈에 대한 욕심이 남달리 컸다. 그는 결코 돈이 되지 않는 일은 지금까지 단 한 번도 한 일이 없다. 가난했던 그는 어렸을 때부터 일을 해야 했기 때문에 남들처럼 정규교육을 받을 기회가 없었다. 독학으로 고등학교까지 마친 그는 일찍이 건축업에 투신하여 잔뼈가 굳었으며 막대한 재산도 축적할 수 있었다. 무슨 일이든지 돈이 될 수 있는 일이라면 닥치는 대로 하다보니 자신도 모르는 사이에 돈을 모을 수 있었다. 그러다 보니

그가 시장이라기보다는 장사꾼이라고 말하는 것이 오히려 그에 대한 올바른 평가라 할 수 있을 것이다. 왜냐하면, 그가 시장으로 한 일이라면 건설 분야에 관여한 것 이외에는 이렇다 할만한 다른 일을 발견할 수 없었기 때문이다. 시정은 시에 인접한 공단에서 납부하는 세금으로 들어오는 풍부한 자금으로 자동적으로 처리되고 있으니 시장이라고 해서 특별히 할 일이 없었다고 해야 할 것이다.

그러다 보니 그가 시장으로서 엉뚱하게 벌인 일이 주변의 공원을 모두 유료화 하려는 발상이었다. 시장으로서 무엇인가 업적을 내야했기 때문이다. A시에는 호수공원을 비롯하여 시청 뒤에 있는 중앙공원, 도로공원인 성호공원, 화랑공원, 갈대숲 공원, 인공폭포 공원 등 시민들을 위한 쾌적한 공원이 시내 여러 곳에 산재해 있었다. 시장의 생각에는 이러한 공원들을 모두 유료화하게 되면 그냥 앉아서 돈을 벌게 된다는 착각을 하게 되던 것이다. 시민들의 유일한 휴식공간인 공원을 유료화 해서 대부분의 공원을 시민이 공원에 접근하지 못하게 하는 것이 어떻게 시장의 업무에 속한다는 말인가? 공원이 유료화가 되면 시민들의 공원출입이 제약을 받게 되며 결국 대부분의 공원은 사람이 찾지 않는 공터가 되어 버린다는 것은 너무나 당연한 일이 아니겠는가?

그런데 문제는, 시장은 이러한 엉뚱한 생각을 시정에 반영하여 모든 공원을 유료화하고야 말았다는 사실이다. 어른에게는 입장권을 2,000원 받고 아동에게는 500원을 받을 수 있도록

10,000원짜리와 3,000원짜리 티켓을 사야 출입할 수 있게 했다. 마치 지하철은 티켓이 없으면 지하철을 탈 수 없게 하고 있는 것과 마찬가지 방법이었다. 만일 티켓을 사용하지 않고 공원 내에 무단으로 들어올 때는 경보음이 울리고 침입자의 사진이 찍혀져서 범죄인 수배와 마찬가지 방법으로 사진이 게시되어 망신을 당하게 되어 있으니 누가 감히 무단출입을 강행하겠는가? 고층 건물을 건축할 수 없는 공원녹지에 근접해 있는 입지에 엉뚱한 건축허가를 내줄 만한 배짱을 갖고 있는 시장이고 보니 그 정도의 일을 강행한다는 것은 식은 죽 먹기와 같은 것이었다.

공원의 유료화가 현실로 나타나자 시민들의 저항은 이만저만한 것이 아니었다. 시장의 퇴진을 요구하는 데모뿐만 아니라 시민의 권리회복을 위한 시장을 상대로 하는 소송까지 제기되었다. 도대체, 세계의 어느 도시공원에서 A시의 경우처럼 입장료를 받는다는 말인가? 인구 200만의 대도시 맨하탄의 한 가운데에 있는 센트럴파크는 그 수많은 고층빌딩과 사람들과 차량의 혼잡 속에서 살고 있는 뉴요커들을 숨 쉬게 할 수 있는 광활한 자연녹지인데 이 녹지를 이용하는 뉴요커들에게 입장료를 받았다는 이야기를 들어본 일이 없다. 기타의 유명 도시공원들의 경우에도 마찬가지이다. 그런데 A도시와 같은 중형규모의 도시공원에서 입장료를 받고 있다는 것은 그야말로 기네스북에 나올만한 사항이다. 어쩌자고 시장이라는 사람이 A시의 전 시민을 상대로 이러한 무모한 짓을 계획적으로 시행하고 있다는 말인가? 정신병자라도 된 것은 아닌가?

시민의 녹지공간을 의도적으로 박탈하는 행위야말로 역사상 그 유래를 찾아볼 수 없었던 것이다. 그 녹지공간에 아파트건설까지 추진하고 있다니 미쳐도 단단히 미친 사람인 것 같았다. 뉴욕시장이 아파트건축의 이점을 몰라서 맨하탄 중심부의 광활한 금싸라기 땅을 공지로 공원화하고 있다는 말인가? 건물을 짓는 것보다 공원으로 그냥 놔두는 것이 오히려 바람직하기 때문이 아니겠는가? 공원녹지에 고층 아파트 건축허가를 내준 A시의 시장이야말로 건축업자 출신이라 하지만 건축의 ABC도 모르는 깡무식한 인간인 것 같다. 대규모 공단이 인근에 있어서 그들이 바치는 세금으로 지하철 주변에 상당히 넓은 녹지대를 형성하고 20만 평이 넘는 대규모 공원을 시내 곳곳에 확보하고 있는 A시의 시장으로서 대규모 공원입구에 고층 아파트의 건축허가를 내 줄 수 있다는 말인가? 주변 아파트 주민들의 강력한 반대에도 불구하고 그러한 발상을 할 수 있다는 말인가? 특히 고층 아파트 건축을 하려면 충분한 녹지대의 확보는 물론 학교부지도 확보해야 함에도 불구하고 이러한 인프라에 대한 필요성을 완전히 무시한 채 주변 아파트의 입장에서 보면 하늘을 찌르는 아파트 건축을 허가해 줄 수 있다는 말인가?

그 녹지공간에 30층에서 40층이 넘는 아파트 건축을 허가해 줌으로서 시계도 가리고 통풍도 잘 되지 않는 그러한 대규모 아파트를 건축한 후에 생길 수 있는 일조권과 통풍권의 박탈을 어떻게 보상해 줄 수 있다는 말인가? 건축회사의 입장에서는 아파트 건축 전에 분양을 해서 아파트 대금을 입주자에게서 회수하게 되면 아파트 건축의 목적을 달성하게 되는 것이다. 아파트를 완공한 후에 그 건축물로 인하여 발생하는 주변 환경에 미치는 효과에 대해서는 무시해도 될 것이다. 대부분의 주변 아파트 주민들의 불평은 엄밀하게 말하면 건축 중에 있는 고층 아파트 건물 자체를 헐어서 원래의 상태로 복구하지 않으면 해결되지 않는 문제이다. 그런데 이러한 파격적인 조치에 대해서는 고층 아파트의 입주자들이 결코 허용하지 않을 것이라는 것을 건축회사는 잘 알고 있기 때문에 자신만만하게 예상되는 문제에 대하여 대처할 수 있다고 생각하고 있는 것 같다.

건축회사의 입장에서는 어떠한 비정상적인 방법을 동원하더라도 일단 건물을 완공하고 나면 된다는 배짱으로 밀고 나가는 것이다. 대규모 고층 건물의 건축 전에 법이 요청하는 '환경영향평가'라는 법적인 구비서류를 건축회사에서 첨부해서 제출했겠지만 이것은 형식적인 서류에 불과했을 것이다. 제대로 작성된 '환경영향평가서'의 경우에는 고층 아파트의 대규모 단지가 주변 환경에 돌이킬 수 없는 환경적인 피해를 미치게 될 경우에는 아파트의 건축자체가 허용될 수 없다는 것이다.

전문가가 아닌 일반주민의 눈에도 고층 아파트의 건축허가는 잘못된 것이라는 것을 알 수 있는데 전문가들의 눈에는 여러 가지 하자조건이 사전에 발견되었을 것이다. 틀림없이 이러한 아파트의 건축은 정상적인 방법으로는 건축허가가 절대로 나올 수 없는 것이었다고 할 수 있을 것이다. 그러나 시장이 강제적으로 건축허가를 내주겠다면 그것을 방해할 뾰족한 방법이 없다는 것이다. 시의회가 시장의 입장을 뒷받침 해주는 결의를 하게 되면 그것으로 건축허가는 나가게 되는 것이다. 시민단체는 법적으로 시장의 행위를 저지할 수 있는 능력이 없기 때문에 시장의 독주를 막을 방법이 없는 것이다. 고층 아파트 건축현장의 주변 아파트 주민들이 아무리 반대데모를 하고 민원을 내보아도 불가항력일 수밖에 별도리가 없다는 것을 주변 아파트 주민들이 깨닫게 되는 데는 상당한 시간이 걸리게 된다. 시장을 퇴진시킬 수 있는 유일한 방법은 차기 시장선거 때 그를 낙선시키는 방법밖에 없는 것이다.

시장이 건축회사의 이익만을 위하여 내어준 고층 아파트의 건축허가는 주변 아파트의 주민들, 특히 그 고층 아파트와 가장 근접한 위치에 있는 우리 아파트에 가장 큰 영향을 미치게 될 수 있다는 것이다. 고층 아파트의 건축 전부터 1008세대를 수용하고 있는 우리 아파트의 반대가 컸다. 현재의 초등학교와 중학교의 수용능력으로는 더 이상의 학생을 받아들일 수 없다는 것이 명백하다. 그런데 시장이 정신이 나가지 않았다면 1500여 세대의 대단지 아파트를 건설하면서 단지 내에 초등학교와 중학교 시설을 마련하지 않고 있는 건축회사에게 감히 고층 아파트의 건축을 강행할 수 있느냐 하는 것이다. A시의 교육청에서도 이러한 명약관화한 문제에 대하여 전혀 대책을 강구하고 있지 않다는 것은 직무유기가 아니고 무엇이겠는가? 1500여 세대의 주민들이 전부 입주하게 되면 20~30대의 젊은 부부들의 슬하에 학령 아동들이 줄줄이 태어나게 되어 단지 내에 초등학교나 중학교 시설이 없는 고층 아파트의 아동들이 자연스럽게 기존의 초등학교와 중학교에 몰리게 될 것이므로 과밀 학급문제를 해결하기 위하여 2부제 아니면 3부제 수업을 해야 할 지경에 이르게 될 수 있다는 것은 너무나 뻔한 일이 아니겠는가? 이러한 무책임한 교육정책의 강행으로 직접적인 손해를 보게 되는 것은 기존의 단지와 새로 건축된 고층 아파트 단지 내에 살게 될 아동들이 될 것이다.

아동들의 교육문제만이 문제가 되는 것이 아니다. 고층 아파트 단지 내에 주차하고 있는 수천대의 차량이 출퇴근을 하려면 인근 아파트의 차량출입구와 겹쳐지는 자리에 있는 신축 아파트의 차량출입구가 문제로 제기되고 있는 것이다. 이것은 고층 아파트 건축 이전부터 예상되었던 일로 겹쳐지는 자리에 있는 양쪽 아파트의 차량출입구 때문에 출퇴근 시간에 일대 차량혼잡을 겪게 될 수밖에 없게 된다는 것이다. 아파트의 배치 자체가 주변 아파트에 불리하게 되어 있어서 고층 아파트의 건축이 주변 아파트에 혜택을 주기보다는 앞으로도 계속 문제점으로 제기될 것이다. 시장의 판단과는 달리 공원 입구에 있는 그 단지 내에는 아파트의 건축, 특히 고층 아파트의 건축을 처음부터 허가해서는 아니 되는 입지에 놓여 있는 공원녹지로 그대로 놓아두어야 하는 건축 불가지역인 것이다. 그러한 지역에 건축업자 출신이라고 자부하는 시장이 고층 아파트의 건축허가를 내주었기 때문에 생겨나고 있는 여러 가지 부작용을 시장은 어떻게 해결할 생각인지 알고 싶다. 건축회사도 아파트 건축만 끝내면 된다는 안이한 생각을 갖고 있으니 일단 아파트가 완공되는 경우에는 모든 책임을 주민에게 떠넘기고 아파트와 관련하여 생겨날 수 있는 문제에서 완전히 손을 떼어버리면 되는 것이 아니겠는가?

우리나라처럼 아파트의 건축이 전국을 뒤덮고 있는 나라도 드물 것이다. 한강변에 볼품 없는 아파트를 끝도 없이 건축해 놓고 선진국가나 되는 것처럼 자랑하려는 우리의 모습을 보고 외국인들이 무엇이라 말을 할 것인가? A시와 같은 중형도시에도 사방에 보이는 것은 볼품없는 아파트뿐이다. 더욱이 시장은 녹지만 있으면 계속해서 아파트의 건축을 허가해 줄 생각이 있는 것 같다. 현재 공원녹지로 지정되어 있는 녹지대에 무슨 비상한 수단을 동원하든지 그 녹지에 아파트만 건축하면 된다는 생각을 갖고 있는 것 같다. 세계의 어느 나라의 도시가 우리나라의 도시처럼 볼품없는 아파트로 들어차 있다는 말인가?

국립공원도 아닌데 A시의 모든 공원에 입장료를 받으려는 발상은 주민들을 공원에서 몰아내서 공원녹지를 아파트 건축부지로 변경시키려는 음모론에 불과한 것이다. 대부분의 시민들은 시장의 의도가 무엇인지 아직까지 잘 파악하고 있지를 못하고 있다. 시장의 관심은 시정을 어떻게 합리적으로 운영해 나가느냐 하는데 있지를 않는 것 같다. 어떻게 현재 공원녹지로 지정되어 있는 자리에 아파트를 건축할 수 있느냐 하는 문제만을 생각하고 있는 것 같다. 그는 시장이 아니라 마치 건축회사의 사장과 같았다. 그의 책상위에는 시정자료가 아니라 A시의 전체 녹지지도와 그 주변지역의 주거환경이 상세하게 표시되어 있는 도면뿐이다.

시장은 현재 건축이 진행되고 있는 공원입구에 있는 고층 아파트만이 관심의 대상이었다. 그 아파트의 건축에 대하여 주변 지역주민들이 적극적으로 반대하고 있으며 심지어 시장을 상대로 하여 소송을 제기하려는 움직임이 거세어지고 있다는 것도 잘 알고 있었다. 특히 인접한 주민 중에는 유능한 변호사도 있기 때문에 그들을 중심으로 시장을 불법건축허가를 내준 장본인으로 하여 건축허가취소소송을 제기했다는 것도 잘 알고 있었다. 시장의 생각은 지금까지 조용하게 있으면서 자신이 하는 일에 초를 치는 일이 없었던 주민들이 갑자기 소송을 제기했다는 말을 듣고도 별일 없을 것이라고 마음을 놓고 속 편안히 있었다. 그런데 건설회사가 시장이 건축허가를 내주는 대가로 100억 원의 뇌물을 주었다는 사실이 소송의 주요 쟁점으로 제기되어서 시장이 검찰의 소환을 받게 되었다. 시장은 극비리에 건설회사로부터 은밀하게 받은 돈이 어떻게 상대방의 변호사에게 들통이 나게 된 것인지 알 수가 없었다. 시장은 A시의 지방검찰청에 뇌물 피의자로 소환되었다. 검찰의 집요한 추궁에 대하여 그러한 일이 없다고 시장은 강력히 부인했다.

"시장께서 100억 원의 뇌물을 받고 건축허가를 내주어서는 아니 되는 지역에 고층 아파트의 건축허가를 내주었다는 것이 사실입니까?"

검사의 집요한 추궁에 대하여 시장은 비웃는 듯한 웃음을 지으면서 지루하게 변명을 늘어놓기 시작했다.

"무슨 말씀을 그렇게 험하게 하십니까? 내가 명색이 시장인데, 뇌물이나 먹고 아무데나 건축허가나 내주는 사람 같이 보입니까?"

"검찰에서 조사한 바에 의하면 고층 아파트의 건축을 해서는 아니 되는 지역에 허가를 내준 것은 자선사업을 하려는 것도 아니고 그러한 막대한 액수의 뇌물을 받아먹지 않고는 건축허가를 내줄 수 있는 문제가 아니지 않습니까? 실토하는 것이 좋을 것이오. 언제, 어디에서, 누구에게, 얼마를 받았다는 증거가 명백히 나와 있는데 끝까지 부인한다고 해서 빠져 나갈 수 있을 것 같소?"

검찰이 밝혀낸 바에 의하면 시장이 건축회사로부터 100억 원의 뇌물을 받았다는 명백한 증거가 밝혀졌다. 그는 그 뇌물을 개인적으로 착복하고 그 대가로 고층 아파트 건축허가를 내줄 수 없는 지역에 건축허가를 내 준 시장을 기소하여 재판에 넘겼다.

건축허가가 취소되면 막대한 손해를 입게 될 위험에 놓인 건축회사는 모든 수단과 방법을 동원하여 건축허가의 취소만은 막아보려고 애를 썼다.

"시장이 뇌물을 받고 건축허가를 내줄 수 없는 지역에 건축허가를 내주어서 주변 지역주민들의 극심한 민원의 대상이 되고 있다는 말을 들었습니다. 100억 원의 뇌물 때문에 그러한 건축허가를 불법으로 내준 것입니까?"

"나는 시장으로서 시민의 복지증진을 위하여 열심히 일해 왔습니다."

"시민의 복지증진을 위한다는 시장이 복지증진이라는 말이 과연 무슨 뜻인지나 알고 말씀하시는 것입니까? 새로운 복지증진 사업에 착수하시는 대신에 이미 충분히 누리고 있는 주민들의 복지에 피해를 주는 일은 하시지 말아야지요. 불법으로 건축허가를 내주어 지역주민에게 불필요한 피해를 주게 된 것이 문제입니다."

"내가 건축회사에서 뇌물을 먹고 불법으로 건축허가를 내주었다는 말씀이십니까?"

"그럼 아닙니까? 100억 원의 뇌물을 받지 않았다면 감히 그러한 불법 건축허가를 내주었을까요?"

"1500여 명의 입주자가 들어오게 될 대규모의 아파트 단지 내에 초등학교와 중학교의 건축부지를 확보하지 못한 건축회사에 건축허가를 내준 이유는 무엇입니까? 인접한 아파트와의 교통 대란을 가져올 수 있는 것이 명백한 일인데, 차량출입구를 분명히 확보하지 못한 아파트의 건축허가를 내준 이유는 또 무엇입니까? 100억 원의 뇌물을 받지 않았더라도 그러한 불법 건축허가를 내주었을까요?"

판사는 건축회사 측의 변론을 들었다.

"우리나라 유수의 건축회사로서 어떻게 100억 원이라는 뇌물까지 써가면서 학교부지도 제대로 확보하지 못하고 차량출입구도 마련하지 못한 채 대규모 아파트 단지를 조성하는 이유는 무엇입니까? 일단 아파트를 건축하고 나면 그것을 다시 헐어서 원상 복구하는 일 같은 것은 생기지 않을 것이라고 확신이라도 하기 때문이 아닙니까?"

"그런 생각을 할 리야 있겠습니까? 성심성의껏 아파트를 지어서 지역사회에 봉사하고 싶습니다."

"지역사회를 위해서는 더 이상 봉사하지 않으셔도 될 것입니다. 이미 착수하고 있는 고층 아파트의 건축자체가 지역주민에게 피해를 주고 있는 것이 아니겠습니까?"

시장에 대한 1심 재판의 판결은 다음과 같았다.

"시장이 건축회사의 100억 원의 뇌물을 받고 건축회사에 불법으로 건축허가를 내준 사실이 인정됨으로 다음과 같이 판결한다.

1. A시는 시장을 즉시 파면조치한다.

2. 시장에게는 뇌물수수죄로 10년의 징역형에 처한다.

3. 시장에게 100억 원의 벌금을 추징한다.

4. 건축회사의 건축허가는 원천무효이므로 현재 진행 중에 있는 아파트 건축행위를 즉시 중단하고 가까운 시일 내에 아파트 해체작업에 착수하여 아파트 건축 이전의 상태로 원상 복구시키도록 한다. 이상."

제아무리 날고 긴다 하는 시장이었지만, 검찰이 제시한 뇌물수수의 증거자료는 시장이 꼼짝 없이 뇌물수수자라는 사실을 밝히고 있다. 고층아파트의 건축허가는 재판결과 원천무효라는 판결이 나와서 시장은 파면되고 건축회사는 지금까지 지어놓은 아파트의 건축을 더 이상 진행할 수 없게 되었다. 주변 경관을 가로막고 있으며 지역주민에게 막대한 피해를 주고 있는 아파트를 헐어서 그 지역을 원래의 녹지대로 환원시키라는 판결이 나왔다. 우리나라 아파트 건설 역사상 그러한 판결이 나오기는 이번이 처음이다. 아무 데나 땅만 있으면 주변지역에 미치는 영향 같은 것은 전혀 고려하지 않고 집만 지으면 된다는 것이 일반적인 관행이었다. 그러나 이번의 고층 아파트 건축과 관련된 판례는 그러한 불법적인 방법으로 아파트 건축을 아무 데나 해서 지역주민에게 엉뚱한 피해를 더 이상 발생하게 해서는 안 된다는 것을 명백히 하고 있다. 건축회사가 뇌물까지 주고 지방정부와 야합하여 주변 주민들의 강력한 반발을 사게 되는 이러한 불법적인 건축을 강행하는 일은 더 이상 없어져야 한다는 것이다. 지역주민의 불만을 사게 되는 이러한 고질적인 민원사항은 더 이상 없어져야 한다는 것이 이 판결이 주는 강력한 메시지라 할 수 있을 것이다.

그런데 법원의 1심판결은 건축회사에게 중대한 시련을 가져다주었다. 법원의 판결에 의하여 거의 완공단계에 있는 고층 아파트를 전부 헐어내서 원상복구를 시키게 된다면 막대한 적자 때문에 건축회사의 존립자체가 위협 받게 될지도 모르는 일이다. 지금까지 짓고 있는 고층 아파트를 헐어버리고 원상복구를 시켜야 할지도 모르는 사태가 실제로 발생하게 된다면 어떻게 할 것인가? 1500여 세대나 되는 입주예정자들의 문제를 어떻게 대처할 것인가? 건설회사 측에는 일대 난리가 나기 시작했다. 기 지불한 분양대금을 되돌려달라는 입주예정자들이 몰려와서 분양사무실은 일을 볼 수 없을 정도가 되었다. 입주예정자들의 분양

대금을 전부 되돌려주게 된다면 사실상 법원의 판결대로 이미 건설한 고층 아파트를 헐어내서 원상 복구시킬 수 있는 비용까지 없어지게 되기 때문에 건축회사로서는 중대한 기로에 놓이게 되었다. 건축회사는 궁여지책으로 원래의 건축계획을 수정해서 고등법원에 항고하기로 했다.

건축회사가 마련한 수정안에 의하면 11개동 중에 3개동을 헐어서 초등학교의 부지를 마련하려는 것이었다. 그러나 법원은 이미 인접한 아파트의 1008명의 입주자의 자녀교육을 위하여 공원 쪽 도로변에 지어진 초등학교와 중학교와는 별도로 초등학교와 중학교의 학교부지를 마련하라는 것이었다. 이미 포화상태에 있는 기존시설로는 고층 아파트 자녀들의 교육을 위하여 수용할 만한 시설이 부족하다는 것이다. 인접 아파트와 마찬가지로 도로 변에 위치한 5개동의 건물을 헐어내고 그 자리에 초등학교와 중학교의 학교 부지를 마련하라는 것이다. 5개동의 아파트가 헐리게 되면 시계도 전보다 트이게 되고 입주자의 숫자도 800세대로 줄어들기 때문에 줄어든 세대들의 자녀교육을 위한 학교시설이 충분히 확충될 수 있다고 본 것이다. 이러한 고등법원의 판결에 불복하여 건축회사가 대법원에 상고했지만 대법원은 고등법원의 판결을 확정판결로 받아들여서 5개동의 아파트 건물을 헐어내고 초등학교와 중학교의 학교 부지를 확보하라는 판결을 내렸다.

건축회사 측으로는 억울한 일일지 모르지만 이번 사건은 100억 원이나 되는 뇌물을 건축업자출신인 시장에게 주고 고층 아파트 건축을 할 수 없는 공원 입구에 있는 입지에 고층 아파트 건축을 시도했다는 것이 처음부터 잘못 되었던 것이다. 더욱이 1500 세대의 입주자를 수용하는 아파트 단지 내에 자녀교육을 위한 초등학교와 중학교의 학교 부지도 확보하지 않은 채 11개 동의 고층 아파트 건축을 허가해 주었다는 것이 처음부터 문제가 되었던 것이다. 이러한 아파트가 건축되기 전부터 인근 아파트의 반대는 격렬한 것이었지만 건축회사는 물론 불법으로 허가를 내준 시장은 주민들의 강력한 반대에 눈 하나 깜짝하지를 않고 그대로 밀고 나가기로 했다. 주민들은 허탈했으며 어떻게 이런 비상식적인 일이 민주국가에서 이루어질 수 있느냐 하는 문제로 계속 시끄러웠다. 다행히 유능한 변호사가 시장이 건축회사로부터 100억 원의 뇌물을 받아먹고 불법으로 건축허가를 내어주었다는 사실을 밝혀내서 시장은 처벌을 받고 건축회사는 파산 일보직전까지 가게 되었다.

다행히 건축회사의 수정안을 법원이 받아들여서 11개동의 고층 아파트 중에 5개동을 헐어내고 그 자리에 아파트 입주자들의 자녀교육을 위한 초등학교와 중학교의 학교 부지를확보하는 선에서 이 문제를 일단락하기로 했다. 11개동의 고층건물 중에서 5개동의 건물이 헐리고 보니 그곳에 고층 아파트를 짓기 전보다는 못했지만 11개동의 아파트가 하늘을 찌를 정도로 시야를 콱 막고 있어서 답답한 느낌을 주었던 것과는 훨씬 나아진 느낌을 주게 되었다. 단지 내의 여유 공간이 넓어진 것이 외부에서 보기에도 좋았다. 문제는 헐리게 되는 건물에 입주하기로 예정되어 있던 세대에게는 아닌 밤중에 홍두깨도 유분수이지 지금까지 고층 아파트의 건축이 완공되기만을 기다리던 세대들은 실망이 이만 저만이 아니었다. 이미 지불한 돈을 돌려받을 수 있다 하더라도 모든 돈을 털어서 마련한 아파트인데 어디에서 이런 좋은 아파트를 그 돈으로 마련할 수 있다는 말인가? 아파트 하나만을 생각하면 아마도 그 말이 맞을지도 모르는 말이다. 그러나 엄밀히 말하면 그 아파트는 인접한 우리 아파트와는 비교가 되지 않을 정도로 열악한 주거환경을 가진 아파트라 할 수 있었다. 다행히 더 늦기 전에 일부의 아파트가 헐리고 학교 부지를 위한 공터가 생기다 보니 이전보다는 훨씬 더 나은 주거환경을 확보할 수 있게 되었다.

건축회사는 집만 지어서 이익을 내면 된다는 생각으로 아파트 건축을 지금까지 추진해 왔다. 이번에 그 자리에 무리하게 11개 동의 고층 아파트를 건축하여 떼돈을 벌려던 건축회사의 시도가 어이없게도 반 토막이 나버리기는 했지만 그렇게 된 것이 오히려 잘 된 일이라고 생각된다. 도대체가 우리나라의 아파트건축은 처음부터 무계획하게 아파트를 지을수 있는 땅만 확보할 수 있다면 어디에나 장소를 가리지 않고 아파트를 지어왔기 때문에 전국을 볼품없는 아파트단지로 바꾸어 놓고야 말았다. 뉴욕의 할램지역에 고층 아파트가 몰려 있게 된 것은 60년대 주택부족 문제를 해결하겠다고 자처하고 나선 와그너 시장의 작품이었다. 이러한 예외적인 경우를 제외하고는 미국의 다른 도시들은 물론 세계 각국의 어느 도시에서도 찾아볼 수 없는 우리나라에서만 발견될 수 있는 특이한 현상이라 할 수 있을 것이다. 파리나 비엔나와 같은 도시는 건물 하나하나의 예술성을 감안하여 함부로 집을 짓지 않았기 때문에 도시전체가 예술품 자체인 것처럼 느껴지고 있다.

2차 대전에 패망한 독일은 전쟁으로 파괴된 대독일의 수도에 마구잡이로 건물을 신축하는 대신에 독일이 통일된 후에 집을 짓겠다고 수십 년간 폐허를 그대로 방치해 두었다고 한다. 런던 시내의 건축물의 높이는 4층을 넘는 것이 없으며 시내의 도로도 마차를 타고 다니던 시절처럼 좁은 상태 그대로 방치하고 있는데 이것은 아마도 옛것을 중시하려는 생각 때문에 그런 것 같다. 로마시내에는 고대 로마의 무너진 유적들이 시내에 흩어져 있는 것을 그대로 보전하고 있는 것을 볼 수 있다. 체코의 프라하, 폴란드의 바르샤바, 크라카우, 헝가리의 부다페스트, 오스트리아의 비엔나, 프랑스의 파리, 독일의 하이델베르크와 프랑크푸르트, 네덜란드의 암스텔담, 프랑스의 파리, 스웨덴의 스톡홀름, 노르웨이의 오슬로, 베르겐, 덴마크의 코펜하겐 등도 옛것을 많이 보전하고 있는 것 같았다.

이집트의 카이로, 터키의 이스탄불, 중국의 베이징과 상하이, 일본의 도쿄, 오사카, 교토 등의 대도시에서도 우리나라처럼 고층아파트가 자리 잡고 있는 모습을 찾아볼 수 없었다. 전국이 아파트로 밀집되어 있는 모습은 우리나라에서만 볼 수 있는 현상이며, 이러한 볼품없는 현상을 보고 개발이라고 주장한다면 말이 되지 않는 일이라고 할 수 있을 것이다. 우리나라가 이러한 착각에서 하루 속히 벗어나는 일만이 선진화를 향하여 가는 지름길이 될 것이다. 이번 고층 아파트 건축사건처럼 무슨 방법을 써서라도 아파트만 건축하면 된다는 것은 참으로 잘못된 생각인 것이다. 그것은 아마도 그렇게 하는 것이 국가발전에 기여하는 길이라고 생각하는 착각에서 생긴 일이니 우리나라의 건축업자들이 하루 속히 그러한 잘못된 생각에서 벗어나는 길만이 우리나라의 건전한 도시와 농촌의 주택 발전을 위하여 바람직한 일이라고 할 수 있을 것이다.

파면된 A시의 시장처럼 공원녹지로 유보되어 있는 자리에 무모한 아파트 건축을 하겠다고 시내의 공원녹지의 지도를 매일 들여다보면서 그는 과연 무슨 엉뚱한 생각을 한 것일까? 뇌물까지 받아먹고 내준 불법 건축허가가 절대로 들통이 나지 않을 것이라고 확신하고 있었던 것은 아니었을까? 감옥 속에서도 공원녹지에 계속해서 아파트를 건축해 가는 꿈을 꾸고 있는 것이나 아닌지 알 수 없는 일이다. 그러한 사람은 절대로 시장에 당선되어서는 아니 될 사람이었다. 그 사람처럼 시민들에게 이익을 주는 대신에 피해를 주는 사람이 어떤 경우에도 시장이 되어서는 아니 될 것이다. 그런데 그러한 사람의 경우에는 그가 시민을 위하여 일하고 있다는 착각을 했을지도 모르는 일이 아니겠는가?

좀 늦은 감은 있지만 불법으로 강행되던 고층 아파트 건축이 중도에 반 토막이 나서 지역주민에게 비록 완전하지는 않지만 아파트 건축으로 인한 부작용을 반감시킨 것은 천만다행한 일이라 할 수 있을 것이다. 이제는 과거처럼 아무 데나 아파트를 지어서 팔기만 하면 그만이라는 사고방식을 건축업자들이 과감히 버릴 시기가 된 것 같다. 아무 데나 계획성 없이 집을 지어서 전국을 볼품없는 아파트의 무덤으로 만들어 놓은 아파트 건축업자들이 더 이상 아파트를 계속 지어서 이익을 남길 수 있게 해서는 안 될 것이다. 더욱이 A시의 전직 시장처럼 A시에 더 이상의 아파트 건축부지가 없게 되자 공원부지로 유보된 공지에까지 아파트 건축을 추진하려는 계획을 갖고 우선 공원 입장료를 받기 시작한 것부터 상상을 초월하는 엉뚱한 발상이었다고 할 수 있을 것이다. 시내에 공원녹지가 있는 근본목적은 시민들의 휴식공간을 마련하여 주는데 있는 것이다. 시내에 있는 공원은 당연히 시민들에게 상시 무료로 제공되어야 하며, 어떠한 이유에서이건 간에 시민들에게 공원입장료와 같은 사용료를 받아서 시민들이 공원에 접근하는 것 자체를 방해했다면 시민들의 권리를 침해한 중대한 위법행위로 다루어져야 할 것이다. 시장이 그러한 행위를 지시했다면 시장이 그러한 위법행위에 대한 책임을 저야 할 것이다.

우리나라의 도시환경의 대부분은 건물이 주종을 이루고 있어서 녹지대의 비례가 상대적으로 적다. 따라서 시내의 건축에는 부족한 녹지공간을 보충하는 방법의 하나로 아파트와 같은 단조로운 무미건조한 형태로만 집을 지어서는 안 될 것이다. 다양한 모습의 건축물을 녹지공간과 어울릴 수 있게 배열하는 것이 부족한 녹색공간과 조화를 이룰 수 있는 지름길이 될 것이다. 이제부터는 빈 땅만 있으면 도시의 조화는 전혀 고려하지 않은 채 마구잡이로 집만 짓는 지금까지의 관행은 지양되어야 할 것이다. 우리나라의 도시도 외국의 다른 도시들처럼 건물 하나를 짓더라도 제대로 된 집을 지어야 할 것이다. 어떠한 이유로 우리나라에서 닭장과 같은 아파트 건축이 우리나라의 건축문화를 휩쓸게 되었는지는 알 수 없다. 아마도 현대건설을 비롯한 대기업들이 아파트 건축이 돈벌이가 된다는 잘못된 인식하에 60년대부터 불기 시작한 건축 붐을 타고 값이 싼 수많은 아파트를 지어냈다. 그 많은 아파트를 지어냈지만 아파트를 소유하지 못한 사람들의 숫자는 아직도 상당수가 있다고 한다.

그러나 이러한 방법으로 아파트를 건축해서 부족한 주택수요에 충당하겠다는 생각은 주택부족의 해결책으로 더 이상 유지되어서는 아니 될 것이다. 이제 부터는 우리나라의 도시도 외국의 대부분의 도시처럼 특색 있는 도시로 탈바꿈할 때가 된 것이다. 이전처럼 무작정 아파트와 같은 특성 없는 건축물을 사방에 지어서 우리나라의 도시를 특성 없는 도시로 만들어버리는 일은 더 이상 허용되어서는 아니 될 것이다. 그것도 모자라서 30~40층의 아파트도 부족해서 60층이 넘는 아파트를 마구잡이로 지어서 주거문제를 해결하겠다는 궤변은 더 이상 용납되어서는 아니 될 것이다. 아파트인지 사무실 건물인지 알 수 없는 고층 건물들의 건설을 서두르고 있는 건축회사의 의도는 과연 무엇인가?

이번에 문제되었던 고층 아파트 건축과 관련되었던 사건도 최고층 아파트의 높이가 15층에 불과한 아파트들이 밀집해 있는 지역에 그 높이의 2배 이상이 되는 30~43층 높이의 아파트를 건축하다 보니 주변 지역주민들이 답답한 느낌을 갖게 되어 그러한 불법 건축허가를 내 준 시장과 건축회사를 상대로 소송을 제기한 결과 승소를 하여 전례가 없었던 이미 건축중에 있던 건물의 반이나 헐어내고 그 자리에 건축계획에는 들어있지 않던 초등학교와 중학교의 학교 부지를 단지 내에 마련해야 하는 수모를 당하게 되었던 것이다.

이제부터는 아파트의 건축도 주변 환경에 미치는 환경영향을 완전히 무시한 채 건축회사의 입맛에만 맞는 아파트건축을 제멋대로 진행했다가는 이번의 사례처럼 상상하지 못했던 엉뚱한 사태에 직면할 수도 있다는 것을 명심해야 한다는 것이다. 지금까지 아파트 건축업자들이 우리나라의 도시와 농촌모습을 형편없이 망쳐놓았던 것이다. 지금까지 이러한 아파트 건축업자들의 제재를 받지 않았던 관행을 그대로 방치해 둘 것인가? 아니면 지금부터라도 기왕에 지어놓은 아파트를 재건축하게 되는 기회가 오면 멋없는 아파트를 그 자리에 다시 지을 것이 아니라 예술적인 가치가 있는 건축물로 대체해보려는 노력을 경주할 때가 된 것이다. 이미 지어놓은 아파트를 전부 헐어버리고 그 자리에 새로운 형태의 기능적인 아파트를 지어서 도시의 지금까지의 모습을 단계적으로 쾌적한 모습으로 변화시켜 나아갈 때가 된 것이다.

건축은 공간적인 종합예술이라 할 수 있을 것이다. 아파트 건축과 같이 무작정 튼튼한 집만을 지어서 돈벌이를 하려는 일이야말로 건축이라는 말을 쓰기조차 민망스러운 일이라 할 수 있을 것이다. 멋없는 아파트의 건축이야말로 예술성은 전혀 고려하지 않은 채 돈으로 건물전체를 처바른 듯한 모습을 보여주기 때문에 초라하게 느껴질 뿐이다. 외국의 건축가들이 우리나라의 멋없는 아파트들이 한강변에 난립되어 있는 것을 보고 과연 무엇이라 평가할 것인가? 아마도, 그들의 대부분은 아무런 평가도 하지 않고 그냥 웃어넘기지 않았을까 하는 생각이 든다. 특별히 평가할 가치가 없을 때는 대부분 침묵으로 일관하는 것이 그들의 관례가 되어 있는 것이 아니겠는가? 외국의 건축가들이 우리나라의 아파트 건축을 보고 무엇이라 평가하든 간에 앞으로는 그러한 형태의 건물을 짓는 것을 지양할 때가 된 것 같다.

이제부터는 그러한 방법으로 값싼 아파트를 짓는 것 자체를 중단하고 기왕이면 좀 비용이 더 들더라도 제대로 된 건물을 짓기 시작해야 할 것이다. 값싼 아파트는 20년도 못가서 헌집이 되어버리지만 견고하게 진 외국의 집들은 수백 년이 지났는데도 아직까지 건물로서 건재하고 있다는 것은 우리에게 많은 시사를 주고 있다. 우리나라에서는 돌이나 흙으로 지은 집보다는 나무로 지은 집들이 많아서 수백 년을 견딜 수 있는 건물이 별로 없어서 현재까지 남아 있는 집들이 별로 없다. 교회 건물만 하더라도 유럽에 가면 짓는데 수백 년 아니 600년 이상 걸렸는데도 아직 건축이 끝나지 않은 교회건물도 있다. 실로 놀라운 일이 아닌가? 로마에 있는 콜로세움은 수천 년이 된 건물이지만 그동안 몇 번의 큰 지진이 있었음에도 불구하고 아직까지 그 자리에 변함없이 서있는 것을 보고 많은 것을 생각할 수 있게 하는 건축물이다.

우리나라에서는 처음부터 아파트를 건물이라고 보기보다는 일종의 소모품으로 생각했던 것 같다. 왜냐하면 아파트의 건축은 처음부터 견고하게 지어서 수백 년을 견딜 수 있는 건축물을 짓는 것이 아니었다. 부족한 주택문제를 일시적으로 해결하는 수단으로서 대부분의 건축업자들이 값싼 아파트의 건축에 착수했던 것이다. 그러다 보니 아파트의 외형 같은 것은 문제가 될 수 없었으며 가능하면 비용을 덜 들여서 아파트를 덜 견고하게 지어야만 아파트가 얼마 지나지 않아서 낡아버리게 되기 때문에 재건축의 기회가 빨리 돌아오게 된다는 이치를 건축회사가 누구보다 먼저 깨닫게 되었던 것이다.

초기에 지은 아파트들은 안전성의 구조에 문제가 있었는지 10년도 못된 기간에 아파트 건물이 붕괴되는 일도 생기게 되었다. 그래서 우리나라의 아파트는 건축초기에 지었던 아파트의 경우에는 준공 후 20년이 지난 아파트에 대하여 재건축의 기회를 부여하게 되었던 것이다. 그러다 보니 20년의 기간이 지났음에도 불구하고 아직도 멀쩡한 아파트를 20년이 지났다는 사실만을 이유로 헐어내고 그 자리에 새로운 아파트를 짓게 되는 엉뚱한 사태까지 발생하게 되었던 것이다. 초기의 아파트는 대부분이 5~6층의 저층 아파트였으며 엘리베이터도 없는 불편한 아파트였기 때문에 재건축을 할 수 있는 20년의 기간이 경과하자마자 고층 아파트로의 재건축을 추진하기 시작했다.

재건축이 추진된 고층 아파트는 대부분 15층 이하의 아파트였다. 재건축을 하게 되는 아파트의 재건축 가능기간을 준공 후 20년으로 하는 것은 너무나 비경제적이라 하여 40년으로 기간을 연장해 놓았다. 재건축에 착수한 일부의 아파트 중에는 15층 이하의 아파트가 아니라 30~40층 아니면 60층 이상의 아파트를 지어서 같은 단지 내에서 2배, 3배, 또는 그 이상의 고층 아파트를 지어서 건축회사는 앉아서 돈을 벌 수 있게 되었고 아파트의 주거환경은 날이 갈수록 열악해지는 계기를 마련하기 시작했다. 더욱이 재건축사업의 추진은 주택가격의 천문학적 상승을 가져오는 계기가 되었다.

이러한 걷잡을 수 없는 아파트의 재건축 붐은 건축업자나 입주자들이 더 이상의 돈벌이에만 몰두하지 말고 도시의 미관을 상식적인 선에서 회복할 수 있는 방법을 더 늦기 전에 강구해야 할 것이다. 이러한 지나친 재건축사업을 추진해서 우리나라의 도시와 농촌을 황폐화시키고 있는 현상을 그대로 방치해둘 수는 없을 것이다. 교육도 국가의 백년대계이듯이 건축회사와 입주민의 이익만을 추구하는 현재와 같은 재건축의 추진은 국가의 백년대계를 위하여 아무런 도움도 되지를 못한다는 것을 건축업자와 입주자들이 더 늦기 전에 확실하게 깨달아야 할 것이라고 본다. 그렇게 해야만 우리나라의 도시와 농촌이 아파트의 난립으로 더 이상 망가지는 사태를 미연에 방지할 수 있는 방법이 되지 않을까 싶다.

3

꿈

누구나 꿈을 꾸고 있다. 잠을 자면서 꾸는 생리적인 꿈이 있는가 하면 무엇이 되어보겠다거나 무엇을 이루어 보겠다는 희망을 나타내는 꿈도 있다. 한창 키가 클 때에는 하늘을 자유자재로 날아다니는 꿈도 꾸었다. 투명인간이 되어 악당을 쳐부수는 정의의 투사 노릇도 하는가 하면 남의 재산을 빼앗거나 괴롭히는 악역을 해보기도 했다. 꿈속에서 우리가 하지 못할 일은 아무 것도 없는 것 같다. 옛날에는 꿈도 흑백영화를 볼 때처럼 흑백으로 꾸었는데 언제 부터인가 꿈도 칼라로 꾸고 있다.

내가 어렸을 때 꾼 꿈 중에 가장 신이 났던 꿈은 아마도 내가 하늘 위를 내 마음대로 날아다니는 꿈이었을 것이다. 깡패들을 만나서 싸우다가 내 힘으로 그들을 도저히 대적할 수 없을 때에는 그들에게 잡힐 듯 잡힐 듯하는 순간에 통쾌하게 하늘을 날아오를 때에 닭 쫓던 개처럼 멍한 얼굴로 그들이 나를 쳐다볼 때처럼 상쾌한 기분이 들 때도 그리 많지는 않았을 것이다.

우리가 세상을 살아가면서 자신의 꿈을 이룰 수 있는 사람의 수보다는 자신의 꿈을 이룰 수 없는 꿈으로 남겨두게 되는 경우가 훨씬 더 많다고 해야 할 것이다. 나는 80평생을 살아오면서 그만했으면 내가 젊은 시절에 꾸었던 꿈을 상당히 이룰 수 있었던 것 같다. 특히 내가 은퇴 후에 꾸고 있었던 소설가가 되겠다는 꿈은 '동방문학'을 통하여 소설가로서 한국문단에 등단함으로써 실현된 꿈이 되었다. 아쉬운 것은 이러한 꿈이 좀 더 젊은 나이에 실현될 수 있었다면 더 많은 소설을 썼을 것이며, 개중에는 명작도 쓸 수 있지 않았을까 하는 생각을 해본다. 나이가 많이 들어서 소설가가 되었으니 앞으로 얼마나 많은 소설을 쓸 수 있을지는 알 수 없지만, 죽을 때까지 나는 소설을 쓸 생각이다.

나는 등단하기 전에도 10여 편의 단편소설을 써서 그 중에 한 작품으로 등단을 했지만, 등단 후 1개월이 좀 지난 기간 동안에 8편의 단편소설을 완성했으며 지금은 9번째 소설을 쓰고 있는 중이다. 언제부터인가 나는 소설을 쓰지 않으면 몸도 근질근질 해지고 잠도 잘 오지 않게 되었다. 내가 소설을 쓰는 시간이 나에게는 가장 즐겁고 행복한 시간이라 할 수 있다. 직업상 하기 싫어도 해야 하는 일을 할 때는 소설을 쓸 때처럼 즐겁거나 행복하지를 못했던 것 같다. 나의 소설 속에서 나는 무엇이든지 내 마음대로 요리할 수 있다. 아무도 나에게 이래라 저래라 명령하는 사람도 없으니 소설을 쓰는 나의 영혼은 한없이 자유스럽게 느껴진다.

꿈이 없는 사람은 죽은 사람이나 마찬가지일 것이다. 우리가 이 세상을 살아갈 수 있게 해주는 것은 꿈이 있기 때문일 것이다. 꿈이 없는 사람은 희망도 없는 사람이다. 우리는 누구나 내일은 오늘보다 나아지겠지 하는 희망을 갖고 살아가고 있다고 본다. 내일이 오늘보다 못하게 되리라는 것을 알게 된다면 누가 열심히 살려고 애를 쓰려 할 것인가?

일정표라는 것이 있다. 하루에 해야 할 일들을 상세하게 순서대로 써놓고 그것을 하나씩 계획대로 실천해 가는 것이다. 일정표대로 100퍼센트를 실천해 갈 수 있는 사람은 아마도 존재하지 않을 것이다. 자기가 정한 일정표의 70퍼센트나 80퍼센트 정도를 달성할 수 있는 사람이 있다면 아마도 자신이 원하는 성공적인 삶을 살고 있다고 자부해도 좋을 것이다. 일정표는 사정에 따라 수정하거나 변경할 수도 있을 것이다. 꼭 필요한 경우에는 그렇게 해도 좋겠지만 일정표를 시도 때도 없이 함부로 바꾸는 것은 바람직한 일이 아닐 것이다. 일정표를 미리 작성해 두는 것은 세상을 제멋대로 살지 않고 좀 제대로 살아보겠다는 결심의 발로라 할 수 있을 것이다. 이러한 일정표는 하루만을 위한 것만 아니라 1주일, 1개월, 또는 1년 아니면 그 이상을 위한 것도 있을 것이다. 어떠한 규모의 일정표이든 간에 중요한 것은 과연 그것을 성실하게 실천할 의지가 있느냐 여부에 달렸다고 할 수 있을 것이다.

우리의 인생은 어떻게 보면 일정표가 확대된 것이라고 할 수 있을 것이다. 비록 우리가 의식적으로 일정표를 사전에 작성한 일은 없을지라도 지나고 보면 눈에 보이지 않는 어떠한 계획에 의하여 우리의 인생이 일정한 방향으로 진행되어 왔다는 사실을 깨닫게 될 것이다. 꿈이 있는 사람은 이렇게 운명적으로 결정되어 우리를 일정한 방향으로 끌고 가려는 인생의 행로를 변경시킬 수 있는 능력이 있는 사람들이라고 할 수 있을 것이다.

꿈을 꾸는 것은 누구에게 있어서나 자유이며 남의 지시를 받지 않고 자기 의사에 의하여 자신만의 꿈을 꾸고 있는 것이다. 꿈의 세계에서는 불가능한 일이란 아무 것도 없다고 해도 과언이 아닐 것이다. 꿈의 세계에 있어서는 꿈을 꾸는 사람의 의지에 의하여 무슨 일이나 성취할 수 있는 가능성이 무한대로 있는 세계인 것이다.

우리는 꿈속에서 일국의 대통령이 되어 볼 수도 있다. 내가 만일 대통령이라면 무슨 일부터 시작해 볼 것인가. 국민의 존경과 사랑을 받는 대통령이 되고 싶은데 오늘날의 우리나라 실정으로 볼 때 욕을 먹지 않는 대통령이 된다는 것도 무척 어려운 일인 것 같다. 외교사절들을 접견해야지 외국의 정상들과 긴밀한 관계를 유지하기 위하여 외국을 수시로 순방해야 하고 경제외교를 위하여 세계 각국을 돌아다녀야 하는 일은 참으로 피곤하고 힘이 드는 일이다.

국내에서는 정파간에 별문제도 아닌 것을 갖고 정쟁이나 하고 있으니 가능하면 중립적인 입장에 서야 하는 대통령의 정치력을 발휘하는 데는 여러 가지로 어려움이 많은 것 같다. 대통령이 제아무리 정치적으로 중립적인 위치에 서려고 해도 야당 측에서는 대통령을 여당의 수장으로 인정하여 대통령이 하려는 일을 사사건건 반대하고 나서기 때문에 대통령의 운신의 폭을 극도로 줄이고 있는가 하면, 대통령의 인사권에 깊이 관여하여 마치 자기들이 대통령이나 되는 듯이 착각하여 행동하고 있으니 대통령의 자리라는 것이 얼마나 험난한 자리인가를 새삼 깨닫게 되었다. 국무총리 지명자나 장관후보자에 대한 인사청문회는 마치 자신들의 정치적인 세력을 과시하는 자리나 되는 듯이 설쳐대는 모습을 텔레비전을 통하여 보게 되는 국민들의 눈살을 찌푸리게 하는 국회의원들에 대한 불신만 가중시키고 있으니 대통령으로서도 이러한 모습을 보는 것은 난처해질 수밖에 없는 일일 것이다.

우리나라와 같은 정치적인 후진국가에서는 대통령의 할 일도 많다고 해야 할 것이다. 정파 간의 치열한 싸움을 정치력을 발휘하여 중재하는 일에서부터 국민생활의 경제적인 안정뿐만 아니라 복지혜택의 확대에 이르기까지 해결해야 할 문제가 허다하게 산적되어 있다고 해야 할 것이다. 나아가서 우리 사회의 각계각층에 급속하게 번지고 있는 각종 부조리에 대한 척결은 대통령 한 사람의 힘만으로는 절대로 해결될 수 없는 성질의 문제라고 할 수 있을 것이다. 그러나 세월호참사와 같은 국가적인 대형사고가 일어나기만 하면 우리 사회의 구조적인 부조리에 대한 것은 문제 삼을 생각도 않고 모든 책임을 대통령 한 사람에게만 물으려 하고 있는데, 이것은 문제의 올바른 해결방법이 아닐 것이다.

그러한 대형사건의 발생에 대해서는 정부기관의 고위공직자들이 책임을 져야 할 문제임에도 불구하고 정부의 정책을 무조건 반대하는 입장에 서있는 야당의 입장은 그들에 대한 책임 문제는 전혀 거론하지도 않은 채 대통령의 책임만을 묻고 있으니 야당은 과연 문제를 정치적으로 해결하려는 의지가 있는 것인지 묻고 싶다. 대형사고의 발생을 방지할 수 있는 대책을 강구하려는 것이 아니라 그러한 불행을 정치적인 주도권을 잡기 위한 정치적인 수단으로 이용하고 있는 것이나 아닌지 궁금해진다.

나 같으면 이러한 어려운 직책을 감당해야 할 대통령직에 도전할 생각은 꿈에도 없다. 그런데 많은 정치인들의 최종목표는 대통령이 되려는데 있다. 대통령이 되기 전에는 누구나 전직 대통령들보다는 일을 잘 할 수 있다고 장담을 하고 있지만 막상 대통령이 되고 난 후에는 우리나라의 정치풍토상 대통령직의 수행이 극도로 어려워지고 있다는 것을 깨닫게 되지만 그때는 이미 늦은 감이 있다는 것을 알게 될 것이다.

우리는 꿈속에서 재벌이 되어 볼 수도 있을 것이다. 누구나 돈을 한 번 마음껏 쓰고 싶다는 유혹을 받을 것이다. 내게 돈이 많이 있다면 무엇부터 해볼 것인가. 막상 많은 돈이 내 수중에 들어온다 하더라도 쓰려고 하면 쓸데가 그렇게 많은 것 같지가 않다. 왜냐하면 인간은 하루 세끼를 먹는데 비싼 음식을 먹건, 아니면 싼 음식을 먹건 간에 인간이 먹을 수 있는 양은 정해져 있는 것이다. 그러다 보니 제 아무리 비싸고 고급인 요리를 먹는다 하더라도 인간의 식사량이 정해져 있는 한 비싼 음식이라고 해서 자신의 식사량 이상을 먹을 수는 없는 것이다. 무리하게 과식을 하게 되면 먹은 것을 다 토해버리고 배탈이 나서 고생을 하게 될 것이다.

우리가 갖고 싶어 하는 물건도 마찬가지이다. 양복만 하더라도 수백 벌의 고급양복을 갖고 있다 하더라도 그것을 전부 입을 기회는 없을 것이다. 나도 현직에 있을 때는 춘추복도 있고 여름옷과 겨울옷도 몇 벌씩 있었으며 그것을 돌아가며 입었는데, 막상 은퇴를 하고 보니 특별한 경우가 아니면 양복을 입을 일이 없어졌다. 은퇴 직후만 하더라도 아직은 직장에 다니고 있다는 느낌을 가져보기 위해서 집에서도 출근시간에 맞추어서 정장을 하고 시간을 보내다가 퇴근시간에 맞추어서 정장을 벗고 평상복으로 갈아입는 일을 한동안 하다가 이러자면 은퇴생활은 무엇 때문에 할 것인가라는 데 생각이 미치게 되어 자유스럽게 은퇴생활을 하기로 했다. 그러다 보니 자연 복장에도 신경을 쓰지 않고 내가 원하는 대로 자유스럽게 입기 시작했다.

나는 현직에 있을 때 입던 양복을 많이 버렸는데도 아직까지 20여 벌이나 남아 있어서 이제는 더 이상 입지를 않으며 큰 사위의 체형에 내 옷이 좀 커서 물려줄 수도 없어서 그대로 장속에 남겨 두고 있다. 나는 젊은 시절에 진바지를 입지 못하고 은퇴한 세대이므로 진바지를 입지 못하고 은퇴한 것이 한이 되어서 은퇴 후에 하나씩 둘씩 사 모은 진바지가 블루진과 블랙진을 합쳐서 10여 벌이나 되며, 그동안 사 모은 바지들과 합쳐서 입지 않는 바지가 50여 벌이나 된다. 난방도 많고, 스웨터도 많다 보니 난방과 스웨터를 한 두어 벌씩 입다보면 여름이 가고 겨울도 가곤 하는 것을 알게 되었다. 입으려고 한 곳에 쌓아놓은 옷들 중에 몇 벌만 입다 보면 계절이 바뀌는 것 같다.

컴퓨터도 세월이 지나다 보니 어느 사이에 네 개나 갖게 되었다. 워드프로세서에서 시작해서 흑백과 칼라프로세서를 거쳐서 노트북을 몇 개 거친 후, 노트북 2개와 컴퓨터 2개를 갖게 되었다. 카메라도 젊었을 때는 하나도 없었는데 인스탄트 카메라와 싱글프렉스 카메라를 거쳐서 이제는 필름 대신에 칩을 사용하는 망원렌즈를 장착한 카메라까지 갖게 되었다. 필름을 사용하는 캠코더도 있지만 동영상과 정지화면을 동시에 찍을 수 있는 오른 손안에 들어갈 수 있을 정도로 작은 핸디캠 하나만 있으면 사진 찍는 문제는 더 이상 염려를 하지 않아도 되었다.

국산 자동차도 최근에 아주 성능이 좋아져서 구태여 비싼 외제차를 꼭 타야 할 필요가 없는 시대에 우리가 살고 있는 것이다. 이제는 우리 국민의 생활수준도 상당히 향상되어서 모든 것이 옛날과는 비교가 되지 않을 정도로 우리가 원하기만 하면 가질 수가 있는 세상이 되었다. 돈이 많이 있다고 하여 전시효과를 위한 것이 아니라면 더 이상의 욕심을 내는 것은 사치가 아니겠는가. 그렇게 돈이 많다면 돈이 많다는 냄새만 피우지 말고 그 많은 돈을 필요로 하는 사람들에게 나누어줄 용의는 없는 것인지 묻고 싶다.

꿈속에서 우리는 모험가가 될 수도 있을 것이다. 등산가가 되어 세계의 지붕이라 할 수 있는 히말라야의 14좌 준봉들을 차례로 정복하는 스릴을 느낄 수도 있을 것이다. 아프리카의 케냐 등의 국립공원에 가서 아프리카의 맹수들과 야생동물들을 상대로 사냥도 하고 그들을 근접해서 촬영도 해본다면 얼마나 멋이 있을까. 경비행기를 타고 세계 각지를 단독비행해서 가보는 것은 어떨까. 요트를 타고 단신으로 태평양을 건너가는 느낌은 어떨까. 가다가 폭풍을 만나서 다 죽을 뻔했다가 다시 살아난 느낌은 어떤 것일까. 중도에 하와이의 오하우섬에 들려서 와이키키 해변에서 며칠 쉬다가 다시 태평양을 건너서 미국의 샌프란시스코 만에 도착하여 금문교 밑으로 요트를 몰고 가면서 느끼는 성취감은 태평양 횡단을 단신으로 해낸 자신에게만 주어진 특권이 아니겠는가.

내가 유능한 축구선수가 될 수 있다면 국가대표선수로 월드컵대회에 참가하여 월드컵사상 최초로 우승컵을 대한민국에 안겨주는 최초의 선수가 되는 영광도 누리게 될 수 있을 것이다. 만일 내가 투명인간이 될 수 있다면 위안부 문제에 대하여 거짓말만 하고 있으며 뒤늦게 재무장을 하여 주변국가에 침략이나 자행하려는 망상에 사로잡혀 있는 얄미운 일본의 아베총리의 볼을 꼬집어주고 멱살이나 잡아서 흔들어주고 싶은 심정이다. 일본인들이 대체로 좀 얄밉게 굴기는 하지만 아베총리처럼 생긴 것도 그렇고 실제로 행동도 얄밉게 구는 정치인도 아마 드물 것이다. 경제대국의 총리로서 그 정도로밖에 행동을 하지 못하니 하는 말이다.

꿈속에서 우리가 이룰 수 없는 일은 아무 것도 없을 것이다. 무슨 일이든 꿈속에서 원한다면 이루어질 수 있는 것이 꿈속의 세계이다. 그런데 어떤 꿈은 우리가 생생하게 기억할 수 있는 반면에 어떤 꿈은 무엇을 꾸었는지 아무리 생각해 보아도 생각이 전혀 나지 않는 꿈도 있다. 내가 미국에서 공부할 적에 어떤 과목은 따라가기가 너무 힘이 들어서 그 어려운 책들을 읽고 이해할 생각은 하지 않고 그 책들을 베고 밤에 잠을 자면서 꿈속에서라도 책에 써있는 모든 지식이 나의 머릿속으로 이전되어서 나의 지식이 되어주기를 그렇게 간절히 바랬지만, 그런 나의 바람은 한 번도 이루어진 일이 없었다.

꿈이 살인범의 자수를 유도한 경우도 있다. 사람을 살해한 살인범이 자신의 범죄를 은폐하기 위하여 살해당한 시신을 토막낸 후에 화장을 하여 공중에 화장한 재를 불어버려서 완전범죄를 달성한 것으로 믿고 있었지만, 잠을 자려 하면 화장해서 공중에 전부 불어버렸던 피해자가 꿈속에서 생시처럼 나타나서 매일 밤 목을 조르고 있으니 사람을 죽일만한 배짱을 갖고 있는 범인이라 하더라도 어떻게 견딜 수가 있다는 말인가. 자살을 하거나 아니면 경찰에 가서 자신의 죄를 고백해야 하겠는데, 자살을 하기에는 아직도 아까운 목숨이라는 미련이 남아 있어서 자살하기보다는 자수해서 정당한 처벌을 받기로 결심했다. 자백을 하게 되면 사형집행을 당할지도 모르겠지만 비록 사람을 죽인 인간 말종이긴 하지만 그래도 처벌을 달게 받아서 인간다운 인생의 마감을 하고 싶어졌던 것이다.

우리 모두는 꿈의 실현을 위하여 살고 있다고 할 수 있을 것이다. 어떠한 꿈이든지 우리가 꾸고 있는 모든 꿈은 우리 각자에게 귀중한 의미를 갖고 있다고 할 수 있을 것이다. 우리들 각자는 꿈을 실현하기 위하여 살고 있다고 해도 과언이 아닐 것이다. 나의 초등학생 때의 꿈은 작가가 되는 것이었다. 이러한 소박한 꿈은 그때로부터 60여 년이나 지난 나이 80에 이르러서야 실현된 꿈이었다. 대학시절의 나의 꿈은 외교관이 되는 것이었는데 그 꿈은 나의 뜻대로 이루어지지는 않았지만 별로 신경이 쓰이지 않았다. 왜냐하면, 비록 외교관은 되지 못했지만 미국유학 가서 공부도 하고 박사학위도 받은 후 교수생활을 하다가 정년퇴임까지 할 수 있었으니 외교관이 뭐 대수인가 하는 생각이 들기 때문이다. 나의 꿈은 외교관보다 좀 더 높은 수준에서 이루어질 수 있었으니 하는 말이다.

우리 국민에게는 국가적으로 이루고 싶은 꿈도 있다. 첫 번째 꿈은 남북통일이 아닐까 한다. 남북이 분단된 지 70년이 가까운 세월이 흘렀으니 우리 국민이 아직까지 남북통일을 바라고 있는 것이 과연 실현가능성이 있는 일이라 할 수 있겠는가. 북한은 3대에 걸친 세습체제로 독재체제가 한층 더 고착되어서 남한이 북한을 흡수통일 할 수 있는 가능성은 점차 희박해지고 있다. 그렇다고 해서 6·25 전쟁 때처럼 북한이 무력으로 밀고 내려와서 무력으로 남한을 강점할 수 있는 가능성도 현재로서는 거의 불가능한 일이라 할 수 있을 것이다.

남북이 통일이 되어 두 개의 국가가 아니라 하나의 국가로 국제사회에 설 수 있다면 일본 같은 국가는 제 아무리 기를 써도 우리나라와 대적이 될 수 없을 것이다. 한반도의 반만 점유하고 있는 대한민국의 국력이 경제에 있어서 10대 강국으로 성장한 것으로 미루어 볼 때 통일한국의 존재는 동북아에서 막강한 위력을 발휘하게 될 것이다. 그러나 대부분의 국민들에게는 남북통일이 이제는 응답이 없는 메아리처럼 되어 버린 지 오래 되었으며 남북한이 같은 민족이라고 생각하지 않는 사람이 절대다수를 점하게 된 것 같다. 북한에서 '우리 민족끼리'라는 구호는 단순한 정치적인 구호에 불과할 뿐 남북한이 아직도 같은 민족이라는 것을 입증해 주는 근거가 될 수는 없을 것이다.

결국, 현재로서는 남북한은 과거에 그랬던 것처럼 앞으로도 지금처럼 분단된 상태로 살아갈 수밖에 없을 것이다. 다만, 북한에서 남한에게 좀 더 개방적인 태도로 나오게 될 수 있다면, 북한이 급속도로 자본주의화 되는 것은 다만 시간문제에 불과하다고 할 수 있을 것이다. 북한이 자본주의화 되면 통일의 가능성은 좀 더 커질 것이라고 보아야 할 것이다. 그런데 3대 세습체제와 그 체제의 유지로 이득을 보고 있는 북한의 기득권세력들이 자신들의 기득권을 포기하려고 하지 않는 것이 문제라고 할 수 있을 것이다. 남한에도 재벌과 같은 기득권자들이 있기는 하지만 북한의 집권층보다 기득권을 포기하는데 소극적이지는 않을 수 있다. 왜냐하면, 기업이란 돈 벌 수 있는 기회만 주어질 수 있으며 실보다는 득이 훨씬 더 많다면 기득권쯤 포기하는 것은 그렇게 큰 문제가 되지 않을 수 있을 것이다. 그러나 이러한 남북한의 미래에 대한 꿈의 실현은 다만 꿈으로 끝나버릴 수 있는 가능성이 다분히 있다고 해야 할 것이다.

우리 국민의 두 번째 꿈은 빈부격차의 해소가 아닐까 한다. '가난구제는 국가도 할 수 없다'는 말이 있기는 하지만 '빈부격차의 해소'야말로 우리 국민이 해결해야 할 영원한 미해결문제라 할 수 있을 것이다. 우리나라의 경제가 발전할수록 빈부의 격차가 줄어드는 대신에 오히려 그 격차가 벌어지는 것은 오히려 기현상이라 할 수 있을 것이다. 잘 사는 사람들은 좀 더 잘 살게 되었지만, 못 사는 사람들은 좀 더 잘 살게 되기는커녕 날이 갈수록 점점 더 못 살게 되고 있으니 못 사는 사람들은 과연 정부에게 빈부격차를 해소하려는 의지가 있는지를 묻고 싶어진다. 나는 지금까지 한 번도 가난하게 살아본 적이 없기 때문에 가난한 생활이 어떠한 것인지 전혀 감이 오지 않지만, 텔레비전 등을 통해서 방영되는 극빈자들의 실상을 보고는 어떻게 그러한 소액의 수입으로 생존을 해나갈 수 있는지 참으로 궁금하기 짝이 없다. 자본주의 국가에서는 엄밀하게 말하면, 자신의 생계는 자신만이 책임을 지는 것이 원칙인데 경제적인 약자인 극빈자의 경우에는 어떠한 방법으로든지 국가에서 생활비를 보조해주지 않으면 생존의 가능성이 전무해 질 수 있다는 것이다.

이러한 입장에서 개발된 정책이 사회복지정책이라 할 수 있을 것이다. 미국의 경우 복지혜택을 받고 있는 극빈자들의 경우 정규 직업을 갖고 있는 사람들의 수입보다 더 많은 혜택을 누리고 있는 것이 사회복지제도의 자가당착적인 모순이라는 것이 중대한 문제점으로 제기되었던 적이 있다. 정규직을 갖고 있는 사람들의 경우에는 병에 걸려서 병원에 입원하게 되면 비록 보험에서 의료비의 일부를 부담하기는 하지만 보험에서 공제되지 않는 상당액의 의료비를 자신이 직접 부담해야 하는데, 복지수혜자는 언제든지 자기가 원하면 병원에 입원할 수 있으며 서명만 해주면 병원비가 복지재단에서 대신 지불해 주기 때문에 병원비 걱정은 하지 않아도 되는 것이다.

복지재단에서는 복지수혜자의 생활비와 식비를 지원해 주는데 식비의 경우 기본적인 음식만 사야지 술이나 담배 같은 것은 복지보조금의 지급항목에 들어있지 않음에도 불구하고 술이나 담배뿐만 아니라 가구까지 사내라고 시위를 하고 난동을 부리고 있는 것을 목격할 수 있다. 일을 할 수 있는 건강한 사람들을 복지제도라는 거지들을 양산하는 제도에 의하여 일하는 것보다는 일을 하지 않는 편이 훨씬 유리하다는 인식을 극빈자에게 심어 주는 결과를 가져오고 있는 것이 미국의 사회복지제도의 현주소인 것이다.

우리나라의 경우 사회복지제도가 마치 극빈자 처방의 만병통치약이나 되는 듯이 깊은 연구도 제대로 하지 않고 복지제도를 위한 재원도 확보하지 못한 상태에서 여야가 경쟁적으로 사회복지제도의 도입을 성급하게 추진하여 제도로 채택한 결과 미국의 사회복지제도에는 근처에도 접근하지 못한 채 미국의 제도 자체가 안고 있는 모순점에 더하여 우리나라 특유의 복지제도의 문제점이 서로 겹쳐져서 제도의 채택과 동시에 불구가 되어버린 격이라 할 수 있을 것이다.

이러한 시행착오를 겪다보니 우리나라의 빈부격차의 해소는 자꾸만 요원해지는 것 같다. 복지예산의 규모도 적지만 복지제도가 도움을 꼭 필요로 하는 극빈자를 대상으로 하는 것이라기보다는 전시행정의 효과가 농후한 학교급식문제와 같은 인기몰이에 불과한 것을 여야가 경쟁적으로 도입하려는 경향이 농후한데, 엄밀하게 말하면 복지행정의 분야야말로 정치적으로 경쟁해야 하는 대상이 아니라는 것을 특히 정치인들이 분명히 인식해야 할 필요가 있을 것이다.

우리 국민의 세 번째 꿈은 아마도 세대 간 격차의 해소가 아닐까 한다. 옛날에는 '장유유서' '부자유친'이라는 말이 있어서 젊은이들은 노인들의 경륜과 지식을 존중하고 노인들은 젊은 사람들을 사랑으로 대하기 때문에 세대 간의 불신이란 존재할 수 없었다고 해야 할 것이다. 부자지간에도 자식은 아버지를 존경의 대상으로 여기고 아버지는 자식을 사랑하는 것이 당연한 일로 여겨졌기 때문에 세대 간의 격차가 존재할 여지가 없었다. 더욱이 옛날에는 가정교육도 자녀교육에 있어서 한몫을 차지하고 있었기 때문에 학교교육에만 의존하는 오늘날과는 다르며, 학과목 중에도 공민이나 민주시민교육 또는 국민윤리교육과 같은 과목들이 있어서 학생들의 도덕교육과 정신교육에 기여하고 있었다.

그런데 어느 때부터인가 이러한 도덕교육이나 정신교육에 관한 과목들이 대학입시와 관련이 없는 과목이라는 이유로 고등학교 과목에서 배제되어 버렸다. 이러한 과목들과 함께 고등학교 교과에서 배제된 과목으로는 국사과목이 있었다. 따라서 우리들의 자라나는 세대들은 도덕교육이나 정신교육을 받지 않고 민주시민으로서의 기본교육을 받지 않은데다 역사의식까지 없는 이상한 존재들을 양산해 내면서 그들에게 일방적으로 한정된 지식을 강제적으로 주입시키다 보니 혼자서는 사물을 판단할 수 없는 이상한 존재를 만드는데 우리나라의 교육이 기여했다고 보아야 할 것이다.

학생들에게 가정이나 학교에서 요구하는 것은 공부 잘 하는 학생, 좋은 대학에 입학할 수 있는 학생으로 자라나기를 바랄 뿐 그 이상에 관한 것은 상관도 없으며 바랄 생각도 없었던 것이다. 이러한 인간이 덜 된 상태에서 머리만 커지고 남을 전혀 배려할 줄 모르는 기형적인 인간들을 양산하게 된 우리 사회는 처음부터 세대격차의 심화를 예견할 수 있었던 것이다. 우리 사회가 그러한 어른도 몰라보는 인간들을 양산해 놓고도 노골적으로 사회의 문제점으로 나타난 세대격차의 문제를 어떻게 대처해 나갈 것인가?

젊은이들이 하도 버릇없이 구는 것을 보고 있던 노인이 그 젊은이들에게 충고라도 하려고 말을 걸어서 어른에게 버릇없이 구는 꼴을 보고 어른이 말하는데 버릇없이 구느냐고 자기 자식에게 하듯이 말을 했다가는 누가 늙으라고 했느냐, 나이든 것이 무슨 대수냐 하면서 대드는 젊은이들까지 있으니 기가 찰 노릇이다. 이러한 현상을 보면서 어른들이 젊은이들에게 더 이상 대우를 받지 못하게 된 것은 전적으로 어른들의 책임이 아닌가 하는 생각이 들게 된다. 우리 어른들이 과연 젊은이들에게 모범이 될 수 있는 모습을 보여주었느냐 하는 문제를 냉정히 생각해 보아야 하지 않을까.

예전의 대가족 집안에는 어른이 계셔서 감히 요즘 젊은이와 같이 버릇없는 인간은 사람구실을 할 수 없었던 것이 거의 상식에 속하는 일이라고 할 수 있을 것이다. 그러한 버릇없는 젊은이가 있었다면 집안의 어른 말고도 동네 어른들의 호령 한마디로 못된 버릇을 고칠 수 있을 정도로 어르신들의 위세는 대단한 것이었다. 그런데 어느 사이엔가 우리 사회에서 어른이 사라져버리고 말았다. 국가적인 면에서도 나라의 어른이 없어지다 보니 젊은이들이 자신들의 이익을 따라 수시로 이합집산을 되풀이 하고 있는 것이 우리의 현실이 되어버렸다.

특히 정치인들의 경우는 가관이라 아니할 수 없을 것이다. 정치라는 것이 오늘의 적이 내일은 언제든지 동지가 될 수 있는 세계라지만 젊은 정치인들은 필요에 따라서는 언제든지 자신의 소신을 헌신짝처럼 버리고 다른 정치세력에 흡수되는 의리 없는 모습을 다반사로 되풀이 하고 있는 것이다. 나는 젊은 정치인들의 변화무쌍한 모습을 보면서 의문이 생기는 것은 도대체 무엇 때문에 그 많은 영역 중에서 하필이면 정치에 입문하려고 하느냐 말이다. 나라를 위기에서 구하겠다는 등의 자기 나름대로의 변명은 있을 것이지만, 그들이 보여주는 행태는 가관이며 참으로 꼴불견이라 할 수 있을 것이다. 우리는 정치 불신의 시대에 살고 있는 것 같다. 정치인들이 무슨 장밋빛 전망을 보여주어도 이제는 더 이상 믿지 못하게 된 셈이다. 비록 메주로 장을 담근다 하더라도 말이다.

학생들도 상당수가 이제는 선생님의 말씀을 귀 기울여 듣지 않으려 하지 않을 뿐만 아니라 그들을 선생님으로 존경하는 대신에 불신하고 있어서 사제지간의 최소한의 존경하는 예의조차 사라지고 선생님을 단순히 월급이나 받는 존재 정도로밖에 생각하지 않게 되었다. 이러한 현상에 대하여 일부의 이념교사들이 학생들을 선동하고 있으니 앞으로 학생들의 교육을 어떻게 감당할 수 있을 것인지 심히 우려되고 있다.

우리 사회의 현재의 혼란상은 총체적인 혼란이라고 볼 수 있을 것이다. 썩지 않은 분야가 거의 없기 때문에 어떤 분야나 한 번 건드리고 나면 썩은 냄새가 풍겨 나올 정도로 그 부패의 정도가 아주 심각한 것 같다. 이러한 사회 부조리를 교정하기 위한 최선의 방법은 자라나고 있는 우리의 미래 세대에 대한 교육인데 교육계 자체가 그러한 중대한 임무를 담당할 능력이 없으니 우리의 미래는 실로 암담하다고 말할 수밖에 없을 것 같다.

나는 아내와 우리의 젊은 시절의 꿈에 대하여 가끔 대화를 해 본다.

"여보 당신의 젊은 시절의 꿈은 무엇이었소?"

"나의 꿈은 의과대학에 가서 의사가 되는 것이었는데, 대학입시 1개월 전에 선택과목이 갑자기 바뀌는 바람에 생각지도 않았던 법과대학을 지원하고 말았지요. 다행히 합격되어 법과대학을 다니기는 했지만, 법률 공부하는 것이 나의 적성에 전혀 맞지 않았던 것 같아요."

"그건 나도 마찬가지였소. 나는 상과대학 아니면 법과대학 중에 하나를 선택하기로 했는데, 두 대학의 경우 어느 해는 상과대학 쪽이 인기가 있는가 하면 다른 해는 법과대학이 인기가 있었는데 우리가 대학입시에 응시했던 해에는 법과대학이 인기가 더 있어서 법과대학을 택했던 것 같소. 나도 당신처럼 법률 공부에는 재미를 붙이지 못했던 것 같소. 나중에 법학박사 학위까지 받았는데 말이오."

"우리가 살다 보니 우리의 꿈과 현실은 반드시 일치하는 것만은 아닌 것 같구려."

"당신 말이 맞는 것 같아요. 과연 자신의 꿈을 실현하면서 살 수 있는 성공적인 삶을 사는 사람들이 얼마나 될까요?"

"아마 우리는 서로 만나기 위해서 법과대학을 지원했던 것이 아닐까 하는 생각이 드는 구려."

우리 부부는 서로의 젊은 시절의 꿈에 관하여 대화를 해보았는데 우리 부부의 경우는 우리의 젊은 시절의 꿈을 완전히 실현하지는 못했지만 그만했으면 우리의 꿈에 근접한 인생은 살아왔던 것 같다고 만족할 수밖에 별도리가 없을 것이다. 우리는 젊은 시절에 많은 꿈을 갖고 살고 있었지만 나이가 들어감에 따라 우리의 꿈은 사라지게 마련이다. 그러다가 우리의 꿈이 전부 사라지고 더 이상의 꿈을 꾸지 않게 된다면 죽은 목숨이나 마찬가지라 할 수 있을 것이다.

이 세상은 꿈이 있는 사람들이 이끌어가고 있는 것 같다. 꿈이 없는 사람은 이 세상에 있어서 방관자에 불과하다고 생각된다. 왜냐하면 그들은 사회발전을 위하여 아무 것도 기여하는 바가 없다고 말할 수 있을 것이기 때문이다. 발명은 꿈의 실현에서 이루어지는 것이다. 하늘을 날겠다는 사람들의 꿈이 실현되어 우리는 비행기를 타고 새처럼 하늘을 자유자재로 날아다니고 있지 않은가. 기계가 인간의 일을 대신해 줄 수 있다는 꿈은 로봇공학의 발달에 의하여 인간이 지금까지 해오던 일을 로봇이 대신해 주고 있는 세상에 우리가 살게 되었다.

컴퓨터의 발달은 단순한 계산기의 수준에 불과했던 수준에서 이제는 무엇이나 컴퓨터가 자유자재로 다룰 수 있는 시대가 되었다. 내가 미국에서 도서관학 공부를 시작했던 60년대 중반에 미국 의회도서관에서 처음으로 컴퓨터기술의 도서관업무 처리를 논의하기 시작했는데, 이제는 안산시의 중앙도서관에서도 도서의 대출과 반납 업무는 물론 도서와 관련된 모든 정보에 관한 업무처리가 컴퓨터로 용이하게 처리되고 있는 시대에 우리가 살고 있다. 이러한 업무처리는 사람이 직접 손으로 작성하거나 서고에 가서 찾아보는 수준에 머물러 있던 것들이라 할 수 있다.

얼마 전까지만 하더라도 컴퓨터로 찍은 원고를 원고지에 다시 옮겨놓아야 되는 것으로 알고 있었는데 최근에 와서는 요구사항이 바뀌어서 10호 글자로 A4용지 10매가 단편소설의 최소 규격이라는 말을 듣고 지금까지 내가 써왔던 글들을 이러한 새로운 단편소설의 규격에 맞추어서 다시 쓰기 시작했으며, 해외여행기록도 새로운 단편소설의 규격에 맞추어 다시 써서 소설집 2권을 출판할 수 있을만한 분량의 소설을 써놓았다. 등단 후에도 계속 단편소설을 써서 9번째 단편소설을 완성했으며 앞으로 몇 편의 단편소설을 더 쓰게 되면 세 번째 소설집이 완성되는 셈이다.

글 쓰는데 컴퓨터를 사용하는 이점은 오자를 교정하거나 새로운 문장을 삽입하는데 아주 편리하다. 원고지를 교정하거나 새로운 문장을 삽입하려면 충분한 여백이 있어야 하는데 여백이 부족할 때에는 빈틈없이 촘촘히 써넣다 보면 원고지도 더러워지고 의미도 잘 통하지 않게 되어 결국 원고의 질을 떨어뜨릴 수도 있는데 컴퓨터의 사용은 이러한 문제를 깔끔하게 해결해 줄 수 있어서 글 쓰는데 많은 도움을 주고 있다. 컴퓨터는 또한 저장기능에 있어서도 탁월하기 때문에 문서보관의 역할을 완벽하게 해주고 있다. 원고지를 쓰던 시대에 출판하기 위하여 제출되었던 원고가 출판사의 화재로 소실되었는데, 원고지를 쓰던 시대에는 복사본을 보관한다는 것은 어떻게 보면 원고지를 전부 다 다시 써야 하는 것과 같은 노력이 필요한 작업이라 원고가 화재로 소실되었다는 것은 굉장한 사건으로서 결국 그 원고는 출판되지 못한 일이 있었다. 컴퓨터로 쉽게 지우고 쓰는 일을 자유자재로 할 수 있는 현재와 같은 여건에 있어서는 그러한 일이 발생할 여지는 거의 없다고 해도 과언이 아닐 것이다.

원고의 송고나 기타 필요한 사진 같은 것도 이메일로 보내면 중도에서 분실될 염려도 없으며 정확히 보내졌는지 여부도 전부 이메일에 나타나기 때문에 받은 메일을 중간에서 의도적으로 빼내기 전에는 원고가 없어졌다고 주장할 수는 없는 것이다. 컴퓨터는 글쓰기에 있어서 무한한 가능성을 제공해주고 있다고 하겠다. 자신이 쓴 수백 장 아니 수천 장의 원고를 컴퓨터에 쉽게 보관해 두었다가 필요한 경우에는 언제나 자유롭게 불러내서 교정하거나 첨가와 삭제를 마음대로 할 수 있는 시대에 우리가 살고 있는 것을 무한한 행복으로 생각해야 할 것이다.

우리의 꿈이 실현된 대표적인 것 중에 자동차의 발달을 들지 않을 수 없을 것이다. 자동차를 자유스럽게 이용하기 전에는 대중교통수단에 의존하거나 아니면 걸어 다니는 수밖에 없었다. 최근에 자동차의 급속한 전국적인 보급에 의하여 우리는 이전에는 상상하지 못했던 막대한 혜택을 누리고 있다고 할 수 있을 것이다. 자동차의 성능도 상당히 향상되었기 때문에 운전만 잘하는 경우에는 나처럼 80이 넘은 나이에도 전국 어디에나 내가 가고 싶은 곳은 어디든지 갈 수 있는 시대가 되었다. 다만 기름값이 많이 비싸졌기 때문에 기름값이 저렴했던 옛날처럼 자동차를 시도 때도 없이 사용할 수는 없게 되었지만 자동차가 있다는 것은 축복받은 일이라 아니할 수 없다. 미국에서의 장거리 여행뿐만 아니라 국내에서도 지방으로 내려가는 장거리여행을 해보았는데, 차를 타고 여행을 하다 보니 우리나라가 결코 작은 나라가 아니라는 것을 깨닫게 되었다.

옛날에는 여름방학 중에 경부고속도로를 타고 부산까지 내려갔다가 동해안 고속도로를 타고 울산, 포항, 경주 등을 거쳐서 올라오다가 백암온천에서 이틀정도 쉬고 속초까지 올라갔다. 설악한화콘도에 며칠 묵은 후 영동고속도로를 타고 내려오다가 여주에서 양평으로 빠져서 양평한화콘도에 가서 이틀 정도 쉬다가 서울까지 오는 코스를 택했다. 워낙에 거리가 멀어서, 부산까지 내려가는 것은 생략하고 백암까지 갔다가 설악산 양평을 거쳐 오거나, 아니면 양평, 설악산, 백암을 둘러오는 코스를 한 동안 다녀왔다. 그런데 그것도 거리가 멀어서 최근 몇 년간은 설악산과 양평을 다니는 코스를 다니기로 했다. 그러다 콘도비용도 비싸지고 똑같은 코스만 다니기 때문에 지루하게 느껴져서 그나마 그 코스를 다니는 것마저 포기해버리고 말았다.

한화콘도에 처음 회원으로 가입했을 때는 화엄사 경내에 있는 콘도가 예약되어서 작은딸은 입시준비를 하느라 학원에 다니고 있었기 때문에 우리 부부가 큰딸만 데리고 경부고속도로로 내려갔다. 중도에 천안의 독립기념관에 들려서 구경을 하고 대구를 경유하여 88올림픽 고속도로를 타고 광주광역시 방향으로 가다가 합천 해인사에 들려서 구경하고 밤늦게 실상사 근처에서 지리산 관통도로를 타고 가다 화엄사 영역 내에 있는 지리산콘도에 도착하고 보니 자정이 넘은 시각이었다. 이렇게 늦은 시간에 콘도에 도착할 것을 미리 알았다면 콘도에 전화를 걸어서 우리의 사정을 이야기하고 콘도를 확실하게 예약해 줄 것을 미리 통고했어야 하는 것인데 잠자코 있다가 자정이 지나서 도착하게 되었으니 콘도 측에서도 당황하는 기색이었다.

빈방이 없다고 미안해하면서 비품보관실을 우리에게 빌려주는 것이 아니겠는가? 좀 불만스럽기는 했지만, 미리 연락을 하지 못한 것이 나의 불찰이라 항의도 하지 못하고 불편한 대로 거기서 며칠 쉬고 가기로 했다. 어젯밤에는 늦게 오느라 잘 몰랐었는데 다음 날 아침 콘도를 벗어났다가 다시 콘도로 들어가려고 했더니 콘도가 화엄사 경내에 있으니 그곳에 가려면 통행료를 내야 한다는 것이다. 아마도 콘도 측과 콘도에 출입하는 사람들을 위한 특별계약이 체결되어 있지를 않아서 그런지 화엄사에 가는 것도 아닌데 통행세를 부과하는 것이 아주 못마땅하게 느껴졌다. 통행세 문제를 갖고 시비가 좀 붙었지만 그곳에 머무는 동안 콘도를 낮에 이용하는 경우는 거의 없고 밤늦게 콘도에 돌아오다 보니 통행세를 관리하는 사람도 없어서 통행세 납부여부에 대한 시비는 더 이상 겪지 않아도 되었다.

기왕에 지리산까지의 먼 길을 내려온 김에 광주광역시에도 가보고 목포까지도 내려가 보고 왔다. 여수까지 내려간 김에 남해대교까지도 가보았으며, 귀로에는 남원을 거쳐서 호남고속도로를 타고 왔다. 이번 기회는 아니었지만 남해안 고속도로를 타고 통영에 가서 하룻밤 지고 부산을 경유하여 경주까지 갔다 온 일도 있었다. 우리나라가 작은 것 같지만 달리다 보니 하루에 500킬로미터 이상 달리는 경우도 있어서 우리나라도 상당히 넓구나 하는 새삼스러운 느낌마저 들었다.

우리는 미 실현된 꿈의 세계에서만 사는 것이 아니라 우리가 꿈꾸어 왔던 여러 가지 꿈들이 현실로 나타나서 우리의 생활을 편하게 만들어 주고 있는 세계에서 살고 있는 것이다. 이러한 세계에서 우리가 살 수 있다는 것은 우리의 선조들이 꾸어왔던 기발한 꿈의 실현이 가져다 준 덕택 때문이라 할 수 있을 것이다. 우리는 우리들의 선배들이 우리에게 베풀어 준 혜택을 만끽하면서 살아가야 할 것이다.

내가 누구인지 알아?

최근에 모 국회의원의 안하무인격인 발언으로 '내가 누구인지 알아?'라는 말이 '갑'의 본성을 적나라하게 드러낸 발언으로 유행된 일이 있었다. 그 의원은 국회의원이라 하면서 자신이 대리기사에게 행한 행위에 대하여 거짓말로 일관하고 있었다. 그런데 그녀를 조사해야 할 경찰에서는 경찰을 관할하는 국회 안전행정위원회의 위원이라는 이유로 할 말도 제대로 못하는 것을 보고 국민들의 빈축을 샀다. 국회의원의 자리가 뭐 그렇게 대단한 것이라고 경찰은 할 말도 하지 못하는 것인가? 아마도, 그녀는 경찰에게 대단한 인물인 모양이다. 국회의원이라 하더라도 법을 어겼으면 그에 상당하는 처벌을 받아야 하는 것이 당연한 일이 아니겠는가? 국회의원이라고 해서 초법적인 존재는 아닐 것이다.

'갑'과 '을'의 대립에 있어서 '갑'은 언제나 '내가 누구인지 알아?'라는 우월감을 갖고 '을'을 자신의 뜻대로 좌지우지하려는 경향이 많은 것 같다. '갑'은 언제나 우월한 입장에서 '을'을 단순한 지배의 대상으로 여기면서 무시하려는 것 같다. '을'이 신분의 상승과 부의 축적에 성공하여 '갑'보다 우월한 위치를 차지하게 되어 '갑'과 '을'의 위치가 뒤바뀌게 되는 경우에도 '갑'은 '을'의 변화된 지위를 쉽게 인정하려 하지 않는다. '머슴새끼'라든가 '종놈의 새끼'라고 비아냥대기가 일쑤이다. '을'이 아무리 출세를 했더라도 그러한 사실을 인정하고 싶지 않은 '갑'의 심리상태를 여실히 나타낸 표현방법이라 할 수 있다. 우리나라는 여러 번의 역사적인 변천과정에서 양반이 쌍놈이 되고 쌍놈이 양반이 되는 사실을 수없이 경험해 왔다.

김근수의 입신 이야기도 그러한 사례의 하나에 불과한 것이다. 그는 머슴의 자식으로 태어나서 어린 시절을 남의 집일이나 해주는 머슴으로 자라났다. 학교를 다니지도 않았으니 배운 것도 별로 없었다. 그는 자기 아버지가 그랬던 것처럼 일생을 남의 집 머슴살이나 하다가 죽을 수밖에 없는 운명을 타고났던 것이다. 그런데 사람의 팔자는 타고난 대로만 살게 되는 것이 아닌 모양이다. 김근수에게도 예상하지 못했던 행운이 역사의 격동기 중에 찾아와서 팔자를 고치는 계기가 되었다. 김근수도 남들처럼 병역적령기가 되자 소집되어 군대에 가게 되었다. 머슴살이를 할 때부터 윗사람의 귀여움을 받을 정도로 싹싹하게 처신했던 그는 대대장의 운전병으로 발탁이 되어 대대장의 신임을 한몸에 받게 되어 대대장의 외동딸과 결혼까지 하게 되어 그의 사위가 되었다. 워낙에 머리가 좋았던 김근수는 늦게 시작한 공부이긴 했지만 검정고시를 거쳐서 대학입시에 합격까지 하게 되었다.

그의 장인은 퇴역하여 군수회사의 경영권을 차지하여 사위인 김근수를 그의 오른팔로 키우기 시작했다. 머리가 영리한 그는 군수사업의 실태를 파악하고 전망이 있는 사업이라는 것을 확신하게 되었다. 크고 작은 전쟁이 세계 각지에서 끊임없이 벌어지고 있으니 군수품을 팔 수 있는 기회는 얼마든지 있으며 돈벌이는 맡아놓은 당상이라는 생각을 했다. 장인도 돈벌이에는 무한한 능력이 있었지만 근수의 지원을 받아 막대한 부를 축적하는 데 성공할 수 있었던 것이다. 그는 이러한 장인 아래에서 일도 배우고 돈벌이를 하는데도 성공을 하여 후계자의 자리를 확실히 굳힐 수 있었다.

군수품 장사라는 것은 가히 복마전과 같은 존재라는 것을 일찍이 깨달은 근수는 군수산업을 통한 자기 왕국의 건설에 치밀하게 착수하기 시작했다. 특히, 우리나라와 같이 남북이 대치하고 있는 상태에 있는 국가에서는 군수산업의 유지는 우리의 생존과 밀접한 관련이 있는 사업이기도 하다. 북한과의 무력대치가 계속되는 한 군수산업은 계속 강화되어야 하는 사업이기도 하다. 군수산업이 유지되어야 하는 한 군수산업에 종사하는 사람들의 돈벌이는 계속될 것이라는 확신을 갖게 되었다. 이러한 관점을 명확하게 파악하고 있는 근수야말로 가히 돈벌이의 천재라고 할 수 있을 것이다.

근수는 우선 재래식 무기의 생산판매에 주력하기 시작했다.

각종 전자기기를 사용하는 현대식 무기가 수없이 생산되고 있어서 재래식 무기는 점차 그러한 현대식 무기에 자리를 양보하는 추세에 있기는 하지만, 세계 각지에서 행하여지고 있는 전쟁행위에 있어서는 반드시 현대무기를 사용하려는 것이 아니라는 것이 점차 밝혀지고 있다. 세계 각지의 전장에서는 현대식 무기보다는 재래식 무기의 수요가 급증하고 있기 때문에 재래식 무기의 생산 판매에 착안한 근수의 결정은 탁월한 것이었다고 할 수 있을 것이다. 왜냐하면, 이러한 추세가 계속되는 한 근수의 돈벌이는 가히 무한대로 가능한 것이라 하겠다.

근수는 자신이 생산한 재래식 무기는 물론 무기 수출업체로서 교전상태에 있는 정부군에게는 물론 반군에게도 무기를 대주어야 하기 때문에 민감한 외교적인 분쟁에 휘말릴 수 있는 가능성에 직면할 수도 있다. 따라서 공개적인 방법보다는 극비리에 무기를 사고파는 일에 숙달되어 있어야 한다. 이러한 교전상태에 있는 세계 각지의 교전당사자들에게 무기를 성공적으로 팔아먹을 수 있다면 돈은 저절로 따라오게 되어 있는 것이다. 근수는 이러한 무기판매를 다른 사람에게 맡기는 대신에 자신이 직접 맡아서 세계 각지를 누비고 있는 셈이다. 그러다 보니 근수는 국내에 머무는 기간보다는 세계 각지를 누비고 다니는 시간이 그의 일과가 되어버렸다.

근수는 돈벌이에만 관심이 있기 때문에 돈벌이만 될 수 있다면 세계 각지에 있는 누구와도 또한 어떠한 정치이념을 갖고 있는 단체와도 접촉하여 무기를 팔수만 있다면 되는 것이다. 이러한 방법으로 무기의 판로개척을 하고 있는 근수이기 때문에 그의 사업성공률은 대단히 높은 셈이다. 그는 무기거래상이기 때문에 자신의 신분을 가급적 노출하지 않는데 특히 유의하고 있다. 그와 가까이 접촉하고 있는 사람들의 경우에도 근수가 무슨일을 하고 있는지 정확하게 알고 있는 사람은 별로 없다. 외국에뻰질나게 드나들고 있는 근수이기 때문에 그를 무역회사의 현장담당자 정도로 인식하고 있는 사람들이 대부분이다. 그가 무기거래상이라는 것을 정확히 알고 있는 사람은 한 사람도 없다고해도 과언이 아닐 것이다.

돈이 붙게 되자 근수의 외모도 근엄해져서 돈 많은 회장님으로 사람들이 그를 대하기 시작했다. 그러다 보니 사람들과 교제하는데 자연스럽게 유리한 입장을 차지하게 되는 것은 당연한일로 여겨지고 있다. 그와 사귀려는 사람들의 숫자가 나날이 늘어나고 있는 중이다. 이러다 보니 근수는 어느 사이엔가 '갑'의입장에 서게 되어 그가 '을'의 신분 상태에서 언제부터 '갑'의 신분으로 변하게 되었다는 것을 아는 사람은 아무도 없게 된 셈이다. 그를 어릴 때부터 알고 있던 사람이라 하더라도 현재의 변화된 그를 만나 본다면 과연 이 사람이 과거의 미천한 신분에 있던근수인지를 의심할 수 없을 정도로 변한 것을 보고 놀라움을 금하지 못한다.

근수는 무기판매를 하면서 사선을 넘나든 적도 한 두 번이 아니었다. 아랍국가의 한 반군에게 무기판매를 시도하다가 정부군의 간첩으로 오인되어서 체포된 후 공개 참수형을 받게 될 직전에 외국 특수부대의 구출작전에 의하여 기적적으로 구출되어 참수형을 면한 적도 있었다. 또한 정부군의 공격대상권내에 실수로 진입하였다가 포탄이 비 오듯 떨어지는 속에서 목숨을 가까스로 건진 일도 있었다. 이러한 생명의 위협을 받으면서도 근수가 무기거래에 매력을 느끼게 되는 것은 그러한 생명에 대한 위협을 무릅쓰고라도 무기거래에 성공할 수 있다면 막대한 돈을 벌 수 있다는 데에 있다. 근수뿐만 아니라 누구라도 이러한 유혹을 뿌리칠 수 있는 사람은 아마도 없을 것이다. 돈벌이가 된다고 하는데 그것을 마다할 사람이 어디에 있다는 말인가.

돈은 '버는 것보다 그것을 관리하는 일이 더 중요하다'는 말이 있다. 또한 '돈은 개처럼 벌고 정승처럼 쓴다'는 말도 있다. 근수는 돈을 버는데 있어서도 비상한 능력을 발휘했지만 그가 무기거래를 통하여 세계 각지에서 벌어들인 돈을 갖고 그가 착수한 적법적인 사업은 가히 천재적인 것이라 할 수 있다. 그가 착수한 사업들은 수익성도 있을 뿐만 아니라 개인적인 명성도 얻을 수 있는 것들이었다.

그는 무기거래로 해외에서 벌어들인 막대한 자금을 갖고 은행에 버금가는 거대 금융회사를 국내에 설립했다. 고리대금업을 하지 않더라도 현재와 같은 저금리 하에서도 돈을 벌 수 있다는 판단을 했다. 왜냐하면, 돈을 필요로 하는 사람들은 얼마든지 있을 것이라는 돈에 대한 그의 지론이었다. 그가 해외 무기거래가 수익성이 있는 사업이라는 것을 일찍이 간파하여 막대한 돈을 벌었던 것과 마찬가지로 저금리시대의 금융사업에 대해서도 전망이 좋을 것이라는 판단을 했던 것이다. 그의 판단은 시간이 갈수록 옳았다는 것을 입증할 수 있게 되었다.

저금리시대에 있어서 기존의 거대은행들도 현상유지에 있어서 어려움을 겪고 있는데 유독 근수의 은행만은 거의 무풍지대와 마찬가지로 아무런 영향을 받고 있지 않다. 왜 그런 것인가? 그는 그의 은행에 협동조합과 같은 개념을 도입하여 고객들이 은행을 단순한 하나의 금융회사로 대하지를 않고 자기 자신의 은행이라는 신념을 갖게 하는데 성공한 셈이다. 그러다 보니 고객들의 생각에는 근수의 은행과 자신은 이신동체라는 확고한 신념을 갖게 되어 은행의 발전이 자신의 발전에도 이익이 된다는 것을 깨닫게 되었다. 다시 말하면 은행이 돈을 벌면 자신도 돈을 벌게 된다는 확고한 신념이라고 할 수 있는 것이 생기게 되는 계기를 마련한 셈이다.

고객들의 근수의 은행에 대한 믿음은 가히 종교적인 신앙에 가까운 절대적인 것이라 할 수 있다. 저금리시대에 있어서도 계속적인 수익성을 확보하는데 성공한 근수의 은행은 고객들에게 다른 은행 이자율의 2배에 해당하는 이자를 예금주들에게 지불하는 것이 가능할 수 있었다. 그러다 보니 다른 경쟁은행에서는 예금한 돈을 빼내서 다른 수익성이 나은 곳에 투자하려고 혈안이 되어 있는 것과는 대조적인 현상을 보여주고 있는 셈이다. 다른 은행에서 예금이 계속 빠져나가는데 비하여 근수의 은행으로는 예금이 계속 몰려들어서 풍부한 자금 확보가 가능해졌다. 저금리시대라 '돈을 갖고도 돈을 벌수 없다'는 말을 하고 있는데,

그것은 약자의 변에 불과하다는 판단을 한 그는 자기가 확보하고 있는 풍부한 자금을 활용하여 해양자원개발에 착수한 결과 획기적인 성공을 거둘 수 있었다. 그가 해양자원개발로 벌어들인 막대한 돈으로 이번에는 투자회사를 설립하여 과감한 투자로 더 한 층의 수익성을 올리는데 성공할 수 있었다.

근수는 이러한 계속되는 사업의 성공으로 신흥재벌의 자리를 확보할 수 있게 되어 입지전적인 인물이 되었다. 사업을 하다보면 성공도 하고 실수도 할 수 있는 것인데, 근수의 경우에는 이러한 일반적인 상식이 통하지 않는 성공일변도의 길만 걸어온 행운아였다 할 수 있을 것이다. 대부분의 재벌들의 경우에는 '돈은 많으면 많을수록 좋다'는 대 전제하에서 대를 이어 돈벌이에만 골몰하는데 반하여 근수는 어느 정도의 돈이 수중에 들어오고 난 후에는 그 돈을 어떻게 불우한 이웃들을 위하여 사용할 수 있느냐를 고심하게 되었다. 우리나라의 경우 재벌은 돈만 아는 놀부 정도로 인식되어 있을 뿐 재벌이 불우이웃을 돕는 행사에 참여하는 것도 행사위주의 선심을 쓰는 정도로 인식하고 있을 뿐이다.

우문한 탓인지 아직까지 재벌들이 불우이웃들을 위하여 무엇인가 확실한 사업을 벌였던 일은 없었던 것 같다. 재벌집 사모님들의 봉사활동 정도가 거론되기는 하지만, 그 정도로는 재벌의 사업으로 불우이웃을 돕는 것으로 보기 어려울 것이다. 재벌이 불우이웃을 돕는 일에 적극적으로 참여하는 것은 우리 사회가 필요로 하는 바람직한 사업이라 할 수 있을 것이다. 복지에 관한 정치적인 관심이 최근에 와서 정책으로 급속히 표출되기 시작한 우리나라에서 복지에 필요한 예산도 충분히 확보하지 못한 채 말로만 선심을 쓰다가 예산부족으로 중도에서 나자빠진 꼴이 되고 말았으니 참으로 한심한 일이라 아니할 수 없을 것이다.

선진국가들의 복지정책이 실패한 이유의 하나는 복지예산의 부족현상보다는 복지혜택이라는 미명하에 복지혜택의 차별화를 지향하는 복지목표의 비현실성에 있다고 하겠다. 왜냐하면, 신체적으로 멀쩡한 인간이 다른 봉급생활자와 마찬가지로 일은 하지 않고 복지혜택을 받고 있으니 모순이라는 것이다. 봉급생활자들은 자기가 벌어들이는 수입에 대한 세금을 내야하고 병이 나게 되면 자신의 부담으로 병원에 입원을 해야 한다. 그런데 복지혜택을 받고 있는 멀쩡한 인간은 세금도 내지 않고 병원에도 무료로 입원을 하게 되는 것은 사회정의에 어긋난다는 것이다. 식품쿠폰을 받는 극빈자들의 경우에는 그 쿠폰으로 필요한 음식을 사먹는데 써야 하는데 술이나 담배를 사겠다고 난동을 부리는가 하면 심지어 가구까지 사내라고 폭력시위를 하고 있다니 기가 찰 노릇이다. 결국, 복지제도는 일을 해서 돈을 벌 수 있는 신체적으로 멀쩡한 인간들을 복지혜택을 빙자하여 거지들을 양산하고 있는 셈이라는 것이다.

근수는 성공적인 '갑'으로서의 위치를 확보한 현재에 있어서도 자신이 아버지의 대를 이어서 머슴살이를 하던 어린 시절의 비참했던 처지를 결코 잊을 수가 없었다. 자신이 비참했던 '을'의 처지에서 벗어나기 위하여 행하였던 노력을 새삼 뒤돌아보게 되면서 자신의 어린 시절과 비슷한 처지에 있는 불우이웃들을 위하여 무엇인가 획기적인 일을 할 수 있다는 확신을 갖게 되었다. 나 자신만이 잘 되는 것은 나의 노력과 행운이 있었기 때문에 가능한 일이었다. 그러나 자기처럼 노력한 결과에 행운이 뒤따르지 않는 대부분의 불우이웃들의 경우에는 워낙에 열악한 위치에 태어났기 때문에 노력만 한다고 해서 그들의 사회적인 위치를 향상시킨다는 것이 결코 용이한 일이 아니라는 것이다.

'개천에서도 용이 날 수 있다'는 말은 더 이상 가능할 수 있는 신화가 아니라는 것이다. 지금은 성공적인 삶을 살기 위해서는 운이 따라야 한다는 것이다. 능력 있는 부모에게 태어난다는 것부터가 한 사람의 운명을 개척해 가는데 있어서 필수적인 요인이 되는 것이다. 현재에는 자수성가를 한다는 것이 하늘에서 별을 따는 것처럼 어려워졌다. 잘 사는 사람들은 계속 잘 살 수밖에 없으며 못사는 사람은 계속 못 살 수밖에 없다는 것이다. 다시 말하면 사람의 운명이라는 것은 태어나는 순간부터 결정이 된다는 것이다. 살아가면서 제아무리 노력을 한다 하여도 자신이 태어났을 때 부여받은 운명을 결코 변경시킬 수 없다는 것이다. 근수는 이러한 운명론에 대한 일반적인 관념을 과감히 타파하기로 결심했다.

불우이웃의 자녀들 중에 장래성이 있어 보이는 우수한 인재들을 발굴하여 자신이 어렸을 적에 자신의 운명을 개척하여 비참했던 '을'의 지위에서 감히 성공적인 '갑'의 지위로 진입하는데 성공했던 것과 마찬가지로 그들을 현재의 비참한 '을'의 지위에서 사회적으로 성공한 사람이 될 수 있는 '갑'의 지위에 도달할 수 있도록 적극 도와주기로 결심을 했다. 이러한 목적을 위하여 근수는 그들에게 물심양면의 지원을 아끼지 않기로 했다. 자신의 능력만으로는 결코 달성할 수 없는 목표를 근수와 같은 능력 있는 사람의 지원을 받게 되니 그들의 성공은 보증수표와 같은 확실성을 갖게 되었다.

이러한 유능한 인재들의 배출은 근수의 사업 확장에도 많은 도움이 되었다. 그의 해외 무기거래사업에 있어서도 이전처럼 근수가 직접 발로 뛰는 대신에 그가 양성해 낸 우수한 인재들에게 일거리를 맡겨 보니 근수가 기대했던 것 이상으로 일처리를 잘 해 내는 것을 알게 되었다. 근수는 유능한 인재들을 불우이웃의 자제들 중에서 발굴하여 양성할 수 있었던 것을 만족하게 생각하며 그러한 인재들을 더 많이 양성하는 일에 더욱 열을 올리기 시작했다. 이 세상의 크고 작은 일은 모두 사람들이 하는 일이라는 것을 생각할 때 근수의 유능한 인재양성계획은 탁월한 착안이었다고 할 수 있을 것이다. 인재의 양성은 일반적으로 학교교육을 통해서 행하여지는 것으로 알고 있다. 장래가 촉망되는 우수인재들을 발굴하여 학교교육으로 달성할 수 없는 특수교육을 통하여 그들을 양성하는 것은 이미 학교교육의 교육영역을 벗어난 것이라 할 수 있을 것이다.

우리나라에서는 정상적인 학교교육을 담당하는 교육기관 이외에 이러한 특수교육기관은 존재하지 않는다. 우리나라의 경우에는 정상적인 학교교육이 학부모들의 극성에 의한 비싼 과외수업의 성행으로 학교교육이 거의 유명무실화되고 있기는 하지만 과외수업이 학교교육을 결코 대체할 수는 없는 것이다. 이러한 관점에서 볼 때 학교교육의 존재를 전제로 한 집중된 과외수준의 특별교육을 근수가 선발한 인재들에게 실시함으로써 정상적인 학교교육을 받은 인재들에게 과외수업 수준의 특별교육을 실시하는 것이다. 이러한 교육을 받은 인재들은 단순히 학교교육이나 과외수업을 받은 인재들과는 달리 근수가 그들에게 바라고 있는 특수목적에 종사할 수 있는 능력을 충분히 갖춘 인재가 되는데 부족함이 없게 되는 것이다.

근수는 이러한 교육과정을 거친 인재들을 선발하여 실무에 종사하게 함으로써 그들이 학교에서 배운 이론과 실무에서 터득한 경험을 바탕으로 하여 적재적소에 배치되어 회사의 발전에 공헌하게 되는 것이다. 불우이웃의 자재로 태어나서 열악한 처지에 있었던 그들이 근수에게 발탁되어 정상적인 교육을 받고 근수의 회사에 자리를 잡게 된 그들은 자연적으로 근수에게 절대적인 충성을 맹세하게 되었다. 그들은 단순한 월급쟁이가 아니라 회사의 실질적인 구성원이 되는 셈이다. 그들은 회사와 운명을 같이 하는 존재들이다. 일반적인 월급쟁이 사원들은 정년이 되면 회사를 떠나지만 그들은 정년이 되더라도 죽을 때까지 회사를 떠날 필요가 없는 것이다. 회사는 이러한 사원들을 중심으로 가족회사와 같은 밀접한 관계를 유지하게 되는 것이다.

이러한 핵심사원들의 존재는 다른 회사에서 발견될 수 없는 근수회사의 특성이라 할 수 있을 것이다. 따라서 이렇게 선발되어 양성된 사원들의 경우에는 '일단 사원이 되면 죽을 때까지 영원한 사원이 된다'는 원칙이 적용되는 셈이다. 이러한 핵심사원의 존재는 회사가 영원히 존립해갈 수 있는 기반이 되며 회사를 지탱해가는 강력한 기반이 되는 것이다. 근수는 이러한 사원들을 통하여 회사의 중요 직책을 맡게 하여 그들이 회사의 발전에 기여할 수 있는 기회를 충분히 주어서 회사도 발전하고 그들도 발전하는 상호보완의 원칙을 적용하고 있다. 이렇게 성장한 사원들은 회사의 중요한 결정에 참여할 수 있는 기회가 부여되어 그들의 회사에 대한 만족도가 최상의 위치에 자연스럽게 자리잡게 되는 것이다.

30여 개의 굵직한 계열회사들을 거느리고 있는 근수는 재벌회사로 계열회사들을 키우는데 성공한 기업인이 되었다. 이제는 누구에게나 당당하게 '갑'의 입장을 주장할 수 있게 되었다. 누가 그랬듯이 근수도 이제는 누구에게나 '내가 누구인지 알아?' 라고 큰 소리도 칠 만큼 되었지만 그는 지금까지 단 한 번도 '내가 누구인지 알아?' 라고 큰 소리를 쳐 본 일은 없었다. 이것은 아마도 그가 어린 시절의 비참했던 '을'의 처지를 너무나 뼈저리게 느꼈기 때문이 아니었을까? '사람의 품성은 어렸을 때부터 형성된다'는 말이 있으니 하는 말이다.

근수가 불우이웃의 자제들 중에 우수한 인재를 발굴하여 특별한 교육을 시켜서 회사의 적재적소에 배치하여 그들의 능력을 발휘할 수 있도록 조치해 준 것은 이미 알려진 바와 같다. 그는 이러한 소규모의 불우이웃 우수인재 양성에만 그치지 않고 불우이웃의 경제적인 지위를 향상시키기 위하여 구체적인 방법을 계획적으로 강구하기 시작했다. 전국의 불우이웃을 상대로 하는 것은 국가도 능력에 벅찬 일이기 때문에 그는 우선 특정 지역을 선택하여 그 지역에 집중적으로 투자하여 불우이웃의 지위향상을 위한 각종 사업을 펼치기로 했다.

공장에서 제품을 생산하는 경우에도 우선 실험실에서 특정한 물질의 생산가능성을 실험해 본 후에 그보다 좀 규모가 큰 시범공장을 만들게 된다. 시범공장은 실험실에서 해본 실험과 마찬가지로 그 물질의 생산규모를 확장시키는 경우에도 동일한 결과가 나오느냐를 확인해 보는 과정이다. 시범공장을 통해서도 물질의 생산에 확신을 갖게 되면 그 물질을 대규모로 생산하여 시판을 하더라도 성공할 수 있는 가능성이 있다는 것을 확신하게 된다는 것이다.

근수는 불우이웃의 경우에는 사람의 문제이기 때문에 실험실, 시범공장, 제품의 대량생산과정을 순차적으로 거칠 수는 없지만 시범공장에 해당하는 불우이웃을 위한 시범지역을 지정하여 구체적인 방법으로 시범사업을 전개해 나가기로 했다.

불우이웃 사업으로 실천 가능한 사업계획을 수립해보았다. 독거노인문제, 미혼모문제, 양로원, 고아원, 요양원 등의 운영문제, 불우이웃 아동을 위한 기술교육, 생활비보조 문제 등을 생각해 볼 수 있다. 독거노인문제와 미혼모문제는 생활비보조 문제와 직결되는 것이므로 생활 지원책이 어느 정도로 확충될 수 있느냐에 따라서 결정되는 문제라고 할 수 있다. 이 문제는 근수가 그들을 위하여 얼마나 돈을 많이 풀 수 있느냐 하는 문제이다. 양로원, 고아원, 요양원과 같은 시설운영의 문제도 결국은 돈과 직결되는 문제라 할 수 있다. 수익성이 전혀 없는 이러한 문제에 대하여 근수가 얼마나 많은 돈을 풀 수 있느냐는 관심의 대상이었다. 사람들의 예상을 깨고 근수가 엄청난 액수의 자금지원을 그러한 시설에 퍼붓는 것을 보고 혹시 정신이 나간 것이나 아닌지 하는 의심까지 들 지경이었다. 이렇게 근수가 불우이웃을 위한 시범사업지역으로 선정한 지역에 대한 과감한 투자는 얼마 지나지 않아서 획기적인 변화를 가져오기 시작했다.

이전에는 이러한 시설에 대한 지원액이 부족했기 때문에 그러한 시설들의 유지관리를 하는데도 부족할 지경이었다. 그런데 근수가 이러한 시범사업에 착수한 후에는 눈에 뜨이게 시설의 외형은 물론 시설에서 생활하고 있는 수용자들의 의식구조에도 큰 변화를 가져왔다. 이전에는 어쩔 수 없이 그러한 시설에서 생활할 수밖에 없다는 일종의 패배의식 같은 것을 갖고 장래에 대한 아무런 희망도 갖지 못한 채 생명을 유지하고 있었지만, 이전과는 다른 모습으로 변모하고 있는 시설의 모습을 대하면서 그들에게도 장래에 대한 새로운 희망이 생기기 시작했다. 이전에는 팔자소관으로 생각하고 장래에 대한 별 희망 없이 살고 있었지만, 이제는 각자가 하나의 인격체로 자신의 인간으로서의 권리를 당당히 주장하면서 살아갈 수 있게 되었다. 이전처럼 국가와 사회에서 버려지고 잊혀진 존재로서가 아닌 인간으로서의 권리와 의무를 당당히 누리고 있는 인격체로서의 삶을 되찾은 기뜀을 누릴 수 있게 된 것이다.

사람의 생각에 있어서의 이러한 획기적인 의식변화야말로 사람의 인격형성에 큰 영향을 미치게 되는 것이다. 양로원이나 요양원에 수용되어 있는 노인들의 경우에는 장래에 대한 별다른 희망을 기대하기 어렵지만 고아원에 수용되어 있는 청소년들의 경우에는 이야기가 달라진다. 그들의 삶은 이제 막 시작된 것이나 마찬가지이므로 그들이 자신의 인생을 개척하기 위하여 앞으로 어떻게 노력해 가느냐에 따라서는 전혀 다른 인생의 길을 걸을 수도 있게 된다는 것이다. 부모에게서 태어날 때부터 버림을 받게 된 신세이기는 하지만 내가 노력을 한다면 현재의 이러한 불우한 고아원생의 신세에서 벗어나서 좀 더 밝은 미래를 약속받을 수 있는 것은 아닐까? '개울에서 더 이상 용이 날 수 없다'는 시대에 살고 있기는 하지만 내가 노력을 한다면 그러한 행운도 내게 올 수 있는 것이 아닐까 하는 희망을 갖고 살아가야 하겠다는 생각을 다시 하게 되기 마련이다. 이러한 청소년들 중에 운 좋게 근수의 눈에 띄어 발탁된 사람들도 상당수 있었다. 그들은 그야말로 자신의 운명을 바꿔놓은 셈이다.

근수의 시설에 대한 과감한 투자에 힘입어 이전의 초라한 모습에서 벗어나서 양로원, 고아원, 요양원 시설들이 획기적인 외형상의 변모를 가져왔다. 이전에는 불편하기 짝이 없는 시설로서 명맥만의 시설로서 유지되어 왔던 것과는 달리 이곳이 과연 그전의 초라했던 시설이 맞느냐는 의심이 들 정도로 시설의 외형이 완전히 변모해 버렸다. 과연 근수가 돈은 제대로 쓰는 사람이라는 말이 사람들의 입에 오르내리기 시작했다. 시설을 최근에 방문한 사람들은 이구동성으로 우리가 지금까지 알고 있던 초라한 시설이라기보다는 특급호텔에 상당하는 편리한 시설이 완비되어 있다는 인상을 받게 되었다고 말했다. 개선된 편안한 시설에서 생활을 할 수 있게 된 노인들, 아동들, 그리고 환자들은 근수의 적극적인 자금지원에 힘입어 그들의 생활이 획기적으로 개선된 데 대하여 감사하는 마음으로 살아가기로 했다.

　근수는 독거노인과 미혼모에 대해서도 적극적인 생활지원을 해줌으로써 그들의 생활여건이 획기적으로 향상되는 계기가 되었다. 이전에는 정부지원금을 받는 경우에도 근근이 생활을 해가는 데도 어려움이 많았다. 그러나 이제는 근수의 여유 있는 생활지원금에 힘입어 생활하는데 별 어려움이 없게 되었다. 국가도 해내지 못하는 일을 근수가 개인적으로 해낸 셈이다. 우리나라의 다른 재벌들은 돈을 버는 데만 혈안이 되어 불우이웃을 구체적으로 도울 생각을 갖지 못하고 있었다. 그러나 재벌기업의 설립자인 근수만이 다른 재벌기업들과는 달리 시범사업 활동을 통하여 구체적으로 불우이웃을 어떻게 도와줄 수 있느냐를 실천에 옮긴 최초의 기업인이 되었다. 그의 시범사업에 의하여 얻은 결론은 불우이웃을 위한 사업에 성공하기 위해서는 막대한 자금지원이 필요하다는 냉혹한 현실이었다. 다른 재벌기업들이 연중 행사처럼 되풀이 하고 있는 이웃돕기 성금모집과 같은 소극적인 행사만으로는 전시효과가 있을지는 모르지만 불우이웃들의 지위향상에는 아무런 도움도 되지 않는다는 것을 인정해야 할 것이다.

근수는 회사수익의 일부를 불우이웃 사업을 위한 특별 적립금으로 미리 떼어놓아서 이러한 목적을 위하여 사용하는데 도움이 되었다. 근수처럼 돈벌이만이 최종목표가 아니라 자신이 번 돈의 일부를 사회에 환원하겠다는 신념을 확고하게 갖고 있는 사람은 재벌기업을 경영하는 사람 중에도 별로 없는 것 같다. 능력이 있는 사람은 그냥 놔두어도 스스로 알아서 자신의 운명을 개척해 나갈 수 있는 능력이 있다. 그러나 능력이 부족한 사람들의 경우에는 누군가 도와주어야 겨우 사람 구실을 할 수 있다는 것이다. 일부의 사람들의 경우에는 제 아무리 도와주더라도 스스로 설 수 없는 사람들도 있는 것이다. 우리들의 도움을 필요로 하는 사람들은 능력이 부족한 사람들이나 도와주어도 자립하기 어려운 사람들의 경우라 할 수 있을 것이다. 이러한 사람들을 위한 국가와 사회의 구체적인 지원계획은 존재하지 않는 것 같다. 우리나라의 구조 자체가 능력 있는 사람들을 위주로 만들어져 있기 때문에 그러한 대열에 낄 수 없는 사람들의 경우에는 남이 도와주지 않는다면 그들의 생존자체가 위협을 받게 될 수 있는 것이다.

이러한 사회 부조리를 잘 알고 있는 근수가 불우이웃 사업에 적극적으로 참여하기로 결심하고 우선 지역시범사업부터 착수하게 된 것은 제대로 문제에 접근하는 현명한 방법이라고 할 수 있을 것이다. 그런데 시범사업을 성공적으로 착수하는데도 막대한 지원금이 필요한 것이었는데 만일 그러한 사업을 전국적으로 확대하는 경우에는 그야말로 천문학적인 자금이 필요한 것이다. 이러한 막대한 자금을 어떻게 마련할 것인가? 국가가 계획하고 있는 각종 복지사업에 필요한 예산도 확보하는데 어려움이 많다. 그런데 불우이웃 사업을 위하여 필요한 자금까지 국가적인 차원에서 해결한다는 것은 처음부터 가능성이 있는 문제가 아니다.

그렇다면 다른 재벌기업들이 근수가 구상하고 있는 전국 규모에서의 불우이웃 사업에 동참하도록 설득하는 가능성은 있을 것인가? 우리나라의 재벌의 생리는 외국의 재벌총수들의 경우와는 달리 불우이웃을 돕는데 무척 인색한 편이다. 외국의 대부호들은 자신들이 벌어들인 돈 중에서 일부를 과감하게 사회적인 약자들의 처우개선을 위하여 기꺼이 내어놓는 것과는 극히 대조적인 모습을 보여주고 있다. 우리나라에서는 '가난은 나랏님도 구할 수 없다'는 옛말이 있듯이 불우이웃의 문제는 불우이웃 스스로 해결하도록 방치해 둔 것이나 마찬가지인 셈이다. 그러다 보니 불우이웃들은 나날이 그 처지가 열악해지고 있기 때문에 자신들의 처지를 개선하기보다는 하루하루 살아가기에도 어려운 신세가 되고 있을 뿐이다. 이러한 사실을 알지도 못하고 있으며 또한 알려고도 하지 않는 재벌이 과연 이런 불우이웃을 위하여 아까운 돈을 기꺼이 내려고 하겠는가?

근수는 이 문제를 곰곰이 생각해 보았지만 재벌들의 지원을 받는 것은 현재로서는 불가능하다는 결론에 도달하게 되었다. 다른 기업들이 동참하지 않는 현재의 실정을 개선해보려는 노력을 더 이상 해보는 것은 별 의미가 없다는 판단을 내린 근수는 전국적인 규모에서의 불우이웃 사업의 확장계획은 일단 포기하고 시범사업의 수준에서 현재와 같은 방법으로 불우이웃 사업을 계속해 가기로 했다. 불우이웃 사업의 혜택을 받는 사람의 숫자가 극소수에 불과하기는 하지만 그들을 도울 수 있는 능력이 자신에게 있다는 것을 보람으로 생각하고 그것으로 만족하기로 했다. 근수가 도움을 줄 수 있는 사람들의 범위는 제한적이기는 하지만 돈을 많이 벌 때 느낄 수 있었던 만족감보다는 불우이웃을 실제적으로 도울 수 있다는데 보다 큰 보람을 느끼면서 살아가는 중이다.

근수의 불우이웃 자제들에 대한 기술교육을 시키려는 구상은 오래전부터 생각해 온 구상이었다. 불우이웃들의 처지를 개선해 주는 한 방법은 그들의 자제들에게 기술교육을 실시함으로써 그들의 사회적인 지위향상에 도움을 주게 하려는 것이다. 기술교육에는 이론교육과 실무교육을 동시에 실시하여 이론과 실무를 겸비한 기술인으로 그들을 양성하려는데 기술교육의 목적이 있다. 이러한 목적을 위하여 근수는 기술학교를 설립했다. 기술교육학교에는 경영학과, 기계공학과, 전자공학과, 농업축산학과의 4개 학과를 두고 교수진은 대학교수 수준의 사람들로 구성하여 학생들에게 철저한 이론과 실무교육을 실시하여 학교 졸업 후에 즉시 취업할 수 있도록 배려해 주었다. 학생들의 경우에는 전원 장학생으로 4년간의 교육기간 중에 전원 기숙사 생활을 하면서 공부에만 열중하도록 교육과정을 완비해 주었다.

근수의 이러한 불우이웃 자제들을 위한 원대한 장래계획은 그들에게 도움이 될 뿐만 아니라 근수의 회사경영에 있어서도 필요한 유능한 기술인을 확보할 수 있다는 의미에서 많은 도움이 되고 있는 셈이다. 근수는 인재양성을 통하여 자신의 기업이 계속 활성화 될 수 있는 계기를 마련할 수 있었다. 능력이 있는 사람들의 경우에는 제대로 된 교육을 받을 수 있는 기회만 주어진다면, 필요한 교육을 받은 후에 충분히 자기 힘으로 사회의 일원으로 참여하여 자기의 능력을 발휘할 수 있는 기회가 주어지는 것이다. 이러한 의미에서 볼 때, 근수의 불우이웃 자제들에 대한 기술교육의 기회를 주기로 한 것은 참으로 현명한 처사라고 아니할 수 없다.

근수는 열심히 살면서 돈도 많이 벌었고 시범사업을 통하여 불우이웃 사업에도 부분적으로 기여하고 있는 성공한 기업인이라고 할 수 있다. 그는 비천한 머슴살이를 한 적이 있는 '을'의 처지에서 자신을 성공한 '갑'의 처지로 신분향상을 시킨 가히 입지전적인 인물이라 할 수 있다. 그야말로 누구처럼 '내가 누구인지 알아?' 라고 큰 소리를 칠만도 한데 그는 자기 자신을 과시하기 위하여 지금까지 다른 사람들에게 한 번도 그러한 말을 해본 일이 없었다. 그렇다면 왜 별 것도 아닌 인간들이 자신을 과시하기 위하여 '내가 누구인지 알아?'라는 말을 남발하고 있는 것인가?

정말 잘난 사람들의 경우에는 잘난 체를 하지 않더라도 누구나 그를 인정해 주기 때문에 일부러 힘을 뺄 일도 없다. 그런데

문제가 되었던 국회의원의 경우에 대리기사가 자신이 국회의원
이라는 것을 알아주지 않기 때문에 그 기사에게 자신의 명함을
주면서 자신이 국회의원이라는 것을 과시했다고 한다. 그녀의
행동이 과연 국회의원으로서의 적절한 행위였을까? 대리기사에
게 자신의 국회의원 명함을 주면서 신분을 과시할 필요는 무엇
이었을까? 대부분의 국민에게는 국회의원이라는 존재가 더 이
상 존경의 대상이 되지 못하고 있다고 해야 할 것이다. 국회의원
이라는 존재가 국록만 타 먹고 필요한 일은 하지 않는 불필요한
존재로 비추어지고 있는 지경이다. 오죽했으면 국회해체문제까
지 나왔겠는가? 이러한 사정도 모르고 대리기사에게 명함을 주
고 국회의원이라고 과시나 하고 기사에게 주었던 자신의 명함을
도로 빼앗는 과정에서 폭행을 당한 기사를 위하여 싸움을 말리
지 않고 방관만 하고 있었던 행위는 과연 국회의원으로서 적절
한 행위였다고 볼 수 있을 것인가?

일부의 사람들이 무엇 때문에 자신을 남들에게 과시하려는 것
일까? 자신의 실력만으로 자신의 인생을 개척해 온 사람들의 경
우에는 자신의 실력 이상으로 인정을 받기 위하여 자신을 남들
에게 지나치게 과시하는 일 같은 것은 결코 하지 않을 것이다.
실력이 부족한 사람들이나 일부의 자격미달의 낙하산 인사들의
경우에 자신의 자리를 보전하기 위하여 과대포장된 자신을 남들
에게 보여주기 위하여 '내가 누구인지 알아?' 라는 망언을 서슴
없이 남발하게 되는 것이 아닐까? 그렇게 말을 한다고 해서 자
신의 부족한 위치가 과연 개선될 수 있을 것인가?

결국, 그러한 망언을 하느냐 아니냐는 개인의 인격에 달린 문제라고 할 수 있을 것이다. 제대로 수양이 된 사람은 그러한 말을 남들에게 결코 하지 않을 것이다. 별 것도 아닌 인간들이 자기 과시용으로 사용하는 웃기는 말이라고 할 수 있을 것이다. '내가 누구인지 알아?'라는 말이 자기 과시용이기는 하지만 말이 되지 않는 것은 아니다. 우리들의 일상생활에 있어서 우리가 만나게 되는 대부분의 사람들이 누구인지 모르고 지내는 경우가 많다. 내가 누구인지를 알려줄 기회가 없으면 상대방도 나를 알 수 있는 기회는 결코 주어지지를 않을 것이다.

나의 경우 최근에 나이 80에 소설가로 등단을 했으며 등단한 지 얼마 되지를 않아서 소설집 『제3의 인생』을 펴내서 '다음 카페'에 내 이름이 올려졌다. 다른 사람들의 경우에는 등단 후 10년이 지나야 비로소 소설집을 낼 수 있는 일을 나는 등단하자마자 그 일을 해낸 것이다. 신문소설에 등단한 작가들도 소설집을 내지 못하는 사람들이 많다고 한다. 나의 경우는 써놓은 소설들이 상당수 있어서 가능한 일이었지만 다른 사람들의 경우에는 등단 후에 소설집을 내는데 필요한 소설을 쓰다보면 10년이나 걸리기 때문에 그렇다는 것이다. 내가 나이 80에 소설가로 등단하고 소설집을 냈다는 것은 분명히 특이사항이기는 하지만 무슨 일을 하던 사람이냐를 모르는 처지에서는 나의 소설집을 읽으려는 사람들은 별로 없을 것이다. 소설가의 경우 등단 후의 사실만을 기록해야 한다면 나의 경우 80 평생을 살아온 전력을 다 빼고 소설가로 등단한 사실과 소설집을 냈다는 사실만 적는다면 사람들은 나에 대하여 아무런 사전지식을 갖지 못하게 되는 것이다. 이러한 점에서 볼 때 나의 경우에도 남들처럼 과시용은 아니지만 '내가 누구인지 알아?'에 도움이 될 수 있는 나의 이력을 독자들에 알릴 필요는 있다고 생각된다. 그래야만 기왕에 출판한 소설집의 판매에도 도움이 될 것이 아니겠는가?

나의 경우는 과시용이라기보다는 내 자신이 누구이기에 퇴직 교수가 소설가까지 되었는지 궁금해 할 독자들을 위하여 내 자신의 약력을 알릴 필요는 있을 것이며, 그것이 그들에게 대한 최소한의 예의가 아닐까? 우리가 살아가면서 내가 누구인지를 알리지 않고 살아간다면 우리가 접촉하는 사람들도 내가 누구인지 모르고 살 수밖에 없는 것이다. 일찍이 내가 미국에서 만났던 일본인 교수의 경우에는 미국인들이 구태여 묻지 않는 것들을 초면인 나에게 묻는 것을 보고 약간 당황했지만 그대로 알려준 일이 있었다. 나의 나이, 직업, 봉급액 등을 물었는데 미국인들은 이러한 엉뚱한 질문을, 특히 초면인 내게는 하지 않았을 것이다. 그런데 그 일본인 교수의 논리도 납득할만한 것이었다. 그의 주장은 친구가 되기 위해서는 모든 것이 비슷해야 하는데, 그 중에 나이, 직업, 봉급액 등이 비슷해야 한다는 말은 충분히 설득력이 있었다.

우리가 살아가면서 지나치게 과시용이며 상대방을 깔아뭉개는 듯한 무시하는 태도의 발언은 정상적인 의사표시로 볼 수 없음으로 올바른 대인관계를 유지하는데 별 도움이 되지를 않는다. 대인관계를 잘 유지하기 위해서는 우리가 관계하는 상대방이 누구인지를 잘 알아야 하는 것은 절대로 필요한 일일 것이다. 별로 내세울 것이 없는 사람들이 자신을 과대포장한다고 해서 무슨 도움이 될 것인가? 그의 과대포장 행위가 그 후에 거짓으로 판명될 때에는 좀 더 비참한 느낌을 갖게 될 터인데 무엇 때문에 거짓말을 하는 것인가. 우리는 정직하게 살면서 자신을 지나치게 과대 포장하는 일은 가급적 기피하는 것이 현명한 삶을 살아가는 지혜가 아닐까 싶다.

법의학자

　박동환은 S의대의 법의학교수이다. 그는 어렸을 때부터 법의학을 전공하여 유명한 학자가 되는 것이 꿈이었다. 그가 희망했던 대로 의예과에 입학한 후로 가장 흥미를 가졌던 과목이 해부학이었다. 해부학을 통하여 인체의 구조에 대한 것은 물론 범죄의 증거마저 찾아낼 수 있다는데 특별한 관심을 갖고 본과에서 법의학에 관한 과목을 열심히 공부하여 의대 졸업 후에 법의학교실에 조교로 남을 수 있게 되었다.

　법의학은 의학에 관한 지식뿐만 아니라 법학, 특히 형법학이나 범죄학에 관한 각별한 지식이 필요함으로 법대에서 청강생으로 관련과목을 수강하기도 했다. 인체의 부검은 피부와 장기가 아직도 남아있는 상태에서 행하는 것이 인체에 미친 범죄의 증거를 밝혀내는데 도움이 되겠지만 거의 백골상태에 있는 시신의 경우에도 그 시신이 누구의 것인지 또는 언제 무슨 이유로 사망했는지 하는 원인분석까지 밝혀낼 수 있도록 법의학이 발달했다는 것을 인정해야하는 시점에까지 도달했다고 할 수 있을 것이다.

　최근에 모 유명인사가 경찰과 검찰의 추적을 받아 지방으로 도피했다가 교단 소유의 별장근처의 야산에서 사망한 후 백골이 다 된 시신으로 발견되었는데, 시신의 최초발견자나 경찰조차 그 시신이 그 유명인사의 시신이라는 것을 전혀 상상하지 못하고 있었다. 시신 발견 후 40일이나 걸린 지방의 DNA 검사결과 그 시신이 모 인사의 것이라고 확인되어, 시신이 국립과학수사연구소로 보내져서 지문감식과 DNA 정밀검사결과 그 인사의 것과 일치한다는 사실이 밝혀졌다. 다만 그의 사망원인과 사망시간을 밝히는 것은 다소 어려움이 남아있는 것 같다.

　그는 모 교단의 교주이며 사업가로서 선박회사까지 소유하여 운영하면서 부실경영으로 최근에 선박침몰 사고를 일으켜서 300여 명의 무고한 생명을 수장한 간접책임을 물어 교단 및 자신의 소유재산에 대한 가압류가 정부에 의하여 행하여지고, 검찰에서 그의 소환을 요구하게 되자, 그는 검찰의 출두에 응하지 않고 도주를 하다가 끝내 시신으로 발견되어 당국에서는 법의학에 의하여 그의 신원이 확인되었던 것이다. 그러한 사실이 밝혀졌음에도 불구하고 교단에서는 몇 가지 이유를 들어 발견된 시신이 그의 시신이 아니라고 부정을 하려고 하지만 법의학이 밝혀낸 사실을 부정할 수는 없을 것이다.

　그의 사망으로 곤란해진 것은 정부의 입장이라고 할 수 있을 것이다. 선박의 침몰사고는 워낙에 큰 사건이었으며, 아직까지 실종된 10명의 시신이 수습되지 않은 상태에서 국민감정이 격화되어서, 모든 책임을 사망해 버린 그 한 사람에게 돌려서 정식으로 재판을 받지도 않은 상태에서 그에게 청구해야 할 구상금액이 물경 5,000억 원에 이른다고 하니, 그가 선박침몰사고와 직접 관련이 있다고 판결이 내려지게 될 경우에도 억울한 마음이 생기게 되는 것은 당연지사가 아니겠는가? 결국 그가 택할 수 있었던 유일한 방법은 도주밖에 없었을 것이며, 도주의 결과는 죽음으로 끝맺을 수밖에 없었을 것이다.

그가 사망하고 말았으니 그에 대한 정부의 구상권 행사는 불가능하게 되었으며, 정부에서 호언했던 장담은 어떻게 수습할 것인가. 그가 죽었으니 자식이나 교단 내 관련인사에게 그 책임을 묻고자 하겠지만, 현재로서는 설득력도 부족하고 법집행의 형평성에도 문제가 있다고 하겠다. 결국에는 그의 죽음으로 선박침몰 사건의 귀추는 흐지부지되어버릴 가능성이 다분하다고 하겠다.

나는 법의학이라는 학문이 그렇게 놀라운 학문이라는 것을 이번에 처음으로 알았다. 어떻게 사망 후 부패가 심해서 노숙 중인 연고 없는 노인 정도로 별 관심 없이 가볍게 생각하고 시신을 화장했거나 매장했더라면 그의 신원확인은 영원한 미궁에 빠져버렸을 것이며, 이미 사망해서 이 세상 사람이 아닌 그를 잡기 위하여 검찰과 경찰이 일대 희극을 연출하지 않았겠는가. 법의학은 사망한 사람의 신원확인을 비롯하여, 사인규명과 사망원인까지 밝혀내는 놀라운 학문 분야라 할 수 있을 것이다. 잘못했으면 영원한 미제사건으로 끝날 수 있었던 문제를 법의학의 최신기법을 사용하여 피의자의 신원확인을 밝혀냄으로써 수사의 방향에 일대 변화를 가져다주었던 것이다.

박동환 교수에게 법의학을 배운 제자들이 전국의 관련기관에 배치되어 우리나라의 법의학분야를 선도하고 있으며, 박 교수도 필요한 경우에는 난해한 법의학 문제에 대한 자문역도 담당하고 있는 셈이다. 박 교수야말로 법의학의 이론과 실제의 체계화를 우리나라에서 최초로 완성하는데 기여한 선구자 중에 한 사람이었다. 그가 법의학의 이론과 실제의 체계화를 이룩하기 전까지는 일부의 해부학자들이 범죄의 증거와 사인을 규명하는 수준에 머물러 있었던 것이다. 특히, 변사사건과 관련된 부검의 경우 초동수사단계에서부터 제대로 된 수사를 하기위해서는 법의학의 지식을 가진 의사로 하여금 변사체에 대한 시체검안을 하는 검시의제도를 도입해야 한다는 의견이 있다.

검시의에 의한 시체검안이 부검을 하기 전에 제대로 이루어진다면 이번 경우와 같은 어처구니없는 일은 발생하지 않았을 것이라고 주장하고 있다. 우리나라의 변사체에 대한 부검절차가 복잡하기 때문에 정식절차를 밟아서 부검이 이루어지기 전에라도 변사체의 상태를 1차 확인해보는 검시의제도의 도입이 필요하다는 것이다. 변사체의 검사는 국민의 죽음에 대한 국민의 감시이며, 억울한 죽음이 없도록 하는 엄중한 사법행위이기도 한 것이다. 정확하고 공정한 사인규명으로 국민의 권리를 보호하고 사회질서를 유지하는데 검시의 목적이 있다고 할 수 있을 것이다.

수많은 미제사건들이 부검을 통해서 밝혀져서 진실규명이 이루어질 수 있게 된 것도 법의학의 발달에 힘입은 바가 크다고 하겠다. 확실한 증거 없이 정황만으로 범죄의 수사를 할 수는 없는 것이다. 법의학에 의한 증거는 다른 어떤 증거보다도 결정적인 증거가 될 수 있을 것이다. 범죄인은 가능하면 범죄의 증거를 남기려 하지 않으며 가능하면 증거가 없는 완전범죄를 할 수 있도록 수단과 방법을 가리지 않으려 하지만, 법의학에 의한 확실한 증거가 뒷받침해 준다면 그의 노력도 수포로 돌아갈 수밖에 없을 것이다.

흉악한 범인일수록 법의학자들을 기피하게 되는 경향이 농후하다. 제아무리 그들을 속여보려고 안간힘을 부려보지만 법의학자의 분석을 못 당하여 결국에는 그들에게 굴복해버리고 마는 것이다. 범죄인들은 어리석게도 자신들의 악랄한 범죄를 은폐하기 위하여 법의학자들을 살해할 계획을 세우기 시작했다. 마치, 그들만 제거하게 된다면, 자신의 범죄들은 영원한 미궁에 빠져들 수 있다고 착각하고 있는 듯했다. 당연히 그들의 주요 표적은 박동환 교수였다. 이 사람만 제거된다면 그들은 검거의 위협에서 해방될 수 있다고 생각하는 것 같았다. 이러한 범죄인들의 움직임에 대하여 가만히만 있을 수 없는 노릇이 아니겠는가. 이러다 보니 범죄인들과 법의학자들 간의 사활이 걸린 전쟁이 본격적으로 시작되었다. 서부영화에서나 볼 수 있는 총기에 의한 자기방어의 '만인 대 만인의 투쟁'이 현실화되어 우리 사회가 공포 속으로 빨려들기 시작했다.

법집행기관도 이러한 사회혼란에 대하여 거의 무방비나 마찬가지로 속수무책일 수밖에 없었다. 범죄인들의 의사가 사회의 근간을 흔들어놓게 되는 사회라면 심각한 문제가 아닐 수 없을 것이다. 범죄의 증거를 찾아내는데 헌신하고 있는 법의학자들은 국가적으로도 필요한 일을 하고 있는 사람들인데, 그들이 범죄인들에 의하여 생명의 위협을 받게 되어서야 어떻게 자신의 업무에 충실할 수 있겠는가. 국가가 그들의 신변보호를 위한 특단의 조치를 취해줄 필요가 있다는 것을 깨닫게 되었다. 특히 박동환 교수와 같은 유명한 국보적인 법의학자에 대해서는 대통령 경호에 준하는 보디가드를 붙여주어서, 그러한 국가적으로 필요한 유능한 인재가 범죄인들의 테러에 의하여 희생되는 일이 없도록 각별한 주의를 기울였다. 그 결과 범죄인들에 의한 박 교수에 대한 암살시도가 몇 번 있었지만 성공하지 못하고 번번이 미수에 그치고 말았다.

범죄인들은 결국 법의학자들에 대한 암살기도를 포기하기로 마음먹었다. 왜냐하면, 박 교수를 암살하는 것이 성공을 거둔다고 하더라도 제2, 제3의 박 교수가 나올 것이니 그들을 뒤따라다니며 전부 암살해버린다는 것은 이론적으로는 가능한 일일지 모르지만, 사실상 거의 불가능한 일이기 때문이다. 그러다 보니 법의학자들에 의한 범죄의 증거가 계속 발견되어 미제사건들의 상당수가 해결의 실마리를 찾기 시작했다.

범죄가 발생했을 때 우리가 할 수 있는 일은 우선 어떠한 범죄가 발생했느냐를 확인하는 일이며, 다음에 할 수 있는 일은 범인이 누구이냐를 찾아서 잡아야 하며, 끝으로 발생한 범죄가 범인과 관련이 있느냐 여부를 밝혀내야 하는 일이라 하겠다. 어떠한 범죄에 있어서도 이러한 세 가지가 가려지지 않으면 제대로 된 수사라고 말할 수 없을 것이다. 범죄와 범인을 밝혀내는데 법의학이 결정적인 역할을 할 수 있을 것이며, 범죄와 범인과의 관계를 밝혀내는 데도 법의학은 여전히 중요한 역할을 하고 있다고 해야 할 것이다. 이와 같이 법의학은 범죄수사에 있어서 중요한 역할을 하게 되는 것이다.

범죄수사에 있어서 경찰과 검찰은 일정한 범위에 있어서 수사권을 분담하고 있다. 경찰이 검찰의 수사지휘를 받지 않는 한, 수사권의 범위를 둘러싸고 경찰과 검찰의 불협화음이 발생할 여지는 얼마든지 있을 것이다. 왜냐하면, 변사체가 발생했을 경우에 검사가 초동단계의 검시와 부검을 지휘해야 하는데 인력부족으로 경찰이 대신하는 경우가 있을 수 있기 때문이다. 부검의 허가는 판사의 결정에 의하는데, 이 경우에 있어서도 검사와 판사 간의 불협화음이 발생할 여지가 있을 것이다.

여러 가지 형태의 범죄가 매일 발생하고 있으며, 상당수의 범죄는 증거 불충분으로 인하여 미제 사건으로 한동안 남아있거나 영원히 미제사건으로 종결지워 질 수도 있을 것이다. 우리 사회에 범죄가 없다면 얼마나 살기 좋은 사회이겠느냐 마는 각종 크고 작은 범죄인들 때문에 우리의 생명과 재산이 위협을 받고 있는 것은 어쩔 수 없는 일이라고 체념해버려야 할 일일까. 각종 범죄가 기승을 부리면 부릴수록 우리 사회는 그러한 범죄와의 전쟁을 선포하고 그러한 범죄를 범한 범인들을 찾아내서 그들을 우리 사회에서 영원히 격리해 버려야 할 것이다.

범죄인들 중에는 생래적인 범죄인이 있는가 하면, 자라온 환경을 포함하는 제반 여건 때문에 범죄인이 된 경우도 있을 것이다. 아이들끼리 서로 싸우다가 집에 가서 식칼을 들고 나와서 자기와 싸우던 아이를 등 뒤에서 찔러서 상해를 가하거나 사망에 이르게 했다면 생래적 범죄인이라 할 수 있는데, 이러한 범죄인들은 얼굴에 범죄인으로서의 특징이 있다고 하여 소위 '범죄형'의 인간을 분류하려는 범죄학자들도 있다고 한다. 이러한 부류의 범죄인들은 개선의 정이 있는 인간들이 아니므로 그들을 사회에서 영원히 격리하여 다시 범죄를 범할 수 없도록 해야 한다는 입장으로써 감옥을 형무소라고 부르는 것도 이러한 입장에서 유래하는 것이라고 할 수 있을 것이다.

이에 비하여 가정환경이라든가, 자라온 여건이 범죄인이 될 수밖에 없도록 만들었다는 의미에서 이러한 범죄인들은 개선된 환경에서 재교육을 해서 사회에 환원하게 되면 더 이상 범죄를 범하지 않게 된다는 입장인데, 감옥을 형무소라고 부르는 대신에 교도소라고 부르는 것도 이러한 입장에서 유래하는 것이다. 그런데 범죄인을 대하는 이러한 상반된 입장은 형사정책을 입안함에 있어서도 견해의 차이를 나타내고 있으며, 범죄인을 보는 시각도 달라질 수밖에 없을 것이다.

교육이 인간을 만드는데 중요한 요소가 되는 것만은 틀림없는 사실이지만, 과연 교육이 악한 인간을 착한 인간으로 만들 수 있느냐에 대해서는 의문의 여지가 있다고 하겠다. 우리나라 사람들의 법을 지키려는 의식이 선진국에 비하여 월등하게 떨어진다는 것을 지적하는 사람들이 있는데, 선진국의 경우에는 법을 지키지 않는 경우에 그에 대한 처벌이 엄격하기 때문이라고 말하는 사람들이 있다. 미국에서는 야밤중에 지나가는 차 한 대도 없는데 적신호가 켜지면 정차했다가 녹색신호로 바뀌면 다시 진행하는 것을 보고 미국인들이 법을 잘 지키는 국민으로 알고 있는데, 그 신호등 앞에 감식카메라가 설치되어 있기 때문이라고 말하는 사람이 있다.

현재 미국에서 신호등이 있는 곳에 감식카메라를 설치하고 있는지 어떤지는 알 수 없지만, 내가 미국에 살고 있었을 때는 감식카메라가 오늘처럼 널리 보급되었던 시절도 아니었지만, 미국인들의 교통질서를 지키는 모습은 가히 모범적이라 할 수 있었다. 우리나라에서는 차선을 변경하겠다는 신호를 주면서 차선을 변경하는 경우에도 저 멀리 있던 잘 보이지도 않던 차가 득달같이 달려와서 진로를 방해하는 일이 빈번히 발생하고 있는데, 미국에서는 이런 경우에 차선을 변경하는 차가 충분히 들어올 수 있도록 양보해 주는 것이 상식화되어 있는 것이다. 운전자의 남을 배려하는 자세 자체가 우리와는 판이하게 차이가 있는 것이다.

범죄인의 의식자체도 문제라 할 수 있을 것이다. 범죄행위를 즐기는 사람과 어쩔 수 없는 사정 하에서 범죄를 저지를 수밖에 없었던 경우와는 판이하게 다르다고 아니할 수 없을 것이다. 범죄행위를 즐기는 사람들의 경우에는 고도로 지능적이며 죄의식이 결여되어 있는 경우라 할 수 있을 것이다. 어린 소녀들을 성추행하는 어른들의 경우는 상식으로 도저히 이해할 수가 없다. 인간이기를 포기한 짐승이 아니고서야 어떻게 그러한 행위를 감히 범할 수 있다는 말인가. 의붓자식의 경우에는 물론 친자식마저 추행하는 금수만도 못한 인간도 있다니 기가 찰 노릇이다.

그러한 성추행만으로도 부족하여 살해하거나 암매장하는 사례도 늘고 있는 경향을 보여주고 있다. 연쇄살인의 경우에도 첫 번째 살인을 하는 것이 어려운 일이지 일단 살인을 감행하게 된 후에는 죄의식도 희박해져서 사람을 하나를 죽이거나 열을 죽이거나 아무런 차이를 느끼지 않게 된다고 한다. 사기꾼들의 경우에도 마찬가지일 것이다. 한 사람을 속이는데 성공을 거두게 되면, 차례로 사람들을 속이는데 자신이 생기게 되어 사기행각을 계속 벌이게 된다는 것이다. 범죄나 사기나 경험이 축적되어 가는 특성을 보여주게 되는 것이다.

어쩔 수 없이 범죄를 범하게 되는 사람들의 경우에는 범죄행위를 즐기는 사람들의 경우와는 달리 자신이 어쩔 수 없이 범한 범죄를 후회하며, 다시는 그러한 범죄를 범하지 않겠다고 다짐하면서도 또 다시 범죄를 범할 수 있는 경우가 생기더라도 계속해서 범죄를 범할 수는 없게 된다. 왜냐하면, 이러한 사람들에게는 최소한의 양심이라는 것이 아직도 남아있기 때문이 아닐까.

일생을 통하여 어떠한 종류의 작은 범죄라도 범하지 않고 살수 있다면 얼마나 행복한 사람일까. 아마도 누구나 일생을 통하여 범죄의 충동을 받은 경험이 있을 것이다. '견물생심'이라고 나쁜 일을 할 수 있는 기회가 주어진다면, 누구나 한 번쯤은 그 일을 저지르고 싶은 충동을 받게 된다는 것이다. 일반인들의 경우가 이러하건대, 범죄인들의 경우에는 그러한 유혹이 훨씬 더 강렬해질 수밖에 없게 된다는 것이다.

"인간이 착하다고 생각하세요. 아니면 악하다고 생각하세요."

아내가 느닷없이 내게 한 질문이다.

"글쎄, 세상에는 착한 사람들도 많겠지만, 내 생각에는 악한 사람들이 더 많은 것 같은 생각이 드는구려, 세상을 살다보면, 내게 좋은 일을 해준 사람들의 경우에는 별로 기억이 나지를 않지만, 나에게 몹쓸 일을 해준 사람들의 경우에는 그 좋지 않았던 기억이 오래 동안 남아있게 되는 것이 그 때문이 아닐까 생각이 되는구려."

"나도 당신의 의견에 찬성하고 싶어지네요."

신문에 나오는 범죄인들의 기사를 읽다 보면 그렇게 악랄한 범죄인들이 우리 사회에 많이 있다는 것을 생각할 때 참으로 놀라움을 금할 수가 없다. 범죄발생 후 '소 잃고 외양간 고치기'식이거나 땜질식 조치가 뒤따라서 우리를 실망시키고 있다. 다시는 그런 일이 발생하지 않게 하겠다고 수없이 다짐을 했건만 유사한 사건이 계속해서 발생하고 있는 데야 어떻게 하면 좋겠는가.

우리의 먹거리를 갖고 장난치는 경우는 어떠한가. 유통기한이 지난 제품을 마치 새로 만든 제품처럼 재포장을 해서 시중에 내놓아서 폭리를 취하는 자들의 양심은 과연 어떠한 것이라 할 수 있겠는가. 공업용 기름을 갖고 식용유를 만들어내는 자들과 어떻게 우리가 함께 살 수 있다는 말인가. 해방직후에 물자가 부족하던 시절에는 이러한 악덕 기업인들이 있어도 가난 탓으로 돌릴 수 있었지만, 물자가 풍부한 오늘날과 같은 시대에 살면서 돈벌이라는 것이 무엇이길래 먹거리를 갖고 장난을 치느냐 말이다.

원자로와 같은 기간산업의 부품을 불량품으로 대체하여 전력수급에 있어서 차질이 생기게 하는 자들이나, 폐선직전에 있던 선박을 비싼 외화를 들여서 사들여 온 후에 제멋대로 구조를 변경하고 균형수를 빼버리고 그 대신 화물과 차량을 허용량의 몇 배를 과적하여 선박침몰을 가져와서 300여 명의 무고한 희생자를 낸 사고의 경우도 사람의 생명을 등한시하고 돈벌이에만 욕심을 냈던 사람들이 빚어낸 결과였다고 할 수 있을 것이다. 정당한 절차를 거쳐서 원칙에 입각해서 행동을 했더라면 결코 일어날 수 없는 일이 원칙을 벗어난 무리한 행동이 빚은 비극이었던 것이다.

금융사기는 또 어떠한가. 서민금융을 대표한다는 저축은행에서 서민의 돈을 이자를 많이 준다는 이유로 그들의 돈을 끌어 모아서는 은행책임자들이 착복을 하고 도산을 함으로써 서민들을 울리고 있는 사태를 어떻게 설명하면 좋을 것인가. 이러한 지능적인 범죄에 대해서는 법의학자들도 속수무책일 수밖에 없을 것이다. 이러한 유의 범죄는 법의학이 다루어야 할 범죄라고 보기에는 무리가 있으며, 국민의식의 개조가 필요한 분야라고 할 수 있을 것이다.

범죄를 방지한다는 것이 과연 가능한 일이라 할 수 있을 것인가. 일반적으로 범죄는 자연발생적인 것이라기보다는 사회적인 요소를 다분히 가지고 있는 것이라고 할 수 있을 것이다. 혼자 사는 세상에서는 범죄란 있을 수 없는 것이다. 천지창조의 신화에서 볼 수 있듯이 신이 창조한 아담 혼자서 에덴동산에서 살 때에는 아무러한 문제가 없었는데, 아담의 반려자로 아담의 갈비뼈 하나를 빼내서 만들어낸 하와를 짝지어주었을 때부터 문제가 생기기 시작했다. 신이 아담에게 에덴동산에 있는 금단의 나무 열매를 따먹지 말라고 말해 주었던 열매를 하와가 따서 아담에게 주어서 먹게 한 후로 사물을 보는 눈이 떠져서 자신들이 벌거벗고 있다는 사실을 깨닫게 되었고 나뭇가지로 몸을 가리게 되었다.

신이 이 사실을 알고 아담과 하와를 부르시자 둘은 두려운 마음에 숨기까지 했다. 누가 금단의 나무열매를 따먹었느냐고 물으시자 아담은 하와가 주어서 먹었다고 대답했으며, 하와는 뱀이 지식의 눈이 뜨이는 열매라 하여 주었기에 아담과 함께 먹었다고 뱀에게 핑계를 댔다. 이때부터 인간은 자신이 한 일에 대하여 책임을 지지 않고 남에게 책임을 전가하는 습관이 생겼다고 했다. 인간은 인간이 범한 죄의 대가로 죽음을 면할 수 없게 되었고, 인간의 죄는 아담과 하와가 지은 원죄에서 비롯된다는 것이다.

아담과 하와가 낳은 맏아들인 카인과 동생인 아벨과의 관계에서 인간의 죄는 극한으로 치닫게 된다. 성격이 난폭한 카인은 성격이 온순하고 착하게 살고 있는 동생 아벨을 질투하여 결국 아벨을 살해하고 만다. 신이 카인에게 네 동생 아벨이 어디에 있느냐고 물으시자, 카인은 자신이 동생에게 범한 살인행위가 드러날까 두려운 마음에서 '제가 동생을 지키는 사람입니까' 라는 대답으로 그가 범한 살인행위를 감추려고 했다. 우리 인간은 아담과 하와가 범한 원죄에다 카인이 범한 살인행위까지 물려받아서 인류역사를 통하여 크고 작은 범죄가 끊일 날이 없었다.

한 사람을 죽이게 되면 살인이 되지만, 적군을 많이 죽이는 장군은 영웅칭호를 받게 되는 것이 당연한 일로 받아들여지고 있는 우리 사회의 현실에서 살인과 같은 범죄행위를 어떻게 처벌할 수 있을 것인가. 모파상이 쓴 「광인」이라는 소설에서 묘사한 살인자의 모습은 우리에게 많은 시사를 주고 있다.

한 명망 있는 법관이 사람들의 존경과 애도 속에 생을 마감했다. 그의 장례식을 성대히 마친 후에 그의 집에서 발견된 일기장에 놀라운 사실이 기록되어 있었다. 그는 존경을 받아야 할 법관이 아니라 천인공노할 살인범이라는 사실이 드러났던 것이다. 그의 살인행각은 처음에 작은 동물을 죽이는 데서부터 시작되었다. 그의 하인이 기르고 있던 카나리아 새가 있었다. 그는 하인이 외출을 한 틈을 타서 새장에서 카나리아를 꺼내서 목을 졸라 죽여 버렸다. 너무나 작은 새였기 때문에 죽은 새가 피도 흘리지 않아서 죽이는 희열을 느낄 수가 없었다. 카나리아 새가 죽은 것을 외출했다가 돌아온 하인이 발견하고 슬피 우는 하인에게 모른 척하고 시치미를 떼는 데서 오는 희열을 느낄 수 있었겠지만, 그 정도로는 별다른 느낌이 들지를 않았다.

그는 사람을 죽여야 하겠다는 생각을 하게 되었다. 대상을 물색하기 위하여 집근처에 있는 바닷가의 방파제로 산책을 나갔다. 거기에서 그는 한 노인과 젊은이가 낚시질을 하고 있는 모습을 발견했다. 주변에는 다른 낚시꾼들은 없었고 두 사람만이 있을 뿐이었다. 잠시후에 젊은이가 노인을 그 자리에 남겨두고 혼자서 어디론가 다녀오려는지 자리를 뜨는 것을 보았다. 이때다 하고 생각한 그 법관이 젊은이가 놓고 간 것으로 보이는 몽둥이를 들고 졸고 있는 노인의 뒤로 다가가서 몽둥이로 머리에 일격을 가하자 졸고 있던 노인이 픽하고 쓰러지면서 피를 흘리면서 죽어버렸다. 그는 노인이 흘리는 피를 보고 희열을 느꼈으며, 이러한 희열 때문에 살인을 하게 되는 것이라는 생각까지 하게 되었다.

그러한 사실도 모른 채 다시 방파재로 돌아온 젊은이는 노인이 죽어있는 모습을 발견하고 경악을 금치 못하였다. 아무도 본 사람이 없었으니 꼼짝없이 자신이 노인에 대한 살인죄의 누명을 뒤집어쓸 수밖에 없다는 것을 깨닫게 되었다. 그 노인은 젊은이의 숙부로서 상당한 재력가이기도 했다. 그가 숙부를 살해한 살인범의 누명을 쓰게 되면 틀림없이 숙부의 재산을 노리고 행한 살인이었다는 것을 변명할 여지가 전혀 없게 되었다. 그의 예상대로 그는 숙부를 살해한 살인범으로 체포되어 재판에 회부되었다. 공교롭게도 그의 재판을 담당한 것은 노인을 살해한 그 법관이었다. 그 젊은이의 재판을 담당하면서 살인범인 법관은 젊은이에게 숙부의 재산에 탐이 나서 숙부를 살해한 살인범이라는 죄를 뒤집어씌운 채 사형을 언도했다. 자신이 범한 살인죄를 대신 뒤집어 쓴 채로 변명 한마디 못하고 법관의 사형선고를 받을 수밖에 없었던 것이다.

그 법관은 자신의 살인죄를 대신하여 사형선고를 받은 그 가련한 젊은이의 사형집행장에 참석하여 어떻게 젊은이가 교수형으로 사형집행을 당하느냐를 참관하기로 했다. 젊은이가 사형집행을 당하여 죽어가는 모습은 실로 장엄하기까지 했다. 그는 왜 사형을 당해야만 하는지를 알지도 못한 채 남의 죄를 대신하여 죽어가고 있었던 것이다.

이러한 내용이 미치광이 살인마 법관의 살인행각의 골자였다. 세상에는 이와 같은 엉뚱한 사실이 베일에 가려져서 세상에 드러나지 않았을 뿐 면밀히 검토해보면 그러한 유사사례가 얼마든지 발견될 수 있으리라고 본다. 겉으로 성인군자처럼 처신하고 있는 사람이 실제에 있어서는 술주정뱅이이며 여색이나 탐하는 호색한이었다고 밝혀지기도 했다. 한 교단의 지도자가 실은 종교를 이용하여 사리사욕을 챙기면서 돈벌이나 하는 사기성이 농후한 몰염치한 사업가라는 것이 밝혀진 경우도 있듯이 한 사람의 외형만을 보고는 그가 실제에 있어서 어떠한 사람인지를 알기가 어려운 경우가 많다.

'언행일치'라는 말이 있듯이 말과 행동이 한결 같은 사람은 그다지 많지 않은 것 같다. 가만히 있으면 중간정도는 갈 수 있는 사람으로 남아 있을 수 있는 사람이 지나치게 자신을 과대포장해서 선전하는 바람에 사회를 혼란시키고 자신도 자신이 설정한 원대한 목표에 도달할 수가 없어서 갈등을 겪고 있는 사람들의 모습을 우리는 쉽게 발견할 수 있다. 이러한 함량미달의 사람들이 우리 사회에 많으면 많을수록 우리 사회는 불행해 질 수밖에 없을 것이다.

나는 일생을 교과서와 같은 인생을 살아왔기 때문에 계획성 없이 사는 사람들, 특히 그러한 젊은이들을 대할 때면 속이 상한다. 얼마 전에 3억 5천만 원에 처분한 아파트의 잔금 3억 1천만 원을 받기로 한 바로 전날에 젊은 매수인 측이 보여주었던 행동을 나는 도저히 이해할 수가 없었다. 사정이 좀 어렵다고 하여 계약금과 중도금을 합쳐서 4천만 원을 이미 받았으며, 나머지 잔금은 잔금 지불 일에 전부 받기로 약속이 되어 있어서 중도금도 5백만 원 밖에 받지를 않고 젊은이들의 사정을 보아주었다. 내가 그들의 사정을 보아준 것은 잔금지불 일에 잔금을 전부 받게 되면 그만인 것이지, 구체적으로 그들이 어떤 방법으로 잔금을 내게 지불할 것이냐 하는 것은 나의 관심사가 아니었다.

그런데 미국에 유학 가서 정착하여 살고 있은 지가 햇수로 13년에 접어들고 있는 작은 딸이 우리가 매도하기로 한 아파트에 아직도 주민등록주소지를 쓰고 있는 것이 문제가 되어 은행에서 대출을 해주지 않겠다 하여, 작은딸의 주소지를 다른 곳으로 이전해 달라고 내게 요구하는 것이 아니겠는가. 잔금을 완불해야 권리증을 매수자에게 양도해 주어 소유권이 이전되는 것인데,

잔금도 완불하지 않은 상태에서 작은딸의 주소지를 다른 곳으로 이전해 달라고 부탁하는 것은 지나친 요구사항이라는 생각에서 거절을 했다. 그렇다면 대출을 받을 수 없으니 잔금을 지불할 수 없다는 이야기였다.

그러지 않아도 잔금의 완불과 관련하여 우려했던 사태가 현실적으로 나타나는 것이나 아닌지 심히 우려가 되었다. 이러한 문제가 있었다면 최소한 1주일 전이나, 아니면 3일 전에라도 내게 연락을 하여 양해를 구했어야 하는 일을 잔금 지불 바로 전날에야 그러한 사정을 내게 전하며 협조를 요청하는 이유는 무엇인가. 아무리 경제적인 여유가 없이 살아가고 있는 젊은이라 하더라도 이렇게 무계획하게 사는 사람을 나는 도저히 이해할 수가 없었다. 나는 기일 내에 잔금을 완불 받으면 되는 것이지, 어떠한 방법으로 잔금이 마련되는 지를 구체적으로 알고 싶지도 않으며, 또한 알 필요도 없는 일이다.

작은딸의 주소를 다른 곳으로 옮겨 달라고 부탁하는 것이 좀 무리라고 생각했다면, 미국에 거주하고 있는 작은딸에게 연락을 하여 실제로 한국에 거주하는 대신 13년간이나 미국에 거주하고 있다는 사실을 확인하고 싶다면, 미리 그러한 사실을 연락해서 미국의 낮 시간에 맞추어서 전화를 걸 수 있었다면 혼선을 가져오지 않았을 것이 아니겠는가. 어떻게 젊은 사람이 세상을 그런 식으로 살아가고 있는 것인지 심히 염려가 된다. 작은딸과 전화 연락이 되어 대출받는 데는 지장이 없어서 잔금은 그들이 당일에 은행에서 대출받은 금액과 전세금을 환불받은 액수를 합쳐서 잔금을 완불해줄 수 있어서 별다른 지장은 생기지 않았다.

인간은 극한 상황에 처하게 되는 경우에는 자의식보다는 주변환경의 지배를 크게 받게 된다는 것이다. 2차 세계대전 때의 남양군도에서 발생했던 일화에 의하면 전쟁으로 폐허가 되어 나무열매와 같은 먹거리조차 다 없어진 상태에서 유일하게 먹을 수있는 것이라고는 죽은 동료의 시신밖에 없었다고 한다. 그러나그러한 상황에서도 썩은 시신을 먹기보다는 살아있는 동료를 서로 잡아먹기 위한 사생결단의 투쟁을 하게 되었다. 모두가 지칠대로지쳐 있었지만 동료의 시신을 인육으로 먹고 끝까지 살아남아서 버틸 수 있었던 사람은 역시 강한 사람이었다고 한다. 이러한 야생의 상태에서는 강한 사람만이 최후의 승자가 될 수 있다는 것이다.

인간사회에 있어서도 이러한 약육강식의 극한투쟁을 빈번히발견할 수 있을 것이다. 서로 잡아먹고 잡아먹히는 사생결단의투쟁이 행하여지고 있는 것을 발견할 수 있다. 대기업의 동네 상권의 침투작전이 바로 그 한 예가 될 수 있다고 할 것이다. 대기업은 동네상권이 아니라도 얼마든지 자체적으로 먹고살고도 남을 수 있는 저력을 갖고 있는데, 무엇 때문에 동네상권에까지 침투하여 서민의 생존권마저 위협하고 있는 것은 사회정의를 무시한 대기업의 횡포라 아니할 수 없을 것이다. 이러한 약육강식의세계에서 서민들의 생존권은 대기업의 횡포에 의하여 말살될 수밖에 없을 것인가. 만일 이렇게 될 수밖에 없는 사회라면 약육강식의 동물의 야생사회와 무엇이 다르겠는가.

정의사회는 가진 자만이 잘 사는 사회가 아니라 못 가진 사람도 함께 잘 살 수 있는 사회가 될 수 있어야 할 것이다. 우리나라에서 올림픽경기가 개최되기 직전에 있었던 이야기였다. 한 소매치기가 집단단속에 걸렸는데 그 소매치기가 자기를 잡은 경찰에게 하는 말이 실로 가관이었다. 자신이 소매치기 정도 한 것을 갖고 왜 문제를 삼느냐고 항의하면서 나라를 훔친 놈도 있는데 왜 그런 놈은 가만두느냐고 했다는데, 그의 말이 틀린 말은 아니었던 것 같다. 정의사회라면 소매치기의 말대로 나라를 훔친 놈도 자신처럼 처벌을 받아야 옳은 일일 것이다. 그런데 권력을 불법하게 강점한 나라를 훔친 사람은 과연 누가 처벌할 수 있을 것인가?

도둑들의 심리는 아마도 비슷할 것이다. 소매치기처럼 남의 주머니에 손을 대는 도둑이나, 감히 나라를 훔치는 큰 도둑에 이르기까지 자기 것이 아닌 것을 욕심내는데 있어서는 차이가 없을 것이다. 부자가 된 사람들도 정당한 방법으로 정직하게 돈을 번 사람들보다는 부정한 방법으로 돈을 번 사람들이 더 많이 있다고 할 수 있을 것이다. 도둑들의 심리는 어차피 부정한 방법으로 돈을 번 부자들의 재산을 좀 축 낸다고 해서 누가 감히 뭐라고 말할 수 있겠느냐는 엉뚱한 생각을 하고 있는 것 같다. 공무원이나 국회의원이나 모두 도둑놈 심보를 갖고 기회만 있으면 부정한 방법을 써야 하는 경우에도 서슴없이 그러한 행위를 하려고 하며, 또한 상당수의 공무원이나 정치인들이 뇌물 같은 것을 챙겨서 돈벌이를 하는 경우까지 있는 것을 볼 때 그들이 과연 도둑에게 잘잘못을 말할 자격이 있다는 말인가.

도둑들은 경우에 따라서는 폭력을 휘두르거나 살인을 하게 되는 경우도 있다. 마약중독자들의 경우 약품의 영향 하에 있을 때는 더 할 수 없이 온순하다가도 약품이 떨어져서 그것을 구할 수 있는 돈이 불충분할 때는 폭력적으로 된다는 것이다. 도둑끼리도 의리가 있어서 같은 단지 내에 사는 사람들의 집은 털지 않는다고 한다. 도둑들이 의리가 있어봐야 얼마나 있겠느냐고 말을 할지 모르지만, 그들 나름대로의 의리를 지킨다고 하니 묘한 생각이 든다.

여하튼, 도둑이 타인의 재물을 빼앗기 위하여 폭력을 휘두르다가 살인을 하게 되는 경우 법의학자는 살인이 행하여진 시기나 살인의 원인 등을 규명하기 위하여 부검에 참여할 수 있을 것이다. 이러한 부검은 이미 살인이 행하여진 후에 밝게 되는 사후적인 조치이지만, 법의학자가 경우에 따라서는 약품남용 같은 비의학적인 약품의 사용을 예방하기 위한 사전조치를 취하는 경우도 있을 것이다. 약품오용은 의사 처방에 의한 약품의 의학적인 사용이라는 점에서 약품남용과는 차이가 있지만, 두 가지 모두가 바람직하지 않은 약품의 사용이라는 점에서는 마찬가지이며, 이러한 약품사용의 만연과 파급을 방지 또는 예방하기 위하여 법의학자가 적극 참여해야 하며 이것은 법의학자의 주요 활동분야 가운데 하나이기도 하다.

약의 지나친 사용이 질병을 가져오게 되는 소위 약원병의 경우에는 주로 의사들의 지나친 처방행위가 가져다준 현대병의 하나라고 할 수 있다. 인간의 몸은 질병에 걸리는 경우 인체가 자연치유력이 있기 때문에 약을 사용하지 않아도 저절로 나을 수가 있다는 것이다. 따라서 약을 쓰지 않아도 나을 수 있는 질병에 대하여 약을 사용하는 것은 오히려 불필요한 일일 수 있다는 것이다. 질병을 치료하기 위한 지나친 약품의 사용은 질병을 고치기보다는 오히려 다른 질병을 유발하는 경우가 생기기 때문에 백해무익하다는 것이다. 학자에 따라서는 암과 같은 거의 불치의 질병으로 생각하고 있는 질병의 경우에도 칼질을 해서 신체의 일부를 떼어내거나 항암치료를 해서 암세포의 확산을 저지하려고 하기보다는 환경의 변화를 찾아서 좋은 자연환경에 적응할 수 있다면, 일반질병과 마찬가지로 자연치유의 가능성이 있으며, 실제에 있어서도 그러한 방법으로 암을 극복한 사람들의 사례도 상당수 있다는 것이다.

도둑들의 심리도 어떻게 보면 부자들에게 짓밟히고 있다는 피해망상으로 인한 일종의 정신질환이라 할 수 있을 것이다. 그러므로 도둑들은 부자들로 인한 자신들의 피해를 보상받기 위하여 부자들의 재물을 자기 것으로 착각하여 시도 때도 없이 훔치고 싶어지는 것이다. 19세기 말에 세계의 열강들은 외국의 문화유산들을 경쟁적으로 약탈해 가서 자기네 박물관에 마치 자신들의 것처럼 전시를 하고 있는 것을 볼 수 있다. 대표적인 경우로는 런던에 있는 영국의 대영박물관은 마치 약탈품의 전시장이라고 말할 수 있을 정도로 외국의 문화재로 가득 차 있는 것을 볼 수 있다.

우리나라의 문화재도 프랑스, 미국, 일본 등에 의하여 약탈당했다. 프랑스에 의하여 약탈되었던 외규장각도서도 한 한국인 역사학자에 의하여 프랑스 국립도서관에 보관되어 있는 것이 발견되어, 그녀의 노력으로 한국으로 거의 100년이나 지난 후에 되돌아오게 되었는데, 프랑스인들은 우리나라의 문화재를 되돌려 주는 것이 아까웠던지 '반환'이라는 말 대신에 '대여'라는 말을 쓰기로 한 것은 희극배우가 취한 행동과 같은 것으로 참으로 웃기는 일이었다고 아니할 수 없을 것이다.

이집트의 람세스 2세의 오벨리스크는 로마에도, 파리에도, 그리고 런던에도 가져가서 자기 나라의 국력을 과시하는 소재로 사용하고 있다. 남의 나라의 문화재를 갖고 말이다. 얼마나 뻔뻔한 일이겠는가. 일본은 임진왜란 때 우리나라의 도공까지 전리품으로 일본에 끌고 가서 그 후 일본의 도자기공예 발달에 우리나라의 도공들이 핵심적인 역할을 했다고 한다.

도둑 중에는 별 것도 아닌 물건들을 훔치는 좀도둑이 있는가 하면, 국보급의 예술품을 훔치는 큰 도둑들도 있다. 기왕에 도둑이 될 바에는 좀도둑이 되는 것보다는 큰 도둑이 되는 것이 더 좋을지는 모르겠지만, 가능하면 도둑은 좀도둑이나 큰 도둑이나 되지 않는 것이 좀 더 바람직한 일일 것이다. 소설 속에서는 큰 도둑들이 세계적인 예술품을 훔치는 장면을 실감나게 묘사하고 있지만, 실제에 있어서 그러한 도둑질을 흉내 낸다는 것은 결코 바람직한 일이 아닐 것이다.

도둑 중에는 의적들도 있다. 자신들의 욕심만을 위하여 도둑질을 하는 것이 아니라 부자들의 재물을 훔쳐서 가난한 사람들에게 나누어 주는 도둑들도 있다. 임꺽정이나, 홍길동이나, 장길산과 같은 도둑들이 그러한 부류에 속하는 의적이라 할 수 있을 것이다. 그들은 빈민구휼을 위하여 도둑질을 했을 뿐만 아니라 계급타파와 사회개조까지를 생각하면서 원대한 목표의 실현을 위하여 헌신한다는 것을 작가는 그러한 의적들의 소설을 통하여 그들의 활동을 우리 모두에게 알리기를 선호하고 있다.

대부분의 범죄인들은 자신의 행위가 세상에 널리 알려지는 것을 바라지 않는다. 그러다 보니 자신들의 행위를 너무나 잘 알고 있는 법의학자들의 감시의 눈에서 가급적이면 벗어나기를 원하고 있다. 살인과 직접 관련이 없는 범죄를 범하게 되는 경우에는 구태여 법의학자들의 존재에 대하여 신경을 쓸 필요가 없지만, 어쩌다 살인과 관련된 범죄를 범하는 경우에는 법의학자들의 존재에 대하여 특히 신경이 쓰이게 된다. 왜냐하면 그들의 살인행위가 법의학자들에 의하여 낱낱이 밝혀질 위험이 다분히 있기 때문이다.

우리들은 법의학자들의 범죄와 관련된 활동을 예의 주시해야 할 것이다. 그들의 활동이 범인들의 살인행위를 현저히 감소시킬 수는 없지만, 그들의 활동이 범인들의 살인하려는 유혹을 적극적으로 저지할 수 있는 가능성은 크다고 할 수 있을 것이다. 우리는 법의학자들의 범죄에 대한 과학적인 접근방법에 관심을 갖고 그들이 자유스럽게 연구하고 활동할 수 있는 분위기를 최대한으로 보장해 주도록 노력해야 할 것이다

6

살인청부업자

살인을 청부업으로 삼고 있는 사람들이 있다는 말은 들었지만 그러한 사람들이 인터넷을 통하여 성업 중이라는 말은 처음 알게 되었다. 세상이 얼마나 살기에 각박해졌으면 다른 사람의 부탁을 받고 살인을 해주는 것이 영업목표로 되어 있다는 말이냐. 아무리 생각을 해봐도 도저히 이해가 가지를 않는 비정상적인 사회현상이라 아니할 수 없을 것이다. 어쩌다가 우리나라가 그 지경이 되었다는 말인가?

아무리 세상의 인심이 험악해졌다 하더라도 어떻게 자기가 혐오하는 사람을 살해해 달라고 살인청부업자에게 부탁을 할 수 있으며 그 부탁을 받고 돈벌이가 된다고 청부살인을 감히 해줄 수 있다는 말인가. 우리는 화가 나면 별 뜻 없이 저놈이 죽어버렸으면 좋겠다는 말을 할 수는 있다. 누군가 나를 대신해서 저놈을 죽여주었으면 좋겠다는 생각을 할 수도 있다. 그러나 이것은 어디까지나 마음속에서의 생각일 뿐이다. 그런데 그러한 생각을 마음속에만 품지 않고 실제로 살인청부업자를 찾아서 돈을 주고 부탁을 한다면 그 때부터는 양쪽이 모두 살인이라는 범죄행위에 가담하게 되는 것이다.

이러한 청부살인이 가능할 수 있는 것은 이 세상에 살의를 갖고 있는 사람들이 존재하며 그가 원하는 사람을 대신 살해해 주는 청부업자가 존재하기 때문이다. 살의를 갖고 살인을 하는 것과 우발적인 살인은 살인이라는 점에서는 차이가 없지만 우발적인 살인보다는 살의를 갖고 행하는 살인의 죄질이 훨씬 더 크다고 하겠다. 아내와 말다툼을 하다가 일시적으로 감정이 격해져서 아내를 목 졸라 살해한 경우를 생각해보자. 아내와 다툰 이유는 요즘 와서 아내가 뻔질나게 이혼을 요구했기 때문이라고 했다. 아직도 50대에 있는 재혼한 아내에게 70이 넘은 남편은 육체적으로도 무력감을 느끼고 있던 차에 젊은 남자가 생겼는지 아내가 자주 외박을 하기 시작했다. 그러다가 이혼하자는 말이 나왔으니 남편으로서는 아내를 의심하지 않을 수 없었다. 아내가 이혼을 해달라면 해주면 되는 것이지 아내를 죽일 필요까지야 있었겠는가? 그러나 질투심에 눈이 먼 남편은 드디어 아내를 살해하고야 말았다.

자신의 감정을 억제하는 일은 평상시에는 누구나 할 수 있는 일이다. 그런데 감정이 격해졌을 때는 이야기가 달라진다. 감정이 극도로 격해졌을 때에 평상시와 마찬가지로 감정을 조절할 수 있는 것은 평상시의 지속적인 극기와 훈련에 의해서만 가능해질 수 있는 일이라 할 것이다. 아내를 살해한 남편의 경우도 이러한 평상시의 극기와 훈련이 되어 있지 않아서 저지른 일이라 하겠다. 남편은 자신의 감정을 조절하는데 실패하여 신세를 망친 셈이다. 나이가 70이 넘은 나이에 15년의 구형을 받고 복역 중이라니 살아서 다시 햇빛을 보기도 어려운 일이다. 자신의 감정을 조절하지 못해서 생긴 일이니 누구를 원망하랴.

김진수는 살인청부업체인 삼화기업을 운영 중에 있는데 수입이 제법 짭짤한 셈이다. 이러한 사업을 시작하기 전에는 과연 사업이 될까 하는 염려도 해보았다. 그런데 막상 사업을 시작하고 보니 청부살인을 의뢰하는 사람들이 얼마나 많은지 의뢰인의 요구를 모두 받아들일 수가 없어서 동업자들에게 일거리를 나누어 줄 정도로 성업 중이다. 어쩌다 우리 사회가 이처럼 청부살인을 의뢰하는 사람으로 넘쳐나게 되었는지 한심한 생각마저 들게 되었다. 청부살인은 분명히 범죄행위기 때문에 누가 저지른 일인지 모르게 할 필요가 있다. 살해된 사람의 시신이 남아있으면 증거물이 되기 때문에 살해한 사람의 시신이 완전히 사라지게 하는 방법을 택하는 것이 가장 효과적인 방법이 될 것이다.

살인사건이 발생하는 경우에 범인을 찾아내서 처벌하는 경우보다는 법인을 잡지 못하여 영원한 미제사건으로 남아있게 되는 경우가 훨씬 더 많다는 사실이다. 이러한 사실을 잘 알고 있는 김진수는 살인청부업을 운영하면서 살인행위는 어떠한 경우에나 완전범죄로 일관하게 되면 절대로 발견될 수 없다는 것을 일찍이 파악하고 있었다. 미숙한 살인자는 피해자의 시신을 증거로 남겨두기 때문에 언제인가는 덜미를 잡힐 수 있지만, 시신을 이 세상에서 완전히 없애버려서 증거를 인멸하는 완전범죄는 절대로 발각되지 않는다는 것이다. 이러한 이치를 누구보다도 철저하게 인식하고 있는 김진수는 살인청부업체의 운영에 있어서 그의 천재성을 충분히 발휘하여 돈방석에 앉게 되었다.

김진수의 살인청부업체가 저지른 살인사건은 심증은 있지만 증거가 되는 시신이 발견되지 않고 있으니 실종사건으로 처리할 수밖에 없게 되는 것이다. 그러다 보니 김진수는 삼화기업이라는 사업체를 운영하고 있는 성공한 기업인 행세를 할 수 있게 되었다. 김진수는 자연스럽게 사회의 유력인사로 인정되어 범죄예방위원회의 위원에도 임명되고 위원장직도 맡게 되었다. 범죄인에게 칼자루를 쥐어준 셈이다. 살인사건의 주동자에게 범죄예방위원회의 위원장직이라니 가당치도 않은 일이 아니겠는가?

2차 세계대전 때 나치독일이 점령국가인 폴란드의 아우슈비츠 수용소를 비롯하여 유럽각지에 산재하고 있는 유태인 수용소에서 처형된 시신을 즉각 소각하여 재를 만들어 버렸기 때문에 처형된 유태인들에 대한 기록은 아무 것도 남아있는 것이 없었다. 만일 600만 명에 이르는 처형된 시신을 전부 땅에 매장을 했다면 매장을 하는데 필요한 땅도 문제이거니와 시신을 매장하는 노력도 이만저만한 것이 아니었을 것이다. 그런 면에서 볼 때 시신을 매장하는 대신에 처형 후 즉시 소각하기로 한 것은 참으로 현명한 결정이었다고 할 수 있을 것이다. 김진수도 이러한 문제에 착안하여 전국에 산재해 있는 화장장과 특별계약을 체결하여 살해된 시신을 즉각 화장해서 증거를 인멸하는 방법을 취하기로 했다. 우리나라는 돈만 주면 무엇이든지 안 되는 일이 없는 국가인지라 남보다 후한 사례금을 주고 있는 진수의 부탁을 거절해야 할 이유가 어디에 있다는 말인가?

진수는 시신의 화장을 한 군데서만 계속하다가는 덜미가 잡힐 수도 있다는 판단 하에 전국에 산재해 있는 화장장을 순회해 가면서 시신을 화장하고 있기 때문에 진수의 범죄사실이 발견될 가능성은 거의 없다고 해야 할 것이다. 설사 그의 범죄행위가 발각되는 경우에도 전국의 경찰조직과 검찰조직에 연결되어 있는 사람들의 도움을 받아서 그의 행위가 더 이상 문제시되지 않도록 만전을 기하고 있었다. 더욱이 그가 범죄예방위원회의 위원장직까지 맡고 있는 처지이니 그를 감히 흉악한 살인범이라는 것을 의심할 사람이 어디에 있겠는가?

모파쌍의 「광인」이라는 단편소설에서 사람들의 존경을 한 몸에 받던 유명한 법관이 죽은 후에 알고 보니 천인 공로할 흉악한 살인범이었다는 이야기와 마찬가지로 진수의 경우에도 겉으로는 성공한 기업인으로서 사람들의 존경을 받고 있지만 사실은 그가 수많은 사람들을 청부살인해준 천인 공로할 흉악한 살인범이라는 것을 아무도 모르고 있다는 것이다. 우리 사회에는 이러한 속 다르고 겉 다른 위선자들이 얼마든지 존재하고 있다고 해야 할 것이다. 이러한 사실을 교묘하게 이용하여 현명하게 처신하고 있는 진수는 그야말로 처세술의 달인이라고 할 수 있을 것이다.

진수의 살인청부업에는 많은 사람이 필요 없다. 신임할 수 있는 심복 몇 사람만 있으면 가능한 일인 것이다. 절대 비밀유지를 원칙으로 하는 그의 사업 활동에는 많은 사람이 필요하지 않다. 살인을 전담하는 살인기술자가 필요할 것이며, 살해된 시신을 화장터까지 운반하여 화장처리하는 사람이 필요할 것이며, 청부살인을 지속적으로 계속할 수 있도록 청부살인의 고객을 확보하는 일 등이다. 이러한 모든 업무담당자들은 청부살인을 범죄행위로 생각하는 대신에 합법적인 돈벌이로 여기고 있다. 그들은 일종의 비밀결사와 유사한 운명공동체인 것이다. 만약 그들의 청부살인행위가 드러나게 된다면 진수를 비롯한 영업담당자들은 모두 사형을 면할 수 없기 때문에 그들의 활동은 비밀유지가 절대로 필요한 것이다.

진수는 청부살인으로 벌어들인 막대한 돈을 활용하는 방안을 모색하기 시작했다. 살인청부업체인 삼화기업을 모체로 하여 수익성 있는 사업으로 확장하는 일에 착수했다. 진수는 급속히 성장하는 신흥기업의 젊은 창업자로 알려지면서 그와 거래를 하려는 사람들의 숫자가 늘어나기 시작했다. 그는 우선 여유자금을 증권에 투자하여 상당한 수익을 올리는데 성공했다. 그 돈으로 대금업에 착수하여 상당한 수익을 올렸다. 머리도 좋았고 운도 따라주었기 때문에 진수는 단시일 내에 막대한 수익을 올리는데 성공할 수 있었다. 그는 자신이 범한 청부살인으로 희생된 사람들에게 무엇이든지 보상해주어야 하겠다는 생각에서 그의 수익 중에 일부를 사회에 환원시킬 수 있는 방법이 없을까 고심하기 시작했다 그는 자신에게 희생당한 사람들을 기념하기 위한 위령탑을 건설하고 그들의 영혼을 위로하기 위한 성당을 세우기로 했다. 버림받은 불쌍한 영혼들을 위로하기 위한 성당인 셈이다. 구체적인 내용은 잘 모르겠지만 죽은 영혼을 위로하기 위한 성당을 건립하겠다는 진수의 간곡한 부탁을 받아들여서 기톨릭 교회에서도 성당의 건설을 허락해 주었다. 어떻게 보면 진수의 이러한 행동은 참으로 자가당착적인 행위라 할 수 있을 것이다. 한편으로는 살인청부업을 계속하면서 다른 한편으로 상당히 위선적으로 보이는 그에게 희생당한 사람들의 영혼을 위로해 주는 일을 하고 있으니 하는 말이다. 처음부터 청부살인 같은 것을 하지 않았다면 희생자들에 대한 영혼을 위로하는 일따위는 하지 않아도 되었을 것이다.

진수의 정신상태는 2중성을 보여주는 혼돈상태에 빠져있는 것 같다. 자신의 욕망과 자책에서 벗어나지 못하는 2중 인격자의 모습을 보여주고 있다. 인간은 누구나 욕망과 자책 사이를 오가는 것 같다. 제아무리 악한 인간이라 하더라도 마음속에는 최소한의 양심이라는 것이 남아있기 때문에 계속 욕심대로만 살 수는 없게 된다는 것이다. 진수도 시간이 지남에 따라 자신이 정말 잘못 살아왔다는 것을 깨닫기 시작했다. 돈벌이라는 것이 청부살인만 있는 것이 아니라는 깨달음이었다. 좀 늦은 감이 있었지만 이것이야말로 그에게 있어서 중대한 발견이라 아니할 수 없을 것이다. 이러한 깨달음은 좀 늦은 감이 있었지만 진수가 새로운 인간으로 다시 태어나게 되는 계기가 되었던 것이다.

진수는 살인청부업이 돈벌이가 잘 되는 장사이기는 하지만 이쯤에서 그 사업을 덮어두기로 했다. 청부살인을 부탁하는 고객들의 숫자가 계속 늘어나고 있는 이 시점에서 청부살인에서 완전히 손을 뗀다는 것이 조금은 아쉬운 생각도 들지 않는 것은 아니었지만 그는 과감히 청부살인에서 완전히 손을 씻기로 했다. 부하직원들이 계속해서 청부살인으로 돈을 벌고 싶어 하기 때문에 그들에게 사업을 인계해주고 진수 자신은 새 출발을 하기로 결심했다. 평생 써도 다 쓰지 못할 재산을 벌어 놓은 상태에 있는 진수로서는 더 이상의 돈을 벌려고 노력할 필요는 없는 것이다. 정상적인 경우라면 경찰에 자수하여 죗값을 치러야 하겠지만 희생자에 대한 아무런 증거도 남아있지 않은 현재로서 그가 경찰에 자수하여 그가 저지른 모든 범죄행위를 털어놓아 보았자 그를 처벌한다는 것은 거의 불가능한 일이라 하겠다.

이러한 사실을 너무나 잘 알고 있는 진수로서는 공연히 자신이 경찰에 자수하여 평지풍파를 일으키는 대신에 부하들에게 인계해준 살인청부업의 보호를 위해서도 더 이상의 조치는 취하지 않기로 했다. 그 대신에 그는 마음의 평화를 얻는 방법의 하나로 가톨릭 유럽 성지순례단의 일원으로 참가하기로 했다. 아직 세례를 받고 정식으로 가톨릭교회에 입교한 것은 아니지만 가톨릭 신자들과 함께 성지순례 여행에 참석하여 많은 깨달음을 얻게 되었다. 한 손에 들어갈 수 있을 정도로 작아진 쏘니 핸디캠 하나만 갖고 있으면 동영상이나 사진을 거의 무한대로 찍을 수 있기 때문에 그가 방문했던 성당 사진을 수없이 찍어왔다. 유명한 가톨릭 성지에는 예외 없이 성당건물이 존재하기 때문에 성지순례를 계속하다 보면 성당건물에 자연스럽게 접근할 수 있게 되는 것이다. 그는 일찍이 왜 이러한 세계가 있다는 사실을 모르고 살았을까 하는 후회도 해보았지만, 이제라도 그렇게 할 수 있게 된 것을 다행이라고 생각하기로 했다.

　유럽 성지순례여행을 다녀온 그는 사진 찍기에 열중하기로 했다. 망원 렌즈를 장착할 수 있는 케논 디카를 하나 구입하여 전문적인 사진작가가 되기 위한 수업을 받기도 했다. 문화원의 문학교실에서 소설수업도 받기로 하여 소설가가 되려는 꿈을 키우고 있는 중이다. 진수의 생활은 이전에 청부살인이라도 해서 돈만 벌면 된다는 식의 막가는 인생이 아니라 이제는 돈벌이보다는 인간다운 생활을 하려는데 있는 것이다. 그러한 목적을 달성하기 위하여 유럽 성지순례여행도 다녀왔고 사진찍기 공부도 하고 문학교실에서 소설공부도 열심히 하고 있는 중이다. 이것은 진수에게 있어서 일찍이 생각해 보지 못했던 획기적인 생활태도에 있어서의 변화라 할 수 있을 것이다.

　진수는 살인청부업체를 운영하면서 저지른 엄청난 죄과에 대한 합당한 처벌을 받을 수 있는 방법이 현재로서는 없지만, 그가 저지른 죄의 무게를 조금이나마 덜어서 마음의 부담을 가볍게 할 수 있는 한 방법으로 고행을 선택하기로 했다. 그는 배낭 하나를 둘러매고 홀연히 집을 떠나서 전국의 명산들을 차례로 답사하기로 했다. 대중교통을 주로 이용하거나 때로는 걸어가기로 했다. 남들처럼 차를 갖고 여행을 다닐 수도 있는데 고행을 자처하기로 결심한 그로서는 택할만한 방법이 아니라는 생각에서 자신이 차를 몰고 다니는 방법은 포기하기로 했다. 잠자리도 여관이나 산사에서 머무는 소박한 방법을 택하기로 했다.

서울 주변의 북한산, 도봉산, 관악산 등을 비롯하여 유명산, 운길산, 치악산, 지리산, 설악산 등의 명산을 두루 답사하면서 마음의 평정을 되찾을 수 있었다. 전국의 명산을 답사하다보니 우리나라의 땅덩어리가 결코 작지 않다는 것을 새삼스럽게 깨닫게 되었다. 자신에게 살인청부를 부탁했던 사람들은 무엇이 못마땅해서 말로 해결하지를 못하고 살인까지 부탁하게 되었다는 말인가. 산사를 찾아다니다 보니 저 아래 사는 중생들이 참으로 불쌍해지는 처량한 느낌이 들게 되었다. 서로 상대방을 존중하며 살아간다면 별 일도 없을 것을 무엇 때문에 서로 미워하고 저주하면서 마침내 살인까지 저지르게 되는 것을 보면서 자신은 그것을 돈벌이의 좋은 기회로 최대한 이용했으니 자신이야말로 마땅히 천벌을 받아야 할 사람이 아니겠는가.

인간세상을 산사에 머물면서 바라보니 참으로 희한한 생각이 들게 된다. 지금까지 어떻게 그런 인간세상에서 지지고 볶으면서 살 수 있었는지 신기하게만 여겨졌다. 그곳에서 제대로 살기 위해서는 남보다 앞서야지 뒤져서는 안 된다는 것이다. 남보다 약한 모습을 보여주게 되면 언제 그 사회에서 도태될지 모르는 위험에 언제든지 노출될 수밖에 없다는 것이다. 약육강식의 경쟁사회에서는 무슨 방법을 쓰더라도 자신을 억압하려는 사람을 제거해야만 살아남을 수 있다는 것이다. 상대방을 살해하는 일이 생기더라도 말이다. 이렇게 생각하다 보면 우리가 사는 세상은 참으로 살맛이 없는 세상이 아닐까 하는 생각이 든다.

그런데 우리가 살고 있는 세상은 그렇게 험악하기만 한 곳일까? 과연 우리가 살고 있는 세상은 강자만이 살아남을 수 있는 약육강식의 살벌한 세상일까? 이세상이 그야말로 약육강식의 세상이라면 정말로 살맛이 없는 세상이라고 할 수 있을 것이다. 그런데 다행히 우리가 살고 있는 세상은 그렇게 살벌한 약육강식의 세상도 아니며 서로 불신하고 있는 사람들만 살고 있는 믿을만한 사람이 한 사람도 없는 그러한 한심한 세상도 아닌 것이다. 우리가 살고 있는 세상은 정도 있으며 눈물도 있는 착한 사람들이 많이 살고 있는 세상이라 할 수 있을 것이다. 우리가 악한 사람만 대하다 보면 이 세상에는 악한 사람들만 살고 있는 것처럼 여겨질 수 있다. 그러나 반대로 착한 사람만 만나다 보면 이 세상에는 착한 사람만 살고 있는 것으로 생각될 수 있다. 그런데 이 세상은 착한 사람들과 악한 사람들이 섞여 살고 있는 세상이지만 악한 사람보다는 착한 사람들이 더 많은 것 같다. 그렇게 본다면 이 세상은 역시 살만한 곳이라는 생각이 든다.

진수는 산사에 묵으면서 이런저런 생각을 하면서 자신이 과연 인생을 제대로 살아온 것인지 곰곰이 생각해 보기 시작했다. 아무리 생각을 되풀이 해 보아도 자신은 인생을 제대로 살아온 것 같지가 않았다. 그렇다면 지금까지는 제대로 살아오지 못했다고 하더라도 앞으로 어떻게 하면 제대로 된 삶을 살아갈 수 있을까 하는 문제를 심각하게 생각해 보기 시작했다. 지금까지는 잘

못 살아왔지만 그래도 앞으로는 사람답게 살아가야 하지 않겠는가? 이러한 생각을 하면서도 과연 어떻게 하는 것이 사람답게 살아가는 방법이 될 수 있느냐를 고심하기 시작했다. 아직도 살날이 많이 남아있는데 지금처럼 갈피를 못잡고 어영부영하면서 살아갈 수는 없는 일이 아니겠는가?

진수가 전국에 흩어져 있는 유명산사에 머물면서 고행을 거듭한 결과는 우리가 사는 세상이 그래도 살만한 세상이라는 사실을 깨닫게 되었다는 것이다. 우리들 각자는 살만한 이유가 충분히 있기 때문에 사는 것이지 남에게 미움을 받거나 저주를 받아서 살해되기 위하여 살아가는 것은 아니라는 것이다. 이렇게 본다면 살인처럼 흉악한 범죄는 없다는 것이다. 자신의 의지에 의하여 자신의 생명을 빼앗는 자살도 아니고 남이 나의 목숨을 함부로 빼앗는 살인과 같은 행위는 절대로 용납되어서는 아니 될 것이다. 그러나 진수는 이러한 사실을 무시한 채 다른 사람의 목숨을 파리 목숨처럼 아무런 죄의식도 없이 빼앗는 일에 종사하면서 막대한 돈을 벌어들였던 것이다. 얼마나 한심한 인간이었던가?

이러한 형편없는 삶을 지금까지 아무런 죄의식 없이 살아왔던 진수가 자신의 죄를 참회하여 새로운 삶을 살겠다는 자체가 실로 가당치 않은 일이기는 하지만 변화하려는 그의 강력한 의지를 인정해줄 필요는 있을 것이다. 아마도 사람이 살아가다 보면 누구나 크고 작은 잘못을 저지르게 되며 때로는 크고 작은 범죄를 범하는 경우도 있다. 사소한 잘못인 경우에는 잘못한 상대방에게 사과를 하고 또한 상대방이 그 사과를 받아들이게 되면 간단히 해결될 수 있는 문제이다. 그러나 범죄를 범한 경우에는 이야기가 달라질 수 있다.

크고 작은 사기나 횡령행위로부터 살인에 이르는 범죄행위의 경우는 처벌의 대상이 되는 행위이므로 그냥 사과정도로 해결될 수 있는 문제가 아니다. 범죄행위에 대해서는 그에 상당하는 적절한 처벌이 가해져야 사회정의가 실현될 수 있는 것이다. 그런데 범죄 중에, 특히 살인사건의 경우에는 미제사건으로 남아있게 될 가능성이 다른 범죄에 비하여 훨씬 더 크다고 할 수 있을 것이다. 제아무리 흉악한 살인범죄를 범한 경우에도 증거 불충분으로 인하여 사건을 더 이상 파헤칠 수 없는 경우가 허다하다. 진수가 지금까지 범해온 청부살인의 경우만 하더라도 살인을 범한 직후에 시신 자체를 즉각 화장해버렸기 때문에 결정적인 증거가 되는 시신 자체가 존재하지 않는다. 따라서 그 살인사건 자체를 더 이상 추적할 수가 없게 되는 것이다. 그러다 보니 진수가 나중에 자수하여 죗값에 해당하는 처벌을 받고 싶어도 청부살인사건의 증거가 존재하지 않기 때문에 처벌을 받을 수 없다는 모순된 결과가 생기게 되는 것이다.

진수가 자신이 범한 행위에 대하여 어떠한 처벌도 받을 수 없다하여 그의 죄가 없어지는 것은 아니다. 그의 청부살인에 대한 어떠한 증거도 존재하지 않기 때문에 처벌할 수 없다는 것은 사실이기는 하지만 이는 심히 사회정의에 어긋나는 일이다. 범죄를 행한 사람, 그 중에서도 살인을 범한 사람이 그에 상응하는 처벌을 받지 않고 멀쩡하게 살아있다는 것이 말이나 되는 일인가. 이러한 일이 발생해서는 안 되지만 실제에 있어서는 그러한 일이 발생할 수 있는 가능성은 얼마든지 있는 것이다. 이러한 사실을 잘 알고 있는 진수와 같은 범죄인이 지금처럼 자신이 저질렀던 청부살인 행위를 뒤늦게 후회하고 좋은 사람이 되어보려고 노력하는 경우에는 별 문제가 없을 것이다. 그러나 진수처럼 자신이 행한 행위를 반성하거나 후회하면서 새 출발을 하는 경우가 아니라 증거가 없기 때문에 경찰의 추적을 면할 수 있다 하여 살인청부업을 양심의 가책을 받지 않고 계속한다면 그것은 사회적으로 큰 문제라 아니할 수 없을 것이다.

진수와 같은 지능적인 살인범에 대한 경찰과의 대결은 가히 희극적인 것이라 아니할 수 없을 것이다. 왜냐하면 범죄수사에 필요한 증거가 하나도 남아있지 않은 상태에서 경찰이 아무리 노력을 해도 살인에 대한 단서를 잡는다는 것이 전혀 불가능하기 때문에 경찰과의 싸움은 처음부터 문제가 되지를 않는 것이다. 마치 어린 아이와 어른과의 싸움이나 장님과 눈뜬 사람과의 싸움처럼 그러한 싸움은 싱겁게 끝나버릴 수밖에 없는 것이다. 이러한 사실을 잘 알고 있는 진수가 아직도 얼마든지 돈벌이가 될 수 있는 범죄의 현장에서 깨끗이 손을 털고 새사람이 되려고 결심한 것을 우리는 어떻게 평가해야 할 것인가? 자신이 범한 살인행위에 합당한 처벌을 받을 가능성이 전혀 없다는 것을 잘 알기 때문에 그러한 행동을 취하게 된 약아빠진 친구인가? 아니면 자신이 범한 엄청난 죄를 진실로 참회하고 행하는 절실한 양심성찰의 결과라고 볼 것인가?

　진수의 행위에 대한 평가가 무엇이든 간에 진수가 새사람이 되기 위하여 피눈물 나는 노력을 지금까지 경주해 왔다는 것은 인정해야 할 것이다. 살인죄와 같은 중한 범죄를 범한 사람을 우리 사회에서 격리시키거나 제거해 버리는 것만이 능사가 아니다. 사형폐지론과 같은 것이 이러한 주장의 대표적인 예라 할 것이다. 사람은 생래적으로 악인으로 태어난 범죄형 인간이 있는가 하면, 대부분의 범죄는 환경의 지배를 받는 것이므로 만일 좋은 환경에 놓여 있었다면 그러한 범죄는 결코 범하지 않았을 것이라는 것이다. 빅토르 위고의 명작소설의 주인공인 장발장은 너무 가난해서 젊었을 때 빵 한 조각을 훔친 것이 계속된 탈옥시도로 19년이라는 세월을 감옥생활을 했다. 장발장과 같은 불우한 환경에 있던 사람이 저지른 범죄의 경우에는 엄벌로 다스릴 것이 아니라 그를 교화해서 새로운 사회의 일원으로 참여할 수 있는 기회를 마련해 주어야 한다는 것이다.

　진수는 자기가 범한 천인 공로할 청부살인에 대하여 양심의 가책을 받고 고민하는 것을 보면 결코 범죄형 인간은 아닌 것 같다. 그런데 문제는 그가 어떠한 노력을 경주하더라도 그가 범한 범죄행위가 없어지는 것은 아니라는 것이다. 그가 할 수 있으며 또한 그가 행하는 범죄에 대한 보상행위를 통하여 마음의 평정을 얼마나 얻을 수 있느냐 하는 문제라 할 수 있을 것이다. 그가 마음의 평정을 얻기 위하여 고행을 선택한 적도 있었다. 그가 여러 가지 종교에 입교하여 죄의 경감을 시도해 보았다. 가톨릭교회의 고해성사를 통하여 자신이 범한 청부살인 행위를 신부님께 전부 고백하고 죄의 사함 받기를 원했다. 그러나 신부님이 고해성사에서 할 수 있는 일은 살인죄에 대한 그의 고백을 들을 수는 있지만 살인죄와 같은 중죄를 사해줄 권한은 없는 것이다. 이러한 문제는 사직당국에서 처리할 문제이지 신부님이 관여하는 데는 권한 밖의 사항이라 할 수 있을 것이다.

그는 산사에 가서 며칠씩 머물면서 참선도 해보았지만 마음의 평정을 찾는데 실패했다. 그가 살해했던 사람들이 원귀가 되어 밤마다 꿈속에서 그의 목을 조르는 등 괴롭히고 있으니 도저히 제대로 살 수가 없어 미칠 지경이다. 이러한 악몽에서 벗어나기 위하여 용하다는 무당을 찾아서 원귀를 쫓아내는 굿을 해보았지만 별 효과가 없었다. 잘 나가는 점쟁이들을 만나서 앞으로 어떻게 될지를 물어본 결과는 모두가 이구동성으로 모든 일이 잘 될 것이라고 했지만 과연 그렇게 될지 불안하기만 했다. 양심의 가책이라는 것이 이렇게 무서운 결과를 가져올지는 미처 생각하지 못했던 일이다. 양심의 가책을 전혀 받지 않고 살인청부업으로 돈을 긁어모을 때에는 전혀 의식 못했던 일들이 사람답게 살기로 결심한 지금에 왜 이렇게 자신을 괴롭히는 것인지 참으로 알 수 없는 일이다.

사람은 죄를 짓고는 양심의 가책을 받아 제대로 살 수 없는 법이다. 진수의 경우가 그 대표적인 예라 할 수 있을 것이다. 많은 사람들이 죄를 짓고도 양심의 가책을 받거나 후회하면서 살지를 않고 아무런 일도 없었다는 듯이 뻔뻔하게 살아가고 있다. 그러한 사람들에 비하면 진수의 경우에는 그나마 장래에 대한 희망이 있다고 할 수 있을 것이다. 자신이 과거에 어떻게 살아왔는지에 대한 반성 없이 앞으로 어떻게 살아갈지에 대한 계획을 제대로 세울 수는 없는 것이다. 이러한 의미에서 볼 때 진수의 장래계획은 정도를 걷고 있는 것이라 할 수 있을 것이다. 그러나 참된 삶을 지향하는 진수의 장래계획은 그렇게 쉽게 달성할 수 있는 것이 아닌 것 같다.

진수는 그러한 목적을 위하여 할 수 있는 일은 무엇이나 닥치는 대로 하기로 결심했다. 그러나 문제는 무슨 일을 어떻게 할 것이냐 하는 것이었다. 아무리 생각해 보아도 진수가 할 수 있는 일이 별로 없는 것 같았다. 사람이 사람답게 올바로 살아간다는 것이 결코 쉬운 일이 아니라는 것을 새삼스럽게 깨닫게 되었다. 이렇게 될 줄 알았다면 무엇 때문에 처음부터 살인청부업이나 하는 참으로 잘못된 인생을 살아왔던가 하는 후회 막심한 생각이 들었다. 그러나 진수는 후회를 하거나 생각만 하고 있을 처지는 아니었다. 무엇인가 획기적인 변신을 하지 않을 수 없었다.

그는 죗값을 조금이나마 덜기 위하여 교도소에 가서 수감자들을 위한 봉사활동을 해보기로 했다. 수감자들을 돌보는 일, 사형수들에 대한 봉사활동을 하면서 진수가 새롭게 깨달은 사실은 사형수들이라고 하여 전부가 생래적인 악인들이 아니라는 것이었다. 그들이 사형수가 된 것은 어쩔 수 없이 그렇게 된 경우가 대부분이지 살인을 하는데 아무런 죄책감도 없이 저지른 사람은 한 사람도 없다는 새로운 발견이었다. 살인범은 자신이 행한 범죄에 대하여 한 사람의 예외도 없이 후회하고 있었다. 자기의지에 의하여 자발적으로 살인을 범한 경우보다는 어쩌다 보니 살인범이 된 것이다. 말로 얼마든지 해결할 수 있는 문제였는데 살인까지 하기에 이른 이유는 무엇일까? 아마도 격해지는 감정을 억제하는데 실패한 우발적인 행동이 살인까지 하게 된 것은 아니었을까?

살인의 동기를 분석하다 보면 이전에는 미처 몰랐던 새로운 사실을 발견할 수 있을 것 같다. 살인은 정해진 일정한 사람들만이 범하는 행위가 아니며 누구나 살인을 한 사람과 유사한 환경에 놓이게 된다면 살인을 할 수 있게 된다는 것이다. 살인은 생래적인 행위가 아니라 환경의 지배를 다분히 받을 수 있는 행위라는 것이다. 유사한 환경에 놓이게 되면 누구나 범할 가능성이 있는 것이 살인이라는 것이다. 살인자가 되느냐 아니냐는 그러한 유사한 환경에서 한 사람은 살인을 범하는데 다른 사람은 그렇지 않다면 그 이유는 과연 무엇이겠는가? 아마도 그 이유는 의지력의 차이에 있는 것이 아닐까? 왜냐하면 의지력이 강한 사람은 아무리 감정이 격해지더라도 살인을 범하지 않지만, 의지력이 약한 사람은 자신의 감정을 억제하지 못하고 살인까지 범한다고 볼 수 있기 때문이다.

진수는 교도소 수감자들에 대한 봉사활동을 통하여 범죄심리에 관한 관심을 갖게 되었다. 그는 대학에서 범죄심리학을 연구해보기로 결심하고 대학의 범죄심리학과에서 강의를 듣는 한편 교정행정에 관한 연구도 동시에 하기로 했다. 아직도 열악한 수준에 있는 우리나라의 교도소의 처지를 개선하는 여러 방안에 관한 연구를 하면서 준수가 깨닫게 된 사항은 현재의 열악한 교도소의 지위가 개선되지 않는다면 수감자들을 교화하는데 많은 어려움이 뒤따른다는 사실을 교도소 수감자들에 대한 봉사활동을 통하여 알게 되었다. 따라서 이러한 교도소의 시설개선을 통한 수감자들의 복지향상을 최우선사업으로 추진해야 할 필요성을 절감하게 되었다.

범죄심리학의 연구는 진수가 범죄인들의 심리를 이해하는데 많은 도움이 되었다. 진수가 특히 관심을 갖고 연구하기로 한 범죄심리는 살인범들의 범죄심리에 관한 연구이다. 그는 살인의 동기가 무엇이었느냐에 대한 자료를 광범위하게 수집하는 일부터 착수하기로 했다. 국내의 사례는 물론 외국의 사례까지 망라하는 기본 데이터가 수집되었다. 미제 살인사건에 대한 사례도 광범위하게 수집되어 유형별로 미제 사건을 분류하는 작업도 병행하기로 했다. 미제 사건은 증거가 불충분하기 때문에 미제 사건으로 남아있을 수밖에 없었던 사건이기 때문에 미제 사건도 유형별로 분류할 수 있을 것이다.

살인사건은 범의를 갖고 행한 살인과 우발적인 살인으로 2대별하여 분류해보니 범의를 갖고 행한 살인보다는 우발적인 살인의 경우가 훨씬 더 많다는 것을 알 수 있었다. 우발적인 살인은 살인범이 감정의 조절에 실패했기 때문에 발생하는 살인사건이라고 볼 때 범죄심리학의 주요 연구대상이 되는 것이다. 이러한 살인사건은 예상되는 살인자가 사건발생 전에 감정을 조절하는데 성공할 수 있었다면 절대로 발생하지 않았을 것이다. 이러한 감정조절을 성공적으로 해낼 수 있다면 우발적인 살인은 결코 일어나지 않을 것이라고 확신해도 좋을 것이다.

우발적인 살인의 가능성을 우리 사회에서 완전히 배제할 수 있다면 살인사건의 발생을 현저하게 감소시킬 수 있을 것이다. 이렇게 본다면 살인은 특정한 사람만이 범하는 예외적인 행위가 아니라 누구든지 감정의 조절을 제대로 하지 못하는 경우에 언제든지 범할 수 있는 가능성이 있는 행위라고 할 수 있을 것이다. 우발적인 살인행위의 가능성을 줄이기 위해서는 범죄심리학에서 다루고 있는 감정조절의 문제를 전 국민을 위한 교육프로그램의 하나로 개발할 필요가 있을 것이다. 이러한 교육프로그램에 의한 교육을 받은 사람과 이러한 교육프로그램에 전혀 접해보지 못한 사람 간에는 감정조절에 있어서 현저한 차이를 보여준다고 할 수 있다.

옛날에는 공민이나 국민윤리교육과 같은 교과목을 통하여 학생들에게 도덕교육이나 인성교육을 할 기회가 있었지만, 최근에는 대학입시와 관련이 없는 과목이라 하여 학교교육에서 완전히 배제해버렸기 때문에 학생들에게 도덕교육이나 인성교육을 할 수 있는 기회를 완전히 박탈당한 셈이다. 학생들에게 지식주입 교육만 치중하다보니 머리만 커진 인간이 덜 된 인간들을 양산하는 결과를 가져오게 되었다. 우리 사회의 문제들 대부분은 이러한 자기만 아는 인간들의 양산 때문에 생기는 일이라고 말 할 수 있을 것이다. 도덕교육이나 인성교육을 통하여 함께 살아가는 지혜를 배울 기회가 없었던 사람들에게는 자기 자신만을 위해서는 무슨 일이나 할 수 있지만, 남을 위해서는 아무 일이나 기꺼이 하거나 그런 의지가 전혀 없는 기형적인 인간들이 되어 버린 것이다. 일본인은 한국인과는 달리 1대1로 상대를 하면 한국인에게 월등하게 뒤지고 있지만 일본인과 한국인이 집단으로 겨루게 되는 경우에는 한국인이 단합을 하는데 약하기 때문에 단합을 하는데 강한 일본인이 결국에는 이기게 된다는 것이다.

이러한 점에서 볼 때 우리나라는 남북이 분리된 지 벌써 70년이나 되며, 국내적으로도 계층 간에 대립되어 서로 싸우고 있다. 국민을 대표하는 국회에서도 여야가 화합하여 국정을 운영하기보다는 별일도 아닌 것을 갖고 여야 간에 계속 대치정국을 형성하고 있는 것은 참으로 한심한 일이라 하겠다. 지난 번 대선결과를 보면 국민이 완전히 보수와 진보로 양분되어 있는 양상을 보여주었다. 어쩌다가 우리나라가 이 지경이 되었다는 말인가? 이것은 아마도 우리나라의 교육이 책임을 져야 할 문제인 것 같다. 일부의 교사들이 대한민국의 존재를 부정하는 좌파이념을 학생들에게 주입하다 보니 나라 전체가 이 지경이 되어 버린 것은 아닐까?

'가난 때문에 범죄를 범하게 된다'는 말이 있기는 하지만 가난한 사람이라고 해서 범죄인이 될 수 있다는 논리는 사실이 아니다. 가난한 사람들도 착하고 정직하게 살아가는 사람들이 얼마든지 있기 때문이다. 범죄를 예방하기 위해서는 우리 사회에서 가난한 사람들의 비율을 가급적 줄일 필요가 있다고 주장하는 사람들도 있지만, 그것이 얼마나 어려운 일인지는 우리가 너무나 잘 알고 있는 일이다. 가난한 사람들이 하나도 없는 사회를 건설할 수 있다면 얼마나 좋겠느냐마는 그렇게 하지 못하는데 우리 사회의 묘미가 있는 것이라 하겠다. 아무런 문제도 없는 이상향과 같은 사회에서 우리가 살 수 있다면 과연 무슨 재미로 살 것인가? 우리에게 도전의 기회를 주지 않는 사회는 우리에게 살아갈 의미를 부여하지 않는 죽은 사회나 마찬가지인 것이다.

우리가 노력하지 않아도 우리가 원하는 것을 무엇이든지 힘들이지 않고 얻을 수 있는 사회라면 편리하기는 하지만 산다는 것이 싱겁게 느껴질 것이다. 인간의 성취욕이란 어려움을 극복하고 내가 원하는 무엇인가를 얻었을 때에 느끼는 감정이라고 할 수 있을 것이다. 이러한 성취욕은 경쟁사회에서 다른 사람과 치열한 경쟁을 하여 쟁취했을 때 느끼는 감정이라고도 할 수 있을 것이다. 이러한 성취욕을 만족시키기 위한 노력은 우리의 일생을 통하여 꾸준히 계속될 수 있는 것이다. 나이가 들었다 하여 아니면 기력이 줄었다 하여 끝나는 일이 아니다. 나이 80이 넘은 할머니가 대학수학능력시험에 응시하는 것이나 나이 80에 소설가로 등단한 내가 소설을 계속해서 쓰고 있는 것도 나름대로의 성취욕을 만족시키기 위한 노력을 계속하려는 데 있다고 할 것이다.

우리 사회가 좀 더 밝은 사회로 변모하기 위해서는 모든 사람들이 자신의 성취욕을 위한 노력을 죽을 때까지 계속할 필요가 있을 것이다. 이렇게 본다면 우리의 삶에는 은퇴라는 것이 있을 수 없는 것이다. 사회제도에 의하여 은퇴연령을 정하여 노인들을 현직에서 몰아낼 수는 있지만, 죽을 때까지 자신의 성취욕을 위하여 노력하는 사람에게는 은퇴란 있을 수 없는 것이다. 우리 사회가 이러한 풍조로 바뀔 수 있다면 우리 사회는 훨씬 더 살기 좋은 사회가 될 것이다. 할 일 없는 노인들이 파고다공원이나 종묘공원에 몰려와서 무료한 시간을 보내는 일 같은 것은 더 이상 찾아볼 수 없게 될지도 모른다.

우리의 인생은 어떻게 설계하느냐에 따라서 완전히 달라질 수도 있는 것이다. 우리의 인생은 다분히 우리가 어떻게 생각하느냐에 따라 결정될 수 있는 것이다. 우리의 미래를 비관적으로 생각하는 사람과 낙관적으로 생각하는 사람이 있는가 하면, 모든 일을 긍정적으로 받아들이는 사람과 부정적으로 배척하는 사람도 있다. 낙관적인 사람들에게는 모든 일이 자신이 원하는 대로 잘 풀려갈 수 있지만, 비관적인 사람에게는 모든 일이 꼬이게 되는 것 같다. 긍정적인 사람은 모든 일을 순리대로 처리하지만 부정적인 사람은 사회제도에 반항하는 경향이 있어서 문제를 일으킬 수 있다.

모든 것을 긍정적으로 받아들이고 낙관적으로 생각하는 사람들만으로 우리 사회가 구성되어 있으면 얼마나 좋겠느냐마는 그렇지가 않다는 데서 우리 사회의 부조리와 여러 가지 문제들이 발생하는 것이다. 우리 사회에서는 비관적으로 생각하고 모든 일을 부정적으로 생각하는 사람들의 목소리가 커서 사회의 중대 문제를 결정하는데 결정적인 영향력을 행사하려 한다. 이러한 부류의 사람들에 의하여 범죄도 행하여지고 심지어 살인까지 행하여지는 것이다. 이러한 사람들의 숫자를 감소시키는 방법만이 범죄를 감소시키는 지름길이 될 것이다.

우리 사회에서 청부살인과 같은 행위가 공공연히 행하여 질 수 있다는 것은 우리 사회의 많은 사람들이 만사를 부정적이며 비관적으로 생각하려는 경향이 있기 때문이 아닐까? 그렇다면 어떻게 이런 사람들을 사회문제에 대하여 보다 긍정적이며 낙관적으로 생각할 수 있도록 변화시킬 수 있느냐가 우리가 앞으로 직면하게 될 당면과제가 되고 있다고 해야 하지 않을까?

이러한 문제의 해결은 결코 용이한 일이 아닐 것이다. 그러나 우리는 우리 사회의 범죄예방이나 청부살인과 같은 사회악을 근절시키기 위해서도 이러한 범죄예방행위에 적극적으로 대처해야 할 것이다. 어려운 일이며 어떻게 보면 거의 불가능한 일일지 모르지만 밝은 사회를 위하여 우리가 반드시 해결해야 할 문제가 아니겠는가?

상처

몸에 난 상처는 시간이 지나게 되면 치유될 수 있지만, 마음의 상처는 세월이 지나도 완전히 치유되지 않는 경우가 많디. 6·25 때 내가 대통령을 비롯한 위정자들에게 받은 배신감과 같은 마음의 상처는 나의 어린 가슴에 오래 동안 남아있어서 정치인들을 불신하는 계기가 되었다. 내가 만일 어른이었다면 고위공직자들의 몰염치한 행동을 보고 그럴 수도 있다고 그들의 절박했던 사정을 이해할 수 있었겠지만, 당시에 16세밖에 되지 않았던 중학교 3학년생이었던 내게는 소위 지도자라는 사람들의 이기적인 행동을 도저히 이해할 수가 없었다. 민주주의 국가라면서 국민을 헌신짝처럼 내던져버린 채 무슨 낯으로 지도자 행세를 한다는 말인가. 임진왜란 때 임금이라는 사람이 백성들을 버리고 자기만 살겠다고 도성을 버리고 북으로 달아나 버린 것과 무엇이 다르단 말인가.

최근에 전방 병영에서 일어난 총기에 의한 살인사건은 그 원인이 총기발사자가 부대원은 물론 상급자에 의한 왕따를 당했기 때문이라고 했는데, 이해가 가는 부분이 있다. 내가 노병으로 논산훈련소에 입소한 후 부대에 배치되었을 때 상급자 중 하나가 자신이 상급자에게 기합 등의 고통을 당한 것을 나에게 그대로 하는 것을 보고 감당하기 힘이 들었던 일이 있었다. 자기가 당한 고통이 괴로운 것이었다면 오히려 하급자에게는 잘 대해 주어야 하는데 '종로에서 뺨맞고 한강에 가서 화풀이 하는 것도 아니고 모자란 인간 같으니' 라고 가볍게 치부하면 되는 것을 나도 한 때는 그자가 미워서 총이라도 있었으면 한방에 갈겨 죽이고 싶은 심정이 들었을 때가 있었다. 다행히 나는 그러한 감정을 잘 참고 그를 살해하지는 않았다.

미국의 학교에서 빈번히 일어나고 있는 총기살해사건의 대부분도 동료 학생들에게 왕따를 당한 마음의 상처를 보상하기 위한 발로라는 것이 세상에 알려지면서 우리를 우울하게 만들고 있다. 집단 따돌림은 당해보지 않은 사람은 잘 이해가 되지를 않을 것이다. 남보다 너무 잘 나서 남들의 선망의 대상이 되는 사람의 경우에도 집단 따돌림의 대상이 될 수 있다고 하며, 너무 못나서 관심의 대상이 되지도 않는 사람의 경우도 집단 따돌림의 대상이 될 수 있다고 한다.

학교생활이나 군대생활과 같은 집단생활을 하는 경우에는 유별나게 눈에 뜨이지 말고 별 특징이 없어서 그 집단에 흡수되어 들어가서 있는지 없는지조차 잘 눈에 뜨이지 않는 사람만이 살아남는데 적격이라 할 수 있을 것이다. 우리가 이름을 갖고 있지만 집단생활을 함에 있어서는 이름보다는 번호가 이름을 대신하는 경우가 많다. 이름은 개인의 개성을 중시하는 것이지만 번호는 사람이 단순히 숫자의 하나에 불과한 존재가 될 수 있을 것이다.

집단 왕따를 당하는 사람들은 아마도 이러한 수적 단순화에 적응하지 못하는 사람들이 아닐까. 숫자는 숫자끼리 동질화가 가능할 수 있는 것이지 숫자와 이름은 동질화가 처음부터 될 수 없는 상대라 할 수 있을 것이다. 모든 대한민국 남성에게는 병역이 국민의 4대 의무 중에 하나로 규정되어 있기 때문에 특별한 경우가 아니면 군에 갔다 와야 하는 것이다. 그런데 고위직을 원하는 본인은 물론 다수의 자식들이 병역을 미필한 것을 하나의 특권이나 되는 것처럼 과시하고 있어서 국민들의 빈축을 사고 있다.

엄밀하게 말해서 대한민국의 남자 중에 직업군인이 아닌 이상 병으로써 군에 입대하는 것을 좋아할 사람이 어디에 있겠는가. 여당의 한 유력한 대통령 후보자가 자신은 장교로 군복무를 마쳤지만 두 자식의 병역미필이 문제가 되어 두 번씩이나 대통령에 당선되지 못했던 일이 있었는데 국민들의 일반적인 법 감정은 이러한 문제에 대하여 대단히 민감한 것 같다.

나도 5·16 후에 노병으로 군에 입대하여 군대생활을 시작한 후 다행히 1년간의 군복무를 마치고 유학귀휴로 풀려날 수 있었지만, 그 1년간의 군대생활은 다시 한 번 되돌아보기도 싫은 경험이었다. 노병으로 논산훈련소에 입소하자마자 군에서 훈련병에게 쓰는 말은 말이 아니라 욕으로 시작해서 욕으로 끝나는 것이었다. 훈련소 조교들이 말은 한마디도 쓰지 않고 어떻게 욕만으로 대화를 이어갈 수 있는 것인지 신기하게만 여겨졌다. 이러한 별천지가 이 세상에 존재하고 있다니 참으로 희한한 느낌이 들 뿐이었다. 나도 훈련소 생활을 시작하면서 나도 모르게 영락없는 사병의 모습으로 변화하고 있는 것을 보고 놀라움을 금할 수가 없었다.

지금은 어떤지 모르겠지만 내가 군 생활을 시작했던 60년대 초에는 아직도 일본군대의 악습이 그대로 남아있던 때라 상급자들이 병을 무시하는 언사를 시도 때도 없이 사용하여 모욕을 했을 뿐만 아니라 툭하면 단체기합을 주기 때문에 엉덩이에 불이 날 지경이었다. 나는 입소한 직후부터 어떻게 하면 군에서 빠져나갈까 하는 궁리만 하게 되었다. 내가 훈련소에 입소했을 당시만 해도 만기제대를 하려면 거의 3년의 기간을 군에서 소비해야 한다는 것을 알게 되었는데, 그 많은 세월을 어떻게 이러한 야만적인 분위기에서 보낼 수 있을까 하는 한심한 생각만 들었다.

군에는 고문관이라는 말이 있었다. 거의 바보에 가까운 행동을 하여 상급자가 그를 고문관으로 따돌리게 되면 필요한 훈련도 받을 필요가 없으며 고된 노역에서도 면제해 주기 때문에 편안한 군 생활을 할 수 있다는 것이다. 그렇다고 해서 대학원까지 나온 내가 고문관 생활을 할 수는 없는 것이 아닌가. 다행히 내가 입소했을 당시에는 8주간의 훈련병기간이 6주로 단축되었기 때문에 좀 힘든 일이 있더라도 꾹 참고 고된 6주간의 훈련병생활을 무사히 마칠 수 있었다. 훈련소에서 경북 영천에 있는 부관학교로 보내져서 6주간의 교육을 마친 나는 육군본부의 부관감실에 배치되어 1년의 병역을 마칠 때까지 상병으로 진급까지 할 수 있었다. 내가 군 생활을 했던 시기에는 사병의 진급이 좀 빠른 편이어서 상병까지 진급을 했는데 군에서 진급하게 되면 하급자일 때보다는 좀 더 편한 생활을 할 수 있는 이점이 있다는 것이다.

이번에 전방부대에서 왕따를 당하여 홧김에 총기사고를 낸 사람이 병장이라고 했는데, 내가 이해할 수 없는 것은 병장이면 고참병에 속하는데 어떻게 동료와 상급자로부터 왕따를 당할 수 있느냐 말이다. 병장이면 하급자와 동료들에게 대우를 받으면서 편안한 군 생활을 마칠 수 있는 위치에 있는 것이 정상적인 경우일 터인데 도대체가 어떻게 된 일인가. 혹시 그 병장이 고문관은 아니었을까. 군에서 고문관생활을 하려면 비상한 두뇌를 갖고 있는 사람일 터인데 하는 말이다.

어찌되었던 간에 나에게는 젊은 시절에 어려움도 많았던 군 생활을 1년이라는 단기간에 마치고 미국 유학의 장도에 오를 수 있었던 것은 천만다행한 일이었다. 거의 빈손으로 미국이라는 거대 사회에 유학생으로 자리를 잡게 된 나에게 있어서 1년간의 군 생활에서 단련된 정신과 육체는 나의 힘의 원천이 되었다고 할 수 있다. 밑바닥에서부터 시작된 나의 고학생으로서의 생활은 세탁소에서의 막노동도 마다하지 않고 학비를 벌기 위해서라면 육체적인 고통은 무엇이든지 견디어 낼 수 있는 강력한 정신력을 키울 수 있는 계기가 되었다.

미국에서 공부한다는 것은 경제적인 여유가 있어서 공부만 할 수 있는 경우에도 공부를 따라가기가 힘이 든 일인데, 대부분의 시간을 공부하는데 보다는 돈벌이 하는데 보내야 했던 나의 처지로서는 공부가 내 본직인지 돈벌이가 내 본직인지 혼란스럽게 느껴진 적이 한두 번이 아니었다. 무슨 일이든지 남의 인정을 받으려면 경륜이 쌓여가야 하는 것은 어느 사회에 있어서나 마찬가지 이치인 것이다.

　미국에서 직업을 구하는 경우에도 내가 미국에 처음 유학생으로 간 빌라노바대학교 근처에 있던 아드모아의 세탁소에서 막일을 시작했던 것이 나의 경력이 되어서 내가 막노동 일을 구하려고 할 때마다 세탁소에서 일했던 일이 언제나 경력으로 나를 따라붙게 되었다. 나중에 도서관으로 직업을 옮겨 가기는 했지만…. 미국이라는 나라는 직업의 귀천을 따지지 않는 나라로서 내가 무슨 직종에 종사하던 간에 아무런 편견도 갖고 있지 않은데, 유독 미국에 살고 있는 못난 일부의 한국인들 간에 내가 컬럼비아대학교에서 도서관학 석사학위를 받고 전문사서로 대학도서관에 취직한 후에도 나를 폄하하고 무시하려는 태도를 취했지만 나는 그러한 부류의 인간들의 태도에 상처를 받기보다는 오히려 당당하게 나의 직업을 자랑스럽게 생각하면서 미국에서의 생활을 무사히 마감할 수 있었던 것은 나는 남이 나에게 의도적으로 상처를 주려는 행위를 충분히 방어할 수 있는 만반의 준비가 되어 있었기 때문이 아니었을까. 상처는 마음이 약한 사람에게만 영향을 줄 수 있는 것이지 강한 의지력과 자기 자신에 대한 확신을 갖고 있는 사람들의 경우에는 그러한 일에 전혀 동요하지 않을 수 있는 자신감을 갖게 되는 것이다. 이러한 자신감도 결국에는 연륜이 경과함에 따라 저절로 형성되어 가는 미덕이 아닐까한다.

나는 대학원만 네 곳이나 다니면서 나의 학문적인 연륜을 쌓아왔다. 지식의 축적이라는 것도 연륜이 쌓여갈수록 정비례해서 그 축적도가 깊어지기 마련인데 내가 학문의 한 분야에서 박사학위를 받기 전까지는 지도교수가 있어서 논문지도를 받아야 했지만 일단 박사학위를 수여받은 후에는 자기 책임 하에 독자적인 연구를 수행할 수 있는 능력을 수여받게 되는 것이다. 왜냐하면 박사학위를 수여받은 사람은 더 이상 학생이 아니기 때문이다.

마찬가지로 최근에 한국문단에 소설가로 등단하여 정식으로 이름을 올린 나는 등단하기 전에는 내 작품에 대한 조언을 받았지만, 이제는 등단을 했으니 나의 책임 하에 작품을 써낼 수 있는 자격을 부여받게 된 셈이다. 나는 등단하기 전 8개월간에 10여 편의 단편을 써서 그 중에 한 작품으로 등단을 했는데, 등단한 후에는 한 달이 조금 지난 기간 동안에 8편의 단편을 작성하여 안산문화원의 '문학교실'에서 단편을 한 편씩 발표하고 있는 중이다. 8편의 단편 중에 2편의 단편은 이미 발표했으며, A4 용지 10매에 10호 글자로 인쇄한 소설을 문학교실에서 전부 읽으려면 아무리 빨리 읽어도 40분에서 50분이나 걸리게 되는데 소설을 급하게 읽어야 하는 나도 힘이 들고 나의 발표를 듣는 사람들도 힘이 들어서 나의 소설에 대한 평가를 해보는 시간을 가질 기회가 사실상 없었다. 이러한 불편을 시정하기 위한 방법으로 지난주에 발표한 나의 세 번째 소설부터는 소설의 반인 다섯 장만 읽기로 했더니 발표하는 나도 힘이 덜 들고 듣는 이들도 지겹지 않아서 그렇게 하기로 했다. 이러한 방법을 앞으로 계속하다 보면 나의 작품에 대한 평가를 할 기회가 자연 주어지게 될 것이다. 모처럼 내가 힘들게 작성한 작품이니 정당한 평가를 받아야 할 것이다.

나이 80세에 이르는 이 나이까지 살아오면서 어느 사이엔가 나를 폄하하여 상처를 주려는 사람들이 내 앞에서 갑자기 전부 사라져버린 것 같다. 누가 감히 나를 우습게 여기고 무시하려고 할 수 있다는 말인가. 나처럼 인생을 교과서처럼 최선을 다하여 살다보니 이런 날도 오는가 보다. 세상은 여러 가지로 문제가 많기는 하지만 그래도 살만한 곳이라는 것을 이 나이에 새삼스럽게 깨닫게 되는 것 같다.

사람들은 왜 서로 상처를 주고받는 것일까? 자기가 남보다 우월하다는 생각이 있어서 은연중에 다른 사람을 무시하거나 폄하하여 남에게 상처를 주고 있는 것이다. 수련이 많이 되어 있어서 어떤 경우에도 충분히 자기 자신을 관리할 수 있는 사람의 수는 별로 많지 않을 것이다. 이러한 특별한 사람의 경우를 제외하고는 보통사람들의 경우에는 이성보다는 감정의 지배를 받게 되는 경우가 다반사이다. 친한 사이일수록 예의를 지키라는 말이 있지만, 아내와 50년 이상을 살다보니 아내에게 시도 때도 없이 막말을 해서 아내에게 상처를 주고 있다. 다른 사람들과는 별로 접촉하는 일이 없어서 나도 모르게 그들에게 상처를 주는 일은 더 이상 없게 되었다. 그러나 아내는 나의 모욕적인 말을 듣고도 상처를 받는 대신에 나의 말을 듣지 못했다는 듯이 그냥 무시하고 마음에 더 이상 담아두려 하지를 않는다. 내가 젊은 시절에 그렇게 함부로 아내를 대했다면 나에게 울고불고 대들면서 당장 이혼을 하자고 덤벼들었을 터인데, 이제는 싸울 기운도 없어졌는지 그런 심한 모역적인 말을 들어도 상처를 받는 대신에 정신 나간 사람이 하는 실없는 말 정도로 전혀 신경을 쓰지 않는 것 같다. 아마도 연륜의 경과에 따라 아내의 이해심도 성숙해진 것이 아닐까.

사람들은 서로 돕고 살지 않으면 안 되는 존재이다. 독불장군처럼 혼자서만 살 수 없는 것이 우리 사회의 참모습이다. 제 아무리 잘난 인간이라 하더라도 동료들과 비교할 때 도토리 키 재기에 불과한 셈이다. 이러한 사실도 모른 채 자신이 잘 났으면 얼마나 잘 났다고 거들먹거리느냔 말이다. 우리가 직장을 갖게 되면 자연 상급자도 있고 부하직원도 있게 마련이다. 내가 22년간 근무했던 교수직은 그래도 다른 직장에 비하여 대인관계에 있어서 지나치게 신경을 쓰지 않고 자신의 학문분야에 대한 연구와 교수에 정진하면 되는 것이다. 높은 교수의 보직을 원하는 경우가 아니라면 말이다.

우리나라에서처럼 상대방을 비방하고 깎아 내리려는 집단도 드물 것이다. 어쩌다 우리나라의 정치인들은 해방직후부터 70년에 가까운 기간이 경과할 때까지 철이 들지 못하고 있으니 하는 말이다. 한 젊은 정치인은 이러한 구태를 타파하겠다는 목표를 갖고 정치계에 투신하여 새 정치라는 정치목표를 내세우고 있지만 정치입문 2년여에 구정치인을 뺨치는 행태를 보여주고 있으니 우리나라의 정치풍토는 일단 정치계에 발을 들여 놓으면 누구나 그 풍토에 물이 들어버려서 정치계에 입문하기 전에 주장했던 새 정치나 개혁 같은 원대한 목표는 금방 망각해버리고 구정치인들처럼 정쟁에 말려들게 되어 버리는 것이 정치인들이 가야하는 피할 수없는 종차역이 되어버리고 마는 것이 우리나라의 정치현실의 현주소인 것이다.

그러다 보니 정치인들을 비난할 수도 없는 것이다. 우리는 정치인에게 기대할 수 있는 것이 현재로서는 아무 것도 없다. 그들은 선거 때만 되면 새빨간 거짓말로 국민을 현혹시켜서 자신에게 유리하게 표를 몰아가서 일단 당선이 되고 나면 국민에게 언제 그러한 약속을 했느냐는 듯이 자신의 국민과의 약속을 헌신짝처럼 저버리는 것이 유능한 정치인이라는 데야….

그렇다면 우리들의 자녀의 장래를 책임지고 있는 교육계에는 기대를 걸어볼 수 있겠는가. 교육계의 연중행사처럼 매년 되풀이 되고 있는 일은 대학입시과목의 변경이라 할 수 있을 것이다. 50년대 초반의 서울대학교의 입시과목은 영어, 국어, 수학의 필수과목과 1개의 선택과목을 시험쳤는데 필수과목 3과목은 각각 100점 만점씩이었으며, 선택과목은 150점 만점이었기 때문에 선택과목의 선택이 합격여부를 결정하는 관건이 되었다. 사회생활 과목 대신에 제2외국어를 선택과목으로 선택한 학생들의 경우 비교우위에 있었는데, 나의 경우 독일어를 선택과목으로 택한 결과 독일어 시험문제가 1권에서 출제되었기 때문에 유리했던 것 같다. 시험과목 중에 한 과목이라도 0점을 받는 경우에는 다른 과목들이 성적이 제 아무리 잘 나오는 경우에도 합격을 할 수 없기 때문에 나는 가장 부족한 과목이었던 수학시험을 제대로 치루기 위하여 수학책을 전부 암기해버렸는데, 다행히 그중에서 문제가 출제되어서 0점은 면했던 것 같다. 내가 졸업한 고등학교는 유수의 명문고등학교였기 때문에 예를 들면 학교에서 늘 시험문제로 출제가 되던 고문이 시험문제에 그대로 출제되는 데야 시험에 합격하지 못할 바보가 어디에 있다는 말인가. 내가 지원한 대학은 300명 모집에 1800명이나 지원을 하였기 때문에 1500명이 불합격되는 6:1의 높은 경쟁률을 보여주었던 역시 명문대학임에는 틀림이 없었다.

그때만 해도 대학입시를 대학자체에서 관리했으며 과목수도 소수에 불과했지만 언제부터인가 대학입시가 대학에서 독립한 대입관리센터로 옮겨가면서 과목수도 늘어나고 입학관리에도 문제가 생기기 시작했다. 학생들이 시험을 쳐야 하는 과목수가 해마다 늘었다 줄었다함에 따라서 학생들이 준비해야 할 과목수도 늘었다 줄었다 하여 학생들의 부담을 가중시켰을 뿐만 아니라 학과목수의 수시변경으로 인하여 학생들에게 부담만 가중시키게 되었을 뿐이다. 이러한 입시관리를 위한 건의안이 매년 제안되고 있었지만 효과적인 해결방법은 아직까지 찾아내지 못한 것 같다.

나는 대학입시에 실패했던 경험이 없어서 잘 알 수는 없지만 고등학교 동기생 중에 자신이 원하던 법대에 합격을 하지 못했다는 것이 그에게 얼마나 큰 상처가 되었는지는 알 수 없지만, 그의 일생을 통하여 결코 잊을 수 없는 큰 상처로 남아 있게 되었던 것 같다. 명문고등학교를 졸업한 그가 그 법대를 지망한 29명 중에 한명으로 시험을 쳤는데 우등생이었던 그가 당연히 합격을 할 것으로 기대했었다. 나는 입학시험을 마친 후에 아직도 부산에 계신 부모님께 내려가 있었기 때문에 합격자 발표를 보러 가지 못했다. 나대신 발표를 보러 가셨던 아버님이 하시는 말씀이 한 학생이 합격자 명단이 눈이 나빠졌는지 잘 보이지 않는데 확인 좀 해달라고 했다는데 아마도 입시에 불합격한 그 동창이었을 것이다. 불합격되었다는 것이 얼마나 충격적이었으면 눈까지 갑자기 안보였겠는가.

그는 요즘학생들처럼 자신이 원하는 대학에 입학하기 위하여 재수의 길을 택하는 대신에 다음 해에 명문 사립대 법과에 입학을 했다. 그러나 그는 그 대학에 다닌다는 사실을 입에 올리기를 꺼린 채 졸업 후 시중은행에 다니다가 정년도 맞이하지 못한 채 젊은 시절에 생겼던 마음의 상처를 안고 사망해 버렸다. 이에 비하면 다른 동창은 한 사립대에 다니다가 그 명문 사립대로 적을 옮기게 된 것을 자랑으로 생각하면서 살고 있었으니 두 사람의 태도는 정반대였다고 할 수 있었다.

나의 두 딸의 경우는 일반고등학교를 나온 후 서울미대에 합격하기 위하여 대학시험을 몇 번이나 쳐서 드디어 합격을 했다. 남자도 하기 힘든 일을 여자아이들이 그들이 세운 목표를 끝까지 관철시키는 것을 보고 그 동문은 왜 자기가 원하는 대학을 재수라도 해서 들어갈 생각은 않고 평생의 상처로 지니고 살았던 것인지 이해가 잘 가지를 않는다. 우리는 결과보다는 노력하는 과정을 좀 더 중요시해야 할 것이다.

큰딸의 경우는 학과성적이 좋아서 학과성적만으로는 그녀가 지망하는 서울미대 공업디자인학과에 충분히 입학할 수 있었는데 실기시험에 대한 준비가 잘 되어있지를 않아서 세 번째 도전 후에 드디어 합격을 했다. 미술에 대한 이해가 부족했던 우리 부부가 딸의 미술공부를 지원해 주는데 소극적이었던 것이 시험을 몇 번이나 응시하게 한 근본원인이 되었던 것이다. 우리 부부가 다른 부모들처럼 딸의 미술공부에 관심을 더 갖고 학원도 알아보고 필요한 돈도 충분히 썼더라면 딸이 세 번씩이나 대학입시를 응시하느라 고생을 하지 않아도 좋았을 것이다. 큰딸은 두 번째 응시에 실패한 후 모 사립대에 시험을 친 결과 차석으로 합격하여 장학금까지 받았다. 우리 부부는 딸이 입시준비로 너무 많은 마음고생을 하는 것 같아서 큰딸에게 가능하면 서울미대에 대한 도전을 중지하고 장학금까지 준다는 대학에 입학을 하면 어떨지 말해 주었지만, 큰딸은 이 문제를 며칠 간 고민을 하는 것 같더니 결국 서울미대에 세 번째 도전하기로 결정하고 시험을 친 결과 드디어 합격을 하게 되어 자신의 목표를 늦은 감은 있었지만 달성하고야 말았다.

작은딸도 서울미대에 응시했지만 이번에는 실패하고 다음해에 동양화학과에 합격이 되어 딸들이 원하는 대학에 모두 합격을 한 셈이다. 작은딸은 동양화학과가 서울미대 중에서 가장 경쟁이 약한 학과라는 생각에서 두 번씩이나 응시해서 드디어 그녀의 목표를 달성했다. 작은딸은 미국유학을 가서 대학원을 졸업한 후 에

니메이터로 직장을 갖고 활동 중에 있으며, 큰딸은 디자인 분야에서 직장생활을 하면서 홍대미대 대학원에서 석·박사까지 받아서 활발한 활동을 하고 있다. 큰딸은 작년에 홍대에서 예술학박사 학위까지 받았다. 대학입시에 한 번의 도전으로 합격할 수있는 행운을 누릴 수 있다면야 얼마나 좋겠느냐마는 그러한 실패에 굴하지 않고 나의 딸들처럼 대학입시에 실패한 것을 마음에두지 않고 합격할 때까지 두 번, 세 번 도전해서 결국은 합격의영광을 차지하는 투사의 면모를 여자아이들이었지만 보여 준 것을 그녀들의 부모인 우리 부부는 자랑스럽게 여기고 있다.

대학입시 다음으로 중요한 교육문제는 소위 일부교사들의 학생들에 대한 이념교육을 강행하려 하고 있다는 것인데, 이것은우리나라의 장래와 관련하여 아주 심각한 문제라 아니할 수 없다. 이러한 일부교사들은 전교조라는 교사노동조합을 형성하여자신들의 이념교육을 세력화하려는 시도를 하고 있는데 교사로서의 정당한 처신은 아닌 것 같다. 역사교육을 통하여 대한민국의 정통성을 부정하고 있는 세력들이 그들의 이념을 학생들에게주입시키고 있는 우리나라 교육의 현장을 그대로 방치해 둘 것인가? 대한민국을 전복하려는 이러한 불순세력들에게 우리 자녀들의 교육을 맡겨둘 수 있겠는가?

경제계에서는 재벌의 비대화도 중요하지만 정규직과 비정규직간의 차별이 더 심각한 문제로 등장하고 있다. 특히 비정규직을정규직으로 전환시키는 문제가 언제나 중대한 문제로 등장하고있다. 기업에 충분한 경제적 여력이 있다면 모든 직원을 정규직으로 채용을 하면 되겠지만 그렇게 할 수 없는 것이 대부분의 기업들의 고민이며 이 문제의 해결은 요원한 것 같다. 완전고용을 달성할 수 있다 할지라도 비정규직 문제는 우리 사회에 계속 남아 있게 될 것이며 이 문제야말로 우리 사회가 고민해야 할 중대한 문제가 되고 있다.

일생을 아무 고통도 받지 않고 살아갈 수 있는 사람도 없을 것이며, 한 번도 다른 사람 때문에 마음에 상처를 입지 않고 살아갈 수 있는 사람도 없을 것이다. 인생은 고해라는 말이 있는데 과연 그런가. 우리가 세상을 살아가다 보면 불가항력인 경우도 있지만, 그보다는 우리가 주변에서 발생하는 문제들에 대하여 어떻게 대처하느냐에 따라서 똑같은 문제도 전혀 다른 방향으로 흘러가는 것 같다. 낙관적인 성격과 비관적인 성격의 차이점은 백지 한 장의 차이에 불과하다는 말이 있는데, 비관론자와 낙관론자의 차이점을 비교하는 실례로 컵 속에 물이 반 컵 담겨 있을 때 비관론자는 물이 반 컵밖에 없다고 말하겠지만 낙관론자는 같은 사실을 보고 그래도 물이 반 컵이나 남아있다고 말할 것이다.

결국 자신을 행복하게 만들거나 불행하게 만드는 것은 자기 자신이라는 사실을 가급적 일찍이 인식할 수 있는 사람만이 행복해질 수 있는 요소가 많은 사람이라고 할 수 있을 것이다. 우리가 만사를 비관적이며 부정적으로만 본다면 행복해질 수 있는 가능성이 점점 멀어지게 될 것이지만, 반대로 만사를 낙관적이며 긍정적으로 보려는 사람은 행복해질 수 있는 가능성에 점점 더 접근할 수 있게 된다는 것이다. 기왕이면 어떤 문제에 대해서도 부정적이며 비관적으로 보는 대신에 보다 긍정적이며 낙관적으로 보려는 노력을 하다보면 개인의 정신건강에도 좋을 뿐만 아니라 대인관계도 원만하게 유지할 수 있게 될 것이다.

대부분의 성공한 사람들의 경우 만사를 긍정적이며 낙관적으로 생각하는 사람들이 만사를 부정적이며 비관적으로 생각하려는 사람들보다는 다수를 차지하고 있다고 볼 수 있다. 낙관적인 인간들 간에는 대화가 될 수 있지만 낙관적인 인간과 비관적인 인간들 간에는 대화가 잘 되지 않을 가능성이 더 많다고 할 수 있다. 대화를 하려는데 한쪽에서 계속 반대만 한다면 더 이상 회의를 진행한다는 것은 대단히 어려운 일일 것이다. 우리나라 사람들은 토론문화에 별로 익숙해져 있지 않은 것 같다. 제대로 된 토론이 이루어지려면 상대방이 무슨 말을 하고 있는지를 충분히 파악한 후에 토론을 시작해야지 상대방의 말은 듣지도 않고 엉뚱하게도 토론과는 전혀 관련도 없는 문제를 가지고 자기 말만 해 댄다면 과연 토론이라는 것이 이루어 질 수 있겠는가.

우리나라의 고위공직자 임명과 관련된 국회인사청문회의 경우 비록 토론은 아니지만 인사청문회에서 공직후보자의 공무수행능력에 대한 검토보다는 공직자의 개인비리를 찾아내서 공격하는 수준에 머물고 있다는 인상을 주고 있어서 인사청문회가 꼭 필요한 제도인가 하는 의문을 낳게 하고 있다. 토론이나 청문회나 상대방의 말은 들어볼 생각도 없이 자기말만 하다가 마는 행태는 조속히 시정을 하든지 인사청문회 제도를 폐지하든지 양단간에 결단을 내려야 할 것 같다.

공직에 있는 사람은 공식석상에서 특정한 사람을 특별히 비하하는 발언을 해서는 곤란하다. 한 전직 대통령이 텔레비전에 나와서 모 유수건설회사 사장을 공격하면서 일류대학 나온 사람이 자기 형처럼 별 볼일 없는 사람이나 만나고 하면서 빈정대는 소리를 했는데 이 말을 들은 그 사장은 모욕감도 느끼고 마음에 큰 상처가 되어 자존심도 강한 그가 한강 다리에서 투신자살을 하고야 말았던 일이 있었다. 보통 사람 같았으면 그 정도의 말을 듣고 자살까지 하지는 않았겠지만 신경이 예민했던 그 사장에게는 대통령이 빈정대며 자기를 겨냥하여 함부로 말하는 것이 견딜 수 없었으며 얼마나 견딜 수 없을 정도의 상처가 되었기에 자살까지 할 생각을 했겠는가.

사람들은 무심코 건네는 말 중에 가시가 있고 상처를 주고받는 동기가 될 수 있다는 것을 유의할 필요가 있을 것이다. '말로써 말이 많으니 말을 삼가 하자'는 말이 있듯이 우리의 말이 화근이 되는 경우가 허다하게 있다. 여자들이 말싸움을 하다 보면 처음에 둘이서 시작했던 싸움이 집안간의 싸움이 되고, 동네싸움으로까지 확대되어 버리는 경우가 허다하게 발생할 수 있으니 처음부터 말싸움은 시작하지 않는 것이 현명한 일이 될 것이다. 왜냐하면 말싸움을 시작하고 나면 싸움이 진행되는 과정에서 평소에 상대방에 대하여 갖고 있던 좋지 않은 감정이 하나씩 드러나게 되고, 그러다 보면 서로 말꼬리를 물고 늘어지게 되고, 차츰 감정이 격할대로 격해져서 싸움은 마침내 걷잡을 수 없는 지경에 이르러 폭력이 난무하게 되어 서로 다치고 경찰이 오고 병원에 가야 할 지경까지 이르게 될 것이다. 나중에 서로 마음을 가라앉히고 차근차근 이야기하다보면 정말로 별것 아닌 사소한 문제를 갖고 다툰 것을 알게 되어 서로 상대방을 대하기가 무안해지는 것이 싸움의 싱거운 원인이라는 것이 밝혀지게 될 것이다.

여자들이 그러한 싸움을 하면서 얼마나 많은 마음의 상처를 상대방에게 주었겠는가. 한창 싸울 때는 서로 극도로 흥분된 상태에 있어서 미처 깨닫지를 못했겠지만, 싸움이 끝난 후에 곰곰이 생각을 해보면 상대방이 자기에게 한 한마디 한마디가 전부 마음의 상처가 되어 가슴속에 남아있게 되는 것을 어떻게 할 것인가. 상대방이 한 말을 싸움 중에는 아무런 생각 없이 내뱉은 말이라고 마음속에 깊이 담아두지 않고 그냥 없었던 일로 일축해버리면 될 일을 계속 해서 마음속으로 곱씹다 보면 그것이 사실인 것처럼 착각을 하게 되고, 가까운 친구하고는 그것 때문에 영원히 원수지간이 되어버리고 마는 경우가 빈번히 생길 수 있는 것이다.

인간의 마음은 참으로 변덕스러운 것이므로 인간의 마음을 다스리는 문제보다 어려운 일은 아마도 없을 것이다. 절에 가서 수십 년간 도를 닦은 도사의 경우에도 아직도 부족한 점이 많을 수 있다. 원효대사의 일화에서 보여주었듯이 잠을 자다가 하도 목이 타서 일어나 보니 옆에 바가지에 물이 담겨 있는 것을 보고 그것을 전부 마시고 갈증도 해소하고 다시 편안한 깊은 잠속으로 빠져들었다. 그런데 아침에 일어나서 다시 보니 자기가 어젯밤에 시원한 물로 생각하고 마셨던 물이 사실은 해골 속에 담겨있던 빗물이라는 사실을 발견하고는 토하고 난리를 치게 되었다. 그러나 가만히 생각해 보니 해골 속에 담겨있는 물도 그것을 바가지 속에 담겨있는 신선한 물이라고 생각하고 마시면 그렇게 된다는 것을 비로소 깨닫고 결국 모든 일은 사람의 마음의 문제라는 것을 알게 되어 도통을 하게 되었다는 유명한 이야기가 있다.

원효대사의 가르침대로 결국은 우리의 마음이 문제인 것이다. 남이 실없이 하는 말을 듣고 상처를 받은 사람이 자기는 그 사람의 말을 듣고 모욕감을 느꼈고 상처를 받았다고 하면 상처를 받는 것이 되지만, 그 사람이 엉뚱한 말을 지껄여 대도 '병신 육갑 떨고 있네' 정도로 가볍게 치부해버리고 그의 말을 무시해버릴 수 있다면 누가 자신에게 무엇이라고 말을 하더라도 결코 마음의 상처가 될 수는 없는 것이다. 이 험한 세상을 살아나가려면 그 정도의 강인한 의지력 정도는 갖고 있어야 할 것이다.

결국 모든 일은 마음의 문제라고 할 수 있을 것이다. 나는 실패할 수밖에 없다고 생각하는 사람은 아무리 열심히 노력을 해봐도 결국은 모든 일에 실패하여 인생의 낙오자가 될 수밖에 없을 것이다. 이에 반하여 어떠한 역경에 처해서도 나는 반드시 성공하고 말겠다는 각오를 갖고 열심히 살아가고 있는 사람은 결국에는 성공을 거두어 사람답게 살게 된다고 할 수 있다. 성공이냐 실패하느냐의 문제는 말하자면 종이 한 장의 차이에 불과하다고 할 수 있을 것이다.

지도자는 사심이 없어야 할 것이다. 우리나라 역사상 최초로 여자 대통령이 된 박 대통령이야 말로 입지전적인 인물이라 할 수 있을 것이다. 대통령의 딸로 태어나서 대학졸업 후에 프랑스에 유학을 가서 공부를 하던 중에 모친의 사망소식을 듣고 공부를 중단하고 급히 귀국한 후 아버지인 대통령을 돕는 영부인의 역할을 하다가 부친이 암살을 당한 후 청와대를 떠났다가 30년 만에 자신의 힘으로 대통령에 당선되어 청와대의 여주인으로 되돌아 온 박대통령이야말로 우리나라 정치계에 있어서 입지전적인 인물이라 할 수 있을 것이다. 와해 직전에 있던 당을 위기에서 두 번씩이나 구한 정치지도자로서의 위상을 확고히 확립한 그녀는 대통령선거에 출마하면 필패한다는 세간의 억측을 100만 표 차이로 극복하고 상대당의 후보를 무릎 꿇게 했다.

그런데 고질적인 한국정치의 병폐라 할 수 있는 승복하는 미덕을 발휘하지 못한 야당의 대통령 후보를 비롯하여 야당의원들은 대통령취임 후 만 1년이 가까워질 때까지 대통령을 인정하지 않으면서, 사사건건 발목을 잡는 추한 모습을 보여주고 있는 것은 한국정치의 후진성의 표출로서 남부끄러운 일이라 하지 않을 수 없는 것이다. 그 야당 후보라는 사람은 세월호참사가 일어난 데는 정부에 책임이 있다는 것을 강조하면서 세월호참사는 제2의 광주사태 운운하는 말로 피해가족에게는 엄청난 상처를 주고 국민을 우습게 보는 발언을 서슴치 않고 하고 있으니 참으로 한심한 일이며, 그러한 정신 상태를 가진 사람이 또 다시 대통령에 출마하겠다는 말을 서슴없이 하고 있다니 그 사람의 정신 상태는 과연 어떻게 된 것인가.

우리나라의 정치현실을 보면 모든 문제에 있어서 대통령 혼자만이 뛰어다니고 있지 대통령을 보필해야 하는 사람들은 모두 어디로 갔는지 대통령만 애쓰고 있는 것 같아서 여자 혼자 애를 쓰는구나 하는 애처로운 생각마저 들 지경이다. 시집을 가지 않은 처녀의 몸으로 사심 없이 오직 국가와 민족을 위하여 최선을 다하여 헌신하고 있는 여자 대통령을 도와 줄 생각은 하지 않고 야당은 기회 있을 때마다 대통령이 하는 일을 빈정거리고 깎아 내리고만 있으니 그들은 최소한의 도의적인 의무마저 포기한 지 오래된 것 같다.

이씨조선 500년의 역사 중에 반대당끼리 별일도 아닌 것을 갖고 머리가 터지게 싸웠는데….

그들이 살아남기 위해서는 상대방을 완전히 제거해 버려야지 화근의 불씨를 남겨두어서는 안 되는 것이었다. 그들이 발견해 낸 반대당 제거의 방법은 당사자를 귀양 보내는 것만으로는 안심이 되지를 않아서 본인은 물론 삼족을 멸하는 형벌로 반대당을 완전히 제거하는 것만이 반대당에 대한 대비책이었던 것이다.

나는 최근에 와서 만날 쌈지거리나 하고 있어서 국가발전에 전혀 도움이 되지 않는 국회를 그대로 방치해둘 필요가 있느냐 하는 의문이 생기고 있다. 국회는 과연 국민을 대신하여 국민의 의사를 반영해주는 대리기관인가 하는 것을 인정하고 싶지가 않다. 국회의 인사청문회장이 싸움판이지 무엇이냐 말이다. 청문회를 빙자하여 힘겨루기를 서로 하고 있는 여야의원들의 한심한 꼴을 보고 있자니 도대체 국회의원들이란 사람들이 무엇을 하고 있는 것인지 한심한 생각밖에 들지를 않는다. 팬티만 하나씩 걸치면 권투선수나 격투기 선수들이 서로 맞서고 있는 모습과 무엇이 다르다는 말인가.

국민들은 텔레비전에서 방영되는 그들의 **뻔뻔한** 모습들을 보면서 참으로 식상을 하게 될 지경이다. 그들의 모습을 방영하지 않았으면 좋겠다. 그들의 모습을 보면 공연히 나 자신에게 화가 나게 된다. 저들이 무슨 일을 하기에 일반국민보다 엄청나게 많은 세비를 받고 있느냐 말인가. 일하지 않는 그들의 세비는 해마다 올라가기만 한다니 참으로 국민들은 화가 날 일이다. 국민이 필요로 하는 입법은 하지 않으면서 매년 자신들의 세비만은 꼬박꼬박 올리고 있다니 하는 말이다.

우리나라의 그 많은 정부기관과 지방기관은 과연 필요한 것인가. 우리가 긴밀하게 이용하는 지방기관으로는 주민센터가 있으며, 극히 드물게 세무서가 있다. 구청은 법원이나 마찬가지로 특별한 일이 없으면 우리가 드나들 필요가 없는 곳이다. 중앙정부의 경우 여러 기관들이 있지만 국회야말로 우리에게 꼭 필요한 기관이어야 하는데 가장 의문이 드는 국가기관이다. 왜냐하면 그들이 국민 앞에서 쌈지거리나 하는 곳으로 비쳐지며 도대체가 국회라는 곳이 국민을 위하여 무슨 일을 하고 있는 것인지 전혀 느낌이 없다. 국회라는 곳은 마치 저희들끼리 치고받고 하는 씨름판 이상의 느낌을 주지 않는 한심한 장소같이 느껴질 뿐이다.

누구든지 국회의원으로 뽑아주기만 하면 그들 정도로 쌈지거리 하나는 할 수 있을 것 같다. 거창하게 정당이 있어서 정치를 한다고 흉내를 낼 필요가 어디에 있다는 말인가. 누구나 조금만 훈련을 시키면 그들 정도의 일은 할 수 있을 것이 아니겠는가.

정치 불신의 도가 지나치게 깊어져서 '국회무용론'까지 나오지 않을까 염려가 된다. 국회야말로 우리 국민에게 씻을 수 없는 깊은 상처를 주고 있는 것 같다.

사람이 사람구실을 못하면 사람이라 할 수 없듯이, 국회가 국회로서의 제 구실을 못하면 서 국회라고 할 수 있을 것인가. 국회의원들, 특히 야당의원들은 정부기구의 개혁을 문제 삼고 있는데 개혁의 대상은 정부기구가 아니라 국회 자체라는 것을 분명히 인식해야 할 것이다. 국회에서 정책문제를 갖고 언제 진실하게 논의한 일이 있었는가. 국회에서 중요한 국가정책이 채택된 일이 있었는가. 여자 대통령이 취임한 후 대통령을 도와서 국가의 위기를 극복하려는데 여야의 구별이 어디에 있겠는가. 모든 책임을 전부 대통령 한 사람에게 전가할 것이 아니라 정치를 한다고 나선 국회의원들이 솔선수범하여 정치력을 발휘하라는 것이다. 반대만 하는 것이 정치의 목적이 아니라 협력을 하는 것도 정치력을 발휘하는 미덕이 아니겠는가. 새 정치라는 기치를 내걸고 정치에 입문한 한 정치인의 경우 새 정치라는 말을 되뇌이면서 썩을 대로 썩은 구정치의 폐습을 따라하지 말고 솔선수범해서 여당에 협력하고 대통령이 하려는 일에 도와주는 변신을 할 수는 없는 것인가. 만일 그가 구 정치에서 벗어나서 이러한 새로운 방향을 모색한다면 그것이야 말로 새 정치의 참다운 모습이며 국민의 공감대를 얻게 되는 계기가 되며 자신이 정치에 입문하게 된 참뜻을 살릴 수 있는 것이 아닐까?

한국정치가 정치인들의 자발적인 참여에 의하여 현재의 적대적인 무한투쟁에서 정치발전의 미래를 지향하는 협력의 정치로 변화할 수 있다면 우리나라의 고질적인 정치풍토는 새로운 시기를 맞이하여 국민 모두를 행복하게 만들어주는데 크게 기여하게 될 것이다. 정치인들이야말로 국민에게 가장 많은 상처를 준 집단이라 아니할 수 없을 것이다. 이러한 정치인들의 집단이 변할 수만 있다면 얼마나 좋을까. 과연 우리는 정치인들에게 그러한 기대감을 걸 수 있는 날이 올 것인가?

사람들의 관계에 있어서 상처는 가급적 서로 주고받지 않는 것이 바람직할 것이다. 나는 상처를 주려고 한 말이 아니었는데 상대방에게는 큰 상처가 되었다는 것을 혹시 후에라도 알게 되었다면 그에게 정중하게 사과하고 용서를 빌어야 할 것이다. 만일 그러한 사실을 알 수 없을 때는 어떻게 할 것인가. 그러한 경우에는 신에게 고해성사라도 하는 마음으로 용서를 구해야 하지 않을까?

약속

　'약속은 지켜야 한다(pacta sund servanda)'는 법언은 로마법의
가장 중요한 법리이기도 하다. 법은 이러한 약속을 기초로 하여
성립되는 것이다. 그러므로 이러한 약속이 지켜지지 않는다면
법은 그 의미를 상실하게 될 것이다. 이 문제와 관련하여 세월호
참사를 다시 거론하지 않을 수 없다. 이 참사와 관련된 문제를
하나씩 파헤치면 파헤칠수록 부조리가 만연되지 않은 분야가 없
는 것을 보고 가히 총체적인 부조리라는 사실을 부인할 수 없어
지는 서글픈 심정이다. 우리 국민의 법의식이 철저하여 어떠한
변칙적인 부조리의 발생여지도 철저하게 사전에 차단할 수 있었
다면 그러한 참사는 우리나라에 자리를 잡을 여지가 전혀 없었
을 것이다.

　질서와 규칙을 지켜야 한다는 것은 어릴 때부터 훈련이 되어
있지 않으면 어른이 된 후에 새삼스럽게 그러한 문제를 논의한
다는 것 자체가 무의미한 일이 될 것이다. 왜 외국인들은 질서와

규칙을 잘 지키고 있는데, 우리 국민은 그러한 것들을 잘 지키려 하지를 않는 것일까. 그 해답은 그들은 어렸을 때부터 질서와 규칙을 지키는 것이 생활의 일부가 되어 있어서 습관화 되어 있는데 반하여, 우리 국민은 질서나 규칙을 지키지 않는 사람이 오히려 남들의 선망의 대상이 되어 있을 지경이며 국가와 사회의 지도급 인사들이 그러한 제약을 헌신짝 버리듯 하는 태도를 보고 있는 일반 국민들이 구태여 질서와 규칙을 지키려 하겠는가?

차를 타고 가다보면 차문을 열어놓고 담배를 피우다가 꽁초를 차안에 있는 재떨이에 비벼 끄면 되는 것이 원칙임에도 불구하고 길바닥에 꽁초를 휙하고 던져버리는 젊은이의 무례한 태도를 어떻게 설명해야 할 것인가. 심지어 쓰다 버리는 휴지를 왜 창밖으로 던져버리느냔 말이다. 무슨 대규모 행사가 있을 때마다 참가자들이 모두 떠난 후에 보면 쓰레기가 산더미처럼 쌓여있게 되는 것은 어떻게 설명해야 할 것인가.

우리나라의 일부 젊은이들이 운전하는 습관을 보면 가히 가관이라 할 수 있을 것이다. 차선을 변경하는 경우에 방향 지시등을 켜지 않는 것은 기본이며, 아무 예고도 없이 끼어드는 바람에 깜짝깜짝 놀라는 경우가 한 두 번이 아니다. 이러한 사람들이 질서와 규칙을 지키지 않으리라는 것은 너무나 당연한 일이 아니겠는가. 외국에서는 한 밤중에 차 한 대 없는데 적색센호등이 켜지더라도 정지선에 서 있다가 녹색신호등으로 바뀐 후에야 다시 진행해 가는 것이 생활화 되어 있다. 어떻게 보면 비효율적인 제도처럼 보이지만 이러한 준법정신이 있기 때문에 그 나라의 법질서가 확립되어 있는 것이라 할 수 있을 것이다.

이전에는 건널목에 녹색신호등이 켜져 있더라도 건너가는 사람이 없으면 적색신호등이 켜질 때까지 기다리지 않고 그대로 진행해도 허용이 되었다. 그런데 최근에 변경된 규칙과 대법원 판례에 의하면 건널목에 녹색신호등이 켜져 있을 때에는 적색신호등으로 바뀌기 전까지는 차는 계속 진행할 수 없고 신호등이 적색으로 바뀐 후에 진행하도록 바뀌었다. 그런데 이렇게 규칙이 바뀐 후에 새로운 규칙을 지키는 것보다는 안 지키는 쪽이 차량의 소통도 잘 되고 있으니 하는 말이다.

우리나라의 건널목은 차량통행이 가장 많은 곳에 설치되어 있는 경우가 대부분이기 때문에 모든 차량이 새로운 규칙을 지키게 되는 경우에는 원활한 교통흐름을 방해하고 심지어 사고의 위험까지 있게 된다. 그러면 왜 이러한 불합리한 규칙이 나오게 된 것일까. 그 해답은 시민과 직접 관련이 있는 규칙을 만들어내는 일선공무원들의 현실을 무시한 탁상행정의 결과 때문이라고 할 수 있을 것이다. 지하철에 관한 규칙을 만들어 내는 공무원이 지하철은 타지 않고 자동차만 타고 다닌다면 지하철 승객을 위한 규칙을 제대로 만들어낼 수 있겠는가. 버스에 관한 규칙을 만들어내는 경우에도 마찬가지라 할 수 있을 것이다.

그러다 보니 우리나라에서 대형사건이 터질 때마다 현장경험이 없으며 현장과 전혀 관련이 없는 인간들이 업무를 담당하고 있으니 문제가 생기는 것이 아니겠는가. 전문가들이 필요한 자리에 전문가들이 앉아 있는 것이 아니라 아마추어들이 앉아 있다 보니 문제가 발생할 때 문제가 제대로 해결될 수가 없는 것이다. 세월호와 관련된 문제를 볼 때 원칙과 전문가들의 입장에서 모든 문제가 제대로 다루어진 것이 아니라 선박구입 단계에서 운항에 이르기까지 하나에서 열까지 불법과 비전문가들의 입장에서 모든 문제가 적당히 처리되고 서로 눈감아 준 것이 결국에는 선박의 침몰사고로 결말이 나게 되었던 것이다.

세월호는 20년을 경과한 일본의 선박으로 폐선직전에 있는 것을 비공식적으로 들여와서 불법으로 선박을 개조했을 뿐만 아니라 원칙적으로 개조 불가능한 선박을 개조할 때 관련기관에 개조의 조건으로 제시한 선박의 균형을 유지하기 위하여 화물대신 선박에 싣고 다녀야 할 균형수에 관한 요건을 제멋대로 무시하고, 화물을 과적하기 위하여 균형수를 임의로 빼내고 균형수 없이 선박운항을 하다가 위험한 맹골수도에서 선박이 침몰하여 300여 명의 희생자들을 내고야 말았던 것이다. 이러한 불법행위를 적발하고 감시해야 할 기관에서 돈을 받고 눈감아 주었기 때문에 발생했던 사건이다. 선박회사는 형식적으로 보고하고 감독기관은 실제로 선박에 가서 사전에 철저한 감독을 해서 만일에 생길 수 있는 선박사고를 방지하기 위한 아무런 사전조치도 취하지 않고 서류상으로만 감독한 셈이다. 관례상 그렇게 해왔다는 것을 구실로 적당히 넘어갔어도 지금까지 아무런 일도 발생하지 않았으니 설마 무슨 일이야 일어날 것이냐 하는 안이한 생각들을 가졌던 것 같다.

그러나 설마했던 대형참사가 드디어 일어나고야 말았던 것이다. 그런데 엄밀하게 말하면 이번 참사는 설마가 불러온 우연히 발생한 참사가 아니라 자기가 해야 할 일을 적당히 넘겼던 일부의 엉터리 인간들이 자초한 필연적인 결과였던 것이다. 그런데 놀라운 사실은 참사와 직접 관련된 사람들의 책임회피와 변명은 그들이 자기분야에 있어서 과연 철저한 책임의식이 있는지 의심스러울 정도였다. 공직에 종사하는 사람들은 보통 사람들과는 다른 의무감과 철저한 책임의식을 갖고 있어야 하는 것이 아니겠는가.

자기직무에 대한 철저한 의무감과 책임의식이 없는 사람이 어떻게 공무원의 직무를 집행할 수 있겠는가. 무사안일하게 시간만 채우면 은퇴 후에 공무원연금도 받을 수 있으니 무엇 때문에 재임 중에 말썽을 일으켜서 긁어 부스럼을 만들 일이 무엇이냐는 생각에서 일처리를 적당히 해나가는 것이 공무원사회의 고질화된 병폐가 되고 있는 것 같다. 이번에는 대형 참사가 일어났기 때문에 부득이 철저히 파헤쳐서 드러나게 된 공무원사회의 치부였지만, 운이 나빠서 걸려들게 되면 이러한 일반적인 범주에 속하지 않는 의무감과 책임감이 철저한 공무원들이 과연 얼마나 되겠는가.

우리나라에서는 고위공직에 있는 사람들이 뇌물을 먹었다는 뉴스는 더 이상 뉴스꺼리도 되지 못하는 것 같다. 마치 모두가 썩었는데 나 혼자 깨끗하다고 해서 누가 알아 줄 것이냐하는 것 같다. 이러한 방식으로 생각을 하는 사람들이 공무원사회에 늘어나고 있는 것은 결코 바람직한 일이 아니다. 공무원사회를 철밥통의 사회라고 비아냥대는 말이 있다. 웬만한 일이 발생해도 공무원의 자리는 요지부동하다는 것을 빗대어 한 말일 것이다. 과연 우리나라의 공무원은 만사에 있어서 무사안일 해도 괜찮을까. 우리나라 공무원의 이러한 요지부동한 위치 때문에 많은 한국의 젊은이들이 공무원이 되어보려고 희망하는 것은 아닐까.

법 준수의 의식은 우리 국민의 의식의 수준문제라 할 수 있을 것이다. 법 준수의 확고한 의지가 없는 사람은 공무원이 되어서는 안 될 것이다. 만일 그러한 사람이 공무원이 된다면 각종 부조리의 주인공이 될 수 있는 가능성이 누구보다 크다고 할 수 있을 것이다. 공무원에게 요구되는 사항은 좋은 머리가 아니라 정직함과 양심이라 할 수 있지 않을까. 정직함과 양심이 있는 사람만이 깨끗한 공직사회를 만드는데 크게 기여하게 될 것이다.

교육계와 체육계에도 때때로 부조리가 발견되고 있는데 이것은 하나도 놀라운 일이 아니다. 체육장학생을 선발하는데 뇌물을 먹었다든가 운동시합에서 승부조작을 해서 물의를 일으켰다는 이야기가 수시로 터지고 있다. 시험 문제를 사전에 유출했다든가 자기 제자를 선발하기 위하여 수단방법을 가리지 않았다는 이야기도 들려오고 있다. 운동시합이나 경쟁시험에서는 부정행위가 적발되면 그러한 방법으로 쟁취한 결과는 당연히 무효로 처리되어야 할 것이다. 가끔 국제경기에서 국제심판이 판정한 결과에 대해서는 그러한 판정이 분명히 부정한 방법으로 이루어졌다는 것이 밝혀지지 않는 한 어떠한 방법으로도 번복할 수는 없는 것이다. 한 여성 빙상선수의 우승을 전 국민이 확신하고 있었는데 막상 뚜껑을 열어보니 우승의 영예를 차지하지 못했다. 국제심판이 내린 판정이 부당하다 하여 국제심판소에 제소하겠다고 지지자들의 연판장까지 돌리는 등 난리들을 쳤지만 그러한 제소는 국제심판소에 의하여 받아들여지지 않고 결국 기각되어 버렸다.

우리 국민들은 감정적인 측면이 강한 것 같다. 어떤 문제에 대하여 이성적으로 생각하기 보다는 감정적으로 생각하는 경향이 농후하며 남의 선동에 쉽게 넘어 가는 경향까지 있는 것 같다. 이대통령 취임 직후에 대규모의 촛불시위로 야기된 '광우병에 걸린 미국소'라는 순전히 거짓정보에 근거한 문제제기가 사실인 것처럼 과대포장이 되어서 한동안 전국을 뒤흔들었던 사건은 우리 국민이 얼마나 엉뚱한 사실에 감정적으로 대응하느냐를 극명하게 보여준 사태라 할 수 있을 것이다. 선동정치가들은 우리 국민의 이러한 감정적인 측면을 파고들어서 자신들의 정치적인 목표를 달성하고 있는 것 같다. 그러나 그러한 선동정치가들이 정권의 실세로 자리를 잡고 자기의 뜻대로 정책을 실천해 보려고 해도 제대로 잘 먹혀 들어가지 않는 것을 발견하게 될 것이다. 국민을 선동하기는 쉬워도 정책을 현실사회에 실천하는 것은 전혀 별개의 문제이기 때문에 선동과는 비교도 안 될 정도로 어렵다는 것을 깨닫게 될 것이다.

우리나라의 젊은이들처럼 정치에 관심이 있는 경우도 많지는 않을 것이다. 정치에 관심이 있는 젊은이들은 어릴 때부터 학급 반장 선거에도 출마하다가 대학생이 된 후에는 총학생회장 선거에도 출마하는 등 자신의 정치력을 실험해 보기 시작하게 된다. 대학사회에 확산되고 있는 이념화 문제에도 깊이 관여하여 좌경화의 길을 걷게 되기도 한다.

　김춘수는 가난한 집에서 태어났기 때문에 어려서 풍족하게 살아본 적이 한 번도 없었다. 다만 머리가 남달리 총명했기 때문에 가난 속에서도 대학공부까지 할 수 있게 되었다. 학비는 공부를 잘 했기 때문에 장학금을 받거나 아르바이트를 통해서 충당할 수 있었다. 일찍이 정치에 관심이 있었던 그는 대학사회에 번지고 있는 이념화의 문제, 특히 좌경화의 세력에 빨려 들어가기 시작했다. 주동세력은 대한민국의 정통성을 공개적으로 비평하고 나섰는데 그의 생각으로는 아무래도 그들의 주장이 억지인 것 같은 느낌을 갖게 되었다.

　"우리나라의 역사교육에 문제점이 있는 것 같소."

　"무엇이 구체적으로 문제가 된다는 말입니까? 상세하게 설명해 주시겠습니까?"

　김춘수가 이념서클의 회장에게 질문을 했다.

　"역사발전 단계에서 대한민국은 결코 태어나서는 안 될 국가였다고 할 수가 있습니다. 왜냐하면 민족의 정통성을 이어 받은 국가가 아니기 때문에 그렇게 말할 수 있는 것이지요."

　"그렇다면 우리나라에서 민족의 정통성을 이어 받은 국가는 어디입니까?"

　"그것은 당연히 조선인민공화국이지요."

　"어떻게 공산주의 국가이며 3대 세습의 체제를 이어오고 있는 독재국가가 감히 우리 민족의 정통성을 이어 받은 국가라고 말할 수 있겠습니까?"

"좋은 질문을 해주셨습니다. 바로 그러한 점 때문에 조선인민공화국만이 민족의 정통성을 이어 받은 유일한 국가라고 할 수 있는 것이지요."

"회장님의 말씀이 무슨 뜻인지 잘 이해가 가지를 않습니다. 좀 더 구체적으로 말씀해 주실 수는 없습니까?"

"길게 설명할 필요도 없는 문제이지요. 세계에서 유일하게 조선인민공화국만이 3대에 걸친 세습체제를 유지하고 있으며 공산주의를 실천하여 모든 인민이 행복하게 살고 있는 유일한 국가이기 때문이지요."

김춘수는 회장의 말을 들어본 후에 아무리 곰곰이 생각해 보아도 도저히 납득이 가지를 않았다. 북한을 추종하는 종북좌파 세력은 대한민국을 전복하려는 정치세력에 불과할 뿐 대한민국의 정치발전과는 아무런 관련이 없는 세력이며, 오히려 대한민국의 정치발전을 후퇴시키는 불순세력에 불과하다는 결론을 내리고 그들과 결별하기로 결심했다.

정치적으로 성공하기 위해서는 대한민국이라는 테두리 안에서 자신의 정치적 입지를 하나씩 확고하게 구축해 나가야 하겠다는 생각을 하게 되었다. 시의원이나 도의원에 출마하여 정치적인 기반을 닦은 후에 국회의원이 되고 최종적으로는 대통령까지 되어 보겠다는 야심에 자신을 불태우게 되었다. 그러려면 정치활동을 함께 할 정당을 선택해야 할 것 같았다. 그러나 현재로서는 정당선택의 문제가 그렇게 용이한 문제가 아닌 것 같은 생각이 들게 되는 것은 집권당을 믿고 선뜻 집권당에 적을 두어야 할지 확신이 서지를 않았기 때문이다. 그런데 현재의 야당은 특별한 정치적인 목표도 제시하지 못한 채 집권당의 정책집행을 사사건건 반대만 하는 정당이라는 인상이 들어서 야당에 합류하는 것은 현명한 결정이 아닌 것 같은 생각이 들었다. 그렇다고 해서 군소정당에 가입하는 것은 자신의 정치적 성장을 하는데 별로 큰 도움이 되지 않을 것 같았다.

종북좌파의 정치이념이 대한민국에서는 자리를 잡을 여지가 없다는 사실을 확인하게 된 김춘수는 자신의 앞으로의 정치목표로서 경제와 환경 및 복지를 설정하기로 했다. 경제는 대한민국과 같은 자본주의 국가, 특히 자유시장경제에 근거한 국가에 있어서는 국가정책의 가장 중요한 기본정책이 된다는 것을 인정해야 할 것이다. 복지는 경제발전의 결과를 저소득층에게까지 공평하게 미칠 수 있도록 하려는 정책목포로서 경제정책만큼 중요한 의미를 갖는 것이라 할 수 있을 것이다. 환경은 경제발전이 가져다 준 환경오염과 환경문제를 다루는 정책분야로서 국내의 환경문제뿐만 아니라 국제적이며 세계적인 규모에서의 환경문제까지 다루어야 하는 광범위한 정책분야인 것이다.

이 세 가지 정책목표는 그 어느 하나도 소홀히 다룰 수 없는 분야라는 것이 명백하지만, 그 모든 분야의 정책전문가가 된다는 것은 거의 불가능한 일이며 그렇다고 해서 한 분야의 전문가가 되는 것도 결코 용이하지 않다는 것을 김춘수는 일찍이 깨닫게 되었다. 자기 자신이 어떤 분야에 있어서도 전문가가 될 수 없다면 그 분야의 전문가들과 밀접한 관계를 맺어서 그들의 지식을 필요한 경우에 활용할 수 있게 만드는 것이 그 분야에 있어서 자신의 정치적인 입치를 확보하는데 많은 도움이 된다는 사실을 확신하게 되었다.

이러한 목표달성을 위해서는 경제연구회, 복지연구회 및 환경연구회의 조직을 김춘수가 주도하여 각계의 전문가들을 유치하는 일에 앞장을 서기로 했다. 이 3개 분야의 정책전문가가 되기 위해서는 전문가에 가까운 지식을 구비할 필요가 있는 것이다. 경제와 복지, 또는 환경을 말하기는 쉽다. 그러나 실효성 있는 경제정책, 복지정책 및 환경정책의 전문가가 되기는 결코 쉬운 일이 아닐 것이다. 우리나라의 정치현실에서 볼 때 아마추어 정치인이 아니라 정치전문가가 필요한 시대가 되었다는 것을 알 수 있다. 이러한 추세는 앞으로 강화되었으면 강화되었지 약화될 수는 없을 것으로 예측된다. 이러한 추세에 부응하기 위해서는 정치인들도 전문가에 버금가는 전문지식을 구비하고 있어야하지, 전문분야에 관한 아마추어 이상의 지식을 갖고 있지 못한 정치인들은 앞으로 정치인으로서 더 이상 설 자리가 없어지게 된다는 것이 확실해지고 있는 것 같다.

옛날처럼 말만 그럴 듯하게 한다고 정치인이 될 수 있는 시대는 이미 사라져버린 듯한 느낌이 드는 것이 정치계의 새로운 모습인 것 같다. 정치인도 전문가가 되어야 하는 시대에 우리는 살고 있다고 해야 할 것이다. 구체적인 근거를 갖고 정책문제를 다루어야 하지 정치적인 말장난이나 선동적인 정치인은 더 이상 발붙일 자리가 없어진 것 같다. 최근의 인사청문회에서 정치인들이 후보자에 대해서 보여주는 질문이나 공격성 발언은 전문적인 지식에 근거한 질문이나 공격이라기보다는 말장난에 불과한 아마추어 수준에 머무르고 있는 참으로 한심한 작태라 아니할 수 없을 것 같다.

우리나라의 정치수준은 아직도 선진국의 문턱에 도달하려면 요원한 감이 있다. 정치인들이 나라살림을 자기들만이 처리하고 있는 전유물처럼 생각하고 있는 것 같은데 그보다 더 큰 착각은 아마도 없는 것 같다. 정치인들은 자기들만이 국가발전에 기여하고 있는 존재라고 생각하고 있는 것 같은데, 착각은 자유라지만 이것이야말로 큰 착각이라 할 수 있을 것이다. 정치인들이야말로 어떻게 보면 국가발전에 도움이 되기보다는 오히려 방해가 되고 있다는 의견이 한층 더 우세한 것처럼 나타나고 있는 것 같다.

왜냐하면, 정치인이야말로 자기가 한 약속을 헌신짝처럼 버리는 대표적인 존재라 할 수 있기 때문이다. 정치인들의 발언을 액면 그대로 믿기보다는 그들이 말하고 있는 내용과는 정반대로 받아들이는 경우가 오히려 맞을 수 있다는 말이 있을 정도로 국민들은 정치인들의 발언을 믿지 않으려는 경향이 있는 것 같다. 정치인들이 무엇을 하겠다는 말은 하지 않겠다는 말로 받아들이는 것이 맞는 일이며, 자신들을 믿으라는 말은 오히려 자신들을 믿지 말라는 말과 일맥상통하는 경우가 더 많기 때문이다.

나는 6·25전쟁이 일어났을 때 중학생이었는데 대통령이 국민과 했던 약속을 철저히 무시하고 고급공직자들과 정치인들이 자기네가 했던 말들을 헌신짝처럼 버리고 서울시민들을 적 치하에서 신음하도록 남겨두고 꽁무니가 빠지도록 남쪽으로 도주했다가 돌아온 후에 서울시민들을 전부 부역자로 몰아버린 염치없는 모습을 보여주고도 무엇이 자랑스러워서 거들먹대는 모습을 보고 처음으로 정치인들에 대한 불신이 어린 마음에도 깊숙이 자리 잡았던 일이 있었는데 정치인에 대한 나의 불신은 80세가 된 오늘날에 이르기까지 그 불신의 골이 깊어졌으면 깊어졌지 조금도 개선되지 않은 것은 정치인들의 행태가 너무나 진부해져서 개선될 희망이 전무하다는 데서 오는 실망감 때문에 그러한 것이 아니겠는가.

약속을 지키지 않는 우리나라의 대표적인 집단이 정치인들이라면 우리나라의 국가발전의 장래를 과연 누구에게 맡겨야 한다는 말인가. 교육계에 기대해 보려는 의견도 있지만 우리나라의 교육계의 실정으로 볼 때 교육계에 마음 놓고 우리들의 미래 세대를 맡길 수도 없는 노릇이다. 교사들이 갖고 있는 여러 가지 문제 때문에 우리의 미래 세대들의 교육을 마음 놓고 맡길 수 없다면 과연 누구에게 그들의 교육을 맡길 수 있다는 말인가. 우리의 미래 세대에 대한 교육이 이러한 막다른 벽에 도달했을 때 우리의 미래 세대들의 교육을 위한 선택은 무엇일까. 미래 세대에 대한 교육을 포기해 버릴 것인가, 아니면 다른 대안을 모색할 것인가. 여기서 문제가 되는 것은 우리가 어떠한 대안을 모색할 것인가 하는 것인데 그에 대한 명쾌한 해답은 아마도 없는 것 같다. 우리 모두가 확실한 대안을 찾아야 할 때가 아닌가 한다.

사람들은 왜 약속을 지키기보다는 약속을 어기는 데서 오는 쾌감을 더 느끼는 것일까. 작은 약속을 어기는 습관이 축적되다 보면 '바늘도둑이 소도둑이 된다'는 속담이 말해 주듯이 국민하고 했던 큰 약속도 거침없이 어기게 되어도 조금도 양심의 가책을 느끼지 않게 되는 것 같다. 약속을 지키는 사람들이 지배적인 사회에서는 약속을 어기는 사람들이 설 자리가 없지만 약속을 어기는 사람들이 다수를 차지하고 있으며 그러한 행동이 전혀 비난의 대상이 되지 못하고 있는 사회에서는 약속을 지키는 사람이 오히려 희귀한 존재로 여겨지는 모순된 양상을 보여주고 있는 것이다.

약속을 잘 지키고 있는 사람과 약속을 어기는 사람들이 함께 살고 있는 사회에서 양자 간에 세력싸움이 시작되었다고 하자. 처음에는 약속을 지키는 사람들이 주도권을 잡고 있어서 세상 일이 모두 정상적으로 운영되고 있기 때문에 사람들도 안심하고 살 수 있었다. 그런데 어느 사이엔가 약속을 어기는 사람들의 숫자가 증가하더니 급기야 사회의 주도권을 잡게 되자 약속을 지키는 사람들이 중심세력에서 밀려나고 약속을 어기는 사람들이 그들이 밀려난 자리를 차지하게 되었다.

약속을 어기는 사람들이 사회의 주도권을 장악하게 되자 사람들 사이에 믿음보다는 불신이 좀 더 만연하게 되고 철석같이 약속을 했지만 그 약속이 언제 깨지게 될지 몰라서 사람들이 전전

궁궁하게 되었다. 사람들을 믿지 못하게 되다 보니 전처럼 자신의 속마음까지 보여주는 일을 서로 삼가게 되고 그렇게 되다 보니 약속을 지키는 사람보다는 약속을 어기는 사람들의 행동이 좀 더 자연스러운 행동처럼 받아들여지게 되는 기현상을 나타내게 되었다. 그 사회의 신용은 자연 땅에 떨어지고 외부 사회의 투자유치가 급감하게 되어 그 사회의 경제발전에 적신호가 켜지고 사람들은 이전 같은 번영을 누릴 수 없게 되었다. 사회 전체적으로 비상이 걸린 셈이다. 그러다 보니 약속을 지키는 사람들의 반발이 확산되기 시작하면서 약속을 어기는 사람들의 설 자리가 차츰 줄어들기 시작하더니 마침내 그들의 대다수가 그 사회에서 추방되는 신세가 되어버리고 말았다. 결국 약속을 지키는 사람과 약속을 어기는 사람 간에 진행되었던 싸움에 있어서 약속을 어기는 사람들이 자연도태에 의하여 그 사회의 주도권을 약속을 지키는 사람들에게 넘겨주는 결과를 가져오게 되었던 것이다. 사람들이 체험하게 된 결과는 약속을 어기는 사람보다는 약속을 지키는 사람들의 손을 들어준 셈이 되는 것이다.

우리 사회에 있어서도 비록 현재에는 약속을 어기는 사람들이 세력을 잡고 설쳐대는 것같이 느껴지지만, 사회 전체가 머지않아 그러한 사람들을 받아들이지 않게 된다면 약속을 어기는 사람들의 입지는 점차 줄어들어서 앞으로는 약속을 어기는 사람은 발붙일 곳이 없게 되는 사회가 반드시 오게 될 것이라는 확신을 갖고 살아가게 될 날이 올 것으로 믿어야 하지 않을까. 현재와 같은 우리 사회는 참으로 살아가기가 껄끄러운 별로 바람직한 사회가 아닌 것 같다. 열심히 양심적으로 노력한 사람이 혜택을 누리게 되는 정상적인 사회가 아니기 때문일 것이다. 여기도 가짜가, 저기도 가짜들이 설쳐대고 있는 불법과 부조리가 난무하는 바람직하지 못한 사회로 변모한 지 오래 되는 것 같다. 그러다 보니 정직하게 살려는 사람들은 언제나 손해를 보게 되고 가짜들이 당당하게 목을 세우고 거들먹거리고 사는 세상이 어느 사이에 되어버리고 만 것 같다.

약속을 지키는 것이 약속을 어기는 것보다 낫다는 것은 우선 서로가 믿을 수 있어서 좋은 일이다. 사람 간에 서로 믿지를 못한다면 그 생활이 얼마나 살벌하겠는가. 자식이 부모를 믿지 못하고 형제자매간에 서로 의심을 하게 되면 무슨 재미로 살겠는가. 우리 사회가 이 지경으로 살벌해지다 보면 정말로 살 재미가 없어질 것 같다. 믿음이 없는 불신의 사회에서 산다는 것을 한번 상정해 보자. 남을 믿지 못하다 보면 자신도 믿지 못하게 되는 지경에까지 이르게 되어서 정상적인 생활을 영위할 수 없게 될 것이다. 이러한 정신공황 상태에 이르게 되면 그것은 단순히 개인의 문제가 아니라 사회 자체의 문제라 할 수 있을 것이다. 결국은 사회가 병들게 되는 것이다.

약속을 밥 먹듯이 어기는 사람들은 남보다 똑똑하기 때문에 그렇다고 착각을 하는 것 같다. 이러한 사람들은 자신들이 하는 행동이 다른 사람에게 얼마나 큰 영향을 미치느냐를 전혀 염두에 두지 않는 것 같다. 나만 편하면 되지 남이야 어떻게 되든 무슨 상관이냐 하는 사고방식을 갖고 있는 것 같다. 이러한 사람들의 숫자가 많아지다 보면 '나는 놈 위에 기는 놈이 있다'는 말이 있듯이 날고 기는 놈들이 우리 사회를 극단적인 혼란 속으로 끌고 들어가게 될 것이다.

세상을 살아가는데 약삭빠르고 자신만을 생각하는 사람들이 우리 사회를 지배하게 될 때 우리는 장래에 대한 희망을 전부 접어두어야 할 것이다. 이러한 사람들이 사회의 주도권을 행사하게 된다면 원칙은 무시되고 편법이 난무하게 되고 정직하게 노력하는 사람들이 손해를 보게 되는 것 같은 풍조가 만연되고 있는 불신의 사회가 정의롭고 원칙이 바로 서는 사회를 밀어내게 될 것이다. 이렇게 되다 보면 법을 어기는 사람도 처벌할 수 없게 되고 무질서가 판을 치는 사회로 변모할 수밖에 없을 것이다.

약속을 지키지 않는 사람들이 다수를 점유하는 사회에 있어서는 공동체의식이 결여되어 있기 때문에 국가를 형성한다는 것이 불가능해진다. 학자들은 자연상태에서는 인간이 자유의지를 갖고 있기 때문에 그들을 보호해줄 수 있는 국가를 계약에 의하여 형성하게 된다는 것이다. 사람들이 자기의 의사를 결정할 능력이 있기 때문에 국가는 그들을 보호하기 위하여 최소한의 권력을 행사하는 것이 바람직하다고 생각하게 된다. 이렇게 생각하는 데서 민주주의의 원칙이 나온다는 것이다.

이러한 민주주의의 국가관에 대한 원칙과는 달리 자연상태에서 인간은 자유의지를 갖고 있지 못하며 서로 다투게 되는 '만인 대 만인의 투쟁' 상태에 있기 때문에 국가는 그들을 한 방향으로 이끌기 위하여 필요하게 된다는 것이다. 국가권력은 인간의 자유의지에서 나오는 것이 아니라 강력한 지도자의 의지에서 나오는 것이라고 한다. 국가는 자유의지에 의하여 모든 일을 결정하지 못하는 국민을 한 방향으로 이끌기 위하여 강력한 권력을 한 사람의 지도자의 손에 쥐어주어야 한다는 것이다.

위에서 살펴본 2개의 상반되는 국가의 기원에 관한 이론은 그 어느 것이나 국가의 존재가치를 인정하고 있는데, 약속을 잘 지키는 사람들이 대다수인 사회에서는 국가의 존재가치가 별로 없을 것처럼 보여지지만, 약속을 어기고 자기 편한 대로 법을 어기고 살아가는 사람들이 설쳐대는 사회에서는 강력한 권력을 행사하는 국가가 존재해야 하여 그들을 한 방향으로 이끌어가지 않으면 법질서를 확립한다는 것이 거의 불가능하다고 생각되기 때문이다.

사람의 심성이 원래 악한 것이냐 아니면 선한 것이냐 하는 문제에 대한 논쟁은 옛날부터 있었지만 그 문제는 아직까지 해결된 바가 없는 것 같다. 성선설과 성악설의 대립이다. 나는 개인적으로 성악설에 서있는 입장이라 할 수 있을 것이다. 나의 생각으로는 이 세상에 착한 사람보다는 악한 사람이 더 많은 것 같다. 그리고 악한 사람이 착한 사람보다는 잘 되고 대우를 받게 되는 불공평한 사회가 다가오는 듯한 불안한 느낌이 강하게 들게 된다. 이러한 불신감은 어렸을 때부터 형성된 것 같다. 어른들이 하는 후안무치한 행동을 보면서 자라난 나는 이 세상에는 믿을 사람이 하나도 없다는 서글픈 느낌마저 들고 있다. 은혜를 베푼 사람에게서 공공연한 배신행위로 나를 곤란한 입장에 빠뜨리는 것을 보면서 어떻게 배신감이 들지 않을 수 있겠는가. 이러한 기막힌 일은 우리가 흔히 체험할 수 있는 것이 아니지만 그러한 사람들이 오히려 출세도 잘하고 잘난 체하고 활보하는 세상을 보면서 나는 서글픈 허탈감에 빠지게 된다. 사람이 함께 산다는 것은 상호간에 최소한의 사람구실을 하면서 산다는 것을 의미하는 것이지, 자기 혼자만의 이익을 위해서 사람을 배신하기를 다반사로 하는 사람들에게 우선권을 주려는 것은 아닐 것이다.

우리 사회는 일정한 약속에 의하여 지탱되는 사회이다. 이러한 사회가 제 기능을 하려면 모든 사회구성원이 법질서를 비롯하여 무슨 약속이라도 철저하게 지키는 습관을 생활화하여 우리 사회가 일정한 방향으로 제대로 굴러갈 수 있게 해주는 구성원의 의식구조가 확립되어 있어야 할 것이다. 이러한 사회는 아마도 이상적인 사회이기는 하지만 우리가 지향하는 사회가 따라가야 할 하나의 모범이 되어야 할 것이다. 우리는 부조리가 판을 치는 사회에 살면서도 그 사회를 개조하거나 현재의 모순된 사회구조를 개선할 생각은 하지 않고 그냥 묵과한 채 그러한 사회에 안주하려는 생각을 갖고 있다면 참으로 큰 문제라 아니 할 수 없을 것이다.

이상향에 대한 인간의 동경은 지금도 계속되고 있는 것 같다. 판타지 소설들의 내용을 살펴보면 우리가 인간세상에서 이루지 못하고 있는 꿈이나 이상을 판타지의 세계에서 이루고 싶은 소망을 소설 속에서 절실하게 표현하고 있다. 인간은 누구나 현세에서 이루어지지 않는 것들을 미지의 세계에서 이루고 싶은 소망을 갖고 있다. 우리가 바라고 있는 법질서가 올바로 서는 사회는 판타지의 세계가 아니다. 이것은 우리가 직면하고 있는 현실이며 우리의 노력에 의하여 해결해야 할 최대 과제인 것이다.

인간관계는 하나에 하나를 더하면 둘이 되는 것과 같이 명확한 해답이 있는 문제가 아니다. 인간관계는 그러하기 때문에 어려운 문제인 것이다. 인간은 로봇처럼 일률적으로 찍어낼 수 없는 존재이다. 눈 둘, 코 하나, 입 하나씩 있는 인간의 얼굴은 닮은 얼굴이 하나도 없다고 해도 과언이 아니다. 일란성 쌍둥이가 닮은 것 같지만 그들도 면밀하게 검토해 보면 어딘가 다른 점이 있다는 것이다. 인간의 마음은 더욱 더 걷잡을 수 없는 것이라 할 수 있을 것이다.

심령술사가 인간의 마음을 읽을 수 있다고 주장하고 있지만 마음속을 구석구석 세세한 부분까지 읽지는 못한다고 한다. 제아무리 유명한 역술가라 하더라도 우리의 미래에 관한 대충적인 방향을 예측할 뿐이지 구체적으로 일어나게 될 모든 사항을 일일이 맞힐 수는 없다는 것이 정설이라 하겠다. 우리나라가 일등 국민이 될 수 있느냐 여부는 우리 국민의 의식구조에 달려있다고 할 수 있을 것이다. 그 중에서 가장 큰 덕목은 말할 필요도 없이 준법정신이라 할 수 있을 것이다.

우리나라 국민처럼 준법정신이 결여된 국민도 그렇게 많지는 않을 것이다. 남의 논문을 그대로 베끼는 표절시비가 우리나라만큼 많은 국가도 아마 세계에서 유례를 찾아볼 수 없을 것이다.

공직에 진출하려는 사람이나 교직에서 종사하던 사람 중에 한 사람의 예외도 없이 표절시비에 휘말리지 않는 사람은 없는 것 같다. 나의 경우도 교수생활을 할 때에는 남이 써놓은 논문이나 저서를 참고하여 논문을 작성해야 하기 때문에 주의를 기울이지 않으면 표절시비에 말려들게 될 수 있는 가능성이 얼마든지 있었다고 해야 할 것이다. 많은 경우에 표절의 기준을 결정하는 입장이 모호한 경우가 많기 때문에 나를 몰아세우려는 쪽에서 표절이라고 주장하게 되면 표절이 되는 것이다. 다행히 나는 공직에 욕심도 없었으며 공직에 나아갈 생각도 없었기 때문에 표절시비에 말려들 기회도 없었으니 얼마나 다행한 일인가.

내가 소설가로 등단한 이후에는 내가 쓰는 모든 소설은 모두 나의 머릿속에서 만들어낸 창작이기 때문에 표절의 여지는 하나도 없다고 해도 과언이 아닐 것이다. 소설도 표절을 할 수 있는 가능성이 있다는 말을 듣기는 했다. 문구 하나하나는 아닐지라도 타인이 쓴 소설의 이야기와 유사한 내용의 이야기를 써낼 수는 있을 것이다. 유명작가의 작품을 표절한다는 것은 불가능한 일이라고 할지라도 외국의 무명작가의 작품을 표절하여 마치 자신이 창작해 낸 것처럼 작품을 표절해서 쓸 수는 얼마든지 있을 것이다.

의학 분야에 있어서는 한 분야의 전문의가 되면 그만이지 구태여 의학박사의 학위를 받을 필요는 없을 것으로 알려져 있다. 우리나라와 일본에만 있는 의학박사는 의사로서의 경력과는 사실상 아무런 관련이 없는 자기과시의 꼬리표와 같은 장식품에 불과하다고 할 수 있을 것이다. 그러다 보니 일본에서도 시골의 사가 의학박사 학위를 받기 위하여 자기 자신이 직접 논문을 쓸 능력은 없어서 독일의 어느 시골대학의 의사가 받은 의학박사의 논문을 입수하여 그것을 번역하여 제출한 논문이 학위논문으로 심사에 통과하여 의학박사 학위를 받게 되었다고 한다. 그 시골 대학의 의사는 일본인이 자신의 논문을 표절하여 일본에서 의학 박사가 되었다는 사실을 알 수도 없었을 뿐만 아니라 그러한 표절행위가 자신의 생전에 발각되는 일도 결코 발생하지 않을 것이다.

미국은 의과대학, 엄밀하게 말하면 의학 전문대학원을 졸업한 사람에게 의학박사(MD)의 학위를 수여하기 때문에 별도의 박사학위를 필요로 하지 않지만 꼭 박사학위가 필요하다고 생각하는 사람은 기초과학분야의 박사학위(ph.D)를 받으면 되는 것이다. 상당수의 미국 의과대학 교수 중에는 MD와 ph.D의 학위를 갖고 있는 것을 최고의 영예로 생각하여 ph.D 학위를 받으려고 한다는 말을 들었다. 우리나라의 의학교육은 2년의 예과와 4년의 본과로 나누어 행하여지고 있지만 우리나라의 의학교육은 대학 수준이지 대학원 수준이 아니다. 따라서 의학박사학위를 받기 위해서는 대학원에 들어가서 의학석사와 의학박사의 학위를 별도로 받을 수 있는 것이다. 의학박사의 학위는 임상과목에서는 받을 수 없고 미국의 경우처럼 기초과학분야 박사학위인 ph.D 학위인 것이다. 우리나라에서는 의학박사(MD) 학위를 수여하는 대학은 없으며 엄밀하게 말하면 의학사의 학위이다. 다만 외국에 진출하는 의사들을 위하여 마치 의학박사의 학위(MD)를 수여 받은 것으로 인정해준 것을 외국에서도 그대로 인정해 주어서 한국의 의사들이 한 때 외국에 다수 진출할 수 있었다고 한다.

우리나라에서 정치인이야말로 약속을 가장 잘 지키지 않는 집단으로 알려져 있는데 정치인들은 왜 약속을 지키지 않는 것일까. 철새 정치인이라는 말처럼 그들은 선거 때마다 이리저리 정당을 옮겨 다니다가 더 이상 옮겨 다닐 곳이 없으면 무소속으로 남아 있기를 서슴없이 택하고 있는 것 같다. 정치인은 반드시 어떤 정당에든 소속되어야 하지 정당이 없는 무소속이 어떻게 정치인이라 할 수 있겠는가. 정당은 정치적 목표를 공유하는 정치인들의 집단으로서 정당이 내걸고 있는 정강정책을 동의해야만 그 정당에 머물러 있을 수 있는 것이다. 정치인이 자신이 속한 정당의 정강정책에 동의할 수 없는 사태가 발생한다면 탈당하여 자신이 동의할 수 있는 정강정책을 갖고 있는 정당에 가입하는 것은 얼마든지 허용되어 있다고 할 수 있을 것이다.

그러다 보면 오갈 데가 없어서 무소속으로 남아 있게 될 수밖에 없는 경우가 얼마든지 발생할 수가 있는 것이다. 그런데 우리나라의 경우는 소신을 갖고 무소속으로 남아 있는 정치인들의 경우는 한 명도 없다고 해야 할 것이다. 갈 데가 없어서 당분간 무소속으로 남아 있는데 불과할 뿐이다.

약속을 지킬 수 있다면 얼마나 좋은 일이겠느냐 만은 정치인들이 번번이 국민하고 했던 장밋빛 약속을 시도 때도 없이 어기는 일을 자행하고 있는 것 같다. 정치인들은 마치 자신들이 국민의 대변자나 되는 듯이 행동하기를 좋아하고 있는 것 같다. 한 정치인은 대통령 후보로 출마하면서 국민이 원하기 때문에 대통령직에 출마하게 되었다고 대통령 출마의 변을 말하면서 국민의 의사라는 말을 감히 거론하는 것을 보면서 착각은 자유라지만 그 정도가 되면 도를 넘었다는 생각마저 들게 되었다.

국민이라는 말 대신에 지지자들이라는 말을 사용했다면 오히려 솔직담백하게 느껴져서 그에 대한 호감이 더 가지를 않았을까 하는 아쉬움이 있다. 국민은 여러 가지 정치적인 이해관계가 복합적으로 함축되어 있는 불가해한 집단이라 할 수 있을 것이다. 이러한 국민을 갖고 감히 내편이다 네편이다 하고 가볍게 생각하려는 태도는 정치에 입문한 신인이라 하더라도 결코 바람직한 태도는 아닐 것이며 마땅히 지양해야 할 과제라고 할 수 있을 것이다.

정치인들이 국민에게 대하여 거짓보다는 진실을 말하려고 노력하는 시대가 우리에게 빨리 오면 올수록 우리의 미래는 좀 더 밝아질 수 있다고 장담할 수 있을 것 같다. 정치인들이 약속을 지킬 수 있는 사회에서 우리가 살게 될지는 아직도 미지수이며 나의 일생 동안에는 결코 이루어질 수 없는 꿈같은 일일지는 모르지만 나는 죽는 순간까지 그들에게 끝까지 기대를 걸어보고 싶다. 왜냐하면 정치인들이야말로 우리나라의 장래 정치발전을 이끌어 나갈 수 있는 집단이기 때문이다.

약속은 지켜야 하는 것이지만 약속을 지키지 않는 사람들을 그대로 내치지만 말고 그들도 우리의 귀중한 형제자매들이며 동반자라는 생각을 갖고 그들도 우리나라의 사회 발전에 함께 참여하여 기여할 수 있도록 기회를 주어야 할 것이다. 그들도 인간이라면 '쇠귀에 경 읽기'가 되는 한이 있더라도 그들을 깨우칠 수 있도록 계속 노력해야 하지 않을까 하는 생각이 드는 것은 우리는 모두 일정한 방향으로 나아가고 있는 동반자이기 때문이다.

9

음모론

아이들이 하는 말 중에 지금 비가 퍼붓고 있는 것이 분명한데, 누가 물으면 비가 내리고 있는 것 같다는 표현을 쓰고 있다고 한다. 이것이야 말로 분명히 개념혼란의 대표적인 예라 할 수 있을 것이다. '비가 내리고 있다'는 말과 '비가 내리고 있는 것 같아요'라는 말은 전혀 개념이 다른 말이다. 하나는 분명히 비가 내리고 있다는 사실을 있는 그대로 인정하는 말이고, 다른 하나는 비가 내리고 있는지 아닌지를 잘 모르겠다는 말이 된다. 우리 사회에서도 '같아요'와 같은 애매한 표현이 있는데, 소위 '음모론'이라는 것이 그런 것이 아닌가 한다. 대부분의 음모론은 밝혀진 것보다는 밝혀지지 않는 경우가 더 많다고 하겠다.

정치인들이 빈번히 음모론을 들고 나와서 반대당을 모함하거나, 실제로 반대당을 제거하기 위한 정략적인 방법의 하나로 음모론을 현실정치에서 활용하고 있는 경우가 빈번히 있다. 남북이 대립되어 있는 상태에서 대한민국은 정부수립직후부터 이러한 음모론이 반대당을 제거하기 위한 가장 효과적인 수단으로 자주 사용되어 왔다. 정적을 결정적으로 제거하기 위한 최상의 방법은 정적을 소위 '빨갱이'로 몰아버리는 것이다. 그러한 음모론을 가장 효과적으로 활용할 줄 아는 사람들은 우리나라의 국민감정이 '빨갱이'라고 일단 몰리게 된 사람들을 용납할 수 없다는 것을 너무나 잘 알고 있기 때문이다.

해방 직후의 좌우익의 대립시기를 거친 후에 6·25전쟁으로 심화된 남북의 대립은 오늘날에 이르기까지 급진 진보세력을 제거하려는 음모론이 지속되고 있음을 볼 수 있다. 우리나라에 있어서는 좌경세력, 특히 종북좌파를 자처하는 세력이 인구의 거의 반 가까이를 점유하고 있어서 강력한 정치세력으로 성장하고 있는 것은 심히 우려할 만한 사태라고 할 수 있을 것이다. 3대 세습독재를 강행하고 있는 북한이 무엇이 좋다고 그들을 따르려는 세력이 나날이 막강해지고 있으니, 이러한 바람직하지 않은 정치적 추세에 대하여 그러한 것을 원치 않는 일반국민들은 어떻게 해야 할지 걱정이 태산 같다.

정부에서 이러한 세력의 확산을 방지하기 위한 효과적인 조치를 취해주기를 일반국민들은 바라고 있지만, 대형사고가 터질 때마다 정부의 대처능력에 있어서 한계를 드러내기 때문에 정부에 대한 국민의 신뢰도가 자꾸만 떨어지고 있다. 이러한 정부의 약점을 이용하여 야당에서는 심심치 않게 음모론을 제기하여 정부를 곤경에 빠뜨리고 있다. 정부를 반대하는 자들은 최근에 발생한 선박침몰사건과 관련하여 그 사고의 간접책임자로 지목된 인사가 도주 중에 변시체로 발견된 사건을 갖고도 음모론이 제기되었다. 과학적인 증거에 의하여 그 변시체가 그 인사의 것이 확실하게 밝혀졌음에도 불구하고 그 인사의 시신이 아니라는 음모론이 나오고 있는 것은 무슨 이유에서인가.

우선 그가 교주로 있던 교단에서 그의 시신이 아니라는 반론이 나왔으며, 그의 사인을 둘러싸고 자살이다, 타살이다, 아니면 자연사라는 설까지 나오고 있으며, 심지어 시신을 바꿔치기까지 했다는 주장도 나오고 있다. 우리가 아무리 불신의 시대에 살고 있다고는 하지만 이러한 피해망상에 가까운 음모론의 영향을 받아서 판단을 그르치게 된다는 것은 결코 바람직한 일이 아닐 것이다. 심지어 정부에서 책임회피를 하기 위하여 조작해 낸 연극이라는 말까지 있으니 한심한 일이 아닐 수 없다. 그 선박침몰 사고의 책임은 분명히 변시체로 발견된 사람과 선박이 침몰되었을 당시에 충분한 시간의 여유가 있었음에도 불구하고 승객들을 구조할 생각 없이 자신들만 살겠다고 선박을 버리고 자기네들만 도주한 선장을 비롯한 15명의 승무원에게 문제가 있는 것인데, 최고책임자는 잡지도 못하고 변시체로 나타난 그 사람의 시신이 가짜라고 주장하는 음모론을 갖고 허송세월을 하고 있는 것도 답답한 일이지만, 선박사고 문제를 조사할 특별위원회에 수사권을 주자는 주장으로 특별법의 제정을 미루고 있는 야당의 주장은 검찰과 경찰이 체포하려 했던 변시체로 나타난 인사의 체포가 '수사권'이 없어서 성공하지 못한 일이었다는 말인가. 이것은 야당의 발목잡기의 다른 변형의 하나에 불과한 것이 아니겠는가.

　음모론으로 사람 하나 병신 만드는 것은 얼마든지 있는 일이
다. 사실이 아닌 것을 마치 사실처럼 조작해서 사회에서 매장시
켜버리는 것은 식은 죽 먹기와 같은 일일 것이다. 우리는 공직
후보자로 나왔다가 음모론에 말려들어서 망신을 당하고 물러났
던 사례는 얼마든지 발견할 수 있을 것이다. 최근에 국무총리후
보로 지명되었던 한 인사의 경우, 신문기자출신임에도 불구하
고 신문기자들이 그를 모함하여 결국 국회청문회에도 가보지 못
하고 여론재판에 밀려서 낙마하고만 사건이 있었는데, 이 사건
이야말로 대표적인 정치적 음모론이 아니고 무엇이겠는가. 일단
여론재판에 몰리게 되면 언론사들이 여론의 위력을 활용하여 없
는 사실도 마치 있는 것처럼 만들어서 대상자를 자신들의 입맛
에 맞도록 요리하고 있으니 이러한 음모론이야말로 놀라운 위력
을 발휘하고 있는 셈이다.

　야당은 이러한 음모론을 교묘하게 이용하여 마치 언론에서 주
도하고 있는 여론몰이가 진실인 것처럼 대통령의 인사문제에 관
여하여 감 놔라 배 놔라를 되풀이 하면서 자신들의 입맛에 맞는
사람만 골라내겠다고 하고 있으니 인사의 원칙이 엉망이 되어
가고 있는 것 같다. 야당은 음모론으로 대통령의 인사권에 깊이
관여하고 있는 셈이다.

　이러한 음모론에 일단 걸려들게 되면 본인에게는 변명의 기
회도 없어지게 되는 황당한 상태에 처하게 된다. 음모론에 말려
든 당사자가 취해야 할 유일한 방법은 자진해서 문제가 된 자리

에서 물러나는 수밖에 없을 것이다. 이러한 여론조작에는 최근에 그 위력이 입증된 SNS와 같은 미디어매체가 한 몫 하고 있는 것 같다. 잘못된 내용이지만 일단 SNS와 같은 매체에 오르게 되면 그 파급효과가 크기 때문에 잘못된 내용을 시정해주기는 커녕 오히려 잘못 전달된 내용이 엉뚱한 방향으로 증폭되어 수습할 수 없는 지경에 이르게 되고 마는 것이다.

지각 있는 사람이라면 섣불리 남들 앞에 나서지 않는 것이 현명한 일일 것이다. '털어서 먼지 나지 않는 사람은 없다'는 말이 있듯이 어떤 사람에 대하여 문제를 삼으려 한다면 무엇이든지 문제가 될 수 있다는 것이다. 어디에서 수집한 내용인지 그 사람에 대한 있는 사실은 물론 심지어 없는 사실까지 들춰내서 마치 그 사람이 아주 질이 나쁜 사람인 것처럼 만들고 있는데, 마치 도가 튼 것 같은 기현상을 보여주고 있다. 그러다 보니 일생을 살아가는 동안에 이러한 억울한 음모론에 말려들지 않도록 하는 것이 최상의 처세술이 될 것이다.

남의 주목을 받지 않고 조용히 살려면 어떻게 하는 것이 현명한 방법이 될 수 있겠는가. 이름 없는 보통사람으로 사는 것이 가장 바람직한 일이기는 하지만, 그러한 축복은 누구에게나 주어지는 것은 아닐 것이다. 내가 아무리 조용하게 살고 싶어 하는 경우에도 남들이 나를 가만히 놓아두지 않기 때문에 어쩔 수 없이 남들과 어울리게 되고 그러다 보면 자신도 모르는 사이에 구설수에 오를 수도 있는 것이 인생살이가 아니겠는가. 산속에 들어가서 혼자서 수도나 하는 처지가 아니라면, 인간 세상에서 살아가면서 서로 지지고 볶고 사는 것은 어떻게 보면 너무나 당연한 일이 아니겠는가.

이현경은 정치에 입문하기를 희망하고 있는 젊은 청년으로서 대학에서 심리학을 전공했으며, 음모론에 특히 관심을 갖고 그 분야의 관련서적을 거의 다 독파하여 음모론을 학문적으로 체계화하는데 열중하고 있었다. 그의 최종목적은 어떻게 하면 음모론을 정치에 교묘하게 이용할 수 있는 방법을 체계화하는 일에 주력하고 있었다. 이러한 목적을 위하여 그는 해방직후 현재까지의 국내정국에서 행하여진 각종 음모론의 사례를 수집하고 그것을 종류별로 분류했다. 음모론의 성공사례와 실패사례도 면밀하게 분석하여 실패사례는 무슨 이유로 실패했느냐를 밝혀내고 성공사례는 왜 성공했느냐에 관한 분석을 통해서 음모론의 모형작성에 착수하기로 했다.

이러한 연구를 통해서 발견된 새로운 사실은 음모론의 성공여부는 사실과 다른 것을 사실인 것처럼 만들어내서 얼마나 많은 사람들이 그것을 마치 사실인 것처럼 믿게 만들 수 있느냐 여부가 관건이라는 것을 알게 되었다. 이러한 연구를 통하여 음모론은 단순한 모략의 차원을 넘어서 반대편을 영원히 제거할 수 있는 정치적인 무기가 될 수 있다는 것이다. 이러한 의미에서 이현경이 야당의 정책연구실장의 자리를 차지하여 야당의 음모론을 총지휘하는 자리에 앉게 된 것은 너무나 당연한 일이었다.

야당은 집권여당의 정책의 원활한 수행을 방해하기 위하여 음모론을 체계적으로 적용하기 시작했다. 대형사고가 일어날 때는 물론 그러한 사고가 발생하지 않는 평상시에 있어서도 음모론의 모형을 어떤 경우에 적용할 것인가 여부를 검토하고 실전에 대비할 만반의 준비가 되어 있는 셈이다. 이에 반하여 집권여당의 경우에는 음모론에 대한 기본개념도 없으며 음모론에 의한 공격이 여당에게 가해지는 경우에도 속수무책으로 당할 수밖에 없는 처지에 있었다. 결국 여당과 야당과의 정치적 대립은 누가 음모론을 효과적으로 관리할 수 있느냐 여부의 문제로 귀착되는 것이라 할 수 있을 것이다.

야당의 음모론에 의한 정치적 개입의 대표적인 사례는 이미 보았던 바와 같이 대통령의 인사권에 대한 개입일 것이다. 언뜻 보기에는 당연한 일처럼 보이지만 실제에 있어서는 대통령의 권한에 대한 월권행사라 할 수 있을 것이다. 마치 대통령의 인사권이 자신들의 것인 양 착각하고 있는 것 같다. 그러나 야당의 음모론도 더 이상 먹혀들어가는 것 같지가 않았다. 음모론으로만 자신들의 정치적 목표를 달성하기 어렵다는 것을 뒤늦게 깨달은 야당은 정권심판론에 열을 올리고 있는 중이다. 선박침몰사고가 발생해도 여전히 정권심판론을 들고 나오는 것을 보니 그들에게는 정권심판론을 빼놓고는 별달리 주장할만한 정치적 대안도 없는 것같이 느껴지는 것이 우리나라 야당의 현주소인 것 같다.

그러한 빈약한 정책목표를 갖고서야 제아무리 음모론에 통달해 있다고 하더라도 어떻게 다음 기회에 수권정당이 될 것을 기대할 수 있다는 말인가. 아무리 정치판이 썩었다 하더라도 그런 식으로 처신해서는 어떻게 국민의 신뢰를 받을 수 있다는 말인

가. 국민의 신뢰를 받기 위해서는 신빙성이 없는 음모론에만 매달려서 승부수를 차지하려고 쓸데없는 노력을 경주하기 보다는 좀 더 국민의 지지를 끌어낼 수 있는 실현성 있는 정책을 꾸준히 밀고 나가는 것이 현명한 방법이 아닐까 한다.

음모론은 진원지를 알 수 없는 괴담으로 시작되는 경우가 많다. 진원지를 확인할 수 없기 때문에 누가 시작한 것인지조차 알지 못한 채 괴담이 확산되는 것을 어떻게 방지할 수가 있겠는가. 이러한 확인되지 않은 괴담과의 전쟁은 성공의 가능성이 거의 없다고 해야 할 것이다. 어느 마을에 일단의 무리가 급습을 해서 주민의 대부분을 살해하고 있다든가, 산불이 온 마을을 휩쓸어 거의 잿더미로 변하고 있다든가, 원인을 알 수 없는 전염병이 마을주민을 거의 전멸의 위기로 몰아넣고 있다든가 하는 공식화되지 않은 괴소문이 전국적으로 널리 퍼지고 있는데도 불구하고 국가에서 어떠한 대책도 강구하지 않고 있다고 음모론자들은 정부를 공격하고 있는 것을 어떻게 설명해야 할 것인가. 음모론자들이 이러한 확인되지 않았으며 또한 확인할 수도 없는 괴담의 배후로 거론되기도 했지만, 그에 대한 진위를 확인할 수 없다는 것이 문제점이라고 할 수 있을 것이다. 이러한 괴담은 조류독감이나 구제역과 같은 전염병과 마찬가지로 그 파급경로를 제대로 파악하지도 못한 채 예방에만 주력하고 있는 경향이 있는데, 전염병의 원인과 전염경로를 알지 못하고 하는 예방책이야말로 눈감고 하는 헛발질과 무엇이 다르다는 말인가.

진원지를 모른다는 것은 음모론에 대한 책임을 아무도 지지 않는다는 것을 의미하는 것이다. 음모론은 처음부터 책임을 지는 사람이 없다는 형태로 시작되어서 전개되다가 아무도 책임을 지는 사람이 없는 형태로 슬그머니 사라져버리는 것이 그 특색이라 할 수 있을 것이다. 그러다 보니 음모론이라는 구실 하에 무슨 문제나 가리지 않고 거론하다가 세 불리에 몰리게 되면 슬그머니 물러나버리는 무책임한 행태를 보여주고 있는 것이 일반적인 추세라 할 수 있을 것이다. 그러면 이렇게 무책임한 음모론이 왜 우리 사회는 물론 국가에까지 영향을 미치는 문제가 되는 것인가.

음모론은 '아니면 말지'의 책략을 조직적으로 사용하는 대표적인 정치공략이라 할 수 있을 것이다. 무슨 문제든지 일단 제기했다가 불리해지면 중지해버리면 그만이 아니겠는가 하는 무책임한 태도는 정치인에 대한 불신을 가중시키는 계기가 되고 있는 셈이다. 이러한 사실을 잘 알고 있는 정치인들은 그들만이 지어낸 거짓말을 음모론이라는 구실 하에 교묘하게 은폐하고 있다고 할 수 있을 것이다. 따라서 음모론을 능숙하게 구사할 수 있는 정치인이야말로 유능한 정치인이라고 할 수 있을 것이다. 음모론을 교묘하게 구사할 줄 모르는 정치인은 정치의 묘미를 충분히 터득했다고 말할 수 없을 것이다. 왜냐하면, 거짓말을 잘하는 정치인이야말로 유능한 정치인이라 말할 수 있다는 공식과 부합할 수 있기 때문이다.

그러면 정치인들은 왜 진실을 말하기보다 거짓말을 하기를 더 선호하는 것일까. 왜냐하면, 정치판은 거짓말의 대결장과도 같은 곳이라고 할 수 있기 때문일 것이다. 우리는 진실을 말하고 있는 정치인들까지 거짓말을 하고 있다고 믿고 싶어 하는 것이다. 그만큼 정치인에 대한 믿음은 땅에 떨어지고 있는 셈이다. 정치인에 대한 국민의 불신은 하루 이틀에 이루어진 것이 아니다. 정치인에 대한 불신은 대한민국의 건국초인 해방직후로 거슬러 올라갈 수 있을 것이다. 초대대통령은 음모론의 대가였으며 자신의 정적들을 음모론의 희생자로 만들어버린 장본인이라 할 수 있을 것이다.

이러한 바람직하지 않은 정치적인 유산은 현실정치에까지 면면히 이어져서 우리 정치에 있어서 고질화되어 가고 있는 셈이다. 독재성을 띈 정권일수록 음모론을 교묘하게 이용하여 정권 연장의 수단으로 활용하고 있는 셈이다. 그들은 공개적으로는 음모론이라는 말을 쓰지 않고 있지만 내용을 면밀하게 분석해보면 엄연한 음모론임에 틀림없다는 사실이 밝혀지곤 한다. 국가와 국민을 위해서라는 말을 앞세우고 있지만, 그들의 속셈은 국가와 민족보다는 자신들이 속하고 있는 정치권의 이익을 위하여 헌신하고 있는데 불과하다는 것을 알게 될 것이다.

음모론은 기업의 세계에서도 빈번히 악용되고 있는 것 같다. 경쟁기업을 쓰러뜨리기 위한 가장 효과적인 음모론은 탈세와 비자금 형성과정을 고발하는 것이다. 나중에 그러한 음모론이 사실이 아니라는 것이 밝혀진 후에도 엉뚱한 음모론에 말려든 기업은 치명적인 피해를 받을 수도 있는 것이다. 일단 탈세나 비자금 형성과정과 같은 혐의로 고발되어 검찰의 수사를 받게 되면 기업의 명예에 치명적인 손상을 입을 수밖에 없게 될 것이다. 언론에 의하여 심하게 두들겨 맞은 후라 그 기업에 대한 음모론이 거짓으로 밝혀진 후에도 그러한 후유증에서 완전히 벗어나기란 불가능하거나 설사 벗어날 수 있다 하더라도 이전 같지 않을 수 있게 된다는 것을 음모론에 말려든 기업들의 사례에서 발견할 수 있을 것이다.

음모론은 학계에서도 문제가 될 수 있을 것이다. 잘 나가고 있는 유능한 학자를 쓰러뜨릴 수 있는 효과적인 방법은 그 학자가 표절시비에 말려들게 하는 것이라 할 수 있다. 일단 표절시비에 말려들게 된다면, 표절시비의 진위와는 관계없이 표절시비에 말려든 사람이 일단은 부도덕한 사람으로 오해받게 된다는 것이 문제로 제기될 수 있을 것이다. 아무리 완벽하게 쓴 논문이라 하더라도 일단 표절시비에 말려들게 된다면, 방어하기가 생각했던 것처럼 용이하지 않은 경우가 더러 생길 수 있는 것이다. 그런데 하물며 자신이 직접 쓰지 않은 논문의 경우 부실한 구석을 걸고 넘어진다면 문제 삼을 수 있는 꺼리가 얼마든지 나올 수 있는 것이다. 나의 경우도 내가 교수생활을 하고 있을 때는 논문을 쓰면서 남이 써놓은 저서나 논문을 인용해야 하는 경우가 있었는데, 제아무리 잘 인용한다고 해도 그 내용을 갖고 표절시비를 해온다면 방어하기 곤란한 경우도 생길 수 있었지만, 다행히도 나는 교수생활을 정년퇴임할 때까지 불명예스러운 표절시비에 말려들지 않았다.

소설을 쓰는 것은 작가의 머리에서 나오는 창작활동이기 때문에 표절의 가능성은 처음부터 없다고 봐야 할 것이다. 저서나 논문을 표절했다는 말은 심심치 않게 들려오고 있지만 소설을 표절했다는 말은 한 번도 들어본 적이 없다. 소설을 쓰는데 있어서 논문을 쓰는 경우와 마찬가지로 자신의 주장을 합리화하기 위하여 다른 사람이 쓴 도서나 논문을 인용 할 필요는 없을 것이다. 소설을 쓰는데 있어서는 어떠한 엉뚱한 주장이라도 그것은 작가 자신이 창작해 낸 창작활동의 일부이기 때문에 작가의 창작활동을 시비의 대상으로 삼을 수는 없는 것이다.

음모론이 우리 사회 전반에도 널리 퍼지고 있는 것은 바람직하지 않은 현상이라 할 수 있을 것이다. 사람을 음해하고 곤경에 빠뜨리게 하는 것은 비단 정치인이나, 기업인이나, 교직에 종사하는 사람들의 전유물이 아닐 것이다. 누구나 마음만 먹으면 그러한 비합법적인 방법으로 사람들을 자신의 지배하에 두고 싶어 하는 사람들을 얼마든지 찾아볼 수 있을 것이다. 남에게 억울한 모함을 당해보지 않은 사람은 아마도 한 사람도 없을 것이다. 가장 기대했던 사람들에게 배신을 당한 심정은 직접 겪어보지 않고는 그 심정을 말로 다 표현할 수 없을 것이다. 자신에게 베풀어졌던 은혜도 모르고 은인에게 배신을 하는 사람들의 심리는 과연 어떠한 것일까. 우리는 배신자가 되기보다는 배신을 당하는 사람이 되는 경우가 발을 뻗고 잠을 잘 잘 수 있다는 말이 있듯이 아마도 배신하는 것처럼 인간으로서 해서는 안 되는 일도 드물 것이다.

나는 어렸을 적에 몸이 약했기 때문에 밖에서 놀 적에 다른 아이들을 때려주기보다는 맞고 들어오는 경우가 많았다. 극성 엄마였던 모친은 아이들 역성드는 문제로 학교까지 찾아오셨는데, 나는 모친이 내문제로 학교까지 찾아오시는 것을 부끄럽게 생각하고 있던 차에 학부형에게 아부하는 교사 중에는 어머님 앞에서 나를 괴롭혔던 학생을 불러내서 그 학생의 종아리를 때리기까지 하는 경우에는 쥐구멍이라도 있으면 숨어들고 싶은 심정이 되곤 했다. 그런데 우리 부부가 미국에서 딸아이를 기를 때에는 큰딸아이가 좀 쎄서 동네아이들을 두들겨 패서 얻어맞은 아이의 부모가 우리 집까지 찾아와서 항의하는 통에 우리 부부는 그 아이의 부모에게 사과하기에 바빴던 기억이 난다. 그 때 우리 부부의 솔직한 심정은 아이들이 밖에서 얻어맞고 들어오는 것이 마음 편하지 우리 딸아이가 동네 아이들을 때리고 들어오는 경우보다 낫다는 것을 체험할 기회가 있었다. 이와 같이 우리는 남에게 해를 끼치기보다는 나 자신이 오히려 당하는 경우가 속편하게 살 수 있다는 것을 알 수 있을 것이다.

음모론은 단순한 논리에 끝나는 문제가 아니라 그 사회의 도덕이나 윤리와 직접 관련이 된 사항이라고 할 수 있을 것이다. 그 사회의 도덕관념이나 윤리관이 철저하게 사회나 국가구성원의 정신 속에 제대로 뿌리박혀 있지 않은 사회에서는 언제든지 독버섯처럼 번질 수 있는 현상이라 말할 수 있을 것이다. 도덕교육과 윤리교육이 결여된 우리나라의 교육현장에서는 뚜렷한 도덕관과 윤리관이 없는 채로 쓸데없이 머리만 커진 기형적인 인간들을 양산하고야 말았다. 남을 괴롭히고 남에게 해를 끼쳐도 아무런 느낌도 없는 이상한 사람들을 만들어 내었던 것이다.

예전에는 공자왈 맹자왈을 외우던 지배층이 최소한의 도덕률을 갖고 생활하고 있었으며 그들이 비록 예법문제를 갖고 논의하다가 당쟁의 불씨가 되어 서로 죽이고 살리고 할 정도로 심각한 문제로 발전하기는 했지만, 그래도 우리나라를 동방예의지국이라는 말로 높이 평가했던 시절이 있었다. 그런데 오늘날에 와서는 이러한 도덕률이나 윤리관이 결여된 상태에서 우리가 내세울 수 있는 것이 무엇인가. 경제가 옛날과는 비교할 수 없을 정도로 발전했다는 것을 내세우고 싶어 하겠지만, 도덕률이나 윤리관의 부재를 경제발전으로 대체할 수 있는 시대는 이미 지나가 버린 것 같다. 경제적으로 잘 사는 지도급 인사일수록 올바른 도덕률과 윤리관을 갖고 있어야 하는 것이 정상적인 일임에도 불구하고 그러한 자격을 구비하지 못하고 있는 사람들이 우리 사회의 지도급 인사로서 영향력을 미치고 있는 것은 무원칙이 원칙을 밀어내고 있는 경우처럼 비정상적인 사회로 발전하는 것은 결코 바람직한 일이 아닐 것이다.

삼강오륜과 같은 도덕률은 오늘날의 사회에서도 필요한 도덕의 기준이 될 수 있는 원칙이라 할 수 있을 것이다. 부자유친(父子有親), 장유유서(長幼有序), 붕우유신(朋友有信), 부부유별(夫婦有別)과 같은 도덕률은 아직까지도 우리 사회의 근간을 이루고 있는 원칙이라 할 수 있을 것이다. 이러한 원칙이 무너지게 되면 우리 사회가 일대 혼란에 빠지게 될 수밖에 없을 것이다. 아버지와 아들 사이는 친해야 한다는 것은 이의를 제기할 수 없는 기본원칙이라 할 수 있을 것이다. 이러한 원칙이 지켜지지 않는다면 부모와 자식 간의 관계에 있어서 일대혼란을 일으키게 될 것이다. 상당수의 가정들이 이러한 기본적인 도덕률조차 유지되지 못하고 있다는 충격적인 보고서도 나올 지경에 이르고 있다는 것은 참으로 통탄할 일이라 아니할 수 없다.

나이든 사람과 젊은이 간에는 순서가 있어야 한다는 것은 그 중요성을 아무리 강조한다고 해도 지나치지 않을 것이다. 우리 사회에서는 어느 때부터인가 젊은이들이 어른을 존경하는 미덕이 사라져버린 지 오래 된 것 같다. 어른들이 더 이상 젊은이들의 모범이 되고 있는 사회가 아니라서 그런지는 알 수 없지만, 버릇없는 젊은이들을 대하기가 두렵기까지 한 시대에 우리가 살고 있는 것이 아닌가 하는 의아심이 들 지경이다. 나이든 이가 섣불리 버릇없이 구는 젊은이를 가르치려 했다가는 큰 봉변을 당할 수 있게 변해있는 것이 우리사회의 한 단면이 되어버린 것이 슬프기는 하지만 우리가 인정하지 않으면 안 되는 우리의 현실인 것이다.

친구 간에는 신의가 있어야 한다는 원칙은 더 이상 강조할 필요가 없는 원칙이라 할 수 있을 것이다. 이러한 원칙은 동료 간의 의리도 지켜야 한다는 원칙으로 확대 적용되어야 할 것이다. 이러한 원칙이 확고하게 우리 사회에 자리를 잡을 수 있게 된다면, 정치인들 간에도 의리를 지키고, 기업인들 간에도 신의를 지키고, 교육자들 간에도 존경과 사랑으로 서로 대하다 보면 지금까지 음모론의 대상에 불과했던 사람들이 새로운 평가의 대상이 될 수 있을 것이다.

　가장 친한 부부 간에도 구별이 있어야 한다는 원칙은 신혼부부의 경우에는 물론 50주년 이상을 살아온 노부부 간에도 하나의 변할 수 없는 원칙이 되어가고 있는 것 같다. 오래 살아온 부부라고 해서 남녀의 역할이 뒤바뀌게 된다면 그 가정은 혼란과 위기의식을 체험하게 될 것이며 잘못하다가는 가정 파탄까지 가져올 수도 있을 것이다. 오래 해로한 부부사이일 수록 서로를 존중한다는 의미에서 경어를 쓰는 것도 좋은 방법이 될 수 있을 것이다. 부부사이라고 해서 말을 함부로 하다가는 상대방을 무시하거나 깔보는 행동으로 나아가게 되어 부부사이가 소원해지는 위험성이 있다는 것을 잊어서는 아니 될 것이다.

　위에서 살펴본 네 가지의 우리나라 전통의 도덕률을 고리타분하다고 제켜 놓을 것이 아니라 이러한 도덕률을 우리 사회에서 활성화시키기 위한 적극적인 노력을 할 필요가 있지 않을까. 인간관계의 최소한의 기본질서를 규정하고 있는 이러한 도덕률은 세상이 변했다고 해서 변할 수 있는 것이 아니라 사회의 발전과 더불어 현실에 맞는 도덕률로 변화발전하여 우리가 공감할 수 있는 도덕률로 바뀌어야 할 것이다. 우리 생활의 준거가 될 수 있는 기본원칙이 없는 사회에서 생활하는 것처럼 허탈한 일도 드믈 것이다. 도덕률과 윤리원칙이 결여된 사회에서 우리가 더 이상 살지 않기 위해서는 도덕률과 윤리관의 재건이 필요하며 우리는 그러한 시대에 살고 있는 것 같다.

　음모론은 처음부터 남을 해치기 위하여 고안된 기법이다. 수

단방법을 거리지 않고 남을 쓰러뜨릴 수만 있다면 음모론의 목적은 달성되었다고 할 수 있을 것이다. 그러나 도덕률이나 윤리는 남을 먼저 생각하면서 나와의 관계를 올바로 정립하려는 것으로서 이러한 사회적 준거는 어느 사회에 있어서나 제대로 정립되어 있어야 사회다운 사회가 될 수 있을 것이다. 도덕률이나 윤리관이 없는 사회는 정상적인 사회라고 할 수 없을 것이다. 우리가 지향하는 사회가 음모론이 난무하는 불신의 사회인지, 아니면 도덕률과 윤리관이 확립되어 있어서 상호 신뢰할 수 있는 사회인가는 개인이 선택해야 하는 문제일 것이다.

나는 음모론이 공공연히 성행하고 있는 불신의 사회에서는 살 수 없을 것 같다. 우리가 함께 살고 있는 사람들을 아무도 믿을 수 없다면 산다는 것이 얼마나 삭막하게 느껴질 것인가. 우리가 살고 있는 사회가 경쟁사회이며 약육강식의 사회임에는 틀림없지만 정당한 방법으로 경쟁에 앞서 가는 것이 바람직한 일이긴 하지만, 비정상적인 방법으로 술수를 써서 경쟁자를 쓰러뜨려야만 성공할 수 있다고 생각하는 사람들이 많아진다는 것은 결코 바람직한 일이 아닐 것이다. 내가 노력한 만큼 거두어들이는 것을 마다할 사람이 어디에 있겠느냐마는 이러한 상식이 통하지 않는 것이 우리 사회의 현실이 아닐까 한다.

현대사회는 문제점이 많은 사회라 할 수 있을 것이다. 사회구성원의 분포도 지배와 피지배계급으로 단순화하기에는 여러 가지 어려움이 있다고 볼 수 있을 것이다. 우리 사회의 지배계급은 과연 누구라 할 수 있을 것인가. 돈 많은 사람, 공부 많이 한 사람, 권력을 가진 사람들을 일반적으로 지배층이라고 말할 수 있을 것이다. 이러한 사람들이 세상을 어떻게 살아가고 있느냐 하는 방법이 우리 사회와 국가에 큰 영향을 미칠 수 있을 것이다. 그들이 원칙에 입각해서 일 처리를 순리대로 해 나갈 수 있다면 우리 사회에 많은 보탬이 될 수 있을 것이며, 일반국민들도 그들의 행동을 보고 그들처럼 행동을 하게 되면 사회전체가 살기 좋은 곳으로 변해갈 수 있을 것이다.

우리 모두는 행복한 삶을 살기 원하고 있다. 불행하게 살기를 원하는 사람이 어디에 있겠느냐마는 일생을 살다 보면 행복하게 살 수 있었던 경우보다는 불행하게 살았던 경우가 더 많았다는 아쉬움과 후회가 더 많았던 사람들도 상당수가 있으리라고 본다. 가난 때문에, 질병 때문에, 모함 때문에 억울한 누명을 쓰고 살아온 사람들도 있을 것이다. 내가 조용히 살고 싶은데, 나를 가만히 놔두지를 않고 흔들어대는 사람들 때문에 제대로 살 수가 없는 경우도 있을 수 있을 것이다. 나의 의지대로 살지를 못하고 남이 내 생활 속에 들어와서 나의 생활방식을 이래라 저래라 좌지우지하게 된다면 그러한 삶은 제대로 살고 있는 것이 아니라고 할 수 있을 것이다.

음모론이 문제가 되는 것은 자유의지로 살고 싶어 하는 사람들의 자유의지를 본인이 원하지도 않는 엉뚱한 방향으로 몰고 가서 음모론의 목표가 된 사람들을 결과적으로 불행하게 만들고 있다는 데에 있을 것이다. 음모론은 사실을 사실대로 밝혀내려는 것이 아니라, 사실이 아닌 것을 마치 사실인 것처럼 만들어 내서 남에게 피해를 주려는 데 그 목적이 있는 것이다. 그런데 문제는 그러한 음모론이 우리 사회에서 기승을 부리고 있다는 것이다. 교과서와 같은 원칙에 입각한 삶을 살아가는 사람들이 많지 않기 때문에 우리 사회가 혼란을 거듭하고 있는 것이 아니겠는가. 원칙 없이 살아가는 사람들은 그러한 사람들을 처세할 줄 모르는 이상한 사람들이라고 매도할지 모르지만 과연 그럴까.

원칙에 입각하여 열심히 살고 있는 사람들이 소외되고 있는 사회는 병든 사회라 할 수 있을 것이다. 원칙이 있는 사회, 정의가 바로 서는 사회야말로 우리가 지향해야 하는 바람직한 사회라고 할 수 있을 것이다. 열심히 일하고 정직하게 살아가는 사람들이 정당한 대우를 받는 사회야말로 우리가 함께 살아가고 싶은 사회라고 할 수 있을 것이다. 그러한 사회야말로 우리가 무엇이든지 소망했던 대로 이루어질 수 있는 확실성이 보장된 사회라 할 수 있을 것이다. 그러한 사회에서는 거짓으로 얼룩진 음모론과 같은 불확실한 방법이 발을 붙일 수 없게 될 것이다.

국가적으로 볼 때 일본과 같은 국가는 국제적으로 신의가 없는 국가라 할 수 있을 것이다. 자신이 저지른 침략행위를 없었던 일로 만들려는 염치없는 짓을 공공연히 하고 있는 국가도 일본 이외에는 더 이상 찾아볼 수 없을 것이다. 개인적인 차원에서 그러한 행동을 자행해도 도덕적인 문제가 될 수 있는데, 하물며 국가의 경우에 있어서는 훨씬 더 문제가 될 수 있을 것이다. 일본의 지도층들은 어떻게 실제로 발생했던 역사적인 사실을 부인하

려고 하는지 그들의 정신상태를 도저히 이해할 수가 없다. '역사
적인 사실은 부인할 수 없다'는 것은 명백한 상식임에도 불구하
고 손바닥으로 하늘을 가리려는 어리석은 시도가 아니라면 일본
의 태도는 과연 무엇을 지향하는 것일까. 군국주의의 부활을 목
표로 하고 있다는 말도 들려오고 있지만, 만일 그러한 시도가 성
공할 수 있다 하더라도 국제사회가 그러한 일본을 받아들이려고
할 것인가. 아마도 일본은 영구적으로 국제사회에서 고립될 수
밖에 없을 것이다.

　개인의 경우에도 마찬가지일 것이다. 모파상의 「목걸이」라는
단편에서 친구에게 남편과 함께 댄스파티에 참석하기 위하여 장
식용으로 빌렸던 모조품 다이아몬드를 분실했는데, 그녀는 그것
이 진짜인 줄 알고 비슷하게 생긴 진짜 다이아몬드를 빚내서 사
서 친구에게 돌려준 후에 평생을 그 빚을 갚는데 시간을 소비하
여 파삭 늙어버렸다. 그 친구를 우연한 기회에 만나서 자기가 진
짜 다이아몬드 목걸이를 사서 분실한 목걸이 대신에 친구에게
돌려주었다는 말을 듣고 놀란 친구가 하는 말이 그 목걸이는 단
지 모조품에 불과했던 거라고 하는 말을 듣고 망연자실해졌다고
했다. 이 소설이 시사해주는 것은 분실된 목걸이가 모조품인지
도 모르고 분실된 친구의 목걸이를 진짜인 줄 알고 진짜를 사서
돌려준 후에 그 빚을 갚기 위하여 평생을 바치다시피 한 주인공
의 순수함이 돋보인다는 것이다.

　우리 인간들은 소설의 주인공과 마찬가지로 어리석은 삶을 살
아가는 경우도 많지만, 열심히 살아온 그녀의 모습에서 연민의

정을 느낄지언정 어리석은 여자라고 비난할 수는 없을 것이다. 아마도 우리는 그녀처럼 진실이 무엇인지를 알지 못한 채 우직하게 세상을 살아가고 있는지도 모른다. 약삭빠르게 자신의 이익만을 추구하면서 살아가고 있는 것이 자신이 똑똑하기 때문이라고 착각하고 있는 사람들이 많아지면 많아질수록 우리 사회는 확실성도 없는 사회로 변해가는 것을 볼 때 우울해질 수밖에 없다.

왕릉과 귀족들의 무덤이 도굴되어서 부장품들이 박물관에 전시되어 있는 것을 볼 수 있다. 사망한 후에 미라로 보존된 이집트 왕들의 미라는 이집트 국립박물관에 상당수가 보존되어 있다. 쿠푸왕의 피라미드 속에 들어가 본 일이 있었는데, 허리를 굽히고 100여 미터나 피라미드 속으로 올라 간 곳에 파라오의 관이 놓여 있던 자리가 있었는데, 파라오의 관은 물론 부장품도 남아있는 것은 아무 것도 없었다. 남의 것을 탐하는 인간의 욕심은 왕릉이나 귀족들의 무덤을 도굴하는데 그치지를 않고, 무엇이든지 돈이 될 수 있는 것은 훔치고 싶은 심리가 발동하게 된다는 것이다. 누구든지 값비싼 물건을 앞에 두고 아무 생각도 나지 않는 사람은 없을 것이다. 갖고 싶은 생각이 전혀 나지 않는다는 것은 좀 어폐가 있는 것 같다.

워낙 아무 것도 없이 가난하게 살던 우리의 젊은 시절에는 외국의 백화점에라도 들어가서 처음으로 느껴졌던 첫 번째 생각은 저 많은 물건들을 나는 언제 가서야 가져볼 수 있을까 하는 소박한 꿈을 꿀 수 있었지만, 이제는 생활에 여유도 생겨서 내가 원하기만 하면 무엇이든지 소유할 수 있는 풍족한 생활을 할 수 있게 되었다. 이것저것 사들이다 보니 이제는 방마다 물건들이 넘쳐나서, 이제는 더 이상 사지 말자고 다짐해보지만 그러한 다짐은 한 번도 지켜진 일이 없었다. 물질적으로 풍요로운 생활을 할 수 있다는 것보다 보람 있는 삶은 따로 없는 것 같다.

국가적으로 볼 때에도 과거에는 지나치게 가난했기 때문에 모든 것이 부족한 상태에서 살아왔지만 불만은 없었다. 그런데 우리가 살다보니 물질적인 풍요를 만끽할 수 있는 환경 속에서 살게 되는 삶의 변화를 경험하고 있는 셈이다. 기왕이면 가난한 생활보다는 풍요로운 생활을 하고 싶은 것이 인지상정이 아니겠는가. 사람이 물질적으로 풍요로운 생활을 하다보면 인간사의 세세한 부분까지 신경을 쓰기에는 시간적인 여유가 없어지는 것 같다. 없는 것보다는 있는 것이 더 낫다는 것은 이론의 여지가 없는 사실일 것이다.

가진 것이 별로 없었던 가난했던 시절에는 갖고 싶었던 것도 많았고 하고 싶었던 일도 많았지만, 이제 원했던 것을 모두 갖게 되고 하고 싶었던 일도 모두 이루어진 이제는 더 이상 갖고 싶은 것도 없고 하고 싶은 일도 없어지게 된 셈이다. 갖고 싶은 것도, 하고 싶은 일도 더 이상 없어져 버린다는 것은 우리가 이 세상에서 더 이상 살아가야 할 의미가 없어지는 것으로서 죽음밖에는 남아 있는 것이 없는 것이나 마찬가지라 할 수 있을 것이다.

아내에게 질병도 치료할 겸해서 글을 쓰라는 말을 해주어도 아내의 대답은 늘 부정적이다. 문학교실의 작가선생님도 아내에게 글을 써보라는 권고를 했지만 막무가내이다.

"여보, 작가선생님 말씀대로 수필을 써보도록 하구려. 내가 좀 도와 줄 수도 있을 것이요. 당신의 장래 계획으로 말이요."

"내 나이가 몇 살인데, 장래계획을 세운다는 말이에요?"

"나이가 몇 살이라도 장래계획을 세워보는 것이 좋지 않겠소. 글을 쓰다 보면 잘 쓰게도 될 수 있을 것이며, 수필로 문단에 등단할 수도 있는 것이 아니겠소."

"내가 무엇을 써야 할지도 모르겠고 당신처럼 글 쓰는 재주도 없으니 무엇을 어떻게 써보라는 말이에요."

"나이 80살이나 살아온 당신이 쓸 것이 아무 것도 없다는 것은 말이 되지를 않는 일이요. 그동안 많은 일도 겪었으며, 또한 상당히 많은 사람들을 만났을 것이며 그들과의 관계도 얽히고 설키고 하면서 살아왔던 일들을 글로 쓰자면 얼마든지 좋은 글들이 나올 것 같은데…, 당신은 글 쓰는 일을 겁을 먹고 있는 것 같구려."

"글을 쓰려고 해도 쓸 것이 아무것도 없으니 그렇게 생각하는 것도 무리는 아니겠지요."

"우선 무엇이든지 생각나는 대로 쓰기를 시작해 보는 것이오. 말하는 것처럼 글을 쓰면 되는 것이오. 당신은 글 쓰는 재주가 없다고 하지만, 써보지도 않고 글 쓰는 재주가 있느니, 없느니 말하는 것은 좀 우스운 일이 아니겠소."

"한 번 써보기는 하겠지만 잘 될 수 있을지, 어떨지 걱정이 되네요."

"잘 생각했소. 글은 써보고 난 후에 평가를 하는 것이 바람직한 일일 거요. 열심히 써보구려."

아내와의 대화를 통하여 우리 부부는 80세가 된 이 나이에도 장래에 대한 계획을 세우고 열심히 살아가고 있는 것은 우리의 삶을 긍정적으로 만들어내는데 기여하고 있다고 감히 말할 수가 있다. 아무리 세상이 음모론 등으로 시끄럽다 하더라도 우리 부부는 모든 문제를 긍정적으로 생각하면서 살아가야 하는 것이 바람직한 일이 아니겠는가.

세상은 변해도 우리의 마음만 변하지 않고 원칙에 입각한 교과서적인 인생을 살아갈 수 있는 사람들의 숫자가 늘어날 수 있다면, 우리의 미래 전망은 지금보다는 좀 더 밝아지는 것이 아닐까 한다. 음모론이 이 세상에서 없어지게 되는 그날까지 최선을 다해서 살아가는 것이 우리들에게 부과된 의무가 아닐까 한다.

10

이상한 관계

남녀 간의 관계는 크게 정상적인 관계와 이상한 관계로 크게 나눌 수 있을 것이다. C와 K의 관계는 아무리 좋게 생각하려 해도 정상적인 남녀관계는 아닌 것 같다. 그들을 처음 본 것은 60년 전인 대학 1학년 때였다. 300여 명의 신입생들 중에 그 둘의 모습이 특히 눈에 띄었다. 10여 명밖에 되지 않았던 여학생들 중에 유독 K만이 남녀관계가 유별난 것 같았다. 그런데 언제부터인가 C와 K가 연애 관계로 고정되는 것처럼 보였다. C는 남자친구도 없는 것인지 교내에서도 K와 언제나 함께 붙어 다니는 것 같았다. 강의도 둘이 붙어 앉아서 듣고 둘이서만 다니다 보니 동급생들은 그들이 어떤 관계인지 자세히 아는 사람도 없는 것 같았다.

그러다가 K는 2학년 때 학교를 중퇴하고 결혼해 버렸다. 들리는 말에는 검사인 선배와 결혼했다는 말이 있던데 그 후 그녀를 본 일이 없었다. 그렇게 붙어 다니던 C와 K는 캠퍼스 커플로 연애결혼에 성공하지를 못하고 말았다. 아마도, C도 다른 여자와 결혼을 하고 자녀를 가졌을 것이다. 여하튼, 그 둘이 함께 다니는 것은 더 이상 볼 수가 없었다. 그러다가 졸업도 못한 K가 뻔뻔하게 동창회에 나타나기 시작했다. 여학생의 숫자가 부족했던 터라 졸업도 하지 못한 그녀에게 동기동창회 부회장의 직책을 주고 보니 기승이 나서 설쳐대기 시작했다. 그런데 언제부터인가 C도 동창회에 나타나기 시작하더니 이전처럼 그녀와 함께 붙어 다니기 시작하는 것이 아니겠는가? C는 말 한마디 없이 K와 함께 여학생들이 앉아 있는 자리에 가서 둘이 붙어 앉아 있다가 동창회가 끝나면 부부처럼 함께 어디론가 사라져 버리는 것이 아니겠는가? 그들은 분명히 둘 다 결혼을 한 것으로 알고 있다. 친구 사이도 아닌 것 같은데 이렇게 둘이 만나는 것을 K의 남편이나 C의 부인이 아무 일도 없다는 듯이 그들의 관계를 인정할 리야 있겠는가? 그렇다면 그들의 관계는 틀림없이 불륜관계라 할 수 있을 것이다. 둘이 아직도 죽자 사자 한다면 단 둘이 몰래 만날 것이지 동창회에 왜 나와서 동창들을 혼란스럽게 만들고 둘의 관계를 동창들에게 과시하는 이유는 과연 무엇인가?

둘의 관계가 불륜이 아니라는 것을 증명하기 위해서는 비록 젊었을 때는 사정이 있어서 둘이 결혼을 못했다 하더라도 그 후에 자신들의 관계를 정리하여 다른 부부처럼 정식으로 재혼을 했어야 할 것이다. 이러한 관계를 회복할 수 없다면 그들은 더이상 만나도 안 되며 더더욱 동창회 같은데 둘이 부부처럼 나타나서는 안 되는 것이 아니겠는가? 그런데 그들에게는 그들의 관계를 정상적인 부부관계로 만들 생각은 처음부터 없었던 것이 아닌가 한다. 그 둘이 다른 사람들과 결혼을 했다는 사실은 그 둘의 관계에 아무런 영향도 미칠 수 없는 일인 것 같았다. 자녀들이 있다는 사실까지도. 남편과 아내로서의 역할은 물론 아버지와 어머니로서의 역할을 하는데 별 문제가 없다는 생각을 하는 것 같았다. 그들이 이혼을 당했다는 이야기나 자식에게 배척을 당했다는 이야기를 들어본 기억이 없기 때문이다. 그들에게 그러한 일이 발생해서 재혼을 한 것도 아닌데 어떻게 둘은 이 나이가 될 때까지 연인처럼 붙어 다닐 수가 있다는 말인가?

젊었을 때였다면 비밀리에 연애도 하고 성관계도 하느라 열이 올랐겠지만 나이 80이 된 그 둘이 젊었을 때처럼 성관계를 할 수 있는 것도 아닐 터인데 무슨 재미로 만나는 것일까? 50년 이상을 함께 살아온 우리 부부의 경우에도 그냥 사는 것이지 젊은 시절처럼 한시도 보지 않으면 살 수 없는 애틋한 정이 있어서 사는 것이 아니다. 우리 부부는 20대의 젊은 시절부터 어디든지 함께 다니는 것이 습관화 되어 있어서 그렇게 하는 것이 당연한 일로 생각된다. 이러한 행위는 우리 부부처럼 정식으로 결혼한 부부에게는 당연히 허용되는 권리이다. 그러나 그들처럼 부부관계도 아닌 두 사람이 마치 부부인 것처럼, 더 나아가서 애인인 것처럼 지금까지 어디든지, 특히 동창회에 나오는 것은 동창들에 대한 최소한의 예의조차 없는 일이라 할 수 있을 것이다. 그 둘에 대하여 아는 동창은 아무도 없는 것 같다. 구태여 알면서도 아는 척을 하지 않는 것인지, 남의 일이라 구태여 입에 올리지 않는지도 모를 일이다. 나는 지난번 점심모임에 갔다가 그 둘을 오래간만에 보았다. K는 그래도 아내에게 아는 척을 했다. 그런데 C는 무엇이 두려웠던지 점심식사 후에 오랜만에 만난 내게 인사 한마디 없이 꽁무니가 빠지게 어디론가 사라져버리고 말았다. 마치 그들의 관계가 떳떳하지 못하다는 듯이 캠퍼스 커플인 우리 부부를 대하기를 꺼렸던 것 같다. 모든 다른 동창들은 오래간만에 만난 우리 부부가 반갑다고 인사들을 서로 나누었는데 말이다.

사람들은 일반적으로 남녀 간의 이상한 관계를 보고도 아주 친한 사이가 아니면 충고라도 한마디 해줄 생각을 하지 않는 것 같다. 동창들이 K와 C의 이상한 관계를 알면서도 모른 척하고 있는 것은 구태여 친하지도 않은 사이에 말썽이 생기는 것을 꺼려하는 것 같다. 그들에게는 그들의 관계를 냉정하게 비판해줄 만한 친한 친구도 하나 없는 것 같다. 그들과 개별적으로 지금까지 변함없이 함께 다니는 친구는 없는 것 같다. 작가인 나는 그들의 관계를 미화해서 소설을 좋은 방향으로 쓰고 싶지만 그들의 관계가 정상적인 것이 아니라는 것을 너무나 잘 알고 있기 때문에 우리에게 알려지지 않은 무슨 피치 못할 사정이 그들에게 있기 때문에 그러한 삶을 지금까지 살아왔는지를 반드시 알아내야 하겠다는 생각을 했다. 내가 그들에게 그들의 삶에 대한 면접을 신청하면 정직하게 응답해줄 것인가? 그들이 원하지 않는 비밀이 세상에 알려지는 것을 아마도 원치 않을지도 모르는 일이다.

나는 K에게 먼저 접근해 보기로 했다. 내가 최근에 소설가로 등단했다는 사실을 알고 있는 K가 처음에는 나의 면접요청을 꺼리는 것 같았다. 아내와 함께 자연스럽게 만나자고 했더니 쾌히 승낙을 하게 되어 우리 동창이 점심회식을 하는 식당에서 만나기로 했다. C는 나중에 만나기로 하고 연락을 하지 않았는데, 아마도 K가 미리 연락을 했던 모양이다. 두 사람을 함께 만나는 것이 오히려 잘 된 일인 것 같았다.

"이렇게 두 분이 우리의 요청을 쾌히 받아들여서 이 자리에 나온 것 감사드립니다. 몇 가지 질문을 드리겠는데 불쾌하시면 대답을 안 하셔도 됩니다."

"우선 K에게 질문을 먼저 드리겠습니다. 두 분이 1학년 때부터 친하게 지내신 걸로 알고 있었는데, 우리 부부처럼 결혼을 하지 못한 이유는 무엇입니까? 대학 2학년 때인가 학업을 중퇴하고 결혼을 한 것으로 알고 있는데 상대방은 누구입니까?"

"집안에서 소개한 고향의 선배 오빠인 현직 검사였습니다."

"C가 그 선배 검사와의 결혼을 인정했습니까?"

"아니지요. C는 내가 그 선배 검사와 결혼을 하게 되면 자살이라도 하겠다면서 펄펄 뛰며 반대를 했지요?"

"그렇다면 둘이서 도주라도 해야 하지 않았을까요?"

"결혼 전날에 둘이서 야밤에 설악산으로 도주를 했지요. 신부가 도주할지도 모른다는 우려 때문에 쳐놓은 신부 집의 감시망에서 K가 도주하는데 성공하여 C와 만난 후 둘은 설악산으로 일단 도주하는데 성공을 거두었지요."

"그런데 K의 남편이 될 검사가 검사의 실력을 발휘해서 도주 후 15일 만에 설악산의 모 암자에 은신하고 있던 우리 둘을 서울로 잡아들여서 우리 둘의 도주는 실패하고 말았지요. 암자에 있으면서 둘은 앞으로 우리가 불가항력으로 다른 사람과 결혼을 하더라도 우리 둘의 관계는 죽을 때까지 현재의 상태로 유지하기로 약속을 했습니다. K는 할 수 없이 그 검사와 결혼을 했지요. 나는 큰 소리 쳤던 것과는 달리 K가 선배 검사와 결혼하는 것을 보고도 자살을 결행하지는 못했지요."

"K가 결혼한 후에 C는 K를 한동안 만나지 못했습니까? 아니면 계속 비밀리에 만나셨습니까? C도 결국은 결혼을 하지 않았습니까?"

"나도 다른 여자와 결혼을 했지요. 직장도 잡고 자녀도 양육하다 보니 한동안 K를 만나볼 기회도 없었으며, 솔직히 말해서 살다보니 K를 생각할 정신적 여유도 없었습니다."

"그렇다면 K를 언제 다시 만나게 된 것입니까?"

"한동안은 대학동기 동창회의 연말 정기총회에 나가지 않았는데, K가 동창회에 나온다는 말을 전해들은 후에 K를 만나기 위하여 동창회에 나가기 시작했습니다. 오래간만에 만나는 K는 옛날처럼 사랑스러웠으며, 지난 세월이 엊그제 일처럼 느껴졌습니다. 우리 둘이 모두 다른 사람과 결혼했다는 것도 자녀들이 있다는 것도 전혀 문제가 되지 않았습니다. 나에게는 K만 있으면 되었고 K에게는 나만 있으면 되었습니다. 동창들이 이상한 눈으로 우리 둘을 바라보는 것도 전혀 의식할 필요가 없었습니다. 이렇게 우리 둘이 살아 있어서 죽을 때까지 만나면 되는 것이니까요."

"두 분의 관계를 불륜이라고 생각해 본 일은 없었습니까? 두 분이 만나시면 무슨 말씀을 주로 하십니까?"

"우리 둘은 젊었을 때부터 우리의 관계를 불륜이라고 생각해 본 적은 한 번도 없었습니다. 우리의 관계는 연예관계이며 결혼 때문에 잠시 중단되었던 우리의 관계가 동창회에서 서로 다시 만나게 되었으니 죽을 때까지 우리의 연애관계는 지속될 것입니다."

"두 분이 지금까지 그토록 사랑한다면 현재의 남편이나 아내와 이혼을 하고 두 분이 재혼을 할 생각은 없으십니까?"

"그럴 생각은 추호도 없습니다. 만일 그렇게 된다면 우리의 관계도 다른 평범한 부부처럼 되어 더 이상 현재와 같은 연애분위기를 지속해 나갈 수 없게 될 것입니다. 이렇게 죽을 때까지 만나면 되는 것이지 우리 둘이서 결혼은 왜 합니까?"

"남편이나 아내되시는 분께서 두 분의 관계를 묵인하는 것입니까? 아니면 무시하는 것입니까? 두 분의 이상한 관계가 부부싸움의 원인이 된 적은 없습니까?"

"그런 일은 아직까지 한 번도 없었습니다. 그런 일이 있다고 해서 우리의 관계가 영향을 받는 것은 아니지요."

"두 분 대단하십니다. 두 분 행복하시기를 빕니다. 우리의 면접에 솔직하게 말씀해주셔서 두 분을 좀 더 잘 이해할 수 있게 되었습니다. 두 분께 감사드립니다."

면접을 끝내고 점심을 함께 들고 나오면서 나는 아내에게 물었다.

"당신은 그들이 하는 말이 납득이 됩디까?"

"나는 그들이 무슨 말을 하고 있는지 이해가 가지를 않는군요. 결혼생활은 현재대로 그대로 유지하면서 옛날 애인을 서로 만나면서 불륜이 아니라고 강변하는 그 둘도 이해가 되지를 않고, 그 둘의 불륜을 보고 잠자코 있는 가족들도 이해가 되지를 않는군요."

"세상에는 우리의 보통상식으로는 이해가 되지 않는 사람들도 있다는 것을 오늘 새삼스럽게 깨달았소. 가능한 범위에서 이해해 보도록 노력해 보겠소."

아무리 K의 결혼이 가져다 준 충격이 C에게 막대한 영향을 주었다 하더라도 그 충격을 잊고 K가 아닌 다른 여자와 결혼을 했다는 사실은 별로 설득력이 없는 행동이라고 할 수 있을 것이다. 오히려 C가 평생 결혼을 하지 않고 일편단심 K만을 바라보며 살다가 우연한 기회에 동창회에서 그녀를 만나서 옛사랑을 다시 만나게 되어 지금처럼 지내기로 했다면 더 좋지 않았을까? K는 집안에서 강제로 결혼을 시켰기 때문에 변명의 여지라도 있을 것이다. 그런데 C의 경우는 K를 사랑했지만 불가항력으로 결혼을 할 수 없어서 다른 여자와 결혼을 한 것이니 정신적으로 K를 이미 배신한 것이라고 할 수 있을 것이다. 이렇게 본다면 K는 옛사랑을 말할 자격이 있지만, C가 옛사랑을 말하는 것은 너무나 이기적인 일이라 할 수 있을 것이다. 이렇게 본다면 옛사랑이라는 말을 둘이 다 쓰고 있지만 K와 C가 말하는 사랑의 의미는 같은 것이 아니라고 보아야 할 것이다.

K와 C는 분명히 바람을 피우고 있는 것인데, 자기들 나름대로 자신들의 이상한 관계를 미화하고 정당화시키고 있는 것만 같다. 아무리 상식적으로 생각을 해보아도 그들의 관계가 불륜이 아니라고 강변하는 것은 도저히 이해가 가지를 않는다. 자신들의 불륜관계를 합리화시키는 궤변에 불과한 것이 아니겠는가? K의 남편의 입장에서는 애인이 있는 아내를 강제로 떼어놓고 결혼을 한 것이니 C가 다른 여자와 결혼생활을 하면서 그냥 애인 사이로 만나는 것을 반대만 할 수 없는 입장에 있었다. C의 경우도 아내에게 착실한 남편으로서 할 일을 다하면서 옛날 애인과 다시 만나서 연애를 계속한다고 해서 다 늙은 나이에 무슨 일이라도 생기겠느냐 하는 생각에서 남편의 외도를 묵인해 주고 있었다. 이러다 보니 K의 남편과 C의 아내는 은연중에 그들의 이상한 관계를 묵인해주는 지경에 이르게 되어 더 이상 문제를 삼지 않아서 K와 C는 당당하게(?) 그들의 관계를 지속해 갈 수 있었던 것이다.

일반적으로 정상적인 부부관계에 있어서 남편과 아내의 외도를 묵인해주는 일이 가능할 것이냐 하는 것을 한 번도 생각해 본 일이 없는 우리 부부로서는 그들의 관계를 도저히 이해할 수가 없다. 부부생활을 하면서 아내나 남편이 외도를 하거나, 아니면 양쪽 모두가 외도를 하는 경우가 있을 수 있지만 그것은 어디까지나 비밀리에 이루어지는 것이 상식이 되다시피 하고 있다. 배우자가 그러한 사실을 알게 되는 경우 부부관계가 파탄이 나는 것이 대부분이지 K와 C의 경우처럼 배우자가 그들의 외도를 묵인해주는 경우는 거의 없다고 해도 과언이 아닐 것이다. 우리 부부는 K와 C는 물론 그들의 배우자들도 정상이 아닌 것 같다는 생각을 해보았다. 그들의 공공연한 외도를 그들의 배우자들이 한 번도 문제시 하지 않았다니 하는 말이다.

세상에는 별 사람들도 많다 보니 그러한 이상한 남녀관계도 있는 것 같다. 우리 부부처럼 50년 이상을 함께 살아온 부부의 경우에도 나이 80이 된 이제는 더 이상 연애감정과 같은 것은 남아있지를 않다. 어떻게 부부라는 것이 연애감정으로만 살아간다는 말인가? 부부가 아닌 그들에게 아직도 연애감정이 남아있다는 그들의 주장은 그들의 불륜관계를 정당화하려는 변명에 불과한 것이 아니겠는가? 우리 부부도 일상생활에서 특별히 할 말이 없는데 부부도 아닌 그들은 무슨 말을 하면서 지내는 것인가? 우리 부부도 젊은 시절에는 그렇게도 할말들이 많았는지, 한 말을 또 하고 되풀이해서 해도 하나도 지루하지를 않아서 지금까지 같은 말을 수백 번 아니 수천 번을 주고받았을 것이다. 그들도 우리 부부처럼 똑 같은 말을 되풀이해서 주고받으며 그들의 애정을 확인하고 있는지도 모를 일이다. 그러나 부부가 아닌 이상 그 둘은 그들의 관계를 지속하기 위하여 무엇인가 새로운 자극이 필요할 것이다.

새로운 자극을 위해서 옛날처럼 여행도 함께 가고 여관에서 잠도 함께 자보지만 젊었을 때처럼 별다른 자극제가 되지 못하고 있다는 것을 새삼스럽게 깨닫게 될 것이다. 아마도 나이 탓이 아니겠는가? 나이가 들다 보니 만사에 의욕이 없어지는 것은 그들만이 겪는 일은 아닐 것이다. 공무원으로 퇴직한 C의 경우는 K를 만나는 일을 제외하고는 별달리 할 일이 없는 것 같다. 공무원으로 직장에 다닐 때에는 할 일도 많았던 것 같은데, 막상 퇴직을 하고 보니 갈 곳이 아무데도 없다는 것을 새삼스럽게 깨닫게 되었다. 그의 하루 일과 중에 K를 만나는 것을 빼놓고는 별로 할 일이 없는 것 같다. 그렇다고 해서 부부도 아닌데 K에게 매일 만나자고 할 수도 없는 노릇이다. C는 대학만 나왔을 뿐 특별히 대학원을 나온 것도 아니니 도서관에 가서도 볼만한 책이 없는 것 같다. 고시공부를 준비하는 것도 아닌데 하루 종일 도서관에 앉아서 아무 책이나 닥치는 대로 읽는 것도 지루하기 짝이 없는 일이다.

가까이 지내던 친구도 없다보니 불러내서 이야기로 시간을 보낼만한 친구도 없다. 그는 무료한 시간을 보내기 위하여 할 일 없는 노인들이 모인다는 파고다 공원이나 종묘 공원 쪽으로 가 보기로 했다. 처음에는 좀 쑥스러웠지만, 막상 그곳에 가보았더니 대부분의 노인들이 자기처럼 할 일 없는 노인들 같았다. 직장이나 가듯이 오전 중에 그곳에 출근을 해서 남들이 하는 일을 바라보다가 점심에는 공짜 점심으로 한 끼니를 때우고 저녁에는 집으로 돌아오는 생활을 되풀이하기 시작했다. 고급공무원이었던 C는 연금도 상당액을 받고 있으니 생활비는 걱정을 하지 않아도 되지만 어떻게 지루한 하루를 보내느냐 하는 것이 문제이다. 이러한 처지에 있는 C에게 이따금 K를 만날 수 있다는 것은 지루한 일과에서 탈피할 수 있는 절호의 기회가 되는 것이다. K와의 만남이 없었다면 어떻게 지루하기 짝이 없는 은퇴생활을 할 수 있었을까 하는 생각마저 들게 된다.

C의 경우처럼 언제쯤 은퇴하리라는 것을 알고 있었음에도 불구하고 은퇴 후의 계획을 전혀 세워두지 않았던 은퇴자는 특별히 할 일이 없다고 해도 과언이 아닐 것이다. C도 경제적으로 걱정을 하고 살지 않아도 될 만한 충분한 연금을 받고 있기 때문에 원하기만 하면 취미생활을 할 수 있는 충분한 여유가 있는 셈이다. 그런데 C는 특별한 취미도 없었기 때문에 지속적인 취미생활을 할 수 없었다. 가끔 동창들과 골프를 치러 가 보았지만 비용도 많이 들고 C자신이 별로 골프 치는 것을 좋아하지 않았기 때문에 더 이상 골프는 치지 않기로 했다. 그렇다고 해서 특별히 좋아하는 운동도 없어 허송생활을 하다시피 매일 매일을 보내고 있는 셈이다. 아마도 이러한 현상은 C의 경우만 아니라 대부분의 은퇴공무원의 경우에도 마찬가지라고 할 수 있을 것이다.

은퇴생활을 무료하게 보내기보다는 좀 더 의의 있게 보낼 수 있는 방법은 없는 것일까? 사람은 은퇴를 했다고 아무 일도 하지 않고 놀 수만 있는 것은 아닐 것이다. 무엇인가 하면서 시간을 보내야 할 것 같은데 마땅히 할 일이 없다는 것이 대부분의 은퇴자들의 경우가 아닐까 한다. 시간을 보내기 위하여 하루 종일 도서관에 가서 책을 읽는 사람들도 있을 것이다. 전공 분야가 있는 사람들의 경우에는 자기 전공 분야의 책들을 읽는 것이 도움이 될 것이다. 그러나 대학원과정을 거치지 않은 경우에는 체계적으로 혼자서 연구를 할 수 없기 때문에 책을 체계적으로 읽는다는 것이 결코 쉬운 일이 아닐 것이다. 연구할 분야와 연구목적 없이 막연하게 전공 분야의 책을 읽는다는 것도 별 의미가 없으며 또한 전공 분야의 책을 아무 목적도 없이 그냥 읽기만 할수는 없을 것이다. 그렇다고 해서 막연히 소설책만 닥치는 대로 읽을 수도 없을 것이다. 소설책을 많이 읽다 보면 자신도 소설가가 되고 싶다는 생각을 하게 될 수도 있을 것이다. 소설가가 되어보겠다는 소박한 꿈은 20대에 꿈꾸어 보는 우리들의 희망일수도 있지만 소설가 지망생이라고 해서 모두가 소설가로 성공할수 있다는 보장은 없을 것이다. 더욱이 은퇴한 인생의 말년에 소설가로서 성공할 수 있다는 것은 아무나 해낼 수 있는 일이 아닐것이다.

은퇴한 많은 사람들이 자신의 일생을 되돌아보면서 자서전을 집필해 볼 수 있을 것이다. 돈 많은 부호들의 경우에는 작가에게 많은 돈을 주고 자신의 일생을 화려하게 그려보려 시도하겠지만 자신의 손으로 직접 쓰지 않은 자서전이라면 진실성도 결여되어 있을 것이며 이야기도 지나치게 과장되어 있어서 자서전으로서의 격이 떨어진다고 할 수 있을 것이다.

C도 남들처럼 자서전을 한 번 써보기로 했다. 좋은 대학을 나왔으며 고급공무원으로서 정년퇴임을 했으니 그만하면 무난한 일생을 보낸 것 같았다. 그런데 문제는 앞으로 여생을 어떻게 하면 의의 있게 보낼 수 있느냐 하는 것이다. 자서전을 쓰다 보니

자신이 지금까지 살아온 이야기를 쓰는 데는 문제가 없지만 K와의 관계를 언급하다 보면 이야기가 이상한 방향으로 흘러가게 되는 것 같다. K와의 관계를 연애관계로 미화해서 쓰려고 하다 보면 가족이 있는 처지에서 그들의 관계는 불륜관계라는 것을 좀 더 확인하는 결과만 가져오게 될 것같았다. 결국 K와의 관계를 미화시킬 수 있는 자서전의 집필은 처음부터 포기하는 것이 좋을 것이라는 생각이 들어서 자서전의 집필을 그만두기로 했다.

누구나 자신의 일생을 정직하게 기록으로 남기고 싶은 욕망을 갖고 있을 것이다. 글을 잘 쓸 수 있다는 것은 아무나 가진 재주는 아닐 것이다. 자신의 지나온 과거를 글 장난을 하지 않고 정확하게 기록할 수 있다면 훌륭한 자서전이 될 수 있을 것이다. 자서전은 한 사람의 단순한 인생기록에 불과하지만 자서전의 경지를 넘어서 자전소설로 승화시킬 수 있다면 소설가의 반열에 올라설 수도 있을 것이다. 왜냐하면 누구나 한 권의 소설은 쓸 수 있다고 말해지고 있기 때문이다. 누구나 자신의 일생을 소설로 쓸 수 있는 가능성이 있다는 말이다. 그러나 진정한 소설가가 되기 위해서는 자신의 이야기가 아닌 다른 사람들의 이야기를 소설로 써낼 수 있어야 한다는 것이다. 첫 번째 소설은 자전소설이며 두 번째 소설부터는 자신의 이야기가 아니라 남들이 살아가는 이야기를 소설로 써낼 수 있는 사람만이 소설가가 될 수 있다는 말은 틀린 말이 아닐 것이다.

은퇴 후에 좋은 일을 할 수 있는 기회는 많지만 그 선택의 폭은 넓지가 않다. 은퇴 후에도 돈을 계속 벌어야 생계를 유지해 갈 수 있는 경우에는 적당한 일자리가 많지 않아서 마땅한 일자리를 구하는 것이 우선 선결문제가 될 것이다. 은퇴자에게 개방되어 있는 직업이란 사실상 극히 제한적일 것이다. 엄밀하게 말하면 은퇴자에게는 적당한 직업이 그들에게 배정되지 않고 있다는 것이 현실이라고 할 수 있을 것이다. 경제적인 여유가 있는 은퇴자들의 경우에는 자원봉사직을 구하려 하겠지만, 그 일도 노인들에게만 배정되는 자원봉사직도 별로 없다고 한다. 그러다 보니 자원봉사로 은퇴자들이 시간을 보낼 수 있는 기회도 제한되어 있다고 해야 할 것이다.

정계를 은퇴한 사람 중에도 정계를 은퇴한 후에는 별로 내세울만한 일을 한 사람들이 별로 없는 것 같다. 미국의 제3대 대통령이었던 토마스 제퍼슨은 대통령직을 물러난 다음에 자신의 고향인 버지니아주에 대학을 설립하여 사망할 때까지 후진 교육에 헌신했다. 대학건물과 도서관을 직접 설계하는 열의를 보이기까지 했다. 그는 묘비에 미국독립선언문의 저자와 버지니아대학교 설립자라는 것만 기록하고 미국 제3대 대통령이었다는 사실을 기록하지 말라는 겸손함까지 유언으로 말했다고 한다. 다른 사람 같았으면 대통령이었다는 사실을 묘비의 가장 앞줄에 기록하지 않았겠는가?

고위공직자나 국회의원의 경우에도 은퇴한 후에는 별 할 일들이 없는 것 같다. 그런데 일부의 공직인 경우 전관예우라는 관행이 우리나라에는 있어서 퇴직 후에도 막대한 재산을 축적할 수 있는 사람들도 있다. 퇴직한 판사와 검사들의 경우가 가장 대표적인 예라 할 수 있을 것이다. 그들은 학연과 지연으로 밀접하게 연결되어서 그들이 법조계에서 쌓아온 경력을 변호사가 된 후에도 충분히 써먹을 수 있는 기회가 있어서 돈방석에 앉아 지낼 수 있다는 것이다. 이러한 관행은 다른 관공서의 퇴직자들의 경우에도 답습되어서 퇴직한 공무원 중에 상당수가 영향력을 행사할 수 있는 위치에 있게 되어 그들이 각종 비리의 온상이 되고 있으며 퇴직공무원들과 현직 공무원들과의 밀착된 고리가 얽히고 설켜 있다는 것이 큰 문제로 제기되곤 한다. 문제가 생길 때마다 이 문제를 뿌리 뽑겠다고 하지만 한 두 사람의 관련자들을 잘라낸다 하여 해결될 수 없는 문제라는 것이 우리 사회에 있어서 중대한 영향을 주는 문제라 아니 할 수 없을 것이다. 그래도 그 집단에서 퇴직한 후에도 남아있을 수 있는 사람들은 운이 좋은 사람들이지만 그렇지 못한 대부분의 공무원 퇴직자들의 경우에는 시간을 보내는 것 자체가 문제일 수밖에 없을 것이다.

교직에 종사하던 사람들도 퇴직한 후에 특별한 할 일이 없어지는 것은 퇴직 공무원의 경우나 마찬가지라 할 수 있을 것이다. 그들의 대부분은 머리를 써서 은퇴할 때까지 일해 왔던 사람들이라 은퇴한 후에도 그들이 종사해 왔던 분야의 지식과 경험을 충분히 간직하고 있는 사람들이다. 다만 정년이라는 인위적인 제도에 의하여 더 이상 그들의 지식과 경험을 활용할 수 없게 된 것 뿐이다. 그들의 지식과 경험을 국가와 사회를 위하여 더 이상 활용할 수 없다는 것은 국가와 사회를 위하여 막대한 손실이 된다고 볼 수 있는 것이다. 은퇴 후에도 앞으로 20년 내지 30년을 더 살 수 있는 인력을 무위도식하는 실업자 군으로 몰아내서 방치해버리는 대신에 그들에게 마땅한 일자리를 마련해 주어서 죽을 때까지도 은퇴자들이 보람 있게 살 수 있도록 도와주는 것이 국가와 사회에서 관심을 두고 착수해야 할 최대의 과제가 된다고 할 수 있을 것이다. 할 일 없는 은퇴자들이 무임승차한 지하철을 타고 할 일 없이 하루 종일 이리저리 왔다 갔다 하는 것처럼 답답한 일이 어디에 또 있겠는가?

나는 만 65세에 대학교수직을 정년퇴임한 지 벌써 14년에 접어들고 있다. 나는 퇴직 후의 생활은 국가나 사회에서 나에게 마련해 주는 것이 아니라 은퇴자 스스로 자신의 삶을 의의 있게 만들어 나갈 수 있느냐 여부에 관건이 있다고 생각하고 스스로 나의 여생을 개척해 나가기로 결심했다. 나는 대학에 입학한 후에 만 65세에 교수직을 정년퇴임할 때까지 거의 40여 년간을 대학에 몸담아왔기 때문에 내가 잘 할 수 있는 일이라고는 책을 읽고 글을 쓰는 일이라 할 수 있다. 그동안 전공 분야의 책도 쓰고 논문도 많이 써왔다. 교수로서 책도 쓰고 논문도 써야 하는 것은 교수직을 유지하기 위한 최소한의 요구조건이었기 때문에 교수직에 머물러 있기 위해서는 충족시켜야 할 의무사항이기도 했다. 그런데 막상 정년퇴임을 하고 보니 더 이상 책을 쓰라거나 논문을 쓰라는 요구사항은 없어진 것이다. 그러다 보니 퇴직 후에 계속 자신의 학문분야를 계속 연구해 가겠다는 사람은 많지 않을 것이다. 퇴직한 후에 학회활동에 적극 참여하여 계속 우수한 논문을 써내려는 사람은 별로 없을 것이다. 그동안 학생 가르치랴 연구하랴 고생이 심했으니 은퇴한 후에는 좀 쉬고 싶다는 생각을 대부분의 퇴직교수들이 하게 되는 것은 너무나 당연한 일이 아니겠는가?

나는 전공 분야인 국제법학이나 대학에서 강의했던 환경학을 퇴임 후에도 계속 연구해 볼 생각은 처음부터 없었다. 퇴직과 동시에 대학과 인연을 끊은 나는 무엇인가 내가 소일하면서 의의 있게 보낼 수 있는 방법이 무엇이냐 하는 문제를 고심해 본 결과 내가 잘 할 수 있는 분야는 역시 글 쓰는 일이라는 결론을 얻게 되었다. 우리가 사는 아파트 근처에 새로 생긴 안산 중앙도서관은 신간 소설들을 상당수 소장하고 있었기 때문에 내가 대출해서 읽기에 아주 좋은 여건에 있었다. 이제는 우리나라의 번역기술도 상당한 수준에 이르렀기 때문에 번역된 세계 각국의 소설들을 빌려다 볼 수 있었다. 우리나라 소설은 물론, 일본 소설, 영미소설, 프랑스 소설, 스페인 소설, 그리고 남미소설 등 닥치는 대로 소설을 탐독하기 시작했다.

소설을 읽다 보니 나도 한번 소설을 써봐야겠다는 생각을 하고 실천에 옮기기로 했다. 소설쓰기에 관한 개론서를 10여 권 사다놓고 읽어보았지만 별로 감흥이 없었고 이해가 잘 되지 않는 분야도 있어서 우선 나름대로 소설을 써보기로 했다. 나는 우선 자전소설을 써보기로 했다. 나의 미국유학의 경험을 주제로 하여 나의 인생을 정리해 보기로 했다. 가장 어려움이 많았던 젊은 시절의 유학생활은 글을 쓰다 보니 미처 깨닫지 못했던 잊혀졌던 사실들이 하나씩 새롭게 내게 다가오기 시작했다. 처음에는 미국유학이라는 것이 내게 있어서 학비를 벌랴 공부도 하랴 어려움만 많았던 시절로만 생각했었다. 그런데 그러한 와중에도 희망을 갖고 즐거움을 찾아가는 나의 일생에 있어서 가장 의의가 있었던 시절이었다는 것을 뒤늦게 깨닫게 되었던 시절이기도 했던 것이다. 이러한 나의 생애에 있어서 일부의 추억을 상세하게 기록하는 것이야말로 자전소설의 본질이 아닐까 하는 생각을 하게 되었다.

미국생활을 정리하고 귀국한 후에 여러 가지로 부조리한 점이 많은 한국생활에 적응해 가는 과정에서 겪었던 여러 가지 어려움, 40대 초반에 박사학위를 받고 대학에서 엉뚱한 분야의 교수가 되어 학생들을 가르치고 새로운 분야를 연구해 가는 데서 생기는 어려움 등은 나의 자전소설의 충분한 소재를 제공해 주었다. 그 와중에서도 ME와 같은 가톨릭교회의 부부대화 봉사활동에 참여하여 대학교수로서 받게 되는 각종 스트레스를 해소할 수 있었던 것은 천만다행한 일이었다. 남들이 보기에는 대학교수라는 직책이 근사한 직업처럼 보이지만 교수직을 계속 유지하기 위해서 요구되는 사항들도 결코 만만치 않은 일이었다고 해야 할 것이다. 퇴직하기 전에도 해외여행을 몇 번 갔지만 은퇴 후에 유럽 성지순례를 비롯하여 유럽에만 8번이나 다녀왔으며, 일본, 중국, 캄보디아, 타이랜드에 관광차 다녀왔다. 이러한 해외여행을 기록으로 남겨두었더니 그것도 상당한 분량으로 늘어났다.

그런데 문제는 여행한 세계 여러 나라의 가록을 해놓은 여행기는 여행기록으로 인정할 수 있을 것이다. 그런데 나의 지난날의 여러 가지 일들을 자전소설이라고 써놓은 것이 과연 소설의 격식을 갖춘 글이 될 수 있느냐 하는 것이 문제였다. 나는 그동안 책도 썼고 논문도 많이 써왔기 때문에 문제를 분석하고 전개해 나가는 방법은 남달리 능력이 있다고 자부해 왔다. 그러나 소설이라는 것은 일찍이 한 번도 써본 일이 없었다. 수필은 고등학교 시절과 대학시절에 여러 편 써보았지만 소설은 은퇴한 후에 처음으로 써보는 것이라 내가 써놓은 것에 대하여 다른 사람의 평가를 받아볼 기회가 없었다. 그런데 요행히 안산문화원에서 작가선생님의 소설지도를 받을 수 있는 기회가 생긴 것은 나에게 있어서 참으로 큰 행운이라 할 수 있을 것이다.

안산문화원에서 정식으로 소설지도를 받기 전까지는 소설은 원고지에 써야만 하는 것으로 알고 있었다. 그런데 작가선생님 말씀이 단편소설의 분량은 10호 글자로 A4 용지 10매 분량이라는 말씀을 듣고 그 분량에 맞도록 내가 쓴 소설들을 10여 편의 소설로 다시 써보았다. 내가 써온 소설을 보고 작가선생님은 소설가로 등단할 수 있는 능력이 충분히 있다는 말로 격려해 주셨다. 내가 쓴 단편으로 안산문화원에 다닌 지 8개월 만에 동방문학 소설부문에 신인상을 수상하여 소설가로 등단할 수 있게 되어 소설가가 되겠다고 시작한 나의 소설쓰기는 일단 성공을 거둔 셈이다. 뒤이어 『제3의 인생』이라는 소설집도 출판했다.

나는 이러한 나의 경험처럼 어떤 분야에 있어서 은퇴 후에 전문가가 될 수 있는 기회는 얼마든지 있다고 생각한다. 그림에 소질이 있는 사람은 그림공부를 시작할 수 있을 것이다. 대학동창 중에는 은퇴 후에 계속 그림을 그려서 전시회까지 연 사람도 있다. 카메라도 상당히 싸진 현재에는 예술사진을 찍는 것도 어려운 일은 아닐 것이다. 사진전까지 연 동창도 있었다. 서도를 꾸준히 연마하여 전시회를 가진 동창도 있었다. 무슨 일이든지 자신이 해낼 수 있는 분야를 꾸준히 발견시켜 나가는 것이 퇴직 후의 생활을 의의 있게 보내는 길이 되지 않을까?

은퇴한 사람 중에는 다른 사람들과 더 이상 만나지 않고 혼자만 지내는 사람들도 있을 것이다. 그런데 특별히 할 일이 있는 사람이 아닌 경우에는 혼자서 일을 하면서 지내는 것은 별로 좋은 일이 아닌 것 같다. 나의 경우에는 소설을 쓰는 14년간의 기간 중에는 사람들을 만날 시간도 없었으며 사람들을 만나지 않아도 하나도 외로울 틈도 없었다. 초등학교의 동창회 모임이 있어서 거의 30여 년간 한 20여 명의 동창들이 매월 한 번씩 모였다. 우연한 기회에 내가 집에서 넘어졌는데 아내의 기지로 응급조치를 취하여 내가 무사할 수 있었다. 시간적인 여유도 없고 서울에서 모이는 초등학교 동창회모임에 더 이상 가기를 포기하려던 차에 동창모임을 해산하기로 했다는 말을 들었다. 그런데 내가 해산 전에 모임을 탈퇴 했다 하여 내게 돌아올 지분을 자기들끼리는 나누어 가지면서 내게는 줄 수 없다는 쪼잔한 처사에 화가 나서 다시 모이기로 했다는 그 모임에 더 이상 나가지 않기로 했다. 나이가 70이 넘은 코찡찡이 친구들이 그렇게 속이 좁아서

야 무슨 의미로 계속 만난다는 말인가?

 대학동문 몇이서 부부간에 자주 만나던 모임도 처음에는 다섯 부부가 만났는데, 한 부부가 미국으로 이민가고 나는 지난번 쓰러졌을 때 그 모임에 더 이상 나가지 않기로 결정했다. 이제는 세 부부만이 계속 만나고 있다고 한다. 나는 골프를 치지를 않지만 골프를 치는 그들은 만났다 하면 나에게는 하나도 흥미가 없는 골프 이야기에 열을 올리고 있으니 내게는 조금도 재미없는 모임이 되고 말았다. 처음에는 서로 맛있는 음식을 먹으러 다녔기 때문에 새로운 맛이 있었다. 그런데 모임이 거듭됨에 따라 더 이상 갈 곳도 없어지다 보니 모임의 매력도 반감되었다. 차츰 나에게는 모임에 계속 나가고 싶은 의욕이 떨어지기 시작했다. 그러다가 아내가 몸이 좋지 않아서 부부모임에 나 혼자서 한동안 나가다 보니 그 모임에서 소외되는 느낌이 들던 차에 내가 불의에 쓰러지는 사고가 발생하는 바람에 그 부부모임에서 탈퇴하기로 했다.

 옛날에는 고등학교 동창회 모임과 대학동창회 모임이 연말에는 저녁에 호텔 같은 데서 모였다. 그런데 언제부터인가 연말 모임이 점심모임으로 바뀌었다. 대학 연말모임에 가면 동창들도 많이 참석했으며 한창 현직에서 힘을 쓰던 동창들이 풍부한 선물도 제공해 주어서 모임에 갔다 오면 푸짐한 선물도 받아 오곤 했다. 그러다가 대부분의 동문들이 현직에서 물러나게 됨에 따라 동창들에게 돌아가게 되는 선물의 양도 줄어들었다. 송년회도 호텔의 저녁만찬이 아니라 점심식사로 바뀌게 됨에 따라 참석인원도 줄어들게 되었다. 고등학교 동창회는 오래전부터 참석하지 않기로 했다. 왜냐하면 대학동창들과는 달리 더 어렸을 때 사귀었으며 활동하는 분야에도 동질성이 결여되어 있기 때문에 대학동창보다는 고등학교동창들이 친해지기 힘든 여건에 있는 것 같다.

고등학교동창 중에도 만나보고 싶은 친구들도 있지만, 만나보고 싶지 않은 친구도 있다. 미국 뉴욕시에서 가난한 고학생으로 고생하던 시절에 나를 이용해먹고 골탕까지 먹였던 한 동창이 무엇이 그렇게 즐거운지 오래간만에 만난 나에게 인사조차 하지 않는 것을 보고 나도 당연히 그를 외면해 버린 일이 있었다. 세월이 지났다 하여 그의 나에 대한 염치없는 행동은 50년이 지난 지금까지 도저히 용서가 되지를 않는다. 동창이 아니었다면 그의 염치없는 행위를 무시해버렸을 것이다. 최소한 동문수학을 했다는 사실 때문에 그의 염치없는 행위가 나의 가슴에 맺혀 있어서 그를 용서해 줄 수가 없는 것이다.

다행히 대학동창 가운데는 그러한 염치없는 친구는 하나도 없는 것 같다. 아마도 대학동창은 고등학교동창보다는 좀 더 나이를 먹어서 사귄 사이이기 때문에 염치없는 짓을 하기에는 좀 더 점잖기 때문에 그런 것이리라. 대학동창들의 점심모임이 격월로 모이고 있다는 것은 알고 있었지만 힘들게 서울까지 가서 점심을 먹을 필요까지 있겠는가 하는 생각으로 점심모임을 가지 않았다. 또한 나에게는 그러한 시간적인 여유도 없었다고 해야 할 것이다. 그런데 동기동창회장의 간곡한 권유로 최근에 처음으로 교대역 근처에 있는 점심모임에 나가 보았다. 지하철을 타고 가는 것이 좀 힘들기는 했지만 아내와 함께 교대역에서 내려서 모임장소를 찾아가는데 초행이라 좀 힘이 들었다. 막상 가보니 그렇게 먼 거리도 아닌 것 같았다. 차를 몰고 갈 수도 있지만 힘들게 그럴 필요는 없고 안산 중앙역 주차장에 차를 세워두고 가면 편할 것 같다. 아파트에서 중앙역 주차장까지 왕복 택시 운임이 7~8천원이 나오는 것을 주차비로 대체하면 엇비슷해 질 것 같다.

20여 명의 대학동창들을 오래간만에 만나보니 반가웠다. 대학 입학했을 때 만 18세밖에 되지 않았던 나이에 만났던 내가 어느 사이에 한국 나이로 80세가 넘었으나 동문들의 모습을 보니 대학시절처럼 건강한 것이 어느 사이에 60여 년이라는 세월이 지나간 것인지 믿을 수가 없었다. 대부분의 동창들은 특별히 할 일도 없이 소일하고 있는 것 같았다. 아직도 변호사 개업을 하고 있는 한 동문만이 자기가 모아들인 문화재가 300점이나 된다고 자랑을 하는 말을 지겹게 들었다. 나는 동문들 앞에서 최근에 소설가로 등단했다는 사실과 곧 소설집을 낼 것이라는 말을 자랑삼아 그들에게 했다. 소설집이 나오면 한 권씩 주겠다는 말도 했다. 대부분의 동창들은 은퇴 후에 조용히 소일하고 있는데 내가 그들 앞에서 기염을 토했다. 점심모임에 가보았더니 C와 K도 그 모임에 나와 있었다. 연인처럼 둘이서 꼭 붙어 앉아 있는 모습이 생소하게 느껴졌다.

나는 동기동창회 점심모임에 앞으로 계속 나와서 옛날 친구들을 만나볼 생각이다. 나는 또한 격월로 모이는 동방문학 정기모임에 아내와 함께 가서 동방문학지도 받아오고 문인들도 만나볼 생각이다. 우리 부부의 건강이 허락하는 한 그러한 모임에 계속 나가는 것은 우리 부부의 정신건강에는 물론 신체적인 건강에도 좋은 일이라 할 수 있을 것이다. 그것이야말로 우리 부부가 건강하게 장수할 수 있는 비결이 되지 않을까?

11

잔금

　부동산 투자가 은행에 현금을 예금해 두는 경우보다 수익이 더 날 수 있다는 것은 연세맨션 35평형 아파트 1채를 재건축조합 측에 판 돈으로 당산동에 24평형 아파트를 2000년에 샀던 것을 정부의 1가구 2주택 이상 중과세로 그동안 집을 비어둔 채 팔지도 못하고 전세나 월세도 주지 않은 채 관리비만 내고 있던 것을 2014년부터 2주택 이상 중과세 제도가 폐지되자마자 팔려고 내놓은 것이 3억 5,000만원에 팔려서 1억 5,000만원을 투자했던 것이 2억의 이익금을 벌게 되어 미국에 사는 작은딸이 집 사는데 보태주기로 했다. 아빠가 미화로 20만 달러나 되는 돈을 집사는데 보태준다 하여 원래 50만 달러짜리 집을 사려고 했던 것을 62만 달러를 주고 큰 집을 사기로 했다고 한다. 침실이 5개이며 화장실이 3개인 저택을 사서 7월 중에 이사 가기로 했다고 한다. 내가 죽기 전에 애비구실을 톡톡히 한 셈이다.

　그런데 뜻하지 않았던 일이 발생하고야 말았다. 당산동 아파트를 사겠다는 젊은이들을 계약 시에 만나보았는데, 부부가 모두 성실해 보였으며 열심히 사는 모습이 보기 좋아서 그들이 하자는 대로 계약금으로 총액의 10분의 1인 3 500만원을 받았다. 중도금은 못 받아도 1억원은 받아야 하는 것을 잔금 낼 때 나머지 3억 1 000만원을 주겠다하여 중도금으로 500만원만 받았던 것이 나의 실책이 될 줄이야 어떻게 알았겠는가? 5세와 7세의 아이 둘을 갖고 있어서 1층에 있는 우리 아파트가 아이들 기르는데 제격이라 생각하여 우리 아파트를 자기네에게 팔라고 신신당부를 하여 그들에게 아파트를 3월말에 계약했던 것이며, 입주하기 전에 집수리를 하고 싶다 하여 7월 25일 입주 전인 6월 21일에 집을 비워주고 관리비도 정산하고 현관문 키도 입주 전에 건네주었다.

내게 여러모로 도움을 주는 성당의 형제 한 분이 내가 열쇠를 그들에게 넘겨주기 전에 만일에 대비해서 잔금을 전액 계약서에 명시한 대로 받을 수 있는 방도를 미리 강구해 두어야 한다는 것을 귀띔해 주었다. 왜냐하면 요즘 젊은이들 중에는 중도금까지는 얼마 되지 않는 액수를 성실하게 납부하는 듯 매도자에게 안심을 시킨 다음에 훨씬 많은 액수의 잔금을 제때 내지를 않아서 애를 먹이다가 경우에 따라서는 돈이 없다고 나자빠지는 경우가 있으니 조심하라고 내게 걱정이 된다며 말을 해주었다. 그런 일이 일어날 수야 있겠느냐고 안심하고 모든 것을 매입자가 하자는 대로 들어주고 잔금 받을 날짜만 기다리고 있던 나에게 잔금을 못주겠다는 청천벽력과 같은 일이 기어코 발생하고야 말았다.

　잔금을 치루기 전에 수리를 하고 들어와서 살고 있으니 아무
리 그들이 불법으로 아파트를 점거하고 살고 있다 하더라도 내
가 그들을 퇴거시킬 법적 권리는 일반적으로 없다는 것이다. 적
반하장도 유분수지 세상에 이런 어처구니없는 일이 어디에 있다
는 말인가. '눈뜨고 코 베이는 세상'이란 말이 있기는 하지만, 이
러한 일도 있을 수 있다는 말인가. 그 젊은 부부는 처음부터 계
획적으로 우리 아파트를 돈 안들이고 자기들 손에 넣기 위하여
교묘하게 수단을 쓴 것 같다. 그러한 의도를 가졌다면 계약 당시
에 어딘가 이상한 점이 발견되었겠지만 그들은 고단수의 수법을
시치미 떼고 천연덕스럽게 연기할 수 있는 능력을 가진 사람들
이었던 것 같다.

　생각지도 않았던 엉뚱한 일이 실제로 발생하고 말았으니 참
으로 당황스럽고 어처구니가 없어서 어떻게 이 문제에 대처해
야 할 것인지 가슴만 답답해질 뿐이다. 성당의 형제가 내게 경
고 차원에서 미리 귀띔을 해주긴 했지만 나는 그의 말을 심각하
게 받아들이는 대신에 그냥 웃어넘길 일 정도로 가볍게 생각하
고 대수롭지 않은 일로 여겼었는데, 현실적인 문제로 제기되고
보니 나는 단지 망연자실할 수밖에 없었다. 3억 5천만 원의 집
값 중에 3분의 2나 반 이상의 액수를 받았다면 덜 속이 상하겠
지만 중도금까지 합쳐서 총액의 10퍼센트 조금 넘는 액수를 받
았는데, 매수인이 중도금까지 낸 입장에 있으니 잔금은 아직 내
지 않았지만 매수인이 매도인보다 아파트에 대한 권리주장을 더

할 수 있는 입장에 놓여있는 것이 아닌가? 법적인 면에서는 아직 잔금을 완납하지 않았지만 권리주장을 할 수 있는 입장에 놓여있는 것이 아니겠는가. 잔금액수의 다과는 이 경우에 결정적인 요소는 되지 못할 것이다.

매수자는 계약 당시에 잔금지불 시에 아파트 매입가에 상당하는 돈이 수중에 들어오기로 되어 있으니 중도금은 조금만 내고 모든 계산은 잔금지불 시로 미룰 수 있게 해달라고 간청하기에 그들의 사정을 보아서 그렇게 편의를 보아준 것이었는데 이렇게 철석같이 장담했던 약속을 헌신짝처럼 버릴 수가 있다는 말인가. 받을 돈이 있다는 말은 처음부터 거짓말이었다는 말인가. 젊은이들이 아무리 염치가 없더라도 3억5천만 원이나 하는 아파트를 단돈 4천만 원으로 접수하겠다는 말인가. 이러한 계산은 어느 곳에서 하는 계산방법인가. 계산을 할 줄 모르는 사람들에게 있어서도 이러한 계산방법은 결코 받아들여질 수 없을 것이다.

일단 그들이 잔금도 완불하지 않고 아파트를 불법점거하고 관리비도 내고 살고 있지만 내가 그들에게 잔금을 완불하든지, 아니면 집을 비워달라고 요구할 수는 있지만 그들이 내가 요구한 두 가지 중에 어느 것 하나도 제대로 이행하려는 성의를 보이지 않고 그대로 묵살해 버리는 경우에 내가 할 수 있는 방법은 무엇이겠는가? 법원에 의한 명도단행의 집행을 청구할 수 있는 것인가. 나의 경우 소송에 의하여 명도단행의 집행을 판결로 얻어낼 수 있는 충분한 요건이 구비되어 있다고 할 수 있다. 그러나 소송을 할 수 있는 경우에도 명도단행의 판결을 얻어내는 데까지는 상당한 시간이 소요될 것이다. 최소한도 6개월 내지 1년의 시간이 걸릴 수도 있는 노릇이다.

아직은 매수인이 잔금을 전부 지불하고 등기권리증을 양도받아 소유권을 취득한 것이 아니기 때문에 아파트를 임의로 처분할 권리는 없다고 보아야 하겠지만 만일의 사태에 대비하여 아파트에 대한 가압류를 설정하는 방법을 생각할 수 있겠지만 이 경우에는 아파트가 아직도 매도인의 소유라는 것을 생각하면 매도인이 자기 재산에 대하여 가압류를 설정하는 어처구니없는 결과가 되는 것임으로 매도인의 매수인에 대한 채권확보의 수단으로서는 결코 바람직한 방법이라 할 수 없을 것이다.

매수인이 잔금을 일시불로 낼 능력이 없기 때문에 31개월에 걸쳐서 매월 1,000만원씩을 지불하면 어떻게 하겠느냐고 뻔뻔하게 매도인에게 문의해 올 때에는 어떻게 할 것인가? 매도인이 그러한 제안을 거절한다면 매수인은 매도인에게 한 푼도 지불하지 않고 시간만 끌 것이 아니겠는가. 한 달에 1,000만원씩이라도 정확히 지불하겠다면 궁여지책으로 그것이라도 받아서 챙기는 것이 잔금 전액을 지불하라고 족치는 것보다는 현명한 방법이 아니겠는가. 그런데 문제는 3억 원에 가까운 채무를 담보할 충분한 매수인의 재산을 매도인이 확보하지 못하는 한 매월 1,000만 원씩을 내겠다고 약속한 것이 언제나 공수표로 끝날 수 있는 가능성은 얼마든지 있기 때문이다.

아파트 매매계약에 있어서 매수인이 계약금과 중도금까지 지불한 후에 잔금을 기간 내에 낼 수 없다고 나자빠지는 경우는 고의적으로 범죄를 범하려는 경우가 아니라면 정상적인 거래에 있어서는 결코 일어날 수 없는 일이라 할 수 있다. 내가 여기서 잔금지불의 지연이나 거부와 관련하여 가능한 몇 가지 대책을 생각해 보았지만 그 어느 것이나 만족한 해결방법이 될 수 없다는 것을 알 수 있었다. 실제에 있어서는 그러한 일이 발생한다는 것은 거의 0퍼센트에 가까운 일이라 할 수 있을 것이다. 그런데 문제는 그러한 가능성이 전무한 상태에서 실제로 그런 일이 발생을 하는 경우에 매도인이 매수자에게 대하여 강구할 수 있는 효과적인 방법은 거의 존재하지 않는다고 해도 과언이 아닐 것이다. 우리가 위에서 살펴본 몇 가지 방법들은 우리가 생각해 볼 수 있는 가능한 방법일 수는 있지만 결코 효과적인 방법은 아닐 것이다. 문제는 그러한 의외의 사태가 내게 발생하지 않기만을 바라야 할 것이다. 일단 그러한 일이 내게 발생하게 되면 실로 속수무책이라 해도 과언이 아닐 것이다.

그런데 이러한 염려는 예정했던 날짜에 잔금 3억 1,000만원을 다 받고 양도세도 정산하고 났더니 공연한 기우였다는 생각이 든다. 그 형제의 말대로 그러한 일이 실제로 내게 일어났다면 얼마나 낭패였을까. 하지만 그런 일이 내게 일어난 것이 아니라 그 형제의 말이 신경이 쓰여서 마치 실제로 일어났던 일처럼 생생하게 남아있던 머릿속으로만 상상해 보았던 일에 불과했으니 얼마나 다행한 일인가.

사실 아파트의 매수자가 중도금까지 내고 난 후에 잔금을 낼 수 없다고 나자빠지는 경우에 매도자인 내가 취할 수 있는 방법은 과연 무엇인가. 매수자의 계약위반으로 생기는 매도인의 손해는 막대한 것이라 아니할 수 없다. 내가 잔금을 받은 후에 작은딸에게 송금해주기로 했던 2억 원은 어떻게 할 것인가. 그들에게 잔금을 못 받게 되는 일이 생길지라도 그 정도의 액수는 내가 갖고 있는 돈에서 대체해서 보내줄 수 있지만 이것은 내가 계획했던 방식이 아니다.

내가 아파트를 매수자에게 팔았으니 나에게 남은 일은 잔금을 받는 일이지 잔금을 내지 않고 들어와서 산다고 하여 그들을 내보내는 일이 아니다. 그 아파트를 다른 사람에게 팔지 못하도록 하는 가압류방법을 생각해 볼 수도 있지만 돈이 없어서 잔금을 주지 못하겠다는 데야 어떻게 할 것인가. 이러한 기막힌 일은 아니었지만 내가 미국에 살던 젊은 시절에 한국 유학생 때문에 봉변을 당했던 일이 있었다.

내가 미국에서 사귄 일본인 교환교수가 1년간의 미국체재 기간을 마치고 일본으로 돌아가기 전에 자기 소유의 차를 처분하려고 내게 의논한 일이 있었다.

"신 선생, 내 차를 출국 전에 처분해야 하겠는데 무슨 좋은 방도라도 있습니까?"

"마침 이 대학교에서 박사학위 공부를 하는 한국학생이 며칠 전에 자동차 전복사고를 일으켜서 차를 망가뜨려서 차가 필요하다고 하던데 그 학생에게 한번 물어보지요."

나의 소개로 그 한국 학생과 만난 그 일본인 교수는 자기 차를 그 학생에게 팔기로 했다. 그 학생은 한국은행까지 다니다가 박사학위 공부를 하러 미국에 와있는 30대 초반의 점잖아 보이는 학생으로서 그 사람의 처는 나의 고등학교 동창생의 여동생이기도 했다. 그 부부는 나를 선배로서 의지하고 있는 것 같았다.

"제가 일본인 교수의 차를 사기로 하겠습니다. 그런데 차를 파시는 김에 아주 차의 명의를 제 것으로 해줄 수는 없겠습니까?"

"차의 명의 이전은 일본인 교수가 출국한 다음에 해도 늦지 않은 일일 것 같은데, 구태여 일본인 교수가 출국 전에 명의이전을 해달라는 이유는 무엇입니까?"

"일본인 교수가 제시한 대로 낮에는 일본인 교수가 차를 쓰고 학교에서 좀 떨어진 곳에 살고 있는 내가 차를 가지고 갔다가 오전에 일본인 교수가 차를 쓸 수 있도록 차를 가져다 놓겠으니 일본인 교수가 출국한 후에 명의이전을 번거롭게 하기보다는 차를 매매하는 단계에서 아주 명의를 제 이름으로 바꿔주시지요."

그 학생의 요구가 좀 지나치다는 생각을 하면서도 서로 믿고 지내야지 하는 순진한 생각에서 내가 일본인 교수에게 학생이 원하는 대로 해주기로 결정했다.

"그래도 만일의 경우를 위해서 각서 같은 것이라도 받아두는 것이 좋지 않을까요?"

"글쎄 내 생각으로는 그렇게까지 할 필요야 있겠습니까. 만일 문제가 생긴다면 내가 책임을 지지요."

이 일본인 교수와 나는 테니스 친구로 사귀기 시작했다. 내가 테니스장에서 정구를 치고 있는 것을 보고 나에게 말을 걸었다.

"한국인입니까? 테니스를 참 잘 치시네요."

"내가 한국인이라는 것을 어떻게 알았습니까?"

"모습이 그렇게 보이더군요. 어디서 일하십니까?"

"대학도서관에서 일하고 있습니다."

"나이는 몇 살이십니까? 나와 동갑이든지 한 살 아래가 아닙니까?"

"나는 35년생인데, 선생은 몇 년생입니까?"

"내 예상이 맞군요. 나보다 한 살 아래시군요."

"수입은 얼마나 됩니까?"

이런 개인적인 질문은 미국 사람들의 경우에는 처음 만났을 때에는 물론 친해진 후에도 좀처럼 하지 않는 질문이다. 그런데 그 일본인 교수는 처음부터 난처한 질문을 해대는 것이다. 나중에 그가 하는 말은 친구로서 친해지려면 나이, 직업, 수입 등이 비슷해야 하지 현저히 차이가 난다면 친구가 될 수 없다는 것인데, 그의 말에도 일리가 있다는 생각이 들었다. 일본인 교수인 이께다 선생과는 그가 미국에 체재하는 기간 동안 테니스도 함께 치면서 친한 친구가 되었다. 그는 테니스 선수였으며, 영어를 잘 못하는데 나는 일본어 회화를 잘해서 그와는 영어 대신에 일어로 의사소통을 했다.

미국에서 헤어지면서 누구든지 한국이나 일본에 먼저 가게 되는 사람이 연락하기로 했는데, 내가 귀국하여 박사학위를 마치고 K대학에 취직한 직후 일본국 교또에서 개최된 국제회의에 한국대표로 참석했다가 오사카에서 가까운 곳에 있는 도꾸시마로 그를 찾아간 일이 있었다. 그가 학회관계로 한국에 두 번 정도와서 우리 집에서 묵었고 그의 초청으로 3주간 내가 아내와 함께 일본에 갔던 일이 있었다.

그런 이께다 선생이 우려했던 만일의 사태가 발생하고야 말았다. 이께다 선생의 차를 산 후 명의까지 자기 이름으로 바꾼 후에 약속한대로 차를 자기가 저녁에 쓰고 아침에 이께다 선생에게 가져다 놓는 것이 귀찮아졌는지 하루만 그렇게 한 후에 다시는 차를 가져다 놓지를 않는 것이 아닌가? 이께다 선생이 낮에 차를 써야 하는데, 그 학생이 약속을 지키지 않아서 대단히 불편하다고 내게 전화를 걸었기에 어떻게 된 사정인지를 알아보기 위하여 그 학생에게 전화를 걸었다.

"학생이요. 나 신인데 도대체가 어떻게 된 일입니까?"

"어떻게 되다니요. 내차를 내가 마음대로 사용하는데 무슨 문제라도 있다는 말입니까?"

"아니, 학생 약속이 틀리지 않습니까?"

"무슨 약속을 말씀하시는 겁니까. 나는 그런 약속 한 일이 없는데요. 그런데 선생님은 왜 일본 사람만 좋아하십니까?"

"이 사람 참 몹쓸 사람이군. 어떻게 학생이 그런 식으로 말을 할 수 있다는 겁니까."

화도 나고 하도 기가 차서 전화를 끊어버리고 말았다. 이러한 사람이 박사학위 공부를 하고 있다니 참으로 기가 차고 한심한 생각이 들었다. 어떻게 자기가 좀 불편하다고 철석같이 외국인과 했던 약속을 깨느냔 말이다. 그러려고 자동차를 사면서 명의 변경을 해달라고 떼를 쓴 것이었던가? 우리가 일본사람에 대해

좋지 않게 이야기를 하고 있는데, 이러한 한국인을 보고 일본사람들은 무엇이라 말을 할 것인가?

결국은 내가 책임을 진다고 이께다 선생에게 장담을 했으니 내가 갖고 있던 2대의 차중에 하나를 그가 출국할 때까지 빌려줌으로써 그 문제를 아쉬운 대로 해결했다. 이러한 일은 우리가 살면서 흔히 당하는 일은 아닐 것이다. 대부분의 사람들은 상식 선에서 행동하고 있는 것이다. 그 한국 유학생처럼 몰상식한 사람을 흔하지 않기 때문이리라.

우리가 세상을 살아가다 보면 후안무치한 인간들의 파렴치한 행위로 인하여 피해를 보는 사람들이 많이 생기고 있다는 것은 바람직한 일은 결코 아닐 것이다. 그러나 이러한 인간일수록 자기 자신이 남보다 똑똑하기 때문에 출세도 빠르고 처세에도 능숙하다고 생각하기 쉬운 것 같다. 그들은 자기에게 도움이 된다고 생각되는 상급자에게 대해서는 간이라도 빼줄 것처럼 아부를 하지만 별 볼일 없다고 여겨지는 사람들에게 대해서는 무시하거나 억압적인 태도를 견지하려는 경향이 농후한 것 같다. 우리나라의 현재의 모든 사항이 정도를 걷는 것보다는 불법이 판을 치게 된 것도 이러한 출세지상주의자들의 급속한 수적인 증가 때문이 아닌가 한다.

정직하게 살려는 사람들보다는 비록 불법을 저지르는 한이 있더라도 자기가 원하는 것을 얻을 수만 있다면 정도를 무시해도 좋다는 착각에 빠져있는 사람들이 더 많은 것 같다. 우리나라에서 최근에 빈번하게 발생하는 사건마다 그것을 수사하다 보면

한 가지 예외도 없이 사건마다 마치 양파를 까듯이 계속 비리가 불거져 나오는 현실을 어떻게 설명해야 할 것인가? 언제부터 우리 국가와 사회가 이 지경이 되었다는 말인가. 해운계도 썩고, 법조계도 썩고, 경제계도 썩고, 언론계도 썩고, 교육계도 썩고, 의학계도 썩고, 과연 썩지 않은 곳이 우리나라에 존재하기는 하는 것인지 자못 의심스러운 일이다.

전관예우는 법조계에만 있는 것으로 알고 있었는데, 막상 세월호 사건과 같은 참사가 발생하고 보니 법조계의 전관예우는 해운계의 전관예우에 비하면 새발에 피와 같은 미미한 존재에 불과한 것 같은 느낌이 들게 될 정도이다. 해운업계의 밝혀진 비리는 해운업계 구석구석까지 미쳐서 해운업계가 완전히 복마전과 같은 존재처럼 여겨지는 것은 나 한 사람만의 느낌이겠는가. 세월호 참사로 300여 명의 희생자가 발생했으며, 그중에 250여 명은 고등학생들이었다는 비극적인 사실을 확인하면서 왜 이러한 비극이 발생할 수밖에 없었는지 그 원인을 분석하는 일부터 착수해야 하는 것이 문제의 올바른 해결을 위한 시발점이 될 것이다.

세월호의 전복사고 발생 직후에 학생들을 포함한 승선했던 승객들에게 구명조끼를 착용하고 모두 바다로 뛰어들라고 안내방송이라도 했더라면 대부분의 승객을 구조할 수 있지 않았을까 하는 아쉬움이 있다. 왜냐하면, 그러한 시점에 전복된 선박주변에는 접근해 있던 수십 척의 어선들이 몰려와서 선박에서 바다로 뛰어내리는 선객들을 구조하려고 대기하고 있었지만, 선장을 비롯한 승무원들과 일부의 승객들만이 헬기 등에 의하여 구조되었을 뿐, 바다에 뛰어든 승객은 한 사람도 없었다는 안타까운 이야기를 전해 들었다.

승객을 우선적으로 구조해야 할 의무가 있는 선장 이하 승무원들은 선박이 침몰하고 있으니 구명정을 착용하고 바다로 뛰어들라는 최소한의 안내방송이라도 했더라면 그러한 대형참사는 피할 수 있는 일이었을 것인데, 선장 이하 승무원들은 승객의 안전에 대해서는 전혀 관심이 없고 자신들의 목숨만 구하기 위하여 자기네들끼리 무전으로 연락을 취하여 함께 선박의 한 장소에 모여서 허겁지겁 도주하여 목숨을 구한 초라한 모습을 온 국민에게 보여주었다.

선장 등 사형죄에 해당하는 몇몇은 자신들의 혐의를 전부 부인했다고 한다. 15명의 피의자 중에 단 한사람만이 검찰이 주장하는 행위를 전부 인정했을 뿐 선장 등 나머지 승무원들은 자신들의 범죄행위를 전부 부인했다고 하니 어떻게 그러한 정신 상태를 가진 사람들이 감히 선장이나 승무원이라고 말할 수 있다는 말인가? 타이타닉호의 선장처럼 처녀항해 중에 빙산과 충돌하여 침몰하면서 많은 희생자를 낸 선박과 운명을 같이 하지는 못하더라도 자기가 처음 해경에 의하여 구조되었을 때 선장이라는 사실을 숨기고 자기가 명백히 범한 행위 자체를 부인하는 것을 보니 참으로 비겁한 인간이라고 아니할 수 없을 것이다.

선원법의 별도 규정이 없더라도 누가 보나 승객들을 유기한 사실이 분명히 드러나고 있음에도 불구하고 손바닥으로 하늘을 가리는 것도 아니고 자신들의 행위가 만천하에 공개된 것을 감히 부인하려고 든다는 말인가. 항간에는 그런 이야기도 들리고 있다고 한다. 자기는 원래의 선장이 아니라 휴가차 자리를 비운 선장의 직무를 대리한 것에 불과한 대리선장이며 월급도 선장의 3분의 1밖에 받지 못하고 있다고 말을 한다는데, 월급을 적게 타는 선장은 선장의 직무를 소홀히 해도 된다는 말인가. 그러한 대리선장은 선박의 침몰위기에 직면하여 승객들을 선내에 유기하고 자기 혼자만 살겠다고 도망쳐도 된다는 말인가. 선장의 나이가 69세라고 하니 '인생70고래희'라고 그만큼 살았으면 인생이 무엇인지를 알만한 나이도 되었음직한데 자기만 혼자 살겠다고 침몰하는 선박에서 제일 먼저 도망쳐 나올 수가 있다는 말인가?

아무리 이해를 하려 해도 이모 선장의 정신 상태를 이해할 수가 없다. 세월호 침몰에 대한 수사가 진행되어 감에 따라 선박이 침몰할 수밖에 없었던 데는 선장만의 책임이 아니라는 것이 하나씩 밝혀져서 세상을 놀라게 하고 있다. 우선 일본에서 제조되어 20년을 사용한 용도 폐기된 노후화한 선박을 일본에서 들여와서 선박의 5층에 불법으로 선실을 증축하였는데 선박의 균형을 잡기 위하여 균형수를 증가시켜서 선박 내에 싣고 다니라는 것을 조건부로 선박증축을 허가해 준 것이었다. 그런데 인천-제주노선을 왕복하면서 승객보다는 화물운송으로 막대한 이익을 챙기기 위하여 균형수를 버리고 그 대신 화물적재량을 위험수위 이상으로 증가를 시킨 것이 선박침몰의 중대한 원인이 되었다는 수사결과가 밝혀지고 있다.

선박조합에서 과적문제를 다루고 있는데, 선박조합의 임원들이 해수부의 고위퇴직관료들로 채워지고 있으니 정기적으로 선박회사로부터 상납을 받고 과적문제를 눈감아 주었기 때문에 그러한 참사가 발생했다는 이야기다. 선박회사와 해수부와의 유착관계는 해수마피아라는 말이 나올 정도로 밀착되어 있다는 것이 이번 침몰사고의 발생으로 명백히 밝혀지고야 말았다. 국민의 생명과 직접 관련이 있는 중대한 문제를 돈 몇 푼을 갖고 좌지우지하고 있었다니 참으로 기가 찰 노릇이다.

컨테이너를 수백 개 실으면서 선박과 컨테이너를 쇠사슬로 단단히 묶어서 선박의 어떠한 요동에도 한쪽으로 화물이 밀리지 않도록 만전을 기해야 했음에도 불구하고 컨테이너를 선박의 짐칸이나 갑판위에 과적으로 쌓아놓기만 했으니 선박의 미세한 충격에도 짐들이 한쪽으로 밀리게 되는 것은 처음부터 예상되었던 일이 아니겠는가. 짐은 그렇다 치고 차량도 허가된 차량대수를 훨씬 초과한 차량을 싣고 가면서도 차량과 선박을 단단히 묶어서 어떠한 선박의 요동에도 견딜 수 있도록 대비했어야 하는데 지상의 주차장처럼 선박 내에 차를 주차시키고 어떠한 별도의 안전조치도 강구하지 않았다는 것이다. 이러한 불법적인 방법으로 화물과 차량을 운반함으로써 선박회사는 막대한 이익을 남겼다고 한다.

어떠한 불법을 자행하더라도 돈만 벌 수 있다는 생각을 갖고 있던 선주는 그동안 별탈없이 선박을 운행해 온 것이 신의 뜻이라고 믿고 있었던 것은 아니었을까? 그러나 막상 세월호 참사와 같은 사건이 실제로 발생하자 자신이 선박회사에 대하여 자행한 모든 불법을 인정할 생각은 하지 않고 한 교파의 지도자라는 자가 경찰과 검찰의 눈을 피하여 비겁하게 도망다니기에 바쁜 것 같다. 이모 선장의 경우처럼 운이 나빴기 때문에 생긴 일이라고 생각할지도 모르는 일이다. 이모 선장이 재수 없이 사고가 나는 선박에 승선한 것처럼 선주도 같은 맥락에서 이 문제를 접근하고 있는 것은 아닐까. 선주가 속한 교단의 신자들은 자신들의 종교를 정부가 탄압하고 있다고 말하고 있는데 선박침몰 사고의 경우처럼 명백한 형사범죄를 종교적인 탄압이라고 둘러댄다고 해서 국민들을 납득시킬 수 있다는 말인가?

이 세상에 운이 나빠서 생기는 일은 아마도 없다고 생각된다. 이모 선장이 사건발생 후 자기 혼자만 살겠다고 비겁하게 허겁지겁 도망치지 않고 긴박한 순간에도 승객들을 구조하기 위하여 최선을 다하다가 선박과 함께 운명을 같이 했더라면 많은 사람들의 존경과 감사의 마음을 한 몸에 모을 수 있었을 것이다. 비겁한 살인자라는 누명은 쓰지 않아도 좋았을 것이 아니겠는가. 운이 나빠서 말려들었다고? 운이란 자신이 어떻게 행동하느냐 여부에 달려 있는 일이 아닐까?

선주가 운이 없어서 그렇게 되었다는 말을 한다면 참으로 가관이라 할 수 있을 것이다. 종교를 이용하여 돈벌이를 하는데 선주처럼 천재성을 발휘하고 있는 사람은 그리 흔하지 않을 것이다. 거의 무에서 시작하여 거대한 종교재단과 선박회사까지 흡수하여 종교재벌로 잘 나가고 있던 선주가 운 나쁘게 선박침몰 사건으로 인하여 자신이 지금까지 축적해 왔던 전 재산을 빼앗길 위기에 직면하게 되었던 것이다. 이러한 절대 위기에 직면하여 자신이 취할 수 있는 방법은 최상책인 36계밖에 없으니 그 방법을 택하여 도피할 수 있는 데까지는 도피하는 것이었다. 비록 본인에게는 불명예가 되는 일일지는 모르겠지만, 이모 선장처럼 체포되어 사형죄로 몰리는 것보다는 끝까지 숨어 지내는 편이 나을 것이라는 판단을 아마도 하고 있는 것은 아닌지?

우리는 세월호사건의 수사결과가 부분적으로 알려지면서 비겁한 인간들의 면모가 하나씩 드러나게 되는 것을 대하게 되는데 우리에게 결코 유쾌한 일은 아닐 것이다. 왜 사람들은 정직하게 살지를 못하는 것일까? 자신이 책임져야 할 일이라는 것이 분명하게 알려진 경우에도 비겁하게 발뺌을 하려고 발버둥을 치고 있는 모습은 처량하기까지 하다. 아무리 그래봐도 결코 빠져나갈 수 없는 일이라면 남자답게 자신의 죗값을 인정하고 그에 상당하는 처벌을 받는 것이 온당한 방법이 아니겠는가.

의도적으로 노인이나 젊은 여성에게 접근하여 자동차사고를 일으킨 후에 다친 데도 없는 멀쩡한 자들이 입원을 하는 방법으로 보험사기를 치는 범죄자들도 있다. 몇 년 전에 내가 안산법원 앞에서 도저히 일어날 수 없는 교통사고를 일으킨 후에 내 차의 보험회사로부터 교묘한 방법으로 500만원을 뜯어낸 보험사기꾼들은 3명의 젊은이들이 렌터카를 해서 함께 다니면서 나 같은 늙은이를 범행대상으로 선정한 것 같다. 그들의 범행이 의도적이라는 것을 잘 알면서도 당할 수밖에 없었는데, 그러한 일을 당하면서 불가항력도 아닌 사건이었는데 어처구니없이 당했구나 하는 자격지심을 갖게 되는 것은 이제는 나도 늙었구나하고 체념하는 데서 오는 것은 아니었을까.

보험사기에 있어서 욕심이 지나치게 되는 경우에는 남의 목숨을 거침없이 빼앗게 되는 경우도 빈번히 발생하고 있다. 돈이 필요하다고 해서 남편을 거액의 생명보험에 들게 한 후에 청부살인을 통하여 남편을 살해한 다음 남편의 보험료를 가로챘다가 법망에 걸려서 처벌을 받게 된 비정한 악녀도 있었다니 세상을 어떻게 믿고 살아갈 수 있다는 말인가. 보험금 때문에 감히 사람을 살해하는 경우는 이 밖에도 얼마든지 그 사례를 찾아볼 수 있을 것이다.

아직도 우리나라에는 주택을 소유하지 못한 사람이 많기는 하지만 종래의 1가구 2주택 이상에 대한 양도차액에 대하여 50퍼센트를 중과세하겠다는 발상은 자유시장경제의 원칙에 정면으로 위배되는 억지 주장이었는데, 다행히 최근에 그 제도 자체가 폐지된 것은 좀 늦은 감이 있었지만 참 잘한 일이라고 생각된다. 자유시장경제하에서는 설사 100채의 주택을 소유하고 있는 경우에도 정당하게 합리적인 계산을 근거로 한 세금을 내고 있는 한 비난의 대상은 될 수 없는 일이라 할 수 있을 것이다. 그런데 2주택 이상에 대한 양도세를 50퍼센트 이상 중과세 하는 제도는 분명히 위헌법률에 근거한 것으로 우리나라에만 존재했던 제도라고 할 수 있을 것이다.

우리나라에는 이러한 징벌적인 요소를 갖는 입법을 한풀이나 하듯이 만들어 내는 경우가 심심치 않게 보고되고 있다. 우리나라에서는 기득권에 관한 사항을 인정하지 않으려는 경향이 다른 어느 나라보다도 강한 것 같다. 기득권이라 함은 구법률에 의하여 인정된 권리로서 새로운 법률에 의하여 그 내용이 크게 변경된 경우에도 계속해서 그 권리를 인정해 주는 것으로서 이것이야말로 민주주의의 가장 중요한 원리라고 할 수 있을 것이다. 그런데 이러한 분명한 원리를 우리나라에서는 헌신짝처럼 버려버리는 경우가 빈번히 발생하고 있다. 아마도 기득권자에 대한 시기심에서 그러는 것은 아닌지?

우리나라 사람들은 특별대우를 받는 것을 좋아하면서도 자기 자신이 아닌 다른 사람이 특별대우를 받는 것을 참을 수 없어 하는 것 같다. 자신과는 아무런 관련도 없는 일에 대해서까지 심술을 부린다는 것은 참으로 이상스러운 일이라 아니할 수 없을 것이다. 내가 젊은 시절에 기득권과 관련하여 겪었던 당국의 조치는 지금까지 이해도 할 수 없고 납득도 할 수 없는 대표적인 사건이라 할 수 있다.

나와 직접 관련되었던 기득권문제는 유학귀휴에 관한 것이었다. 노병으로 군에 입대한 나는 어떻게 하면 군에서 조기 제대하는 방법이 없을까를 모색하던 중에 유학귀휴제도가 아직도 존재한다는 것을 알게 되었다. 나는 육군본부에 배속된 직후에 문교부시행 유학생선발시험에 합격을 해서 유학귀휴로 제대할 수 있는 방법을 확보할 수 있었다. 그런데 내가 문교부시험에 합격한 직후 얼마 지나지를 않아서 유학귀휴제도 자체가 폐지되었다는 것이다.

법적으로 엄격하게 말하면 나는 유학귀휴제도의 폐지 이전에 문교부시험에 합격했기 때문에 유학귀휴에 대한 기득권자로서 비록 제도는 폐지되었다 하더라도 기존의 법에 의하여 유학귀휴 조치를 받아서 군에서 예정대로 제대를 할 수 있어야 법의 정신에 합치하는 것이라 할 수 있을 것이다. 그런데 당국에서 유학귀휴에 대한 조치는 기득권자들에 대한 고려를 전혀 하지 않은 채 앞으로는 누구도 유학귀휴로는 더 이상 제대를 할 수 없다고 공식발표를 했기 때문에 나는 유학귀휴로 제대하려던 원래의 계획을 포기할 수밖에 없었다.

그런데 유학귀휴제도의 기득권을 갖고 있는 나 같은 사람에게 유학귀휴로 더 이상 제대를 할 수 없다고 확정적으로 말하고 있던 당국이 갑자기 태도를 표변하여 나와 같은 기득권자들은 제도 자체의 폐지와는 관계없이 유학귀휴를 위한 필요한 서류를 제출하면 유학귀휴로 제대를 할 수 있다는 것이다. 당국의 이러한 표변한 조치에 대하여 나는 장난도 아니고 이랬다저랬다 하는 것이 도대체가 못마땅하게 생각되었지만, 그들이 하라는 대로 필요한 서류를 제출함으로써 유학귀휴의 혜택을 받아서 만 1년의 군복무 후에 군에서 풀려나서 6개월의 유예기간 내에 국방부의 허가를 받고 실제로 미국유학을 감으로써 나는 기득권의 혜택을 철저히 누릴 수 있었다.

미국 간 지 2년쯤 지났을 때 미국 주재 한국 총영사관에서 병역을 미필한 유학생들에게 여권을 연장해주지 않는 일이 발생하여 미국 이민국에서는 여권을 연장하지 못한 한국학생들에게 그러한 사실을 명기한 흰 종이쪽지를 한 장씩 나누어 주어서 나도 나의 제대문제가 어떻게 처리되었는지 한국에 있는 대학동문에게 알아본 결과는 뜻밖에도 내가 탈영병으로 보고가 되었다는 것이었다. 합법적으로 유학귀휴로 군에서 풀려나서 국방부의 허가를 받고 정식으로 미국유학생으로 출국하여 2년간이나 미국 대학에서 공부를 하고 있는 내가 어떻게 탈영병으로 보고가 될 수 있느냐 말이다. 도저히 이해할 수 없는 일이기는 했지만 그대로 놔둘 수는 없는 일이라 대학동문에게 잘못된 기록을 바로 잡아 달라고 부탁을 했더니 동문이 하는 말은 잘못은 자기네들이 저질러 놓고 엉뚱하게 피해자인 나에게 술을 세 번씩이나 얻어 먹었다는 말을 듣고 당국의 처사에 더 이상 분노할 힘도 없어질 지경이었다. 우리나라가 썩었다 하더라도 자기 자신이 마땅히 해야 할 일조차 망각하고 있는 당국자들을 보면서 대통령 한 사람이 아무리 애를 쓰더라도 썩을 대로 썩은 당국에 무슨 영향을 끼칠 수 있는 것인지 한심한 생각밖에 들지를 않았다.

결국은 유학귀휴제도 자체가 문제가 아니었던가 하는 생각이 든다. 군에서는 신병이 계속해서 업무를 인계하고 인계받는 처지에 있기 때문에 나의 경우처럼 이미 폐지된 유학귀휴제도의 기득권을 인정받아서 미국유학을 간 나의 경우를 이해하지 못한 신병이 고의는 아니었겠지만 무지나 부주의로 유학귀휴조치로 풀려난 나를 탈영보고를 올린 것이라고 볼 수밖에 없을 것이다.

육군본부 제대반에서 일하다 보니 교체된 신병이 귀향조치를 취한 후 탈영보고를 올리는 경우가 빈번히 발생하여 문제가 되고 있었다. 신병의 팬대 하나로 생긴 실수가 본인에게는 막대한 손실을 가져올 수 있는 것이 아니겠는가? 나의 경우 내가 탈영병으로 보고된 줄도 모르고 귀국했었다면 당장 영창에 갈 수밖에 없었을 것이다. 내가 알지도 못하는 일로 엉뚱한 일을 당할 뻔한 것을 그나마 사전에 알게 되어 교정할 수 있었으니 다행한 일로 여겨야 하지 않을까 하는 너그러운 마음을 가져보려 하지만 영 마음이 개운치가 않다.

우리나라 사람들은 남을 칭찬해 주는 미덕이 많이 부족한 민족인 것 같다. 남을 깎아내리고 헐뜯는 일에는 발 벗고 나서기를 즐기지만 남이 잘 나가는 것은 눈뜨고 보지를 못하는 못된 심보를 노골적으로 나타내기를 좋아하는 경향이 있는 것 같다. '사촌이 땅을 사면 배가 아프다'는 속담이 말해 주듯이 남이 잘되는 것을 축하해 주지는 못할지언정 초를 치는 일은 하지 말아야 할 것이다. 남이 불행한 일을 당한다면 함께 슬퍼해 주어야 하는 것이 당연한 일임에도 불구하고 겉으로는 아닌 척하면서 속으로는 은근히 고소해 하는 심보가 누구나 정도의 차이는 있지만 조금씩은 가지고 있다고 해야 할 것이다.

내가 80평생을 살아오면서 크고 작은 개인적인 난관도 겪기는 했지만 전반적으로 보면 비교적 무난한 인생을 살아온 것 같다. 특히 동급생끼리 결혼한 우리 부부는 결혼 전에 남들의 눈에 거슬릴 정도로 6년 가까이 요란하게 연애를 해서 아마도 동문들의 질시와 선망의 대상이 되었을 것이다. 그러다가 둘이서 함께 미국유학을 가서 미국에서 결혼을 하고 살다가 10여년 후에 다시 귀국하여 나는 대학교수로, 아내는 대학강사로 대학 강단에 함께 서서 활동을 하다가 함께 정년퇴임을 했다. 퇴임 후에는 안산에 정착하여 잘 살고 있다는 소식은 들었지만 대학동창회도 최근에 잘 나오지를 않아서 무슨 일이 있는 것이나 아닌지 궁금해하던 차에 최근에는 내가 나이 80에 한국문단에 정식으로 소설가로 등단했다는 소식과 함께 부부사진이 동창회 회보에 실린 것을 보고 진심으로 우리 부부를 축하해 준 동문은 과연 몇 사람이나 되었을지 자못 궁금하다.

우리 부부가 대학졸업반 때 서로 만나서 순풍에 돛단배처럼 이 나이가 될 때까지 승승장구하는 대신에 역경을 겪었더라면 오히려 화젯거리가 되지 않았을까 하는 생각을 해본다. 동갑끼리 결혼을 하면 아주 행복해지거나, 아니면 아주 불행해지는 두 가지 길밖에 없다는 말이 있는데, 내가 아는 동갑부부 중에 두 부부의 경우는 부부 중에 아내가 먼저 사망한 경우이다. 한 부부의 경우는 부인이 첫아이를 집에서 낳다가 분만 후에 하혈이 심해서 사망한 경우이다. 그 당시에는 집에서 산파들이 아이를 받아서 그런 사고가 생길 수도 있었다. 아내의 경우도 미국에서 첫딸을 분만한 후에 전신마취 때문에 하혈이 심해서 몸에 있는 혈액의 3분의 2를 쏟고도 살아날 수 있었던 것은 병원에서 아기를 분만했으며, 또한 미국이었기 때문에 가능한 일이었던 것 같다. 그 친구의 경우처럼 아내도 집에서 산파가 아기를 받았더라면 그런 불행을 당하지 않을 수 있었다고 장담할 수 없는 일이었을 것이다.

다른 경우는 고등학교시절부터 연애를 해서 결혼을 했던 동갑 부부의 아내가 병원에서 페니실린 쇼크로 사망한 경우로 남편은 아내가 죽은 후 새로 부인이 된 여인에게 전처가 낳은 세 딸과 외아들이 있으니 더 이상의 아이를 낳지 않겠다는 조건으로 결혼을 했는데 외아들을 잃고 말았다는 이야기를 들었다.

이에 비하면 우리 부부는 이미 50년을 해로한 부부로서 행복한 동갑내기 부부라 할 수 있을 것이다. 잔금과 관련된 문제를 다루면서 잔금과는 직접적인 관련이 없는 문제들을 한 번 생각해 보았는데 이 세상에는 우리가 상식으로 이해할 수 있는 문제들도 많지만, 상식으로는 도저히 이해할 수도 없고 납득할 수도 없는 일이 허다히 많다는 새로운 사실을 발견한 셈이다. 이러한 사실을 명확히 이해할 수 있는 능력이 있다면 왜 인간들이 상식에 어긋나는 일들을 거침없이 할 수 있는 심리상태에 있는 것인지를 좀 더 잘 이해하는 데 많은 도움이 될 것이다.

12

착각

    이동수는 지방출신인데 그 지역에서는 수재로 이름이 나 있었다. 시골출신답게 수수한 외모에 별 특징은 없었지만 머리만은 남달리 우수해서 학급에서 늘 상위권을 놓치지 않았다. 누나들은 3명이나 있었지만 3대독자 집안의 유일한 아들로서 그에게 향한 부모님의 기대는 각별한 것이었다. 본인도 어렸을 때부터 자기는 남보다 똑똑하다는 자부심을 갖고 자라왔다.

    고등학교를 졸업한 그는 서울에 있는 의대에 무난히 합격했다. 유명한 의사가 되는 것이 그의 소박한 꿈이었으며 그의 그러한 꿈을 실현하기 위하여 의대에 진학했던 것이다. 그런데 예과에서 의학과 관련된 기초과학 과목들을 수강하면서 의사라는 직업이 과연 그가 평생을 바쳐도 후회하지 않을 직업이 될 수 있느냐를 고민하기 시작했다. 의사가 되려면 신체의 세부까지 자세히 숙지하고 있어야 하는데, 이러한 학습을 함에 있어서 가장 기본이 되는 인체해부학 과목은 그가 가장 기피하는 과목 중에 하나였다. 죽은 시체를 대한다는 것, 더욱이 그 시체를 해부칼로 조각내서 인체의 부위를 일일이 암기하는 공부야말로 가장 싫은 과목이었다.

의사가 되기 위하여 가장 중요한 인체해부학을 기피하다 보니 과연 그가 지금 공부하고 있는 의학이 적성에 맞는 학문이며 의사라는 직업이 그에게 평생 동안 후회하지 않아도 되는 직업일 수 있겠느냐 하는 문제를 심각하게 생각해 보기 시작했다. 본과에 올라가기 전에 자기변명의 구실을 찾아내야 하겠는데 기왕이면 그럴 듯한 구실을 찾아내기로 했다. 그러다가 마침내 찾아낸 그럴 듯한 궤변은 '한 사람을 고치는 의사가 되기보다는 만인을 고칠 수 있는 사람이 되겠다'는 것이었다. 겉으로 보기에는 그럴 듯하게 보였지만 그러한 변명은 의사가 되려고 했던 소시적부터의 희망을 포기했다는 말로밖에 더 이상의 의미를 부여할 수 없는 포기선언에 불과한 것이라 할 수 있을 것이다.

정치인이 되어보겠다는 야심을 갖고 정치학과가 아닌 법대에 입학시험을 쳐서 합격했다. 한 사람을 구하기보다는 만인을 구하겠다고 결심을 하고 정치에 입문을 하기로 했다면 최소한 대통령이 되겠다는 야심 정도는 실현시켜야 하지, 국회의원이나 장관 정도로는 그가 지향했던 목표를 달성했다고 볼 수는 어려울 것이다. 그는 법대에 들어와 고시공부를 열심히 한 결과 재학중에 사법고시에 합격하게 되었다. 군 법무관의 임기를 마치고 동수는 검사로 발령이 되어 그의 야심을 달성하는 첫발을 무난하게 밟기 시작했다.

검사로 발령된 그는 특수부에 배치되어 간첩죄, 수뢰죄를 비롯하여 정치인들의 각종 비리를 수사하는데 그의 수사능력을 십분 발휘할 수 있는 기회를 갖게 되어 특별수사검사로서의 명성을 쌓아가기 시작했다. 특별수사부의 업무에 종사하다 보니 우리나라의 관료와 정치인들이 생각했던 것보다는 훨씬 더 썩었다는 것을 발견하고 놀라움을 금할 수 없었다. 의사가 되기를 포기하고 이러한 썩어빠진 정치계에서 출세해 보겠다고 자신의 진로를 바꾼 것이 과연 현명한 결정이었는지 하는 의구심이 들기 시작했다. 더욱이 유명정치인이 뇌물죄와 관련되어 영어의 몸이 되는 것을 보고는 정치에 대한 혐오감마저 갖게 되었다.

그러나 동수는 생각하기를 지금은 현직검사이니 자신의 직무에 전념하기로 하고 비리 정치인이란 정치인의 일부에 불과할 뿐이니, 자신이 정치계에 진출하게 될 때쯤에는 그런 사람들의 숫자도 현격히 줄어들지 않겠느냐 하는 생각으로 위안을 삼기도 했다. 오히려 마음속으로는 이러한 썩은 우리나라의 정치현실을 개혁해 나가기 위해서는 정치에 참여해야 하며 한국정치개혁의 주역이 되어야 하겠다는 새로운 결심을 하게 되었다.

동수는 대공수사에 있어서 좀 더 적극적으로 임했다. 6 · 25 전쟁 때 공산치하에서 대지주들의 토지를 강제로 빼앗기 위하여 소위 인민재판이라는 초법적인 방법을 동원하여 많은 지역주민들이 지켜보는 가운데 지주를 때려죽이는 야만적인 행동을 서슴지 않고 감행하는 공산주의 추종자들의 만행을 보고 어린 마음에 크나큰 충격을 받았던 그는 그러한 세력의 대한민국 내에서의 준동은 철저하게 막아야 하며, 그러한 세력은 어떠한 형태로든지 우리나라에 용납되어서는 안 되겠다는 확신을 갖게 되었다.

종북 좌경세력으로 정치세력화 되고 있는 현실정치에 광범위하게 침투하고 있는 정치세력과의 투쟁을 어떻게 효과적으로 전개하느냐 하는 문제를 고심하게 되었다. 6·25를 체험하지 못한 젊은 세대들이 대한민국의 정치현실에 환멸을 느끼게 된 대안으로 엉뚱하게도 3대 세습독재를 하고 있는 북한의 공산체제를 동경하여 종북 좌경세력으로 전향하고 있는 추세는 절대로 묵과할 수 없는 중대 사태라고 생각하고 있는 그는 이러한 추세를 그대로 방치했다가는 종북 좌경세력이 우리나라의 정치에 있어서 주도세력이 될지도 모른다는 위기감을 느끼게 될 정도였다.

그러한 세력은 차라리 대한민국에 살지 말고 그들의 동경의 대상이 되는 북한으로 가버리는 것이 낫지 않겠느냐는 국민적인 항의의 목소리가 커지는 것도 당연한 일이 아니겠는가. 우리는 자유민주주의라는 공동목표를 실현하기 위하여 대한민국이라는 국가를 형성하고 살고 있는데, 대한민국을 북한의 적화통일에 의하여 전복시키려는 목표를 달성함에 있어서 앞잡이가 되어 있는 종북 좌경세력이야말로 대한민국의 국민과는 한 하늘 아래서 공존할 수 있는 대상이 아닐 뿐만 아니라 완전히 배제해야 할 정치세력이라 할 수 있을 것이다.

대한민국의 헌법이 보장하는 모든 자유와 권리를 누리면서 3대 세습의 북한공산정권을 지지하는 정치 세력의 존재 이유는 과연 무엇인가. 그러한 세력들이 대통령 후보도 내고 국회의원도 내고 있는 것을 보면 대한민국의 기본정치질서를 부정할 생각은 없는 것 같은데, 그들이 지향하는 정치적 목표는 대한민국의 존립 자체를 부정하는 것이니 이것이야말로 자가당착이라 아니할 수 없을 것이다.

이동수는 특수부검사로서 이러한 문제를 심도 있게 검토해 본 결과 나온 결론은 그러한 세력들이 실제로 북한의 지령을 받아서 행동하는 것이라기보다는 하나의 영향력 있는 정치세력을 형성하기 위해서는 남들이 다 따라가고 있는 자유민주주의의 정치질서보다는 종북 좌파의 정치이념이 대한민국의 소외계층과 반정부집단의 불만을 한곳으로 결집하여 강력한 정치세력으로 키울 수 있다는 순진한 발상에서 시작된 것이라고 볼 수 있을 것이다. 그러한 연유로 그러한 정치세력에 지나칠 정도로 민감하게 반응할 필요는 없다는 결론에 도달하게 되었다. 만일 그러한 세력이 강력한 정치세력으로 성장하게 된다면 대다수의 국민이 이러한 추세를 수용하기보다는 강력하게 저항하는 세력으로 발전하게 될 가능성이 더 커져서 그러한 세력의 입지는 차츰 줄어들게 될 것이다.

정치인의 비리를 수사하다보니 그들의 비리는 고질적인 것이라는 것을 알게 되었다. 재벌정치인이 아니라면 정치인은 누구나 뇌물에 약한 것 같다. 정치인에게 주는 대부분의 뇌물은 정치헌금이라는 명목으로 들어오게 된다. 뇌물이냐 아니냐의 판정은 액수의 다과뿐만 아니라 뇌물에 대가성이 있느냐 없느냐의 여부에 관한 것이다. 뇌물의 액수의 다과에 관한 문제는 쉽게 판정할 수 있지만 단 1원을 받아도 뇌물은 뇌물인 것이다. 뇌물에 대가성이 있느냐 없느냐의 문제는 참으로 결정하기 어려운 일이라 할 수 있을 것이다.

뇌물을 준 쪽에서 뇌물을 주었다 하고 특정 이권을 부탁하기 위하여 주었다고 하더라도 상대방이 뇌물을 받은 일도 없고 특별히 무엇을 해달라고 부탁한 일도 없었다고 잡아떼는 경우 이를 입증할 방법은 없는 것이다. 계좌추적방법을 동원하는 경우에도 효과적이지 못한 경우가 대부분이다. 뇌물을 수표로 주는 바보는 없을 것이다. 현찰로 주되 신권보다는 오래 사용해서 닳아빠진 더러운 돈으로 주는 것이 뇌물을 주고받는 세계의 관행처럼 되어있는 것은 너무나 잘 알려진 사실이다.

관료사회의 비리는 더욱 더 엉망인 것 같다. 하급공무원에서부터 일정수준의 상급자에 이르기까지 상납체계가 이루어져 있어서 사람만 바뀔 뿐이지 누가 그 자리에 새로 오게 되더라도 상납체계가 그대로 유지되기 때문에 만일 그러한 비리를 보고 개혁을 해보려는 생각을 갖고 있는 사람이 있다면 왕따를 당하는 것을 감내할 수 있거나 다른 데로 자리를 옮길 각오가 되어있기전에 그러한 일에 착수하는 것은 무모하기 짝이 없는 일이 될 것이다.

이러한 관행은 이권이 개입된 부서인 경우에는 더욱 심각한 문제로 나타나고 있다. 이러한 부서의 경우에는 관련업계와의 관계에서 상납체계가 재구성되어 담당자들은 가만히 앉아있어도 봉급의 수십 배에 해당하는 과외수입이 생기고 있는데, 이것을 마다할 사람이 어디에 있겠는가. 이를 단속해야 할 경찰에서도 뇌물을 받고 그러한 관행을 눈감아주고 있으니 실로 관료사회는 썩을 대로 썩었다고 해야 할 것이다. 운이 나빠서(?) 이러한 유착관계가 세상에 드러나지만 않는다면 관료사회는 무사안일하게 지낼 수 있는 철밥통과 같은 존재인 것이다.

세월호와 같은 대형사고가 일어나서 재수 없게(?) 말려들지만 않는다면 그들의 존재가 세상에 알려질 리는 없을 것이라고 안심해도 된다면서 놀란 가슴을 가라앉히고 있어도 될 것인가. '도둑이 제발이 저리다'는 말이 있듯이 대형사고가 터져서 관료들의 비리가 드러나게 될 때마다 조마조마한 마음을 가라앉히려고 애쓰는 모습이 우리나라의 관료사회의 현실이 아닐까. 그렇지 않기를 바라고 있기는 하지만….

관료사회에 종사하고 있는 사람들은 자기 자신이 남들보다 똑똑하다고 생각하고 있을 것이다. 낙하산을 타고 들어온 것이 아니라 어려운 경쟁시험을 치고 들어온 정예라는 의식이 남보다 강한 집단인 것이다. 그러하기 때문에 관료사회의 비리가 세상에 알려지는 것을 누구보다도 싫어하는 집단이라고 해야 할 것이다. 그러한 정예의식이 강한 집단임에도 불구하고 일단 관료사회에 합류하고 난 후에는 그들이 자랑으로 생각했던 정예의식은 어디로 사라지고 관료사회의 폐습에 물들게 되어버리는 자신을 발견하고 놀라움을 금할 수 없게 된다. '끼리끼리 모인다' 또는 '유유상종'이라는 말이 있듯이 아무리 정예의식이 강했던 관료라 하더라도 일단 관료사회에 합류하다 보면 다른 선배관료들처럼 변해버리는 것은 어쩔 수 없는 인지상정이 아니겠는가.

이동수는 이러한 관료사회의 비리와 정치계의 비리를 보면서 환멸의 비애를 느끼게 되었다. 의대를 포기하고 법대에 와서 정치인이 되어서 정치인들의 비리를 과감하게 척결하여 정의사회를 구현하겠다던 초심이 자꾸만 흔들리는 것 같은 위기감을 느끼게 되었다. 정치인이 된다는 것이 자신의 진정한 최종 목표인지 다시 한 번 검토해 볼 필요가 있을 것 같았다. 자신이라고 해서 정치인이 된 후에 다른 정치인들이 뿌리치지 못하고 있는 뇌물수수와 같은 비리에 빠지지 않을 자신이 있는지 확신을 가질수 없었다. 정치인이 된 후에 잘 나가다가도 일단 뇌물수수의 올가미에 말려들게 된다면 자신의 정치생명이 완전히 끝나버리게 되는 것인데, 그런 일이 발생하게 되면 어떻게 할 것인가. 정치인들 간에는 뇌물수수와 관련하여 옥살이까지 했던 정치인들이 뻔뻔하게 얼굴을 들고 다시 정치에 복귀하는 것을 볼 수 있는 것은 얼마나 불명예스럽고 수치스러운 일인가.

정치인들과 관료의 비리를 수사하다보니 모든 정치인과 관료들이 하나같이 비리만 저지르는 집단으로 비추어져서 이러한 비리집단의 정치인이 되어 보겠다고 했던 것이 과연 그의 희망사항이었던가 하는 처량한 느낌마저 생기게 되었다. 이동수는 지금까지 유능한 특수부 검사로서 잘 나가고 있었는데, 자신이 하고 있는 검사직에 극도의 회의를 느끼기 시작했다. 비리정치인이나 관료들을 불러놓고 호통이나 치지 말고 자신의 장래 정치생활에 도움이 될 수 있는 사람들에게 이러한 기회에 선심을 써서 그들과의 유대관계를 맺어두는 것이 현명한 일이 아닌가 하는 생각을 하기 시작했다.

비리공무원이나 정치인이라 하더라도 언제인가는 오뚝이처럼 다시 되돌아올 수 있다는 것을 너무나 잘 아는 그는 그렇게 하는 것이 현명한 방법이 될 수 있다고 생각하기 시작했다. 이러던 중에 판사들의 뇌물의혹사건이 불거지기 시작했다. 피의자로부터 거액의 뇌물을 챙긴 사람들이 수사선상에 오르게 되었는데, 이동수 검사가 수뢰판사들의 수사를 진두지휘하게 되었다. 수뢰 정치인과 관료들의 수뢰사건의 수사를 통하여 경험을 축적한 이 검사는 수뢰판사들의 수사에 있어서도 두각을 나타내게 되었다. 이 검사는 뇌물죄에 관한 한 선배판사들이라 하더라도 죄질의 중요성을 감안하여 그들을 기소하는 방향으로 수사방향을 잡게 되자 사법부 내에서는 검찰의 이러한 방침에 대하여 소위 사법파동이라는 예상 밖의 사태를 가져와서 중견판사들의 과반수가 자진해서 사표를 내는 사법부 공백의 사태까지 가져오게 되었다.

이러한 사태의 책임을 이동수 검사에게 돌리려는 움직임이 사법부 내에서 번지고 있었는데, 이것이야말로 적반하장과 같은 일이라 아니할 수 없었다. 어떤 이유에서이건 공정한 판결을 내려야 하는 판사들이 뇌물을 받고 피의자에게 유리하게 판결을 내려서야 어떻게 사법부의 권위를 인정해달라고 주장할 수 있다는 말인가. 이번 사태와 관련하여 중견판사들의 과반수가 사표를 제출했다는 것은 사법부의 정상적인 행위로 받아들일 수는 없을 것 같다. 그것보다는 법에 의거한 검찰의 정당한 공권력의 행사에 대하여 사법부가 반기를 든 것이라고 하는 편이 오히려 솔직한 일이 아니겠는가.

법이 정한 바에 의하여 판결을 내려야 하는 판사가 뇌물을 받고 판결을 그르친다면 그것은 중대한 법 위반이 되는 것이다. 이것은 단순한 검사와 판사 간의 힘겨루기가 아니라 법을 올바르게 집행하려는 검사와 법을 위반하고 있는 판사 간의 문제로서 사법파동이라고 부르기에는 어폐가 있는 문제인 것이다. 판사라 하더라도 법을 위반한 사실이 입증되면 기소도 될 수 있고 처벌도 받을 수 있는 문제인 것이다. 이러한 의미에서 볼 때 수뢰판사들에 대한 이동수 검사의 행동은 정당한 법집행으로 충분히 정당화될 수 있을 것이다.

그런데 묘한 일은 이렇게 잘 나가던 이 검사가 수뢰죄로 몰려서 옷을 벗게 되었다는 사실이었다. 수뢰정치인, 수뢰관료, 수뢰판사까지 기소하여 장안의 지가를 올리던 유능한 특수부장검사가 어떻게 자기가 그동안 혼신의 힘을 다해서 우리사회에서 근절하기 위하여 노력해왔던 결과로 특수부장검사로 승진까지 했던 바로 그 당사자가 수뢰죄로 옷을 벗게 되었다는 말인가. '욕하며 배운다'는 말이 있듯이 자기가 가장 혐오하는 일을 계속 접하다보면 자기도 모르는 사이에 물들게 되어 그 일을 범하게 된다는 것이다.

이 검사의 경우에도 처음에는 각종 뇌물 수수 문제에 대한 수사에 적극 관여하다보니 자기도 모르는 사이에 뇌물을 주고받는 일에 초연해지고 자신도 한번 뇌물을 주고받고 싶은 심리적인 변화를 경험하게 된 것이다. 뇌물을 받는 것은 처음 받을 때가 어려운 일이지 일단 뇌물을 받고 나면 그 다음부터는 뇌물을 받는 것에 대하여 별다른 죄의식을 느끼지 않게 되고 시간이 지날수록 더 많은 뇌물을 요구하게 된다는 것이다. 이러한 행위가 습관화되어 버리게 되면 자신이 뇌물을 받는다는 것 자체를 의식하지 못하게 되어버리는 것이 아니겠는가. 이동수 검사의 경우도 이렇게 되다 보니 자신이 뇌물수수자들을 수사하는 검사인지 뇌물의 수수자인지 정신적인 혼란을 겪게 되었다. 이러한 정신적인 갈등이 그에게 급성 간암을 유발하게 했으며, 이 검사의 비행이 만천하에 밝혀져서 그가 파면조치를 당했을 때는 이미 이동수 검사는 간암으로 사망하여 더 이상 이 세상 사람이 아니었다.

이 검사의 짧은 인생을 되돌아 볼 때 그가 의사가 되겠다는 초지를 일관성 있게 관철하여 의과대학을 졸업하여 의사가 되었다면, 이러한 비극적인 삶으로 인생을 마감하지는 않았을 것이다. 정치를 하겠다는 큰 뜻을 품고 법대에 와서 검사가 되어 정치인들의 비리를 수사하면서 정치인들의 속성을 알게 되기 전까지는 의대의 예과를 마치고 본과에 진학하지 않고 법대로 전공을 바꾼 것을 잘한 일로 여기고 있었지만, 정치인들의 생리를 알게 되면 될 수록 그들의 비리가 너무나 뿌리 깊다는 것을 깨닫게 되었다.

이러한 정치인들의 비리를 전부 알고 난 후에 그는 뜻했던 대로 정치계로 진출하는 것이 올바른 선택이었느냐에 대한 회의가 들면서 그가 특수부검사의 직책을 계속 수행하는 것이 무슨 의미가 있느냐 하는 점에 대해서도 의문을 갖게 되었다. 자기 혼자 열심히 한다고 해서 도도히 흐르는 우리나라의 부패의 탁류 속에서 살아남기 위해서는 어떻게 처신하는 것이 현명한 일이냐를 심각하게 생각하기 시작했다.

그가 좀 더 현명한 인간이었다면 검사의 직책에 지나치게 집착하지 말고 가급적 빠른 시일 내에 검사의 옷을 벗고 변호사 개업을 해서 대학원에 가서 공부를 더 해서 대학교수로 직장을 옮길 수 있었다면, 수뢰검사라는 오명을 쓰고 불명예로 검찰의 옷을 벗는 일 같은 것은 없었을 것이다. 그런데 사람이란 사랑할 때와 죽을 때를 분명히 찾지 못하고, 나아갈 때와 물러날 때를 구분하지 못하고 머뭇거리다가 자기도 모르는 사이에 신세를 망치게 된다는 것이다. 동수는 자신이 누구보다도 똑똑하다는 생각을 하고 있었기 때문에 일생을 그르친 것이라 할 수 있을 것이다.

자신이 똑똑한 사람이 아니라 평균인에 불과하다는 겸손한 생각을 갖고 있었더라면 의대에 입학을 했을 때 의대가 자신의 적성에 맞느니 어쩌니 하고 건방을 떨지는 않았을 것이다. 동료학생들과 같이 끝까지 눌러 앉아서 의대를 마쳤다면 직장도 보장되고 무난한 일생을 편안하게 보낼 수 있었을 것이다. 중도에 정치인이 되어야 하겠다는 엉뚱한 생각을 해서 어렵게 들어간 의대에서 법대로 옮겨오지만 않았더라면 검사가 될 리도 없었고 얼마 살지 못했을 뿐만 아니라 자신의 꿈도 실현하지 못하고 사망했을 리는 없었을 것이 아니겠는가. 결국은 그가 자신이 남보다 똑똑하다는 사실을 지나치게 과신했던 것이 인생에 있어서의 파탄을 가져오게 된 것이 아니겠는가. 이런 관점에서 볼 때 그가 자신을 그렇게 생각했다는 것이야말로 착각이었다고 아니할 수 없을 것이다.

세상 사람들은 왜 착각을 하게 되는 것일까. 많은 사람들이 자신이 남보다 잘났다는 착각 속에 살아가고 있는 것이다. 자신이 미인이라고 착각하면서 일생을 살아갈 수 있는 여인이야말로 참으로 행복한 사람일 것이다. 자신이 남보다 똑똑하다고 착각하는 사람들도 행복하기는 마찬가지일 것이다. 남들을 속이거나 남에게 해를 끼치면서 자신이 똑똑하다고 착각하는 사람들이야말로 정말 한심한 인간들이라 아니할 수 없을 것이다. 왜냐하면 그런 사람들이야말로 우리 사회가 필요하지 않는 사람들이며, 만일 그러한 사람들이 우리 사회의 근간을 흔들게 된다면 정말 큰일이 될 것이므로 아무리 '착각은 자유'라 할지라도 그러한 사람들은 가급적 우리 사회에서 제거돼야 할 것이다. 그러지 않으면 마치 '거짓이 진실인 것처럼 탈바꿈' 하여 사회적으로 일대 혼란을 가져올 수 있기 때문이다.

착각은 믿음에서 나오는 것이라고 할 수 있을 것이다. 남들이 보기에는 결코 그렇게 될 수 없다고 생각되는 일도 자신만은 그렇지 않다고 강변을 할 수 있는 자기 과신이 없다면 어떻게 그러한 엉뚱한 망상을 할 수 있겠는가. 고위직에 있는 사람들이 그러한 자기 과신에 빠질 가능성이 크다고 할 수 있다. 그러한 사람들은 자신만이 어떤 업무를 처리할 수 있다고 착각을 하고 있는 것이다. 누구나 그 자리에 앉게 되면 당연히 처리할 수 있는 업무임에도 불구하고 자신이 아니면 그 일을 해낼 수 없다고 착각하게 되는 것이야말로 자기 과신의 중증환자라 아니할 수 없을 것이다. 그러한 사람이 정권을 잡은 고위직에 있는 경우에는 문제가 좀 더 심각하게 될 것이다.

이승만 대통령이나 박정희 대통령이 보여주었던 정권에 대한 지나친 집착이야말로 그러한 착각의 대표적인 실례라 할 수 있을 것이다. 초대 대통령으로서 대통령직을 후배들에게 물려주고 적시에 물러났더라면 우리나라의 민주주의의 발전에 크게 기여하여 국민들의 존경을 한 몸에 받을 수 있는 영광을 누릴 수 있었던 이승만 대통령이었을 터인데, 안타깝게도 고령에 판단력까지 흐려진 자신의 초라한 모습을 돌아보지 못하고 자신만이 대통령직을 수행할 수 있는 유일한 사람이라는 착각을 하였기 때문에 학생들에 의하여 권좌에서 강제로 끌려 내려와서 해외로 도주하게 되어, 체면도 말이 아니었다는 것을 보고 많은 국민들의 존경보다는 빈축을 사고 있으니 참으로 안타까운 일이라 아니할 수 없다

박정희 대통령의 경우에도 결과는 마찬가지였다고 할 수 있을 것이다. 우리나라의 정치적인 혼란기에 군인들이 정권을 잡는데 앞장을 섰던 그는 군사혁명의 성공과 적시의 민간정권으로의 이

양으로 대통령직을 죽을 때까지 계속 수행하려는 착각에서 벗어나지 못한 채 흉탄에 쓰러져 버린 것도 지나친 착각이 빚은 비극이었다고 할 수 있을 것이다. 그가 우리나라의 경제발전에 기여한 공로는 크다고 할 수 있다. 그러나 그렇다고 하여 그가 대통령직에서 죽어나가기 전까지는 결코 스스로 물러나지 않겠다는 착각을 하고 있었다는 것 자체가 그의 불행을 자초한 일이었다고 할 수 있을 것이다.

대통령직이 무엇이기에 그 자리에 한 번 올라본 사람은 그냥 놓아두면 언제까지나 그 자리에 앉고 싶어 하는 충동을 받는 것 같다. 우리나라의 4년 단임제의 대통령직은 대통령의 국정수행을 제대로 하기에는 너무나 짧은 기간이라 할 수 있을 것이다. 미국에서처럼 최소한 4년 중임제를 할 수 있어야만 대통령으로서 어떠한 정책이나 소신 있게 밀고 나갈 수 있는 최소한의 기간을 확보해줄 수 있는 시간을 마련해 주는 것이라고 말할 수 있을 것이다. 현재의 4년제의 단임 대통령으로서는 무슨 일이든지 시작하기만 할 뿐 마무리 할 시간이 없다는 것이 과언이 아닐 것이다. 그렇다고 해서 대통령의 능력 여하에 관계없이 4년 중임제를 도입하라는 것은 아니다.

우리가 사회생활을 하다보면 정상적인 사람들이 대부분이지만 경우에 따라서는 비정상적이며 다루기 힘든 사람들을 만나게 되는 경우가 더러 있다. 이러한 사람들이 전혀 관련이 없는 남이라면 별문제가 없겠지만, 가까운 친척이나 형제자매인 경우에는 신경이 많이 쓰이게 되는 것은 너무나 당연한 일이 아니겠는가.

그 중에도 착각이 지나쳐서 자신이 특별한 사람이나 되는 듯이 거들먹거리는 것을 시도 때도 없이 보아야 하는 것은 실로 고통스러운 일이라 아니할 수 없을 것이다. 촌수도 잘 모르면서 위아래 구별 없이 명령을 하거나 반말지꺼리로 기분을 잡치게 한다면 집안의 어른으로서 그러한 버릇없는 사람을 불러다가 호통이라도 쳐야 하는 것이 마땅한 일이지만, 어른도 몰라보는 안하무인 같은 태도로 일관하고 있는 것을 보면서 과연 어떻게 해야 할지 모를 지경이다.

자신을 아마도 모든 사람들이 떠받들어야 할 특별한 존재로 착각이나 하는 것인지 젊은 그는 우리 사회에서 용납 받을 수 없는 일종의 정신병자가 아닐까 하는 의심마저 들게 하고 있는 것이다. 왜냐하면 그의 행동은 착각에 의한 것이건 아니건 간에 정상적인 행동이라고 말하기 어렵기 때문이다. 자신이 미인이며 부자로 산다는 엉뚱한 말을 믿고 일생을 착각 속에서 살다가 죽은 가여운 여인도 있다. 어렸을 때부터 자신은 미인이라는 착각을 하고 살면서 네 살이나 아래인 여동생에게 마치 자신은 미인이며 여동생은 호박이라고 폄하해 왔다. 그 여동생이 언니보다 특별히 잘못 생긴 것도 아니었는데 자신이 동생보다는 월등하게 잘 생겼다는 착각을 하고 살았던 것 같다. 잘 산다는 것도 자라다보니 여동생 쪽이 훨씬 더 잘 사는 것을 보고 그러한 사실을 인정하려고 하지는 않고 여동생을 일생동안 질투만 하다가 평생동안 단 한 번도 부자처럼 살아보지도 못한 채 일생을 착각 속에서 마감하고 말았던 것이다. 부자라든가 잘 산다는 것 등은 착각

속에서 바라는 자신의 모습이지 실제의 모습이 아닌 것이다. 불행한 이 여인은 일생동안 착각 속의 자신을 찾아서 헤맸던 것이다.

　미인이라는 것은 생래적인 요소가 강한 것이지만, 요즘에는 성형수술이 발달되었기 때문에 성형 불가능한 추녀가 아니라면 얼마든지 미녀를 창출해낼 수 있는 시대가 되었으니 미인이라는 것을 내세울 만한 시대는 이미 지나가 버린 것 같다. 왜냐하면 미인이라는 것이 창조된 미인인지, 아니면 원래의 미인인지 하는 것을 쉽게 구분할 수 없을 정도로 성형수술의 기술이 발달했기 때문에 하는 말이다. 부자로 산다는 것도 태어난 팔자대로 부자로 사느냐, 아니면 후에 살아가면서 부자가 되려고 노력했던 결과로 부자가 되는 것과는 상당한 차이가 있기 때문이다. 대부분의 큰 부자들은 생래적인 것보다는 후천적인 부단한 노력의 결과라는 것이 주종을 이루고 있다는 것을 생각해 볼 때 '부자는 타고나는 것이 아니다' 라는 말을 실감할 수 있을 것 같다.

　자기가 부자로 태어난 팔자대로 살아가면 된다고 굳게 믿고 있었던 그 여인은 착각 속에서 일생을 살았지만 한 번도 부자가 되었던 일이 없었는데, 그것은 너무나 당연한 일이 아니겠는가. 왜냐하면 부자가 되려고 노력하지 않는 사람이 부자가 되었던 실례는 한 번도 없었기 때문이다. 게으른 사람들이 부자가 되었던 일을 일찍이 본 일이 없다. 부자가 된다는 것은 부지런한 사람들만이 얻어낼 수 있는 트로피와 같은 결과물이라 할 수 있을 것이다. 그녀처럼 자신의 집안일마저 자신이 직접 하지를 않고 남에게 대신 맡기는 사람은 결코 부자가 될 수 없는 것이다.

자신이 부자라는 착각 하에 일생동안 돈은 벌지 못하고 빚만 잔뜩 지고 살다가 죽을 때는 재산 하나 남겨놓지 못하고 죽은 사람도 있다. 나는 평생 동안 빚이라는 것을 모르고 살았기 때문에 툭하면 빚을 지는 사람들의 심리상태를 이해할 수가 없다. 없으면 없는 대로, 있으면 있는 대로 살아가면 되는 것이지 갚을 수 없을 정도의 빚은 왜 지는 것인지 의아해진다. 돈은 벌지도 못하는 대신에 상당액의 이자를 꼬박꼬박 내는 것이 억울하지도 않느냔 말이다. 그런데 빚을 지는 사람들은 이자지불이 아깝지가 않은 모양이다. 돈만 구할 수 있다면 심지어 달러 빚이라도 내서 급전을 쓰려고 하는 사람들이 있다. 이러한 사람들 때문에 고리대금업자들은 법정이자율을 적용하는 것이 아니라 그들 간에만 합의한 엄청난 이자율을 적용하면서 대금업을 하여 엄청난 돈을 벌어들이고 있는 것이다.

정부에서 아무리 단속을 강화해도 돈을 필요로 하는 사람들이 아무리 비싼 이자율이라도 돈을 빌리겠다고 하는 데야 어떻게 하겠는가. 이자율이 지나치게 높은 경우에는 이자가 얼마 가지를 않아서 원금을 잡아먹게 되는 현상을 가져 와서 소위 '배보다 배꼽이 크다'는 말처럼 이자가 원금을 훨씬 웃돌게 되는 기현상을 가져오게 될 것이다.

빚을 내더라도 돈만 벌면 되지 않느냐고 말하는 사람들도 있다지만 어떻게 빚을 내서 돈을 벌 수 있다는 말인가. 이러한 생각이야말로 잘못된 착각이며 희극적인 발상이라 할 수 있을 것이다. 빚을 지는 사람들은 수지계산을 제대로 할 줄 모르는 사람들이라고 할 수 있을 것이다. 들어오는 것을 보고 지출을 해야 빚을 지지 않을 수 있는 것인데, 들어오는 것은 별로 없음에도 불구하고 씀씀이가 커서 빚을 내서라도 흥청망청 쓰다보면 얼마 가지 않아서 걷잡을 수 없을 정도로 빚이 막대하게 늘어나서 감당하기가 어렵게 되고, 빚으로 돈을 벌 수 있다고 생각했던 것은 실현 가능성이 없는 하나의 착각에 불과했으며, 빚더미만이 그가 감당해야 할 부담이 되고 있다는 것을 깨닫게 될 것이다.

국내에서 받은 의사면허가 미국에서는 외국면허를 가진 의사들에게 특별히 실시하는 전형시험에 합격을 해야만 미국에서 의사노릇을 할 수 있는 것인데, 두 여의사의 경우 미국에 가기 전에 한국에서 실시했던 전형시험에도 실패했으며, 미국에 체재하는 동안 계속해서 응시했지만 결국에는 시험에 합격하지를 못해서 미국의사면허를 부여받지 못하고 말았다. 미국과 한국의대의 실력차이가 그렇게 큰 것도 아닐 터인데 두 여의사는 끝끝내 의사시험에 합격을 못해서 미국의사면허를 따내지 못했지만, 상당수의 한국의사들이 미국의사면허를 따고 미국에서 의사노릇을 하면서 돈도 많이 버는 것을 보았다.

그런데 이 두 여의사들의 경우야말로 가관이었다. 한국에서 의과대학을 나왔기 때문에 그들이 의사임에는 틀림없는 사실이지만, 미국에서는 의사면허가 없기 때문에 의사라고 말할 수는 없으며, 의료행위와 같은 유사행위를 하게 되면 불법행위로서 처벌의 대상이 되고 있다. 그러다 보니 그들은 의료행위를 할 수 없기 때문에 미국에서 의사노릇을 못하는 것이 분명함에도 불구하고 자신들이 의사라는 것을 기회 있을 때마다 내세우고 싶은 것이 인지상정이라 할 수 있을 것이다. 그러나 그들이 미국에서 의사가 아니라는 것은 명백한 사실이다. 그들이 미국에서 의사로 행세하려는 것은 분명히 착각이라 할 수 있을 것이다.

의사라는 긍지를 마음속에 간직하고 그들이 미국에서 선택한 직업은 한 여의사의 경우는 공인중개사였으며, 다른 여의사의 경우는 병원에서 일을 하기는 했지만 의사로서가 아니라 의사 보조일이었다. 내가 미국에서 공부할 때 직업을 구하는데 있어서 내가 한국에서 했던 법학공부가 전혀 도움이 되지 않았던 것과 두 여의사가 의사에게 합당한 직업을 구하지 못했던 것과 무엇이 다르다고 할 수 있을 것인가. 내가 미국에서 공부하면서 나도 한국에서는 한 때 잘 나갔었다는 착각에 빠져서 정신을 놓고 있었다면 과연 어떠한 결과를 가져왔을까.

'왕년에 금송아지를 갖지 않았던 사람이 어디에 있느냐'는 말 속에는 자신의 과거를 은근히 미화하고 싶은 마음이 모든 사람들에게 정도의 차이는 있을지라도 갖고 있다는 것을 말해주는 말일 것이다. 그런데 우리의 과거는 과연 그 정도로 미화할만한 가치가 있는 것이었는가. 이에 대한 대답은 오히려 부정적이라 할 수 있을 것이다. 우리의 과거는 여러 가지 어려움으로 점철된 것이었다. 과거가 아름다웠다고 말하고 싶은 것은 우리들의 착각 때문이 아닐까.

국제관계에 있어서 일본처럼 착각을 하는 국가도 드물 것이다. 임진왜란 때만 보더라도 조선을 자기들의 손아귀에 넣을 수 있다고 착각을 하여 조선에 대하여 명나라를 칠 터이니 길을 빌리자는 건방진 소리를 하면서 조선을 침공하여 한양을 함락하고 평양을 함락한 후 왕을 의주까지 밀어붙였지만 명나라가 구원병을 보냈으며 이순신장군이 해상에서 그들을 섬멸하여 남해안을 돌아서 서해로 진출하려던 왜군을 막아서 일본의 조선정벌의 꿈은 이루어지지 않은 한낱 착각으로 끝나버린 일이 있었다.

구한말에 한반도를 둘러싼 열강들의 각축전 끝에 일본이 최후의 승자가 되어 마치 조선을 자기 것처럼 먹어치워서 36년간을 조선인들의 상전노릇을 해왔다. 왕궁에 쳐들어와서 왕비를 시해하고 불태워버린 만행을 범하기까지 했다. 조선인의 언어를 빼앗고 성씨까지 빼앗으면 조선인을 일본인으로 만들 수 있다는 착각에 빠졌다가 태평양전쟁의 패망으로 그들의 시도는 물거품처럼 사라져버렸다. 터키가 그리스를 400년 이상 지배했지만, 고대문명의 발상지인 그리스는 결코 터키에 흡수되어버리지도 않았으며 흡수되어질 수도 없었던 것이다. 400년이라는 기간이 긴 기간이긴 했지만 터키가 그 기간 동안에 그리스를 흡수할 수 있다고 생각했다면 그것이야말로 희대의 착각이었다고 아니할 수 없을 것이다.

일본은 조선을 병합한 여세를 몰아서 만주를 들어 삼켜 버렸으며, 중국대륙에 진출하여 중국대륙을 통째로 삼켜버리기 위하여 중국대륙에 깊이 침투하여 중·일전쟁은 장기전의 양상을 띠게 되었다. 아시아지역의 지배를 목표로 하는 대동아공영권이라는 망상에 기초한 전략의 실현을 위하여 동남아에 진출하고, 하와이의 진주만을 급습하여 미국과의 태평양전쟁을 일으킨 일본은 감히 태평양 군도들을 점령하여 전선을 무한히 확대해 나갔다. 이러한 무모한 전쟁을 수행하면서 한국의 젊은이들을 병사로, 노무자로, 그리고 젊은 여성들은 소위 종군위안부로 차출하는 등의 만행을 저질렀다.

일본이야말로 극동과 아시아지역에 지배권을 확립할 수 있다는 착각에 사로잡혀서 대대적인 침략전쟁을 강행했지만 중과부적으로 연합국의 반격에 의하여 일본의 본토가 점령되고 한반도 분단의 비극을 맞이하게 되었던 것이다. 소련이야말로 2차 대전의 과실에 대한 어부지리를 가장 많이 챙긴 국가였다고 할 수 있다. 8월 9일에 참전한 소련은 전쟁에 참여할 필요도 없었는데, 미국이 일본의 실력을 과신한 나머지 관동군을 무장해제하기 위하여 소련의 참전을 종용했다고 한다. 그런데 당시에는 이미 일본이 히로시마와 나가사키에 대한 원자탄의 투하로 와해 직전까지 이르게 되었던 지경이라 그냥 놓아두어도 일본은 패망하게 되어 있었으며, 관동군의 정예도 전부 태평양전투에 배치되었기 때문에 관동군의 무장해제를 받는데 소련의 도움이 전혀 필요하지 않았다고 한다.

소련이 8월 9일에 참전을 했기 때문에 한반도가 분할이 된 것이지, 만일 소련의 참전이 그보다 훨씬 이전에 이루어졌다면 한반도가 아니라 일본이 분할되었을 것이라는 설이 있는데, 그 설이 현실화 되었더라면 한반도는 분단의 비극을 겪지도 않았을 것이며, 일본이 분단국가로서 한반도가 겪은 이상의 고통을 겪지 않았을까 하는 아쉬운 생각마저 생기는 것은 어쩔 수 없는 인지상정이라 아니할 수 없을 것이다.

일본은 분할이 되지 않았기 때문에 미국의 단독 점령 하에서 평화헌법에 의하여 무장이 해제되고 전쟁을 할 수 있는 권한까지 포기하게 되었다. 그러한 혜택을 받았기 때문에 일본은 전후의 복구에 박차를 가할 수 있었으며, 특히 6·25 한국전쟁은 일본이 전쟁의 특수를 마음껏 누릴 수 있는 계기가 되어서 일본의 경제부흥에 박차를 가할 수 있게 되었다.

일본은 한국 때문에 득을 가장 많이 본 나라이다. 일본이 분단이 되어야 하는 것을 한국이 대신 분단되었으며, 6·25전쟁은 남북한의 사생결단의 싸움이었다. 한반도는 전쟁으로 전부 파괴되었는데 비하여 일본은 그냥 앉아서 전쟁의 특수를 누려서 오늘의 경제대국으로 성장하는 계기를 마련할 수 있었던 것이다. 더욱이 아베정권이 그 효력을 폐기하려고 시도하고 있는 일본의 평화헌법 조항이야말로 일본이 외부의 간섭을 받지 않고 현재의 경제성장의 과실을 누릴 수 있도록 크게 기여한 것인데, 엉뚱한 궤변으로 평화헌법조항을 무력화시키려는 일본정부의 시도야말로 배은망덕한 행위라 할 수 있다. 한국과의 관계에서 일본이 저지른 전쟁범죄행위인 위안부문제를 없었던 일로 덮으려는 것이야말로 후안무치한 행위이며, 아직도 일본이 한국문제를 좌지우지할 수 있는 위치에 있다는 착각에서 나온 것이라 할 수 있을 것이다.

최근의 북한에 대한 일본의 급속한 접근이 한국과 중국이 긴밀하게 접근하게 되는데 대한 반발로 나온 것이라 하더라도 너무나 눈에 보일 정도로 미숙한 외교적 접근방법이라 아니할 수 없을 것이다. 왜냐하면 일본은 아직도 한반도에 대한 영향력을 미칠 수 있다고 생각하고 있는 모양인데, 그것이야말로 착각이라 아니할 수 없을 것이다. 한국이나 북한은 약삭빠른 아베와 같은 인물에 의하여 휘둘리게 될 수 있는 그러한 국가들이 아니다. 대한민국에는 비록 여자대통령이 있지만 아베와 같은 착각에 사로잡힌 인물에 의하여 좌지우지될 수 있는 국가가 아니다. 한반도가 통일국가였다면 감히 일본 같은 국가가 넘볼 수 있는 국가가 아니다. 한반도의 반쪽밖에 되지 않는 대한민국이기는 하지만 일본을 상대할 수 있을 정도의 경제대국으로 급성장해 왔다.

일본의 지도자들이 지금도 무력으로 한국을 집어삼킬 수 있다고 착각을 하고 있는지는 알 수 없지만, 그런 일은 일어나서도 되지 않으며 또한 일어날 수도 없는 일이다. 경제적으로 한반도를 점령하겠다는 착각을 갖고 있는지는 알 수 없지만, 한국의 경제가 일본에 뒤지지 않을 정도로 성장해버린 현재에 있어서는 무장침공의 경우와 마찬가지로 가능성이 전혀 없는 문제가 되고 있다.

그렇다면 왜 일본은 가능성도 없는 한국에 대한 착각과 미련을 버릴 수 없다는 말인가. 그것은 아마도 일본인들의 섬나라 근성 때문에 그런 것이리라. 대륙의 독일은 제2차 대전 중에 나치 독일이 범했던 유대인에 대한 만행을 공식적으로 사죄하고 그에 상당하는 금전적인 배상까지 완료했는데, 일본은 이러쿵저러쿵 말도 안 되는 핑계만 대다가 한국민에 대해서, 그리고 중국민에 대해서 당연히 했어야 하는 사과를 차일피일 미루고 있는 것은 섬나라 근성의 대표적인 발로라 할 수 있을 것이다.

개인이든 국가이든 착각은 자유이지만, 착각을 해도 상식적인 범위 내에서 해야 하지 비상식적인 착각은 아무런 도움도 되지 않을 것이다. 이러한 관점에서 볼 때 한국에 대한 일본인의 착각이야말로 더 이상 거론해야 할 가치조차 없는 문제라고 할 수 있을 것이다. 일본인들이 하는 엉뚱한 행위들은 착각에 의한 행위라고 가볍게 웃어넘기는 것이 우리 국민의 정신건강에도 좋을 것이 아니겠는가.

13

허세

　김병수는 가난한 집안의 장남으로 태어나서 어려서부터 학교 교육도 제대로 받지 못하고 막노동 일로 시작하여 30대에 중견 토건회사의 사장직까지 오르게 된 입지전적인 인물이다. 가난한 집안에 태어났으며 어려서부터 막노동판에서 일하면서 잔뼈가 굳은 그는 일반적인 막노동꾼들처럼 햇볕에 그을린 검은 얼굴에 검은 피부를 가진 노동자의 모습을 가졌다기보다는 부잣집 도련 님처럼 준수한 외모와 하얀 얼굴의 소유자였다.

　7형제와 자매 중에 맏이로 태어난 병수는 어려서부터 자신의 일보다는 동생들을 챙기는 일에 앞장섰으며 맛있는 음식이 생기 더라도 자신이 먹기보다는 어린 동생들에게 나누어 주는 맏형으 로서의 역할을 하는 장한 어린이였다. 아버님이 일정한 직업도 없었기 때문에 그는 다섯 살 때부터 일찍이 철이 들기 시작하여 거의 연년생으로 태어나는 동생들은 자신이 보살펴야 하겠다는 생각과 의무감을 갖고 자라났다. 아버님이 벌어들이지 못하는 생활비는 어머님이 남의 집 가사도우미나 품팔이를 해서 근근이 벌어들이는 돈으로 겨우 입에 풀칠을 하고 살아가고 있었다.

가난한 집안이라면 병수의 부모님처럼 앞뒤 생각 없이 아이를 싸지를 것이 아니라 병수 하나나 동생 하나 정도만 낳았더라면 그렇게 생활이 쪼들리지는 않았을 것이다. '가난한 사람은 가난해질 수밖에 없다'는 말이 있듯이 산아제한이 왜 필요한지를 이해하지 못하는 것 같았다. 있는 사람들도 많은 자식을 낳지 않는 요즘 세상에 돈도 없는 처지에서 그렇게 아이들을 연거푸 낳느냔 말이다.

병수는 어려서부터 부모님 대신에 집안을 챙기려는 생각이 있었지만 너무나 나이가 어려서 마땅한 일자리가 없었다. 신문배달일이나 우유배달 아니면 급사 일을 하려 해도 최소한도 열 살은 되어야지 다섯 살짜리가 무슨 할 일이 있다는 말인가. 보통 아이들 같았으면 유아원에나 다니면서 부모님의 귀여움을 독차지할 어린 나이인데 직업전선에 나선다는 것이 말이나 되느냔 말이다. 그러나 병수는 그 어린 나이 때부터 휴지 줍기 일에서부터 시작하여 닥치는 대로 자기가 할 수 있는 일을 무엇이나 찾아나서기 시작했다. 차츰 나이가 들어감에 따라 그가 할 수 있는 일자리도 늘어났으며, 어린 나이임에도 불구하고 무슨 일이라도 일단 자신에게 맡겨진 일은 성심성의껏 하는 그의 모습을 보고 윗사람들이 그를 귀엽게 보고 그가 할 수 있는 일자리가 끊이지 않게 대주었다.

열 살이 되었을 때 남들은 초등학교에 다닐 나이였지만 그의 처지로는 학교 근처에도 갈만한 경제적인 여유가 없어서 학업은 일찍이 포기하고 자력으로 노동판에서 입신을 해야겠다는 결심을 하게 되었던 것이다. 열 살의 나이에 그는 이미 십장의 자리에 올라서게 되었다. 신체도 열 살 먹은 아이라고 볼 수 없을 정도로 실했으며 나이 많은 자기의 부하들을 능숙하게 부릴 줄 아는 그는 타고난 지도자 같았다. 그는 이미 그 나이에 부모님을 대신하여 집안일을 돌보고 동생들을 돌보는 일을 하게 되었다.

나이가 들어감에 따라 일터에서 좀 더 중요한 자리에 오르게 되었으며 자기 자신의 사업을 일으켜야 하겠다는 꿈을 갖기 시작했다. 어떻게 하면 최고의 자리에 오를 수 있을까를 늘 염두에 두면서 새로운 일을 배우는데 게을리 하지 않았다. 스무 살이 되면서 병수는 이미 직장에서 지도자의 모습을 보여주기 시작했으며 동료 노동자들과도 긴밀한 유대관계를 유지하면서 자신의 세를 은근히 확장해 나가기 시작했다.

병수가 관심이 있는 분야는 토건업이었다. 당시에 한창 호경기를 맞고 있던 건설업에 뛰어들어서 한 번 크게 성공해보겠다는 것이 그의 꿈이었다. 그러한 꿈을 갖고 있던 그는 소규모의 토건회사인 대륙토건에 취직을 할 기회를 갖게 되었다. 소규모의 토건회사임에도 대륙토건이라는 이름을 붙인 것이 마음에 들기도 했다. 젊은 사장과도 의기가 투합했다. 사장은 그에게 함께 일하면서 지금의 소규모 회사를 중견기업으로, 그리고 가능하면 유수의 대기업으로 키워보자는데 합의했다. 건설은 사장이 담당하고 병수는 영업을 담당하기로 했다. 병수의 설득력이 있으며 믿음이 가는 화술은 업자들을 감동시켜서 예약된 건설물량이 일취월장하게 되자 어느 사이엔가 소규모로 시작했던 대륙토건이 중견기업의 지위를 확보하게 되었다

김병수의 일생에 있어서 최영철 사장과 그의 누이동생인 최영희 교수와의 만남은 그에게 일대 전환을 가져온 사건이었다. 최 사장은 그보다 5세나 연상으로서 30세인 김병수와는 달리 부유한 집안에서 태어나서 정상적인 교육을 받고 대학원까지 졸업하고 외국유학까지 갔다 온 후 부친의 사업을 인계받아 대륙토건의 사장직에 앉아서 한창 사세를 확장하고 있는 엘리트로서 35세의 한창 나이에 있었다. 그는 병수의 영업 수완을 높이 샀으며 그에 대한 적극적인 지원자로서 뒷받침을 해주어서 병수가 사업가로서 급성장하는데 절대적인 영향을 미친 사람이었다.

병수는 나이 30세가 될 때까지 돈벌이 하랴 집안의 부모님과 동생들을 돌보랴 장가들 생각을 할 여지가 없었다. 그런데 사람의 인연이라는 것은 참으로 희한한 일인 것 같다. 최 사장의 여동생은 인물도 훤하게 잘 생기고 총명한 여자로서 어렸을 때부터 공부도 잘 하고 여유 있는 집안에서 태어났기 때문에 오빠처럼 순탄한 인생을 살 수 있었으며, 명문 Y 대학을 졸업하고 미국의 명문 NYU에서 회계학으로 경영학 석사와 박사학위를 수여받고 모교의 회계학 조교수로 자리를 잡고 학생들을 가르치고 있는 장래가 촉망되는 재원이다. 탄탄한 직장도 있겠다 경제적인 여유도 있다 보니 결혼 같은 것은 안중에도 없고 대학 연구실에 밤늦게까지 앉아서 연구를 하고 학생들을 가르치는 일에만

몰두하고 있는 것을 낙으로 삼고 있는 최근 유행어로 대표적인 골드미스에 해당한다고 해야 할 것이다.

그런데 오빠가 김병수와 함께 일하기 시작한 후 우연한 기회에 그를 자주 만나게 되었다. 병수의 첫인상은 귀공자 타입으로 고생을 하고 역경을 헤치고 이 자리에까지 이르게 된 사람 같지가 않았다. 최 교수는 웬만한 남자를 보고는 아직까지 남자라는 생각을 해본 일이 없었는데, 병수를 보고는 '이 사람이 내 남자이구나.' 하는 생각을 생전 처음으로 하게 되었다. 나이는 자기보다 3세나 아래인 남동생뻘이 되지만 동생이라기보다는 남자로서 그를 생각하기 시작했다. 오빠의 주선으로 병수와의 혼인 말이 나오자 최 교수는 그런 말이 나오기를 은근히 바랐던 사람처럼 지금까지 시집갈 생각을 전혀 아무에게도 내비친 일이 없었던 골드미스 때의 전혀 무관심했던 태도와는 달리 오히려 오빠에게 부탁하여 병수와의 혼인이 성사될 수 있도록 해달라는 자신의 의사표시를 분명히 했다. 이러한 태도변화야말로 일찍이 없었던 일이었다.

어렸을 때부터 험한 세상을 헤쳐 온 병수는 인간적인 면에서는 누구에게나 친절했으며 특히 여자에게 대해서는 무관심한 척하면서도 최 교수와 같은 누나뻘 되는 여인에게는 특히 약한 것이 그의 성격상의 약점이라면 약점이라 할 수 있을 것이다. 그는 여자에게 사랑을 주는 유형이라기보다는 여자에게서 사랑을 받고 싶어 하는 유형이라 할 수 있을 것이다. 따라서 최 교수와 김병수의 혼인은 잘 어울리는 부부상을 보여주는 바람직한 일이었다 하겠다. 두 사람의 삶은 혼인을 함으로써 상승효과를 낳게 하여 서로의 발전에 많은 보탬이 되었다고 할 수 있을 것이다.

특히 득을 본 쪽은 병수로서 최 교수의 지극한 정성이 초등학교의 문턱에도 가보지 못했던 병수가 30세가 넘은 나이에 검정고시로 초등학교, 중학교, 고등학교 과정을 마치고 한국방송통신대학에서 경영학 학사학위를 받고 경영학석사 학위까지 받는데 성공하게 되었다. 부부 사이에는 딸 하나가 있었는데, 딸이 초등학교에 들어갔을 때 병수는 딸과 함께 초등학교 과정을 밟기 시작하여 딸의 격려를 받기도 했다.

"아빠, 힘내세요. 나리가 있잖아요"

"그래, 네가 아빠를 응원해 주니 아빠도 공부하는데 신바람이 나는구나."

병수와 딸 나리는 그야말로 누가 누가 잘하느냐 하듯이 처음에는 서로 앞서거니 뒤서거니 하다가 결국에는 아빠인 병수가 딸 나리를 앞서기 시작했다. 병수는 갈 길이 멀었기 때문에 조금도 지체할 여유가 없었다. 병수가 학업에 정진하기 시작했을 때는 대륙토건의 사업이 안정권에 들어섰을 때였으므로 돈벌이에만 전념하지를 않아도 회사는 제대로 굴러가고 있었다.

김병수의 사업 감각은 가히 천재적이라 할 수 있었다. 투자액을 전부 건설에만 쏟아 붓는 대신에 건설에서 거둬들인 일부의 이익금을 갖고 부동산 임대업에 투자하여 건설이익금이 증가함에 따라 임대업의 규모도 커지기 시작했다. 이러한 방법으로 대륙토건을 운영하다 보니 건설경기의 침체가 오더라도 부동산 임대업에서 생기는 이익금이 그 손실을 충분히 보전해줄 수 있는 효과를 발휘하기 시작했다.

최근 고객들의 일반적인 추세를 보면 부동산을 소유하기보다는 임대하려는 경향이 지배적이며, 전세보다는 월세를 선호하는 경향이 많다는 점에 착안하여 임대업을 대대적으로 시작한 대륙 토건은 임대업으로 벌어들이는 수익이 만만치 않다는 것을 입증해주었다. 공장건물을 지을 때도 모 제약회사의 회장은 만일의 경우 회사가 문을 닫더라도 공장을 임대 아파트로 빌려줄 수 있게 공장건물을 지었으며, 모 미싱회사 회장은 사업을 접은 후에도 공장건물을 100평, 200평, 300평으로 임대해 줄 수 있도록 지었기 때문에 4명의 경비원을 두고 공장 임대업을 성공적으로 하고 있는 것을 볼 수 있었다. 그런데 대규모 수영장을 짓다가 도산한 업체의 경우 건물 자체가 수영장 이외의 용도에는 사용될 수 없도록 처음부터 지었기 때문에 도산 후에 그 건물을 헐어내지도 못하고 거리 한 복판에 흉물스럽게 서있는 모습과는 아주 대조적이라 할 수 있었다.

김병수가 건설업과 부동산 임대업을 동시에 추진하기로 결정한 사업 감각은 참으로 놀라운 일이라 할 수 있을 것이다. 어떤 어머니가 우산을 파는 아들과 양산을 파는 두 아들을 갖고 있었는데, 그 어머니는 날씨가 흐려서 비가 와도, 아니면 날씨가 맑아서 햇볕이 쨍쨍 나도 늘 눈물에 젖어 살았다고 한다. 왜냐하면 비가 오나 날이 개이거나 한 아들은 장사가 제대로 되지를 않으니 장사를 제대로 하지 못하는 아들을 위하여 매일 울었다는 이야기다. 병수의 건설업과 임대업을 동시에 추진하기로 한 기발한 사업계획이야말로 부동산 경기가 좋아도, 아니면 나빠도 사업추진에 있어서 별다른 영향을 받지 않는 것이었기 때문이다.

김병수는 젊은 나이에 사업가로서 성공했으며 능력 있는 여인과 혼인까지 하고 귀여운 딸을 낳아서 생활에 안정을 찾게 되자 어릴 때부터 한이 되었던 공부를 원 없이 해볼 결심을 하게 되었다. 그의 이러한 꿈을 이루는 데는 부인인 최 교수의 적극적인 지도와 뒷받침이 결정적인 역할을 하게 되었다. 30이 넘은 나이에 초등학교 공부부터 새삼스럽게 시작한다는 것은 여간한 결심을 하지 않고는 불가능한 일이었다. 경제적인 여유도 있으며 사회적인 지위도 갖고 있는 그가 학력에 있어서만 특별히 내세울 것이 아무 것도 없다는 사실이 자존심이 많이 상하는 일이었다. 남에게 이러한 자신의 속사정을 감추다 보니 어느 때 부터인가 그에게 남 앞에서 허세를 부리는 습관이 생기기 시작했다. 그는 이러한 허세를 극복하기 위해서도 공부를 해서 남 앞에서 떳떳해지기로 단단히 마음먹고 초등학교 과정부터 착실하게 공부를 하기 시작했다.

딸인 나리처럼 정규 초등학교에 다닐 수도 없고 또한 그럴만한 시간적인 여유도 없는 병수는 딸에게 뒤떨어져서는 안 되겠다는 강박감에 사로잡히다시피 하면서도 이를 악물고 위기를 극복하여 딸은 아직도 초등학교 3학년인데, 그는 2년 만에 초등학교 과정을 마치고 검정시험에 합격하여 중학교 과정에 진학할 수 있게 되었다. 나이 들어 학교공부를 한다는 것이 얼마나 어려운지를 뼈저리게 느끼면서 60대나 심지어 70대의 할머니들이 증손자 같은 어린 학생들과 교복 입고 책가방 메고 즐겁게 학교를 다니는 모습을 텔레비전 같은 데서 보고 부러운 생각마저 들었다. 자신은 비록 그렇게 하지는 못하지만, 그렇게 어린이와 같은 즐거운 마음으로 초등학교를 다니는 어르신들이 부럽게 느껴졌다.

초등학교 과정에서도 국어, 영어, 수학, 과학 같은 과목에 특히 흥미를 갖고 열심히 공부를 했다. 중학교와 고등학교 과정으로 올라가면서 교과목들의 내용이 점점 더 어려워져서 밤새워 열심히 예습과 복습을 하지 않으면 따라가기도 힘들게 되고 있다는 것을 차츰 깨닫게 되었다. 초등학교 과정은 특별히 어려운 과목도 없었는데, 과연 중학교와 고등학교 과정을 밟게 되면서 공부가 힘들어져서 그냥 중도에서 포기해버릴까 하는 생각도 여러 번 했다. 그런데 중도에 포기해 버린다면 처음부터 시작하지 않았던 것만 못하다는 말이 생각나서 이를 악물고 끝까지 초심대로 대학까지 가보기로 다짐했다.

그는 영어와 수학이 따라가기 어렵기는 했지만 가장 관심 있는 과목이며 열심히 하다 보니 두 과목이 다른 과목들과 비교할 때 성적도 제일 잘 나왔다.

아내인 최 교수는 가끔 남편인 병수의 공부하는 진도가 제대로 진행되고 있는지를 알아보기 위하여 가능한 한 주기적으로 공부에 관한 대화를 하곤 한다.

"여보, 공부하느라 힘이 많이 들지요. 그래도 당신이 나이 들어서 초등학교 과정부터 공부를 시작하기로 한 것을 보고 대단한 사람이라는 것을 다시 한 번 확인할 수 있었지요."

"나는 공부를 시작한 후로 '공부는 다 때가 있다'는 말을 실감하고 있소. 나도 집안 형편이 좋았더라면 또래 아이들과 함께 초등학교 과정부터 공부를 시작하지 않았겠소. 그렇게 하지 못했던 것이 한이 되기는 하지만, 늦게나마 시작한 공부이니 끝까지 해낼 생각이오."

"당신, 참으로 장해요. 나는 부모님을 잘 만난 덕으로 제 나이에 공부를 시작하여 대학까지 마치고 외국유학까지 가서 석사학위는 물론 박사학위까지 받게 되어서 당신이 겪고 있는현재의 감내해야 하는 마음고생에 대해서 전혀 알 수는 없지만 당신의 말을 들어볼 때 참으로 힘들겠구나 하는 생각은 해보지요."

"내가 늦은 나이에 초등학교 과정부터 단계적으로 공부를 시작하기로 한 것은 당신과 만나서 혼인을 한 후의 일이지요. 더욱이 나리가 태어난 후로는 자라나는 나리를 바라보면서 잘못하다가는 나리보다 못한 아빠가 되지 않을까 하는 강박감마저 생겨서 나리가 초등학교에 들어간 후에 나도 늦었지만 초등학교 과정부터 착실하게 공부를 시작해야 하겠다는 결심을 하게 되었던 거요. 결심한 것까지는 좋았지만 그러한 결심을 실천에 옮기는 것은 예상했던 것보다 쉬운 일이 아니었소. 당신의 끊임없는 격려와 뒷받침이 없었다면 나는 벌써 오래 전에 나의 결심을 포기해 버렸을 것이오."

"당신이 중도에서 공부를 끝까지 해보겠다는 결심을 포기하지 않고 지금까지 한결같이 견디어 온 것을 자랑스럽게 생각해요."

"당신은 박사이고 대학교수인데, 나는 초등학교도 나오지 못한 무식쟁이라고 해서야 말이 되겠소. 초등학교도 나오지 못한 나의 입장에서는 박사인 당신은 저 높은 곳에 있는 접근하기 어려운 존재처럼 느껴지는구려. 그런데 내가 늦게 시작하긴 했지만 초등학교 과정을 마치고 중학교와 고등학교 과정을 밟으면서 차츰 당신에게 접근해가고 있다는 사실을 뚜렷하게 느끼게 되는구려. 나는 대학과정도 마치고 석사학위까지 받을 생각이요. 내가 기업에 종사하고 있으니 경영학 석사학위를 따낼 생각이요. 당신처럼 박사학위까지 따겠다는 것은 너무나 지나친 욕심이 아니겠소."

"당신의 기백은 참으로 대단한 것이라 아니할 수 없어요. 회사일을 돌보는 것도 시간이 벅찰 터인데 그 시간을 쪼개서 비록 방통대이긴 하지만 당신이 대학과정을 밟고 있는 것을 보니 당신의 결심이 이제 거의 완성단계에 이른 것 같네요. 끝까지 힘내세요."

병수는 지난 일을 되돌아 볼 때 실로 악전고투에 가까운 삶을 살아온 것 같다. 다행히 회사 일은 그냥 굴러갈 정도로 기반을 잘 닦아놓았기 때문에 공부에 전념할 수 있었지만, 그렇다고 해서 회사 일에 전혀 관여하지 않을 수는 없었다. 더욱이 사장인 처남의 건강악화 때문에 병수가 공부에만 전력할 수 없는 사태가 발생하게 되었다.

최 사장에게는 최 교수 이외에는 다른 형제나 자매가 없었으며 부모도 최 사장에게 재산을 좀 남겨주었지만 최 사장이 20세도 되기 전에 두 분이 서로 약속이나 한 듯이 1년 차이로 세상을 떠나고 보니 최 사장은 단신으로 대륙토건회사를 일으켜서 고전을 하던 차에 병수와 인연을 맺게 되어 처남매부 사이가 되고 병수의 사업수완에 힘입어 건설과 임대업을 병행하는 중견기업으로 성장시키는데 병수의 공이 지대했다. 최 사장은 사업에 열중하다 보니 혼인도 하지 않고 독신으로 살고 있었다. 그러다가 불치의 병에 걸려서 갑자기 세상을 뜨게 되자 최 사장이 경영하던 회사가 자연스럽게 병수의 차지가 되고 말았다.

이러한 급작스러운 사태의 발생에 직면하여 사장직을 인계받은 병수로서는 팔자 좋게 공부만 할 수 있는 처지를 더 이상 누릴 수 없게 되었다. 다행히 이러한 예상하지 못했던 사태가 발생했을 때는 대학과정의 마지막 학기를 남겨놓고 있던 때라 사업을 총괄하면서 남은 한 학기의 대학과정을 마치기로 했다.

병수가 사장직을 인계 받았을 때는 우리나라의 부동산 경기가 극도로 침체된 상태에 있어서 기존주택의 매매활동도 거의 정지 상태에 들어섰고 신축된 부동산의 분양도 제대로 이루어지지를 않아서 미분양 주택들이 급속히 늘어나고 있는 최악의 부동산경기를 나타내고 있었다. 다행히 주택을 사려는 사람들보다는 임대하려는 사람들이 늘어나서 임대주택은 물량이 부족해져서 임대를 할 수 없는 지경에 이르고 있었다.

그런데 묘한 것은 정부의 부동산 정책이었다. 제대로 흐르던 시냇물이 갑자기 막히게 되면 물고를 터주어서 시냇물이 제대로 흐르게 하는 것이 상식임에도 불구하고 정부는 불필요한 각종 규제를 만들어내서 부동산의 물고를 트는 대신에 숨통을 조이는 일만 하고 있으니 한심한 일이라 아니할 수 없다. 임대업과 관련해서 볼 때 임대업이 마치 돈벌이의 복마전이나 되는 듯이 임대업에 대한 규제를 강화하다 보니 임대업을 해보았자 세금내고 나면 수입이 별로 없는 결과가 되어 건설업과 임대업이 김병수 사장이 예측했던 것과는 정반대의 방향을 지향하게 되어 사업목표를 수정해야 할 처지에 놓이게 되었다.

정부는 여러 가지 사업추진을 위하여 자금을 필요로 하는데 세금을 받아낼 수 있는 가능성만 있으면 세금을 물리려 하고 있다. 부동산 관련 분야가 마치 황금알을 낳는 원천처럼 생각하여 각종 세금을 거둬들이려고 하는 것이 우리나라에서는 관례처럼 되어 있는 것 같다. 정부의 정책 중에 전시행정의 효과를 노리는 것들이 많이 있었다. 4대강 사업과 복지행정의 대부분은 그러한 효과를 노리는 대표적인 전시행정으로서 막대한 자금을 필요로 한다. 이러한 정책목표를 달성하기 위해서는 세금을 거둘 수만 있다면 주저하지 않고 언제나 어디서나 세금을 거두려고 하는 것이 정부의 다급해진 모습인 것 같다.

병수는 부동산경기의 침체를 타개하기 위한 부동산업계의 대정부 창구로서 부동산정책협의회를 창설하는데 주도적인 역할을 하여 정부, 업계 및 소비자를 대표하는 3자 공동대표 중에 업계 대표의 자리를 차지하여 부동산침체의 타개책을 적극적으로 추진하게 되었다. 이러한 직책을 맡아서 하다 보니 대학에서 경영학을 전공한 것이 얼마나 많은 도움이 되느냐를 처음으로 알게 되었다. 기왕에 대학까지 졸업을 했으니 대학원에 진학하여 경영학석사, 소위 MBA로 불리는 경영인들의 선망의 대상인 학위까지 받기로 결심을 하게 되었다.

부동산 문제에 대처하기 위해서는 상식만으로는 불가능하고 전문지식을 갖고 있어야 한다는 것을 절실하게 느끼게 된 병수는 부동산 관련 문제를 체계적으로 공부하기 시작했다. 대학을 나온 것이 이러한 문제에 접근하는데 큰 도움이 된다는 것은 물론이며 대외활동을 함에 있어서도 대학졸업장이 제 역할을 해주는 것을 알게 되었다. 공부를 시작하기 전처럼 초등학교도 나오지 못한 채로 아직까지 남아있었다면 부동산 문제에 적극 참여하는 현재와 같은 기회가 주어졌다 하더라도 내놓고 자신의 학벌을 내놓을 수도 없었을 것이 아니겠는가.

부동산정책협의회는 한 달에 한 번 3명의 공동대표가 참석하는 월례회를 갖고 있어서 부동산경기의 현황에 관한 의견교환과 해결책의 강구를 포함하는 전반적인 문제를 주기적으로 검토하는 기회를 가짐으로써 부동산경기의 직접 이해당사들 간의 의사소통을 촉진하는데 많은 도움이 되고 있다. 병수는 이러한 모임을 통해서 부동산의 현안문제를 명확히 파악하게 되었으며 부동산의 건설업과 임대업을 동시에 추진하고 있는 대륙토건의 경영에도 많은 도움이 되고 있어서 부동산업계에서 두각을 나타내는데 뿐만 아니라 주도권을 잡는데 결정적인 역할을 하게 되었던 것이다.

정부와의 접촉에 있어서 정부와 업계는 상하관계에 있다는 것이 우리나라에서는 관례처럼 되어버린 것이 이미 오래 되었다. 소비자는 언제부터인가 업계의 먹이처럼 되어버렸다. 그러다보니 정부, 업계 및 소비자의 관계는 묘한 모습으로 위태하게 상호관계를 유지하고 있는 것 같았다. 이러한 관계가 그대로 계속 유지된다면 종국에는 부동산업계의 파산밖에 가져올 수 없다는 것이 명백해지고 있는 추세를 미리 파악한 병수는 그에 대한 타결책의 모색에 고민하게 되었다.

　그가 고민하다 도달한 결론은 이 문제에서 벗어나기 위해서는 정계에 진출해야 하겠다는 결심을 하게 되었다. 부동산 관련 입법은 국회에서 처리하고 있으며 부동산 정책의 입안과 집행은 정부에서 관장하고 있으니 정치를 해야만 국회나 정부에 영향력을 행사할 수 있다는 것을 처음으로 깨닫게 되었다. 사업으로 어느 정도의 돈을 모아놓았으니 병수가 정치를 하겠다는 것은 너무나 당연한 일처럼 생각되었다.

　집권당의 비례대표 국회의원으로 당선된 그는 그의 뜻대로 정치에 입문하게 되었으며 그의 희망대로 국회 건설위원회에 배치되었다. 부동산정책협의회의 활동을 통하여 부동산 문제의 핵심이 무엇인지를 정확히 파악하고 있었던 그는 건설위원회의 간사직을 겸하게 되었다. 그의 국회에서의 활동은 초선의원임에도 불구하고 2주택 이상 중과세의 폐지를 건의하고 임대수익에 대한 세액삭감을 추진하여 부동산경기의 활성화에 기여한 공로를 인정받아 지역구의 국회의원 후보로 공천을 받아 재선과 삼선에 성공하여 삼선국회의원까지 되었다.

그는 모 대학 경영대학원에서 경영학석사학위를 받아서 오랜 동안 꿈꾸어왔던 경영학석사 학위까지 받고 보니 그동안 공부하느라 고생했던 일이 엊그제 일처럼 느껴져서 참으로 감개가 무량했다. 병수는 돈도 상당히 벌었겠다, 국회의원도 되었겠다, 거기에다 경영학석사 학위까지 받았으니 더 이상 부러울 것이 없을 것 같은 데, 왜 마음이 이렇게 허전한지 전혀 이해를 할 수가 없었다.

공연히 남이 자신을 무시하는 것 같아서 지나치게 방어적으로 되는 것은 무슨 이유에서인가. 정상적인 교육을 받지 못했다는 것이 한이 되어서 그런 것이 아닐까. 검정고시를 거쳐서 올라온 것이기 때문에 정규교육을 받은 다른 사람들과는 달리 병수에게는 동창이라는 것이 없다. 무슨 고등학교를 나왔느니, 무슨 대학을 나왔느니 은근히 출신학교를 자랑하거나, 심지어는 외국의 모 대학출신이라는 점을 과시하는 사람들을 볼 때 은근히 기가 죽어서 자기도 모르는 사이에 허세를 부리려는 심리상태가 작용하는 것을 느낄 수 있었다.

학력을 갖고 남들처럼 과시할 수는 없으니 다른 것을 갖고 남에게 과시하고 싶은데 병수는 자신에게는 무엇이 있는가를 곰곰이 생각해보기 시작했다. 부인이 대학교수이며 박사라는 것은 분명히 과시할만한 요소임에는 분명하지만, 어쩐지 부인을 자랑꺼리로 내세우는 것이 여자의 그늘 속에서 사는 엄처시하의 남자처럼 초라하게 비쳐져서 그러한 사실을 내세우기보다는 오히려 숨기고 싶은 일로 여기고 있다. 자신이 3선 의원이라는 사실은 충분히 내세울 수 있는 일이며, 성공한 사업가라는 점도 충분히 내세울 수 있는 일임에는 틀림없을 것이다.

이렇게 충분히 내세울만한 것이 많은 김병수가 무엇 때문에 열등감을 갖게 되는 것인지 그 배경을 이해하는데 문제가 있는 것 같다. 남이 보기에는 그가 남들에게 열등감을 가질 이유가 하나도 없는데, 왜 열등감을 갖고 사람들을 대하며 자신의 열등감을 숨기기 위한 불필요한 허세를 부리고 있느냐 말이다. 아마도 정규교육을 받지 못했다는 것이 주요 원인인 것 같기도 한데, 좀 더 문제를 깊이 분석하다 보면 반드시 그런 것도 아닌 것 같다.

사람들의 열등감은 어디에서 오는 것일까. 어렸을 때 돈이 없어서 가난하게 살았던 것이 뼈에 사무치도록 마음에 상처를 받았던 사람은 어른이 되어서 돈을 많이 벌게 되더라도 남이 돈이 없었을 때 자신을 무시했던 것처럼 돈을 번 지금에도 자신을 무시하는 것 같아서 공연히 돈이 많이 있다는 것을 기회 있을 때마다 나타내기 위하여 불필요한 허세를 부리게 된다는 것이다.

어렸을 때 공부를 할 만한 처지가 되지를 못해서 제대로 공부를 하지 못한 사람의 경우 공부를 못했다는 것이 한이 되어서 나중에 독학으로 공부를 하여 성공을 거둔 후에도 소시 적에 공부를 제대로 하지 못했다는 것이 한이 되어서 우연한 기회에 학력 이야기가 나오기만 하면 지나치게 방어적으로 되는 것을 볼 수 있는데, 그런 사람들에게는 어렸을 때 공부를 제대로 못했다는 것이 한이 된 모양이다. 그런 사람들의 경우 나중에 독학으로 마친 자신의 학력을 지나치게 포장하려는 경향이 있다.

누구나 남에게 알리고 싶지 않은 약점을 갖고 있는 것 같다. 자신의 약점에 대하여 지나치게 민감한 인간이 있는가 하면, 그러한 약점에 대하여 전혀 관심이 없는 인간도 있다고 보아야 할 것이다. 사람들은 다른 사람이나 그들의 문제에 대하여 무관심한 것 같다. 이러한 사정도 모르고 일부의 사람들은 다른 사람들이 나에게 관심이 있거나 나의 문제에 대하여 깊은 관심을 갖고 있다는 착각을 하게 된다. 다른 부류의 사람들은 그들이 자신의 약점을 전부 상세히 알고 있을 것이라는 강박관념에 사로잡혀서 다른 사람들을 경계하거나 기피하게 된다. 지나치게 민감한 사람들은 다른 사람들을 의식하는데 과잉반응을 하는 것 같으며 그러한 반응 때문에 때로는 자신의 반응을 허세로 표출하게 된다는 것이다.

국산차도 최근에는 상당히 고급화가 되어서 구태여 비싼 외제차를 타지 않아도 될 것 같은데 그것은 나처럼 보통 인간들의 생각이지, 남들에게 자신을 과시하고 싶은 사람들은 자신이 부자라는 것을 나타내기 위하여 외제차를 타려고 하는 허세를 부리고 있는 것 같다.

명품가방, 명품시계, 명품구두 등을 선호하는 심리상태도 자신들의 약점을 숨기려는 허세일 수도 있고 부자라는 것을 나타내고 싶은 허세일 수도 있을 것이다. 국산시계, 국산가방, 국산구두를 신으면 안 되는 건가. 돈이 있는 사람들이 외제차를 타거나 명품을 애용하는 것을 무엇이라 탓할 수는 없겠지만 그러한 심리상태는 때로는 열등감의 표출일 수도 있을 것이다. 열등감을 극복하는 방법이 불필요한 자기과시를 나타내는 허세만이 아닐 것이다.

좀 더 원숙한 방법으로 자신의 감정을 표시할 수는 없을 것인가. 허세는 사람들에게 거부감을 주게 된다. 부자가 자신의 부를 과시하기 위하여 돈을 물같이 쓰는 것을 누가 마다하겠느냐마는 부자들의 그러한 자기과시의 허세를 보고 부러워하기보다는 역겨움을 느낄 수 있을 것이다.

잘난 사람들이 잘난 체하는 것도 때로는 거부감이 느껴지는데, 잘 나지도 못한 사람이 잘난 체 허세를 부리는 것은 정말 못 봐줄 일이라 아니할 수 없다. 세상에는 자기 자신을 정확히 알고 있는 사람들보다는 자신을 잘 모르는 사람들이 더 많은 것 같으며 그런 사람들일 수록 사람들이 알아주기를 바라서 그러는지 허세를 부리고 있다. 특히 정치인들 중에 자신을 지나치게 포장을 해서 허세를 부리는 사람들이 많은 것 같다. 한 정치인의 경우 이미 그에 대한 국민적인 평가가 나와 있는데도 불구하고 자신이 유능한 정치인이나 되는 듯이 사람들 앞에 자꾸만 나타나서 국민들을 식상하게 만들고 있는데, 그는 그의 행동을 실효성이 없는 정치적 행위의 발로로 보는 것인지, 아니면 단순한 허세에 불과한 것인지 그에게 묻고 싶다. 무엇이라 대답할지 자못 궁금하다.

글 쓰는 사람들은 허세를 부려서는 안 될 것 같다. 글 쓰는 사람들이 사실이나 진실을 밝히려 하지 않고 거짓이나 허세를 부리게 된다면 그가 쓴 글을 누가 읽어줄 것인가. 거짓으로 충만되고 허세로 얼룩진 글을 쓰다 보면 진실은 오도되고 사실을 왜곡하게 되어 독자들은 작가가 도대체 무슨 이야기를 쓰고 있는지 대혼란에 빠져서 더 이상 그의 글을 읽으려 하지 않게 될 것이다.

허세를 부리는 사람은 진실성이 없는 사람이다. 그들의 주장에 오도되어 허세를 잘못 수용했다가는 큰 낭패를 당하게 될 것이다. 허세를 부리는 사람들은 정신상태가 온전하지 못한 사람들인 것 같다. 어쩌면 일종의 정신병인지도 모르겠다. 정신병자들은 일반적으로 세상 사람들이 정신병자들이지 자신들이 정신병자라는 것을 인정하려 들지를 않는다. 허세를 부리는 사람들은 자기들이 정상적인 것으로 생각하려는 경향이 있다. 허세를 부리지 않는 사람들이 오히려 이상하다고 그들은 생각할 것이다.

허세를 부리는 사람들은 자신이 대단히 똑똑한 사람들이라고 생각하고 있는 것 같다. 사람들은 자신들이 부리는 허세를 보고 부러워하고 있다는 생각을 갖고 있는 것 같다. 허세를 부리려면 돈도 있어야 하고 사회적인 지위도 있어야 하고 공부도 많이 해야 한다고 생각하는 것 같다. 정상적인 방법으로 돈을 벌었고 정상적인 방법으로 출세를 했고 정상적인 코스를 밟아서 성공적으로 공부를 한 사람들은 구태여 허세를 부리지 않아도 사람들이 그들을 인정해 주기 때문에 허세까지 부려서 사람들에게 자신을 인정해 달라고 애쓸 필요가 없을 것이다.

모든 일이 정상적으로 굴러가고 있는 사회에서는 허세를 부릴 필요가 없을 것이다. 비정상적인 사회에서 허세를 부리는 사람들이 많이 설쳐대는 것 같다. 옛날에 매관매직을 해서 작은 벼슬이라도 차지한 사람들의 경우 자기가 돈을 들여서 차지한 벼슬을 최대한도로 이용하여 자신이 지불한 액수의 수십 배의 돈을 단시일에 회수하기 위하여 허세를 부리며 백성들의 재산을 빼앗는 일에 앞장을 서게 되는 것이다. 백성들의 재산을 강제로 빼앗는다는 벼슬아치들의 '가렴주구'라는 말이 생긴 것도 이를 두고 말한 당시의 시대상을 표현한 말일 것이다.

내가 미국에 있을 때 한 미군 대위 출신이 학생으로 학교를 다닐 때 도서관 아르바이트 일을 내 밑에서 잠시 한 일이 있었는데, 졸업 후에 도서관에 취직해 갔다. 나중에 그를 만났더니 거들먹거리며 하는 말이 마치 자기가 나를 데리고 있었던 것처럼 말을 하는 것을 보고 어떻게 내 앞에서 그러한 말도 되지 않는 허세를 부리는 것인지 의아해졌던 일이 있다.

내가 아는 친척은 왜정 때 5년제 중학교를 나온 것이 전부라 학업에 대한 허세가 남달리 강했다. 젊어서 일찍이 방직업체에 취직했던 그는 근무 연한이 길어지면서 방계회사의 사장까지 되었다. 그러다보니 자기 밑에 대학을 나온 직원을 썼는데 그 중에는 서울대 출신도 있었다. 그는 마치 자신이 잘 나서 서울대 출신 직원을 거느리고 있는 듯이 허세를 부리는 것을 보고 의아한 생각이 들면서도 오죽했으면 그런 식으로 말하는가 하는 동정심도 생기는 것 같았다.

자신이 하는 일에 만족하는 사람은 많지 않은 것 같다. 젊은 시절에 우리는 먹고살기 위하여 직장을 가져야 한다. 평생을 일해도 지치지 않는 직장을 가질 수 있는 사람은 행복한 사람이라고 해야 할 것이다. 대부분의 사람들은 비록 적성에 맞지는 않더라도 어떤 직장에서 거의 반평생을 보내는 경우가 많다. 대부분의 사람들은 그러한 사실을 인정하고 있지만, 일부의 사람들은 자기가 별로 끌리지 않으며 보람으로 생각하지 않는 직장을 마치 천직인 것처럼 일을 하면서 허세를 부리는 부류들이 있다. 기왕이면 억지로 일하는 것보다는 천직이라 생각하고 열심히 일하는 쪽이 정신건강에 좋을 것이다. 그러나 허세를 부릴 것까지는 없을 것이다.

직업 중에 정치인들보다 더 많은 허세를 부리는 집단은 없을 것이다. 허세는 그들의 전유물처럼 여겨진다. 그래서는 안 되는 것인데, 왜 그럴까. 아마도 그들이 하는 말을 믿지 못하기 때문이 아닐까. 정치인들은 진실을 말하기보다는 허세를 부리는 것같다. 그들이 선거 때마다 외쳐대는 공약들은 믿을 수 있는 것인가, 아니면 허세의 전시장인가. 정치인들이 장담했던 공약 중에 성사된 것이 얼마나 되는가. 지키겠다는 공약이 아니라, 지키지 않겠다는 공약은 아닌가. 그러한 공약을 왜 국민에게 약속하는가. 그러한 지켜지지 않는 공약을 왜 계속 만들어 내는가. 중복되고 표절된 공약을 만들어낼 필요는 무엇인가. 이쯤에서 정치인들의 허세를 접는 것이 오히려 국민을 위하는 길이 아니겠는가.

이와 관련하여 김병수의 병적인 허세의 본질이 무엇인지를 다시 한 번 살펴볼 필요가 있을 것이다. 김병수가 어린 시절에 가정 사정 때문에 남들처럼 정규교육을 받지 못한 것이 어린 마음 속에 남겨진 상처가 되어서 그런지 어른이 되어 남부럽지 않게 성공한 후에까지 그대로 남아있는 지울 수 없는 상처가 되었던 것 같다. 어릴 때의 상처가 한 사람의 일생에 있어서 그렇게 큰 영향력을 미칠 수 있다는 것이 얼마나 놀라운 사실인가. 그가 독학으로 학교과정을 마치고 방통대학이긴 하지만 대학과정을 마치고 경영학석사 학위까지 받았다는 것은 가히 입지전적인 사례라고 할 수 있다. 더욱이 30세가 넘은 나이에 감히 그런 일을 해낼 수 있었던 병수야말로 무슨 말로 칭찬해 주어도 부족할 지경이다. 이러한 경력의 소유자가 허세에 병적으로 집착하는 이유는 과연 무엇일까.

그만했으면 만족한 일생을 살았다고 자부할 수 있는 사람이 과연 얼마나 될 것인가. 누구나 자기가 살아온 인생에 대하여 무엇인가 좀 빠진 구석이 있지 않은가 후회하게 되는 것은 인지상정이라 할 수 있을 것이다. 우리 인간이 완벽한 존재였다면 그러한 후회를 할 필요도 없을 것이다. 불완전한 인간이기 때문에 후회도 많고 아쉬움도 많은 것이다. 이러한 관점에서 볼 때 김병수의 허세는 충분히 이해할 수 있는 문제인 것 같기도 하다. 그러나 자기의 약점을 그러한 유치한 방법으로 과시하려는 것은 어른스럽지 못한 행동이라 아니할 수 없을 것이다. 어른이 어린이와 다른 것은 자기의 감정을 억제할 줄 아는데 있는 것이라면 분명히 김병수의 행동은 어린이의 응석부리기나 무엇이 다르다는 말인가. 어린이는 자기가 원하는 것을 얻기 위하여 처음에는 말로 간청하다가 나중에 그래도 안 된다는 것을 알게 된다면 울음으로써 자신의 목적을 달성하려 한다. 어른이라면 어른답게 처신을 할 때 남들이 자신의 가치를 인정해줄 수 있는 것인데, 남의 눈에 거슬릴 정도로 허세를 부린다는 것이 얼마나 한심한 일이겠는가.

그러나 허세를 부리는 당사자들은 자신의 행동이 결코 유치하다고 생각하지를 않는다. 만일 자신이 하는 행동이 유치한 짓이라는 것을 단 한번이라도 깨닫게 되는 기회가 있었더라면 허세와 같은 유치한 행동을 되풀이 하지는 않았을 것이다. 허세를 부리는 것은 일종의 정신병이라 할 수 있기 때문에 정신과 전문의의 치료를 받아야 할 필요가 있을 것이다. 그대로 방치했다가는 고질적인 질병으로 발전하게 되어 당사자에게 치명적인 인격장애를 가져오게 될지도 모르는 일이다.

허세를 부리는 사람을 만나게 될 때 의례 그러려니 하고 그냥 가볍게 넘기지 말고 한 번쯤 왜 그런 행동을 하고 있는 것인지 생각해 볼 여유를 가져야 할 것이다. 만일 그러한 사람이 가족 중에 있을 때는 하나의 습관적인 행위로 그러려니 하고 무시해 버릴 것이 아니라 정신적인 병을 앓고 있는 것이나 아닌지 알아볼 필요가 있을 것이다. 그냥 방치해 두었다가 일종의 정신병으로 발전하게 된다면 가족들에게도 큰 부담이 될 수 있으니 말이다.

신현덕 제2소설집

사람 속 들여다보기

초판인쇄 2015년 03월 05일 **초판발행** 2015년 03월 10일

지은이 **신현덕**
펴낸이 **이혜숙** 펴낸곳 **신세림출판사**
등록일 1991년 12월 24일 제2-1298호

100-015 서울특별시 중구 충무로5가 19-9 부성B/D 702호
전화 02-2264-1972 팩스 02-2264-1973
E-mail : shinselim72@hanmail.net

정가 10,000원

ISBN 978-89-5800-152-2, 03810